文学与当代史丛书

丛书主编
洪子诚

浮出历史地表

现代妇女文学研究

孟悦　戴锦华　著

北京大学出版社
PEKING UNIVERSITY PRESS

图书在版编目（CIP）数据

浮出历史地表：现代妇女文学研究/孟悦，戴锦华著. — 北京：北京大学出版社，2018.5

（文学与当代史丛书）

ISBN 978-7-301-29357-7

I.①浮⋯ II.①孟⋯ ②戴⋯ III.①中国文学 — 当代文学 — 妇女文学 — 文学研究 IV.①I206.7

中国版本图书馆CIP数据核字（2018）第037018号

书　　　名	浮出历史地表：现代妇女文学研究 FU CHU LISHI DIBIAO: XIANDAI FUNÜ WENXUE YANJIU
著作责任者	孟　悦　戴锦华　著
责任编辑	黄敏劼
标准书号	ISBN 978-7-301-29357-7
出版发行	北京大学出版社
地　　　址	北京市海淀区成府路205号　100871
网　　　址	http://www.pup.cn　新浪微博:@北京大学出版社 @阅读培文
电子邮箱	编辑部 pkupw@pup.cn　总编室 zpup@pup.cn
电　　　话	邮购部 010-62752015　发行部 010-62750672　编辑部 010-62750112
印　刷　者	天津联城印刷有限公司
经　销　者	新华书店
	660毫米×960毫米　16开本　18.75印张　234千字 2018年5月第1版　2025年4月第13次印刷
定　　　价	72.00元

未经许可，不得以任何方式复制或抄袭本书之部分或全部内容。
版权所有，侵权必究
举报电话：010-62752024　电子信箱：fd@pup.pku.edu.cn
图书如有印装质量问题，请与出版部联系，电话：010-62756370

目 录

绪 论 ··· 1

一、两千年：女性作为历史的盲点 ······································ 2
    女性的（反）真理 ·· 2
    从男耕女织到"父子相继" ··· 4
    "人伦之始" ·· 7
    "妻与己齐"——话语权 ·· 10
    女性形象——空洞能指 ·· 13

二、一百年：走到了哪里？ ··· 22
    女性与民族主体 ·· 24
    从"我是我自己的"与"女子没有真相" ····················· 29
    "祥林嫂系列"与"新女性群" ··································· 34

第一部分 （1917—1927）

第一章 "五四"十年：悬浮的历史舞台 ···························· 43
  一、弑父时代 ·· 43
    弑父——历史坐标上的零点 ····································· 43

　　　　魅力与匮乏 …………………………………………… 46
　　　　两个死者，一个镜像 ………………………………… 48
　　二、从女儿到女人——"五四"女作家创作概览 ……… 53
　　　　"父亲的女儿" …………………………………………… 53
　　　　塑造母亲 ………………………………………………… 56
　　　　爱——反侵犯性话语 …………………………………… 58
　　　　经验与话语互逆 ………………………………………… 60
　　　　写女人 …………………………………………………… 63

第二章　庐隐："人生歧路上的怯者" ………………………… 66
　　　　庐隐的世界 ……………………………………………… 66
　　　　狭隙间的两扇门 ………………………………………… 71
　　　　悬浮舞台与文化死结 …………………………………… 76

第三章　沅君：反叛与眷恋 …………………………………… 83
　　　　爱情作为女性反抗途径 ………………………………… 83
　　　　性爱道德观 ……………………………………………… 88
　　　　母女纽带 ………………………………………………… 91

第四章　冰心：天之骄女 ……………………………………… 95
　　　　得天独厚 ………………………………………………… 95
　　　　神圣的母子同体——极乐的一瞬 ……………………… 97
　　　　"心外的湖山"、身外的面具 …………………………… 101
　　　　长不大的女儿 …………………………………………… 103

第五章　凌叔华：角隅中的女性世界 ………………………… 108
　　　　闺房中的风云变幻 ……………………………………… 109

"太太"阶层 ·· 112
　　新女性与新妻子 ·· 119

第二部分（1927－1937）

第六章　三十年代：文明夹缝中的神话 ························ 129

一、轮回 ·· 129
　　进退维谷的历史步履 ·· 129
　　大众之神与政父 ·· 131
　　双刃匕首 ·· 134

二、黑暗、阴影与白天的分割 ·· 137
　　陷入孤独的女性 ·· 137
　　他人的女性之躯 ·· 140
　　"女性的天空是狭窄的" ·· 144

第七章　丁玲：脆弱的"女神" ·································· 146
　　异化与孤独 ··· 146
　　"韦护"的两面 ·· 153
　　复苏与泯灭 ··· 159

第八章　走向战场与底层 ·· 166
　　血写的革命与墨写的革命 ··· 166
　　放弃小我，走向大众 ·· 170

第九章　都市的女性：辉煌之页的边缘·················· 175
唯美意识形态······································ 175
履着"新文化"碎片徘徊···························· 179

第十章　白薇：未死方生······························ 183
"弑父"场面中的女性······························ 184
"五四"至大革命时期的女性命运——《炸弹与征鸟》···· 187
十年孤独——《悲剧生涯》························ 190

第十一章　萧红：大智勇者的探寻······················ 196
命运·· 196
女性的历史洞察力································ 205
彻悟与悲悯······································ 214

第三部分（1937—1949）

第十二章　四十年代：分立的世界······················ 223
一、主导话语阵地与解放区
民族新生抑或寒夜？······························ 224
亚细亚生产方式之善······························ 229
无性之性·· 232
女性与个人共谋·································· 234
二、女性、女人、女性话语······················ 236
牢狱与自由······································ 236
结束弱者阶段···································· 239

女性话语的初始 ·················· 241

第十三章　苏青：女人——"占领区的平民"　244
　　灾难的畸存与历史的残片 ············· 245
　　女性：空间性的生存 ··············· 248
　　女人、母亲、做母亲 ··············· 251
　　新女性：一部荒诞戏剧 ·············· 255

第十四章　张爱玲：苍凉的莞尔一笑 ·········· 260
　　一个正在逝去的"国度" ············· 261
　　绣在屏风上的鸟 ················· 264
　　文明·历史·女人 ················ 270

结　语　性别与精神性别——关于中国妇女解放 ······ 276

2003年再版后记 ·················· 282

赘言其后 ····················· 288

绪 论

在未来时代中国女性的集体记忆中，19、20世纪之交我们民族经历的历史和文化变迁，一定是一个百思不厌、回味无穷的瞬间：两千多年始终蜷伏于历史地心的缄默女性在这一瞬间被喷出、挤出地表，第一次踏上了我们历史那黄色而浑浊的地平线。当然，这片以往坚如磐石的历史地壳并非像美丽传说中那些恋人们的葬身之所那样，仅仅因为女性的意愿就会开启。但，中国女性那从来没有年代的凝滞的生存延绵，恰借民族生存史上的巨大临界点跨进历史的时间之流；中国现代女作家作为一个性别群体的文化代言人，恰因一场文化断裂而获得了语言、听众和讲坛，这已经足以构成我们历史上最为意味深长的一桩事件。也许没有人否认，中国女性的命运与中国历史命运之间有着异常密切的错综纠缠。女性那由地心而地表的特殊历程，无论是作为一种历史现象还是作为一种群体经验，都引人也值得人作不仅纵贯历史今昔，而且横穿历史表里之思。女性的昨天、今天与明天并不代表民族的过去、现在与未来，但却能揭示后者某些迄今为止仍讳莫如深的方面。

一、两千年：女性作为历史的盲点

女性的（反）真理

在遥不可溯的远古史上，也许就在生殖和繁衍后代不再是种族生存的主要依凭、古老的初民们开始在黄河流域过上定居的农业生活的那个时代，以女性为中心的母系社会被以男性为中心的父系社会所取代，仅仅留下了一些零星而无声的残片。随后未经几个世纪，这一父系社会便发展至它的完美形式——一个皇权、族权、父权合一的中央集权等级社会。这一社会以各种政治、经济、伦理价值方面的强制性手段，把以往一度曾为统治性别的妇女压入底层。这些手段不仅包括以性别为标准的社会分工和权力分配，更包括通过宗族的结构和纪律、婚姻目的和形式、严明的社会性别规范和兼有行为规范之用的伦理规范来实行的各种人身强制性策略。并且，正如许多学者的研究所证明的那样，自有史以来直至鸦片战争前夕，中国那种精耕细作的农业生产特点，自给自足的经济形式，稳固有序的家庭——宗法秩序，连同其以天子为中心的政治制度，以儒家为主导的社会伦理纲常等，虽因朝而异，但并未发生结构性的改变。因而在两千年的历史中，妇女始终是一个受强制的、被统治的性别。

当然，这并不是在暗示那虚无缥缈的母系社会便是后世妇女们不可复得的伊甸园，更重要的问题倒是在于妇女命运的初始处境。父系社会的产生固然有其两性生理差异、自然环境条件和人类社会生产力发展等多方面必然性，但人们始终忽视的一点是，父系社会的严明秩序并不那么中性，在它那慈祥、平和、有几分聪慧和勤奋的面孔背后，另有青面獠牙，残暴狰狞的一面，这便是仅仅朝向女性的那张脸孔。借用茱莉亚·克里斯蒂娃（法国女权主义文学批评家、当代著名女作家）的字眼，父系社会的建立源于一场"性别之战"，也许是一场性别文明之战。父系社会政治文化体系那种剑拔弩张的性别针对性、性别敌对性和性别统治意味如果没有直接记录这场现实的交战，至少也暗示着一场象征的交战，一如资本主义社会政治制度是在与封建文明的反复较量中诞生并趋于完备，这制度本身包含对战败者不言而喻的专制与防范。同样，父系社会的体制也是以先前的母系社会为文明之敌的，对这一败北的敌手的控制、奴役、压抑已成为它内在的结构性特点。女性与其说作为女性，不如说是作为先前文明的残片，作为新旧生活方式交战中的败北者，作为以往的敌手和当时的异己，被设置在父系统治秩序里一个最保险的角落的。父系社会所有的礼、法、价值伦理体系无不针对这一暂时丧失进犯力和自我保护力的性别之敌而设。甚至很难想象，若是没有这种性别之敌，何来整个父系统治秩序。确实，以女性作为敌手与异己而建立的一整套防范系统乃是父系秩序大厦的隐秘精髓，正是从男性统治者与女性败北者这对隐秘形象中，引申出这一秩序的所有统治者/被统治者的对抗性二项关系。

不仅如此，父系社会的胜利与历史上无数政权之争或阶级斗争或社会变迁又有所区别。历史地看，父权与夫权不仅是人类一切权力及统治的表现形式之一，而且是一切权力与统治的起源。"父之法"在某种意义上亦即统治之法，并且是一切统治之法的开端。退一步言，即便有一天人们证明那个朦胧不可追溯的母系社会根本不曾存在，历史的事实也大致不变：正是随着性别之权和性别统治的出现，人类，或曰，民族近两千年的历史才成为一部统治与被统治的历史。至少性别统治的出现意味着统治本身的出现。尽管统治角色和统治术已在无数次改朝换代中一变再变，但这唯一的统治结构却从远古延续到昨天乃至今天。这样，作为这个父系历史上被压迫的性别群体，作为这个历史上唯一无权参加改朝换代的统治斗争的群体，女性是陷入统治、被统治二项对立的整个人类命运的一个自始至终的见证者。女性问题不是单纯的性别关系问题或男女权力平等问题，它关系到我们对历史的整体看法和所有解释。女性的群体经验也不单纯是对人类经验的补充或完善，相反，它倒是一种颠覆和重构，它将重新说明整个人类曾以什么方式生存并正在如何生存。当然，这并不意味着女性将把人类历史归结为性别斗争的历史，实际上，女性所能够书写的并不是另外一种历史，而是一切已然成文的历史的无意识，是一切统治结构为了证明自身的天经地义、完美无缺而必须压抑、藏匿、掩盖和抹煞的东西。首先，女性自身便是被抹煞者之一，男性社会仅仅保留着女性的称谓，阐释着这称谓的意义，但女性的真正存在却在这形形色色的阐释中永远封闭在这一片视觉盲区。其次是这种抹煞本身的被抹煞：那个看上去天然合理的、创一代"文明"之风的父系社会从建立之初便从自己神圣的额头上，抹却了诸如"奴役他性"之类的事实，这第二番抹煞使男性社会对女性的奴役成为永远的秘密，借助这一点，男性社会成功地掩饰了自身的统治本质，成为一种天经地义不容置疑的存在。然而，如果说男性社会通过层层抹煞隐去了自身的统治秘密，那么遭受着层层抹煞的女性，却掌握着这一社会的统治的真理。女性的真理不仅是性别奴役或一切奴役，而且是看不见的奴役，是对奴役的掩盖和盲视，是那些行使掩盖和抹煞职能的统治机制和统治本质。也正是在这种意义上，女性的真理发露，揭示着那些潜抑在统治秩序深处的，被排斥在已有历史阐释之外的历史无意识。揭示着重大事件的线性系列下的无历史，发露着民族自我记忆的空白、边缘、缝隙、潜台词和自我欺瞒。它具有反神话的、颠覆已有意识形态大厦的潜能。

从男耕女织到"父子相继"

中国自有载以来的历史乃是自给自足的农业社会史，这种以食为天的农业生活方式使男耕女织的性别社会分工带上了一主一附的意味，它暗示了男性在社会生产中所占据的主导地位以及女性在其中的附属或辅助角色。这种分工或许出于自然及男女两性的生理条件，但在父系社会取代母权制而兴起之际，这一分工的内涵已远远超出了两性生理差异，它成为男性家长占有生产资料和生产力的依据，成为整个父系统治秩序的最基础的一部分。如果说在一个非男性统治的社会里，男耕女织很可能还不过是一种分工而已，那么在父系统治兴起后，社会分工上男耕女织的主辅结构却只能导致一个结局，那便是生产资料和生产力上的父子相继。从男耕女织到父子相继，标志父系社会统治秩序的最终确立。

在这个父系统治的确立过程中必须经过的关键性枢纽，乃是家庭。家庭是父系社会将男耕女织与父子相继联系为一个统治整体的唯一模式。作为对母系社会群婚制的反动，父系社会最初便是以"家"的方式（或氏族家天下的方式）将那一具有敌对意味的性别控制在自己意志中的。中国古代的家庭不仅仅是个体依据社会分工而结合的社会生产单位，也不仅仅是社会成员繁衍扩大的单位，它更是一种统治单位，它对于女性发挥着父权社会国家机器的功能。

家庭，乃至家族，从它出现的一刻起，便是以男性为标志、为本位、为组织因素的。家的秩序是严格的男性秩序，子承父位，子承父业，子承父志等一系列形容父子相继关系的字眼，体现的都是这一家庭秩序内的男性之间的同性联盟统治原则。不过，家庭对女性生活的意义远远大于对男性生活的意义。实际上，女性的一生都受家庭规定，妇女的本质和地位亦即她的家庭地位："妇人，从人者也，幼从父兄，嫁从夫，夫死从子。"（《礼记·郊特性》）夫妻之间虽"妻同齐"，但毕竟"夫者妻之天"（《仪礼·丧服传》），妇乃须"服事于夫"。妇女在家庭中的从、服是她社会生存处境的统称，在经济上，女人是寄食于人者，从谁便寄食于谁，在心理上，女人从谁便屈服于谁，这便从经济与人格两方面排除了女性对任何生产资料或生产力的占有权。因此，"妇人"势必只有"三从之义"而无"专用之道"（《丧服传》），不仅如此，女性的社会职能亦即她的家庭职能："夫受命于朝，妻受命于家"，"妇顺者，顺于舅姑，和于家人，而后当于夫，以成丝麻布帛之事"。女性的日常活动范围亦即她的家庭范围："男子居外，女子居内，深宫固门，阍寺守之、男不入，女不出，男不言内，女不言外，内言不出，外言不入。"（《礼记·内则》）总而言之，父系社会对女性的所有规定几乎无不源于家庭秩序的建立、维持、巩固之需，包括对女性贞操品德、举手投足之做派的规定等，从这个仅仅对女性大有深意的"家"中，不难得出封建社会男女分工的真谛，"受命于朝"与"受命于家"或许可以视为一大关键：相对于"朝"所包含的社会、仕途、主导地位等意义而言，家的范围仅限于私人性的亲属关系之内，"受命于朝"的男性理所当然是社会生活的一分子，而"受命于家"的女性却因生存于家庭之内而被拒斥于社会之外，她周围那一道道由父、夫、子及亲属网络构成的人墙，将她与整个社会生活严格阻绝，使她在人身、名分及心灵上，都是家庭——父、夫、子世代同盟的万劫不复的囚徒。家庭几乎是专为女性而设的特殊强制系统，它具有显而易见的性别针对性和性别专制意味。男女之"命"，确实是别如天壤，这一"受命"之别乃是主人与奴隶之别或看守与囚徒之别。通过这一作为女性永恒的囚牢的、作为对女性的强制工具的家庭，父系社会从两方面或者说分两步，确立了自己的统治秩序：首先，家庭或氏族的"人墙"系统将女性这整整一个性别强行排除于社会主体生活之外，女性作为一个性别，从此成为政治、经济、文化生活的槛外人，成为这一社会的"无政治层"，这样，男性社会完成了对自己统治最有威胁的性别天敌的最大剥夺。然而，微妙之处在于就实际上，女性又是无法排除的，她的存在甚至是父子关系存在的前提。于是，父系社会又势必以某种符合统治原则的方式将女性重新安插在自身秩序内。这便是家庭和氏族系统所发挥的另一种功能，它将女性之异己、他性的本质尽数洗去，转化为可接受的东西，如转化为传宗接代的工具或妻、母、妇等职能,从而纳入秩序。无怪乎女人的一生都逃不脱家庭的规定,只有在家庭里,她才是一种职能、工具而非主体,她才是女、母、妻、妇、媳,而非女性。这样她才纳入秩序内,成为秩序所规定的一枚螺丝钉。"家庭"的这两方面功能可谓相辅相成、殊途同归,父系社会终于在既排斥又利用、既借助又抹煞女性的过程中,走向自身的完善。由于家庭那非同小可的作用,我们的历史走完了它从男耕女织到父子相继这样一个父系社会统治秩序的建立过程,走完了它以压迫和奴役女性为前提的,进入文明社会的第一步。

"人伦之始"

在家庭——半国家机器与父子相继的权力结构上确立起来的父系统治秩序,造就了与之完全相应的意识形态体系。这一体系以自身的严明有序和自圆其说,将统治秩序的真正起因和真实本质遮掩得天衣无缝,从而使秩序的存在看上去天经地义。确实,我们的祖先似乎由衷相信是三皇五帝这些父亲形象带来了整个中国文明,父亲们创建的统治法律是对人类的巨大恩惠。然而,其意识形态的万丈光芒却将统治的本质及性别奴役的事实一并送入盲区,一方面正如有些学者研究的那样,在我国古代人伦是一种可伸可缩、可进可退、可抽象可具体的秩序——一种性别间的差序。伦,水纹相次之伦理也。在实际使用中,伦所包含的"别"的意义远不如其表示的差序意义重要:伦即主次、上下、尊卑、等级。《礼记·祭统》的十伦中将贵贱、亲疏、远近、上下等抽象的相对地位与鬼神、君臣、父子、夫妇等具体的社会关系相提并论,倒是分外清楚地说明了这些社会关系的差序本质(见费孝通《乡土中国》)。因此,"伦"广泛包含了人与人之间的各种复杂的角色关系,规定着君臣、父子、兄弟、夫妇、男女之间的主从、上下、尊卑关系,所谓父子之亲、夫妇之道、长幼之序、君臣之分、上下之义的等级性内涵。如果说，仁义礼智信忠孝等还主要是儒家提出的道德规范——一套价值信念体系，那么，三纲五常等人伦或伦理却已然是中国社会结构——个人与个人、个人与家庭、家庭与家庭，阶级与阶级之间关系结构的放之四海皆准的结构原则，它可以演化为社会阶级级差，名分级差及权力级差、行为方式级差等一系列变体，俨然是家庭、家族，以及更大群体乃至国家社会的组织规律。没有伦，没有这一差序原则，很难想象中国古代社会还是否存在。伦，是一种统治秩序。另一方面"人伦"概念又有另一层重要意义，即人伦与乱婚制下所谓"禽兽之性"的对立，在这种情况下，它指的是由两性及血缘关系上的禁忌而产生的某种约束或纪律。古人在这方面已有相当多的解释，这些解释多半牵涉到一桩具体的历史事件，即夫妇婚制的设立。《通鉴外纪》载："上古男女无别，太昊始设嫁娶，以俪皮为礼，正姓氏、通媒妁，以重人伦之本，而民始不渎。"陆贾的《新语》和《白虎通·號篇》皆提到，古时民知其母，不知其父，伏羲先圣仰观天象俯察地理，因夫妇、正五行，始定人道，民始开悟，知有父子之亲、夫妇之道、长幼之序云云。无疑，夫妇婚制代表的人伦是先圣们的一桩历史伟绩，它使民从愚昧变得"开悟"，两性关系从混乱变得有序。然而，把这两重含义放在一起，会产生一个有意思的现象：这统驭了两千余年的差序之伦，在高下尊卑上虽以君为最，但在产生先后上却不是由君臣而父子而夫妇，倒是反过来的："有天地然后有万物，有万物然后有男女、有男女然后有夫妇，有夫妇然后有父子，有父子然后有君臣，有君臣然后有上下，有上下然后礼义有所错。"（《易·序卦》）依此而论，君臣父子之间的差序等级之伦乃是那结束了群婚现象的嫁娶媒妁之伦的"产物"。这一点实际上已被古代儒家们表达得清清楚楚，不仅"夫妇之道"为"人伦之始"而且"君子之道造端乎夫妇"（《中庸》）。看来，内涵宽泛的人伦概念并非一词多义，它那令人看来不甚相关的两重含义在古代社会意识形态中原本是浑然一体不可分离的,根据"有男女然后有夫妇,有夫妇然后有父子,有父子然后有君臣上下之义"的连续排列,我们不难读出一个译意:在古代社会中如此重要的统治之伦,这作为中国社会结构原则的统治秩序,是因为嫁娶婚及夫妇角色的出现才确立的,这一统治秩序的最初体现便是夫妇之序——一种在两性之间形成的秩序。在这个意义上,"人伦"包含了一个始于夫妇之道,经父子之亲至君臣之礼而臻极致的统治秩序的发生过程。

夫妇之所以被视作"人伦之始",并不仅仅由于它暗指了先圣那种设婚娶、因夫妇的文明开化伟绩,而且也由于与这伟绩俱生的两性之间的性别奴役秩序。譬如从嫁娶婚载入史册的一刻起,就不仅是一种血缘禁忌,而且是一种性别针对性很强的社会的强制规定,"上以事宗嗣,下以广子孙"的婚姻目的,不啻是针对未含"事宗嗣、广子孙"目的的男女之合——知母不知父的社会遗迹而发的禁令。这种与设婚娶共生的性别奴役,在"夫妇"一语中有更明确的规定,甚至"夫妇"二字在语源上就是因这奴役而生的:它是父系社会规定的性别角色,而不是生理、自然意义上的两性指称,这便是"夫妇"与"男女"的重大不同。这对性别角色反复强调的是女性的屈从:如"妇,服也"(《礼记·曲礼》);"妇人,伏于人也";"女子者,言如男子之教而表其义理者,故谓之妇人"(两段都出自《大戴礼记·本命》)。若夫妇并提,则必规定道:"夫者扶也,以道扶接,妇者服也,以礼屈服"(《白虎通》)。由男女而夫妇意味着父系社会的性别角色侵噬了个人的自然生存的过程,或者说意味着个人从自然的生存状态进入父系社会秩序化、一统化的角色结构并囚禁于角色中的过程。而且,由"男"而"夫",是男性自身的完满:成为"夫"意即获得某种对他人的权力和社会的信任——一家之主,而由"女"变"妇",则是自身的丧失,是"言如男子之教而表其义理"——消失于他人的阴影,从而消除了异己性而纳入社会秩序中。如果我们不否认"夫妇"概念产生时的初始语境——那个男性秩序建立之初的历史情境，那么便不难发现，作为父权取代母权并走向社会化、秩序化的最初标志，"夫妇"二字，是父系社会完成对女性的历史性压抑的第一个告捷式的宣布。而儒家学者们以这样一个标志作为"人伦"之始，不能不说有明显的意识形态欺骗性。一方面，"人伦之始"以男性秩序之始作为整个文明历史的起端，乃至以男性秩序之始取代抹煞了整个历史的由来，从而使历史仅仅为男性而存在；另一方面"人伦之始"以"人"这个貌似中性的泛指之词，抹煞了女性的真实历史处境。实际上，"人伦"意义上的"人"并不包括女性，相反，倒是排除、取消了女性。人伦之始这区区四字轻轻巧巧地将女性连同她的被压抑处境，翻手压入了历史无意识。确实，自"夫妇"始后，父系社会的概念系统便不再包含女性，差序之伦从男女两性关系转向单一的男性关系，人与人关系的结构从两性之间转至男性同性之间，从而形成牢不可破、天经地义的伦理体系。"人伦"以及其"始"并不是一种透明的概念，使你隔着字面就可看到历史的真实，相反，它与真实已不相干，它从一开始便是为父系社会服务的，是关于历史、文明、文化、先圣、伟绩及社会法则的意识形态性阐释或叙事。"人伦"如此，余者亦然。

"妻与己齐"——话语权

由此深入一步，立即会碰到我们历史文化的又一个特点，那就是领衔掌握文化符号体系操纵权者的性别特点。父系社会通过亚属国家机器——家庭和婚姻，通过伦理秩序、概念体系等直接、间接的人身强制手段，实行对女性的社会—历史性压抑，这一点若不是有目共睹，至少也有人发现。但女性在文化符号系统中的压抑处境却仍是鲜为人知，因而也是压抑最深的一面。古代父系社会的文化符号系统犹如对女性历史无意识的监察机制，它封闭了历史信息，将女性作为被强制对象的事实积淀在符号僵硬有序的坚甲之下，将女性觉醒的可能性封闭于历史文化之外，从而保持着父系文化的唯一合理性。

上一节我们已经触及"夫妇"这一意识形态性初始词语的形成过程。可以看到，"夫妇"这两个字形（能指）的编码方式，完全是由男性统治者操纵的。这一统治性群体规定着词义，创造着符号，包括有关妇女的符号，"妇者服也"，便是这样一个男性创造的产物。进一步讲，男性社会的统治建立，不仅以经济权、政权、法律、社会结构为标志，而且还有更微妙也更深刻的标志：男性拥有话语权，拥有创造密码、附会意义之权，有说话之权与阐释之权。以"妻，与己齐也"这一陈述为例，固然"齐"有匹敌之意，因而就字面而言不含高下尊卑之别。然而，这一陈述的发出者，那一说话主体却显然是男性。在陈述中的"己"（男性、夫）是先在的和第一位的，是"妻"向之"齐"的标准，是衡量双边匹敌关系的中心标尺。一个"己"字托出了整个语境："己"既是说话者的自称，又是说话者和与话者的共称。说话者和与话者在"己"的称谓下形成了一个男性同性的话语同盟。而"妻"则是同为"己"的男性之间谈论的"他"者。根据这一语境，"妻与己齐"，短短四字已包含了男性说话主体、男性对话主体与所谈客体（女性）的两大分野，包含了这两大分野的清楚无误的主客、己他对峙。在这一貌似公允的、权威性的陈述中，听不到任何女性的声音，唯有男性话语主体是陈述所依傍的始点和中心，唯有男性话语主体有权解释"妻"为何意、为何物，至于女性则不过是被谈论、被规定的客体对象。

如果考虑到"妻与己齐"并不是一则日常对话，而是全社会所公认、所遵从的一定之规，那么，广而言之，也便不难看到在古代社会中，这种男性的话语权力操纵着整个语义系统。请看东汉刘熙《释名》："天子之妃曰后，后，後也，言在後不敢以副言也；诸侯之妃曰夫人，夫，扶也，扶助其君也；卿之妃曰内子，在闺门之内治家也；

大夫之妃曰命妇，妇，服也，服家事也，夫受命于朝，妻受命于家也；士庶人曰妻，妻，齐也，夫贱不足以尊称，故称齐等言也。"这里，规定词义、发布话语、作为主体和第一性标尺的仍是男性。对"后""夫人""内子""命妇""庶人"及"妻"等这些专用于女性的字眼作何解释，显然不由女性自身，而是根据她们所后、所扶、所服、所齐的男性而定。《释名》那个说话主体的思想方式和出发点，本身就意味了一种男性专制。《释名》如此，其他符号系统也是如此。男性创造了女性的词、字，创造了女性的价值，女性形象和行为规范，因之也便创造了有关女性的一切陈述。从"孝女""节妇"到"妇人""祸水"，从"不读不识"到"深明大义"，从图画乾坤、阐释阴阳到删述六经、建立刑律，从制定婚仪到书写历史，这一切话语行为和由话语健全的社会规范，都不曾越出男性权限法则一步，就连作为唯一女性教科书的《女诫》，固然其作者和拟想读者皆为女性，也几乎无一字不体现男性权威。在话语中，女性只遇到男性的禁令。在这个意义上，"内言不出"又是统治者们的过虑了，女性并未有过真正的"内言"和"内言之权"，何谈"出"与"不出"？恰如克里斯蒂娃指出的那样，女性若想进入这种为男性把持、为男性服务的话语体系，只有两种途径，要么，她借用他的口吻、承袭他的概念、站在他的立场、用他规定的符号系统所认可的方式发言，即作为男性的同性进入话语；要么，用不言来"言说"，用异常语言来"言说"，用话语体系中的空白、缝隙及异常的排列方式来"言说"。前一种情况可举出班昭和宋若华，《女诫》和《女论语》得以流传完全不在于创造了什么，而在于全面而详细地以与男性同性的角度阐释了他们树立的女子模式，从而健全了男性对女性的陈述。后一种情况则可以举出古代屈指可数的几位优秀女诗人，她们与其说用语言，不如说用音韵、节奏、隐喻以及各种意象表现最隐秘、最个人化的信息。法国结构主义人类学家福柯曾暗示，诗语与正常语言之比，犹如疯狂与正常之比。这一点也可以用来形容女性的话语处境，古代女作家们的性别信息只能在一个超乎正常的话语形式中得到安置。这大约也是中国识文断字的女子中很少有女哲人、女史家、女文人的原因。语言文字并不是女性通向地表世界、通向社会主导交流系统的一座桥梁，它本身首先是父系文化拒绝和统驭异性的、与肉身囚禁并行的一道精神狱墙。女性在古代社会的话语领域中的处境，一如她们的经济、政治处境，具有边缘的既"内"且"外"、名"内"实"外"的特征。即使她们传达了什么或泄露了什么，也是以一种变相的象征形式传达的，这其间必得经过男性话语原则的监察滤化过程。

女性形象——空洞能指

诚然，事实上文学这一带有特异性的符号系统，也主要是男性的天地。它虽则不同于道德伦理、法律条文那类强迫训令式的话语系统，但那些出自男作家手笔的作品，显然充满了比训令更接近日常生活的性别观念，它们在象征和审美意义上，展示了封建社会对女性以及对两性关系的种种要求、想象和描述，也许，再没有哪种角度比男性如何想象女性、如何塑造、虚构或描写女性更能体现性别关系之历史文化内涵的了。不妨略举几隅加以探讨。

"物品化"与"欲望权"

文学能够传达而法律条文及伦理规范未能传达的一种重要信息，乃是人们的欲望及对欲望的表达。古代文学中一个简单的现象，也许有助于我们了解这个巨大文化命题：文人们对女性美的描述方式。

我们古代诗词中，往往可见到大量形容女性"外观"之美的笔墨。这种写"眼见之物"的审美表现手法，对于一个有着象形和表意文字，习惯于静观默察而不是概念思维的民族而言，是无可惊诧的。惊人的倒是历代文人们对女性外观想象模式上的大同小异，尤其表现在一个历史悠久的修辞手法上,即将所写女性形象"物品化",借物象象喻女性外观。最常见的譬喻有如花似玉、弱柳扶风、眉如远山、指如春葱,以及软玉温香、冰肌玉骨等其他已成为陈词滥调的比兴惯例。有时干脆就略去所形容的人身而径直以物象替之,缠足女子似乎不再有"脚"而只剩下"金莲"和"莲步"。

毋庸置疑,这种修辞方式中流露出某种欲望象征化的过程。但更值得注意的,不是它泄露了欲望,而是它借物体之喻改变了这欲望的性质。事实上,那些用之于女性的物象,并不都是弗洛伊德学说意义上的典型性象征,至少并不都是那么直接无讳的性象征,它们是一些掺杂了过多文化杂质的物象,在其覆盖下,女性在被视作性对象的同时被视为物对象——客体。当女性外观被物化为芙蓉、弱柳或软玉、春葱、金莲之美时,其可摘之采之、攀之折之、弃之把玩之的意味隐然可见。在这种人体取物品之美的转喻中,性欲或两性关系实际上已发生了一个微妙转变,它不仅表现或象征着一种对女性的欲望,而且借助物象形式摒除了女性自身的欲望,它所表现的与其说是男性的欲望,不如说是男性的欲望权。确实,既然女性可以被想象为客体和对象,那么,男性便可以自我想象为唯一的和通行无阻的欲望者,剥夺女性欲望自然也就可使她无条件顺从男性欲望。从心理学角度看,这至少可以抚慰一个父权极强大的社会里男性社会成员普遍存在的阉割焦虑(详后)。

不仅如此,从这种"物品化"的性别修辞手段包含的广义文化意味观之,它乃是"父子"们将作为他性的女性纳入自己文化秩序的一个方式。从"太昊定婚仪"的那天起,女性实际便已经有物之用了,不过没有以如此感性的、审美的形式而表现罢了。女性外观的物化以及父子们对她的欲望方式与她在社会中的功用是同源的,唯有作为"物",女性才会成为不含危险的性对象,毕竟物比人好驾驭。也可以说,女性唯有以客体——物的方式,才能被父子秩序作为非敌对力量接受下来，否则甚至很难说还会不会被"欲望"。若不然，那些不甘为"物"的美丽女性，也便不会被描述为妖魅、可惧的邪恶，乃至倾国倾城亡国亡天下的冤头债主了。女性一旦不仅在社会职能而且在男性想象中成为心理上或生理上的物品，便获得了某种秩序内的安顿，因为父子们借此把原本很难把握的政治的、文化的乃至心理生理上的异己固定在一个可把握的位置上，把本来也许是不可理喻的异性群体幻化为一种不必理喻的对象。父子们的欲望起始于对女性恐惧的终结。继而，能否消除这种恐惧，又成了欲望获得象征满足的标准。

关于这后一点，倒可以用《聊斋志异》中的某些艺术手法作一佐证。一方面，那些花鬼狐妖幻化的女子们，绝对是人类的异己而非同类；另一方面，这些漂亮的"女性非同类"，又常无害而"自荐枕席"。这里出现了一个很有趣的象征性模式：小说中的男主人公们，因为与这些女性非同类来往而处于某种现实与魔幻的交界点。就现实视点看来，美女既然是狐，便当是不可亲近的异类；而就魔幻的视点观之，狐既然是美女，且如此可爱，又实是可欲望对象。这两重世界的两重视点，分别叠合于男性心理结构中有关女性的意识与无意识层面。在意识中，女子作为异己（狐）是排斥对象；在无意识中，她们又是欲望载体，是亲近对象。"狐妖美女"极形象地概括了男性或男性文化对女性意识上的排斥和无意识上的欲望这样一种矛盾状态的最终解决，那就是在狐化女、女化狐的过程中，去尽异己的野性妖氛。结果，不再有野性和妖氛的狐女，既保留了异己特征，又成为欲望对象，而且，还是一种不必绳之以"父法"（譬如婚姻）的欲望对象，这样便构成了叙事，构成了两性关系上的意识形态性完满。

性别错指

当然，这种"物化"的譬喻，特别是花草之喻，不仅仅见用于描写女性，也常常见用于文人自身。进一步讲，以女性形象、女性身份自喻，是中国古代文人的一个悠久传统，甚至可以说，从《离骚》一直沿袭到《红楼梦》。《离骚》的抒情主人公时而是男性，时而又毫不掩饰地自喻为女性，并用一般指涉女性的象征自指。不仅"扈江离与群芷兮，纫秋兰以为佩"，且有"众女妒余之蛾眉兮，谣诼谓余以善淫"。这种以性别之间的互指、混淆、重叠而抒发一己之慨的艺术设计，成为文人们广泛使用的一种修辞惯例和创作构思。曹植《美女篇》那个因理想高远盛年未嫁的美女，不能不说在一定意义上寄寓了作者本人的隐忍和无奈。而他个人的哀伤表现为女性的哀伤时竟十分贴切："愿为西南风，长逝入君怀，君怀良不开，贱妾当何依？"宋词中的这种用法更是不胜枚举，花样翻新。牵强些说，甚至《红楼梦》中那些红颜薄命的女性形象与这一传统也不无关联，虽则这绝非唯一的动机。对于《红楼梦》这样一部极为复杂多义的著作，有学者在分析宝、黛、钗三人关系时，曾将宝钗和黛玉分别作为宝玉的超我和自我，也许不全是异想天开。总之，正如士大夫们以"芳草当须美人折"之类的象喻寄托"刀贵一割之用"的情怀一样，自喻或自拟女性，也是以美人迟暮或被弃被妒的情境，寄寓怀才不遇、有志难酬的骚怨。

然而值得继续追问的是，在男性——父子掌握话语权的社会文化中，何以会出现自拟女性、自喻女性的"性别寄托"式的文学设计呢？这实际上涉及整个古代文化秩序的又一特异之点。试将"草木有本心，何求美人折"，"驿外断桥边，寂寞开无主"等诗句中花与主、草木与美人的关系与"君怀长不开，贱妾当何依"等词句中君与妾、男与女的关系作一比较，可得一相似关系式，在两类诗句中，总是有固定不变的两种角色，一为主体、驾驭者、使用者或赏识者，一为价值客体、待取用者、服从被动者。重要的不在于性别混淆，而在于这种关系式中的性别角色是从不混淆的。无论是寄托芳草还是寄托女性，都表现了作者们对作为客体价值、待他人取也值得他人取的"物"的地位的认同，特别是对夫妇、男女两项关系式中那一从属角色的认同,这角色自然是女性角色。

乍观之,一个男性统治的社会中的男性成员竟会崇尚认同女性的审美观,确乎是有些蹊跷的。实际上,这不外是父权文化的历史所颁布的整套指令中的一环。中国古代文化等级秩序,由夫妇而父子、由父子而君臣的建构过程,除了于"人伦之始"上名正言顺外,似乎还符合并受驭于宇宙之大道——阴阳之道。只是原本用来描述事物变化的阴阳辩证,一旦用于描述人伦,便成了不可变化的阴阳等级:阳为主,阴为辅;阳率阴,阴佐阳;阳为君,阴为臣;阳为父,阴为子;阳为夫,阴为妇。夫妻之阴阳,我们前文已有分析,这里需要指出,从父子之阴阳起,除了主、伏的二项关系式外,还包蕴了一层精神分析内涵。正如心理学家们所论述的父子关系一样,只要存在父的权威,子便似乎只是一个非男性。父子之间的阉割情结很能说明"子"那种属阴的地位,或不如倒过来说,"子"那种从属于、服从于父的"阴"属地位很能说明其阉割情结。父子如此,作为父子关系政治化的君臣关系亦无二致。君乃唯一绝对之阳——父亲,也就是唯一纯粹的权力和法律,"寡人""朕"的自称已把这种唯一性从语言上确定了下来。在这唯一绝对的男性父亲面前,一切社会上的男性,不论尊卑,都无形中只能处于"阴"或"非阳"地位。从象征意义上,这使得中国唯一有权干预政治的整个士大夫阶层,实际上处于被阉割的地位。当然,被阉割不仅意味着一种性心理焦虑,还意味着对自身主体职能的焦虑。在这种被阉割的心态下,士大夫文人们自喻女性是很相宜的,这些女性形象不过是装填了他们"阴属"情感的载体而已。"拟女性"的文学设计并不出于偶然,它乃是古代历史文化本身对性别意义的一种设计。

岔开一句:这种"阴阳"设计也许有助于我们理解古代文学中常见的女英雄形象。这些女性身怀绝技,忠义兼备,智勇过人,杨门女将甚至阵前招亲、军中产子,是一群百万军中探敌之首如囊中取物的巾帼英雄,她们以女性身份扮演着挽救家国、佐助君王的得力之人。

然而这里，性别在很大程度上仍然是一个有关地位的隐喻。唐传奇中的侠女红线，是因前世误杀三人，阳世见罪，降为女身的，以这性别更换表示了"贱隶"的身份。杨门女将形象的反讽意味在于，她们的事业并不是封建社会对女性的企盼，而是男性对自身的梦想，女将们占取的是封建社会男性建功立业的理想角色——阴属、居贱位、助君立功之人。她们在女性性别与男性作为上的合一，难道不是中国广大有政治梦想但并不愿追求这份梦想的男性成员们特有的阉割情结的外射么？不是他们属阴的地位上对属阳的抱负的不费吹灰之力的象征性满足么？当然，在今天看来，这些女英雄形象的出现，可能宣泄了对父子秩序的某种社会性反讽，但恐怕还不就具有多少反礼教、废阴阳的色彩。在整个父子阴阳的文化指令失去效力之前，在说唱艺术和戏剧舞台上出现的女将们不免仍然是另一种形式的性观照对象，一种更适于下层文化的叙事和戏剧体裁要求的性观照对象：她们作为行动者和情节组织者，更便于始终处于男性观众的视域之内。

由此可以发现，在男性即父子君臣的文化符号结构中，性别，特别是女性性别，早已失去性别内涵。说到底，封建文学符号系统中女性形象的性别意味，已被女性在男性中心社会中的从属意味所取代（至少部分取代）。换言之，女性形象的所指，已非任何抽象具体的真实女性，一如诗中的芳草已与任何自然草木无关。女性形象的原初所指即便有过，也被偷换抹煞了，被偷换成统治主体唾手可取又随意可弃的价值客体，偷换成物，偷换成雌伏于人的、从属性的"地位"，或从属性的文化等级。正是在这一意义上，女性形象变成男性中心文化中的"空洞能指"（劳拉·莫尔维语），男性所自喻和认同的并不是女性的性别，而是封建文化为这一性别所规定的职能。这是一种神话性认同，它说明女性已作为能指被构入男性为自身统治创造的神话谱系之中，而女性真实的性别内涵则被剔出这一神话之外，除了形象和外壳之外，女性自身沉默并淹没于前符号、无符号的混沌之海。

性别整合

"男性创造符号"并不意味着在同等条件下,两性之中的男性首先从空无中创造了有,创造了体系和文明,亦即,并不意味着男性更有创造力。恰恰相反,男性是从对女性的压抑、抹煞和删除中创造"有"的,这一创造或许就是为了抹煞,这一创造并不是中性行为,而首先是对抗性政治性行为。换言之,与其说男性创造符号,不如说他们首先创造了抹煞和删除妇女的异己性的方式和字眼,创造了对这一异己力量的一厢情愿的、自圆其说的解释,创造了通过扭曲以接纳这一异己力量,使之惮服于己的控制体系和规则。但正因此,这种两性及政治意义上的对抗性始终存在,只不过不被承认罢了。在这一情况下,文学实际上承担着梦的工作。在文学中,女性作为无意识被外射为一个掩盖了她们自身本身的象征体系。这一象征体系的作用是使现实存在的性、经济、政治、社会各层面的对抗性冲突得到缓解、解释、弥合,最终将女性整合到一致和谐的父子秩序中来,达到虚假的、至少是象征意义上的完满。在叙事作品中,这种整合往往就是叙事的结局。譬如在那些著名的婚姻爱情作品中,《孔雀东南飞》《窦娥冤》的结局便是不掩饰其虚幻性的完满——合葬或降雪。但是,即便是《孔雀东南飞》那种"死同穴"的爱情完满,单凭焦仲卿妻的一死也是绝对达不到的,这种完满必须最后由男性达成,即需要有同穴之人。只有焦仲卿以死来认可了这一份爱情,女主人公的命运才有悲剧意义。试想,若是焦仲卿并不感念夫妻之情也没有"自挂东南枝",那么女主人公之死势必出之无名,且有自绝于秩序之嫌。焦仲卿是证实女主人公的无辜和价值的唯一支点,有了焦仲卿以"夫"身份的呼应,有了这一份经过秩序滤化和认可的夫妻之情,女主人公的所作所为才引起人们道德上的同情并获得美感。《孔雀东南飞》歌颂的并不是一位反抗了礼教的女性,而是一位反抗了滥用礼教者的女性,一位具有男性规定意义的女性；歌颂的不仅是她为了爱情宁死不屈，而且也是她的以死明节。《孔雀东南飞》的整个悲剧美植于一个足以掩饰性别对抗性矛盾的基点：女主人公按照秩序的标准必须无可非议，叙事表现了女主人公宁死不苟的选择，但掩盖了她所以别无选择的原因。焦仲卿妻之死让人联想到古代文学中许多可歌可泣的妻妾们——韩凭妻、虞美人式的临辱自刎、阴腐其衣、以死明节的选择。她们的选择不约而同地通向一种道德完满的极致，这固然也是为了免却苟活和失节带给一个妇女的种种不幸，但归根结底，这种完满和不完满、幸福与不幸的所有结局都已经被社会所预定。

男性叙事话语为焦仲卿妻式的秩序内的女性安排了死亡结局，而对付秩序外的女性则有所不同：叙事安排她们进入秩序。遭到始乱终弃的崔莺莺，没有选择死是事出有因的。对这样一个逾越礼法的女性而言，死不能带来任何秩序所认可的意义，她的死并无内容，因为她甚至没有资格去殉情——这情未如夫妻之情那样得到过秩序的确认。莺莺这个形象的悲剧在于，她的一系列大胆主动的行为违犯了礼，但她的理想幸福却在秩序之内。如果秩序没有宽宏大量不计先罪地接纳她，那么她只能沦为淫乱。为了秩序及心理上的完满，莺莺的命运最好也就是于始乱终弃之后，以嫁人的方式重新安顿于"某妻"之位。"进入秩序"是古代爱情小说中最不可少的结局，是不论怎样千拦万阻，最终都必定要达到的一种叙事上和意识形态上的完满和完整。

通过对这些叙事作品的分析不难看到，男性中心的社会在这些女性人物之先早已作了抉择，她们的选择是被选择过的，只是一般叙事作品不写这一层。因此，固然有作家写出了"一发不可止，生而能死，死而能生"之情，固然"情"可以摆脱生死自然秩序的驾驭，但却始终不能不以秩序的认可作为一种对完整或完满的允诺，并以整个叙事过程作为对这一允诺的兑现。当嫁人的嫁人、合葬的合葬、明节的明节，有情人终成眷属的结局来临时，叙事完成了一个重要的文化任务，即性别整合任务，它已经把女性的进入秩序由一种真实的奴役变为一种唯一的理想乃至幸福，由对女性的剥夺变成赐予，由对女性的排斥变为接纳，一句话，把这一秩序的强制性本质隐藏得天衣无缝，以便使崔莺莺和焦仲卿妻们分门别类地各自去寻自己那一方预制格架，并仿佛是心甘情愿地自动套入其中。

在文学中，也是在现实中，女性们只有两条出路，那便是花木兰的两条出路。要么，她披挂上阵，杀敌立功，请赏封爵——冒充男性角色进入秩序。这条路上有穆桂英等十二寡妇，以及近代史上出生入死的妇女们。甚至，只要秩序未变而冒充得当，还会有女帝王。要么，则解甲还家，穿我旧时裙，著我旧时裳，待字闺中，成为某人妻，也可能成为崔莺莺、霍小玉或仲卿妻，一如杨门女将的雌伏。这正是女性的永恒处境（见克里斯蒂娃《中国妇女》）。否则，在这他人规定的两条路之外，女性便只能是零，是混沌、无名、无意义、无称谓、无身份，莫名所生所死之义。

宏大而完整的父子秩序贯穿着中国文化史，这一一统秩序是将生理上以及农业社会生活方式中的性别角色高度社会化、政治化、制度化及至符号化的结果。从家庭和私有制起源始，男女性行为中的主客关系，加之在一定生产力水平上形成的性别分工的主从意味，便被作为一种广泛适用的模式推广到政治统治、社会等级、礼仪、伦理、行为规范以及话语领域，形成所谓"天网恢恢，疏而不漏"的宏大社会—文化结构。在两千多年的历史时间和九百多万平方公里的生存空间中，大部分女性除去在规定的位置、用被假塑或被假冒的形象出现，以被强制的语言说话外，甚至无从浮出历史地平线。谁也不知她们卸装后还是否在生存，在如何生存，如果是，那么势必生存于黑暗、隐秘、喑哑的世界，生存于古代历史的盲点。可以想见，这黑暗大陆一旦照亮，那么人们眼中的历史形象会有一番怎样的巨变。

二、一百年：走到了哪里？

对今天的女性而言，光辉灿烂的中国古代史记述的仅仅是一部"父亲"的历史，一部"子承父位"的历史。这种子承父位的循环直到近一两个世纪，即鸦片战争以后才被动摇或打断。辛亥革命和五四新文化运动，标志着我国历史上自父系秩序建立以来第一个绝无仅有的弑父时代，第一个不含子承父位意味的弑父时代。经历了这两次不同意义上的革命之后，存在了两千年的父系统治秩序无论在政权—政治体制方面，还是在文化方面都失去了维系自身的能力，先是作为一朝之君或一家之主的男性家长形象，从统治宝座上倒撞下来，继而是父权下的整个象征体系成为被打倒的对象。以这两番弑父之举为标志的历史翻覆，将女性群体从社会—文化那看不见的深处裹挟而出，在这一震荡的瞬间，从混沌的文化无意识深海浮出历史地表。

从20世纪初的辛亥革命和五四新文化运动至今，从鸦片战争对父系秩序的动摇到新中国诞生。一百多年的时间也许不及改变整个农业文明—封建父系秩序的生产方式根基，但却确实改变了中国妇女的历史命运。在这短短一世纪的时光中，妇女命运的变化幅度恐怕超过了任何一个社会群体，中国妇女在这一两百年中从法定的奴隶变成法定的主人，从物体变成主体，从他人的"他人"变成自己。特别是新中国建立以来，中国妇女在法律保护下享有着发达国家妇女迄今还在争取的某些经济权利和社会地位。我们知道，西方当代女权主义是当高度发达的资本主义文明日趋超越以生理差异为基础的社会分工，日益否定了人们观念中的智能差异之后，在自然科学和社会科学都具备相应条件的基础上蔚然成风的。而中国的男女平等甚至出现在中国社会步入工业文明之前，这确实是中国妇女的骄傲，或不如说是中国妇女的幸运。

然而，这并不意味着中国妇女便从此没有问题。也许应该注意，中国妇女解放从一开始就不是一种自发的以性别觉醒为前提的运动，妇女平等地位问题先是由近现代史上那些对民族历史有所反省的先觉者们提出，后来又被新中国政府制定的法律规定下来的。在这两点之间并没有出现任何意义上的社会性的妇女解放"运动"，妇女在争取解放道路上的每一进步都最终被承认、被规定。这使我们无法断定，享受着平等公民权的女性在多大程度上获得了"解放"意义上的自主和自由，女性是否是妇女解放中的"主体"，她今天的一切究竟是她应该有的一份权利还是被强制规定的一种身份。退一步言，即使上述疑问不能成立，中国妇女的命运也仍有些值得思考的东西。从近代起就不断有人提出那些重大的妇女解放命题，诸如女子政治和伦理地位、婚姻家庭、女子教育、女子行为规范、女子经济问题，包括女子缠足等，至今，这些问题似乎都早已不是"问题"了。但是那些女性性别生活中独有的问题却似乎一直被忽略不计，至少没有明确列入妇女解放的总命题内，譬如女性的各种生理—心理经验，包括性行为、妊娠与成为母亲，女人一生的周期性，等等。尽管女性浮出了地表，但有关她们自身的真正问题，甚至没有进入人们的视域，它仍然是似乎也应该是隐晦的神秘之物。这样一来，也就无法弄清，我们的妇女解放的目的及结局，究竟是"解放"一个被压抑的性别群体，抑或不过是重构原有的受益者—非受益者结构的步骤之一。

因此，尽管20世纪的中国女性浮出了历史地表并从奴隶走向公民，尽管再没有人能够像抹煞旧中国女性那样将女性的生存从历史记载中一笔抹削，痕迹不剩，但是，女性的处境却并不就此而变得明了起来。这个新浮出的性别，在短短几十年里，不仅未及将她携带的历史隐秘信息揭示于世，就是她自身的真实，也已与天翻地覆的近现代以来新的历史症结又复搅做一团。她或许进入了历史，或许冲出了漫长的两千年来的历史无意识，但并未完全冲出某些人及某些群体的政治无意识。因而，了解新女性的处境，如果不意味着一场近现代史的反思，也意味着一场近现代政治文化的反思。

女性与民族主体

两千年父与子的权力循环中，女性是有生命而无历史的。那里有妻子、有后妃、有妇人、有婢妾，而没有女性。但，从秋瑾的时代起，中国出现了一批批真正代表新社会力量的女性社会活动家、女讲演者、女宣传者、女革命家和女战士。与农民起义中的巾帼英雄不同，她们不再隶属于封建父系秩序内部以朝代更替为标志的历史循环，而隶属于新生的反秩序力量。另外，从《中国女报》始，中国有了第一批反抗性的女性刊物，到20世纪初，中国也已有了第一批女留学生、女科学工作者、女学者、女文学艺术家——有了现代意义的知识妇女而不是古代那种识文断字的女诗人，这一切汇集在五四新文化运动前后，中国新的意识形态领域终于第一次认可了不是妻、妇等"从人者"意义上的女子和她们的行为。从此，我们的概念谱系中方有了"女性"这样一个概念和它标志的女性性别群体。

如果我们不把女性仅仅视为一个纯生理性别意义上的称谓，那么，可以说在现实社会生活中，女性作为一个性别群体概念之最重要的内涵是由历史规定的。用"五四"那个大时代的眼光看，女性的真实价值必须在与父系秩序下的社会性别角色的差异性关系中才能得到确定。确实，现代新女性们用以肯定自身的东西，首先是一系列否定：女人"不是玩物"，女人"不是传宗接代的工具"，女人"不是室内花瓶"，女人"不是男人的附属品"。这一系列否定，这一系列差异，构成了女性这一群体称谓的历史内涵，亦即，她是对男性中心的社会积习、对为男性服务的性别角色、对整个男性统治秩序的反动和叛逆。女性的群体自我连同她那从未被人真正认知过的性别真实和历史无意识,一起处于一切父系秩序的规则、角色、符号体系之外。这当然并不意味着女性群体的成员就不再成为妻子或母亲,但作为一个文化概念,"女性"的生存维系于她对这些秩序的拒绝,维系于她与这些社会化的性别角色之间不可弥合的差异。唯其如此,女性才保有自身,保有她对父系统治秩序的批判力和对自身的反阐释力。无怪乎中国从缠足命运中逃出来的女性,竟会与北欧的娜拉如此相通,你从这两个环境背景都大不相同的女性身上,看到的是一种相似的女性选择,即对稳固有序的强制性的、异化的角色系统的摒弃和反阐释。

这里,"女性"一词已有了双重含义,或不如说,双重"反"含义。一方面,她将一个现实存在的社会群体从性别角色背后剥离了出来,另一方面,她历史地包含了一种对封建父系秩序的反阐释力,她自身就是反阐释的产物。19、20世纪之交,随着中国历史和文化变迁而浮出地表的便是这双重意义上的"女性",她既是一个实有的群体,又是一种精神立场,既是一种社会力量,又是一种文化力量,但最根本的一点是,她历史地注定要做父系社会以来一切专制秩序的解构人。秋瑾这位中国近代史上第一位自觉与封建政体为敌的女政治家、第一位女性解放的倡导人,自身便是一位背叛为妻为母的角色规范的秩序拆除者。真正自觉的女作家则将女性性别视为一种精神立场,一种永不承诺秩序加强给个体或群体强制角色的立场,一种反秩序的、反异化的、反神秘的立场。在《莎菲女士的日记》中,在《三八节有感》和《在医院中》,在《呼兰河传》中,在《结婚十年》中,都可以隐隐看到这样的立场。当然,这也便是西方女性主义对整个文化批判解构的立场,它迟早会将女性那一份关于自身乃至关于人类的真理公之于世。

然而,这一女性的出现,似乎也就此搅乱了民族群体的内在平静。确实,当民族群体要挣脱一个旧的父子秩序的束缚时,女性与它在利益和目的上都是合一的。但是,一旦民族群体趋于安顿于一个新秩序，而这新秩序又带有明显的父权标志时，女性便成了被排斥者和异己，她的利益，她的解放，她的阐释和反阐释力，都与民族群体发生了分歧乃至冲突。其结果，她总是重新回到"解放"之前。实际上，从新诞生不久的女性与历史悠久的民族群体之间的离合聚散中，已经可以读出一个女性的故事，它始于女性的崛起而终于女性的倒伏，始于女性的成功有望的战斗而终于女性的败北。至少，女性在民族群体生活的舞台上一步步由中心退向边缘，尽管愈至边缘，她愈理解男人和她自己。

"五四"那个颠覆封建礼教秩序的时代，是真正意义上的中国"女性"的诞生期。激烈反传统的新文化养育了一代人，"人道主义""个性解放"的大旗吸引着一批女儿勇敢地走出了家庭，背叛角色，争取自由。她们对以往社会性别规范的否定，与弑父的一代对封建政治、封建伦理乃至封建符号体系的否定基本一致，她们那离经叛道的行为和追求自由的勇气，是整个新文化运动社会风气的一部分。然而，随着封建秩序在现实和观念层面的最后分解，女性并不像新文化主体那样陷入无物之阵，摆在她面前的是日益正规化的资本主义式的都市市场，30年代的女性们发现自身前一阶段刚刚获得的自由，被挤在两大角色系统的夹缝中，一是市民家庭妇女，一是都市生活色相市场的商品。因此，《莎菲女士日记》和《梦珂》中表现了女性自我与新的社会性别角色更深一步的冲突，这种冲突甚至撕去了五四时期那种爱情颂歌的温柔美丽外衣。不过，也正是从女性进一步向新的资本主义都市性别角色发动反叛之时开始，她逐渐失去了主导意识形态的庇护，她对男性中心都市秩序的反抗，既不再是那个关注乡土大众的，以大众为旗帜的主导文化潮流的一部分，又不完全吻合于坚持个性解放追求的男性大师们的反封建传统。女性确确实实只剩下自我，她失去了一度拥有的社会关注，她的问题和反抗不再被社会接受，而她的反抗之声在整个时代大潮中又是那么微弱，甚至在某种意义上被主流文化所削弱。正是这种孤独处境,把女性的现实出路转化为一种精神立场。莎菲在现实人世悄悄地活着或死去,但她对"女人味十足"的女人的洞视和鞭辟入里的分析,却成为一种不妥协的批判立场。这也许有助于理解萧红在与萧军分手后对友人的长久缄默,一个一再背叛角色的女性即便是在以信念联结起来的友人中间也很难找到支持者。但她个人的经历已汇入对历史的观察中,因而在轰轰烈烈的抗战大时代里,坚持着对民族历史的一份清醒。这样一种精神立场,不仅注定会失去主导意识形态的支持,而且势必与之分歧摩擦。《三八节有感》和作者之后的检讨,同样说明了两重立场的不相容。这也便是为什么抗战时期新文学的主阵地转移到国统区和解放区后,沦陷区倒出现了描述女性经验与心理的佳作。

  解放区乃至新中国成立后的妇女似乎不再为社会性别角色的问题所纠缠。同工同酬、婚姻自主、男女平等等各种法律政策,确实缩小了角色对女性自我的异化程度,女性在前一阶段争取的各种权利,也有了保证。女性与角色之间出现了某种无差异关系,在这样一种制度下,女性似乎和她的角色一起安顿于一个不同以往的公正的社会体系。但这里有一个问题,女性不再是家长、丈夫、儿子等男性的从属,甚至不再是任何具体个人的从属,但"从属"本身似乎并未消失。在以往家长式的父皇之位上,如今端坐的不是任何一个私有社会的个人,而是一个集体——民族群体的化身。女人确实不再臣服从属于男人,但她与男人同样从属于这一个凌驾于一切个人之上的中性的集体或集体的象征,在这个巨大集体面前,她的确与他人无别,也只能与人无别,既无高下尊卑之别,又无性别以及个性之别。她在经济、政治、人格上的自主和独立均以从属和臣服这一集体为前提,而获得这一集体象征所允诺的独立平等,又以消失自我为代价——不仅消除自我与角色的差异,而且消除个体差异。这样,问世不久的女性的历史,在与民族群体历史进程的歧异、摩擦乃至冲撞中,走完了一个颇有反讽意味的循环,那就是以反抗男性社会性别角色始,而以认同中性社会角色终。在这个终点上,女性必须消灭自己以换取允诺给女性的平等权利。

女性性别自我以及女性精神立场一百年来的处境,或许部分解释了我们近现代史的某种目的。从鸦片战争以来,在结束封建社会与建立新国家之间,我们民族的历史所完成的伟绩,并不是改变文明性质,譬如发展已有的工业基础以进入从农业文明向工业文明的过渡,也不是改变民族大多数人的生产—生活方式,譬如以机械化取代刀耕火种,并改变日出而作日落而息、生于土归于土的农业传统及其在全社会所占的比重。我们现代史的历史成就在于改变社会统治秩序,不仅取消封建帝制,而且将自鸦片战争破坏了封建天子一统天下后日益明显化的不平等、剥削压迫的充满权势之争的统治结构,改变为平等、无剥削、无阶级的公有统一秩序,将一两百年来动荡离析的中国社会重新聚合于一个能够以民族大多数惮服各阶级团体及各种生产方式因素的权威中心。这或许实现了处于民族危机和社会动乱中的五四一代人那种"走俄国人的路"的政治希冀,但是在某种意义上,这种以最大利益集团为中心,而以平等、公有为原则的秩序,注定(至少在很大程度上)保护着在近代帝国主义入侵中日益衰落的中国生产方式——民族几亿人每时每日赖以维生的物质来源。因此,鸦片战争以来中国被切断或几乎被切断的"生产力和生产关系的历史",在一个更合理的制度下得到延续。在近现代一两百年的动荡中几不潦生的民族群体,终于分门别类、有章有致地安置下来的那片场地,不过是以所有制来维护的平等和无差异的一元领导的权力秩序。且不说这与五四先驱们当年痛苦执着的民主、科学、先进、自由、富强的民族未来乌托邦已大有异趣,更重要的问题在于,改变了旧制度的新的合理秩序仍然不过是秩序,并同一切秩序一样掩饰着自身的秘密——中国近现代史的真正目的和它自身出现的必然性。确实,这一统一秩序在上层建筑领域掩盖或取消了各种生产方式的不协调与差异——人类历史前进变化的动因,并且在意识形态领域涂抹了秩序自身的历史由来——中国历史特定的必然性。这也便是为什么女性的生存在民族获得新的政治前途的一瞬间戛然而止:女性获得理想中的平等,如民族群体获得了理想的安顿,但她和他们都并未获得理想的自由或自主——一种辨别真实、明言差异、承认自我,认识历史的权利,当然也就更谈不上自我否定的权利。

从"我是我自己的"与"女子没有真相"

经历了两千年混沌的服人、从人的过去后,五四时代那些"父亲的女儿"们以一声严肃的宣布——"我是我自己的"——叛离了家庭,开始了她们从物体、客体、非主体走向主体的成长过程。这是一个勇敢的历史性姿态:当女性们用"己"这个反身代词直呼自己并表明自身的自我所属格时,距"妻与己齐"的时代已然隔了一个无法以时间和空间衡量的间距。

对于中国女性而言,确立"我"与"自己"的关系,意味着重新确立女性的身体与女性的意志的关系,重新确立女性物质精神存在与女性符号称谓的关系,重新确立女性的存在与男性的关系,女性的称谓与男性的关系等一系列重大问题。两千年来女性作为物体、客体、非主体的标志之一便在于,不仅女性的肉体割裂于女性的意志(如果她当时有意识),而且女性的实存割裂于女性的符号指称——后者是男性的话语专利,按照严格的礼法,女性甚至应该以站在男性话语者的角度以第三人称卑称称谓自己,如同替他称谓一个对象——客体。"我""你""己""他"等主体位置,均为男性说话者的专利领地,女性只能被语言强制在那种物我不分的前主体、潜语言或外语言状态。因此,"我是我自己的"这短短六个字竟是女性向整个语言符号系统的挑战，在"我"的称谓与女性存在串联为一个符号体的一瞬间，乃是子君们成为主体的话语瞬间；这一瞬间结束了女性的绵延两千年的物化、客体的历史，开始了女性们的主体生成阶段。屹立在"我"和"我自己"背后的女性，不仅以主体的身份否决了以往作为"物"的身份，而且俨然以说话者的身份否决着以往被规定的话语他人。女性在符号体系的出现改变了女性与整个社会的关系，她与男性之间不再是主客关系，而是主体间关系。确实与子君们的勇敢之举同时，我们的语言中第一次出现了专用称谓女性的她、妳。

然而，也正是在这一符号体系中，在法国精神分析学家拉康所说的这一象征序中，女性的主体生成过程受到了阻抑。这是一种横亘在称谓我及我自己，与确证解释我或我自己，乃至成为我或我自己之间的阻抑。子君们进入的象征秩序，没有为女性提供任何使她足以区别其他主体的解释或定义，她们面对的是自身意义的空白，自身所指的匮乏。她甚至无从接下去说第二句话：我和我自己实际是谁，是什么。当然，有句名言："我是和你一样的人。"（易卜生《玩偶之家》）但这仅仅是对她玩偶的地位的否定，并没有解救女性在语言符号象征序中的困窘。如果"我"和"我自己"仅仅意味着与男性一样的主体，那么，失落的不仅是性别特征，而是女性的全部历史意义——女性之为女性的真义。也许正是这一点流露出作者本人的男性身份，历史地看，"同男人一样的人"只能是类男人，准男人，因为"人"并非一个两性共享的字眼。不论是在易卜生时代的欧洲还是鲁迅时代的中国，都还没有一种观念、一种学说解释过"女性"这个群体，女性的真相从未形成过概念——语言。这里无意中出现一个有趣的逻辑：一方面女人不是玩偶，女人不是社会规定的性别角色，但女人也不是她自己，因为所谓"我自己"，所指的不过是"同男人一样"的男人的复制品。另一方面，女人若是否认同男人一样，承认自己是女人，则又会落回到历史的旧辙，成为妻子或有女人味儿的女人。于是，子君们命名了自己,但这是一个没有所指的命名,"我"和"我自己"之间只能形成循环封闭的同义重复,如同对置的两面镜子,哪一面也不指向外界的真实或开放意义空间。

填补这片巨大的所指空白,是女性成长为主体过程中最关键也最复杂的一步。它不仅阻挡着子君的精神出路,而且也说明了莎菲那"女人味"的"我"与嘲讽这女人的"我",那肉体的"我"与心智的"我"的分裂,说明了白薇那"没有真相"的女人,说明了萧红对自我的坚持和避讳,说明现代三十年乃至后来的女性们面临的困境。她们命名了自己,感受到自己,但未能确立自己或阐释自己,她们陷入了以"我""你""他"为标志的"一样"的象喻性主体关系,或者,她们心知不一样但没有自己的话语,她无法为这"不一样"的东西命名,她甚至找不到这样的语汇,或许,在她找到、创造出这样的语汇、概念乃至学说之前,她自身已又复淹没在他人的及"与他人一样"的话语洪流中间。

在某种意义上,女性的出现,女性的自我命名所显露的唯一真实,不是她获得与男人一样的平等,而是在她主体成长中的一个结构性缺损,一个女性自身的反神秘化过程,一个使女性的隐秘经验,包括历史经验、心理和生理经验,从一片话语的涂盖之下,从一片话语真空中发掘和昭示于世的过程。没有这一步,女性恐怕无以摆脱"我"和"我自己"的镜式同义反复,真正以女性的身份进入那个我、你、他的关系结构,那个主体完成的最后阶段。

值得注意的是,女性主体成长中的空白,显露了不仅是女性自身,而且也是整个现代史上新文化的结构性缺损。女性没有成为知识或科学的对象,没有找到足以界定"我"——女性的科学语汇系统,这或许并不值得多么大惊小怪,在某种程度上,整个新文学和那哺育了新女性和女作家的新文化都未及建立一个反神秘化的、科学的、求真的传统乃至语汇系统。新文化的这一结构性缺损,横贯数个领域,以至于你可以在女性问题与马克思主义及达尔文学说在中国的命运之中,找到某种相同之处。譬如,在五四时代就出现了宣传马克思主义的文章,后来李大钊还专门写了著名的赞颂十月革命的文章《庶民的胜利》和《布尔什维克的胜利》。到了第二次国内革命战争时期,更有人提出过"无产阶级文学"的响亮口号。许多学者公认,我们的新文化是以马克思主义为主导的文化。然而,马克思主义作为一门科学最主要的部分——其生产方式理论,其对私有制起源及对资本主义生产方式的关键——资本的分析,其在与黑格尔学说论辩中展示的辩证思想,其意识形态理论——一句话,那些使马克思主义成为一门历史和现今意义上的科学的东西,在中国思想界的地位,都远不如它对阶级、阶级斗争的教义影响深远,换言之,马克思主义并不主要是作为知识概念系统,作为科学世界观及方法论,作为思维方式和分析方式而主导文化的。相反,它更多的作为一种政治理论,一种价值标准而进入中国人的思想。文学批评中最明显,从20世纪三四十年代,阶级的概念而不是生产方式或意识形态等概念,成了对作品进行否定、赞扬的价值判断标准。同我们在妇女解放问题中遇到的现象一样,我们运用了马克思主义的某一结论,但马克思主义中那些与意识形态斗争稍有距离的部分——那些知识概念和科学部分,如果不是遭到忽略,至少也遭到了简单化的解释,从而不复成为知识和科学。(当然,马克思主义与中国实践结合是一个复杂问题,此论难免有偏颇之见。)又譬如,在中国五四时期颇有影响的达尔文学说,曾改变了不少人对历史进步和人类自身的看法,促成一代人的意识形态信念,以为进步、发展、"青年必胜于老年""青春必胜于白首"是老大中国获救的途径。且不说这与达尔文在西方历史与人的问题上产生的效果多么不同(在西方,达尔文的学说导致的是对合目的的历史及人的伟大梦幻的破灭),问题在于,达尔文那种环游各地广泛考察各生物学文本,把各种神秘的、偶然的、不可解的资料,一一还原到其原始处境,以求从历时角度对每一偶然的成因做出令人信服的破译解释的工作，那种反神秘化的科学工作，却很少人效仿或很少人效仿得像。即便在鲁迅那里，进化论也只是一种信念，而不是一种科学工作方式，他的《中国小说史略》固然从历时角度描述了小说发展，但对各个现象产生的原因和原始情境的解释——其科学研究却显得薄弱得多。也许正是因为取其成果为信念、而不是取其方法为科学，达尔文学说在中国被作为一种反动意识形态——社会达尔文主义遭到批判后，便默默无闻。同妇女们一样，达尔文的某些东西遭到忽略。我们的现代史似乎并没有允诺这种科学和反神秘化的文化选择，新文化更似一种政治焦虑的产物，一种自鸦片战争和东西文化碰撞以来民族主体对自身政治前途的巨大焦虑的外射物。女性在某种意义上同其他字眼——人、个性解放、民主、科学一样，成为缓解这种焦虑，象征地满足这种政治愿望的一个意识形态筹码。科学、知识、人和女性在未及出现、未及得到解释之前，已经被囫囵吞枣地编入了现代意识形态向封建秩序进攻作战的武器库，并随着这一战场的转移而弃入旧物堆。正是由于这种对民族政治命运的焦虑和缓解焦虑的迫切性，在辛亥革命之后形成的新文化赖以立身存命的不是科学、知识、技术，而是意识形态，这恰巧应和我们生产方式的历史——我们的现代生产方式改变的不是生产力，而是所有制。仅凭这一点就足以使女性封闭于她的镜式结构中间，阻隔在由自我命名到自我阐释——反阐释的此岸，从而把子君从一个活女性变成死女性，从弄潮儿变为落伍者，把"我是我自己"的骄傲变成"女子没有真相"的痛苦。

　　当然，这一系列的结构性缺损，正是为了意识形态的完满。没有对马克思学说和达尔文学说的侧重选择，则没有我们关于民族政治前途的构想和解释；而没有女性的神秘化，妇女解放也便不会像看上去那么完整。

"祥林嫂系列"与"新女性群"

新文化允诺了女性说话的权利，但女性却并未因此获得自己的话语，她在张口的一刹那失落自己，如同失落一个模糊的记忆，尽管谁也不可能像她心下那样明白，所谓女性所指匮乏也罢，女性意义的缺失也罢，都还不就是"无"。不过在她学会笨拙地改装他人的话语以讲述自己之前，已插入了别的东西。由于多方面原因，现代文学史上很多重要的女性形象都首先出自男作家手笔。这倒不是指男作家写女性有多么值得大惊小怪，而是说明，我们关于女性的许多新的概念是得自于男性大师。譬如讲旧中国妇女的概念离不开祥林嫂，"五四女性"离不开子君，大革命时期新女性形象得自《蚀》，而解放翻身的概念得自白毛女。现在我们大概已经学会了一点，即判断这些概念，判断新文学那些女人的故事，最重要的问题不在于弄清这些女性是否实有，而在于弄清这些描述，这些解释背后的意识形态动机。在这些男性大师写出的女人身后，伫立着新文化的女性观，或曰，关于女性的意识形态。这一意识形态，是我们了解现代女作家写作环境的重要一环。

试以新文学史上最醒目的两类女性形象为例，一是祥林嫂系列，即由祥林嫂到"为奴隶的母亲"，再到"白毛女"这样一个劳苦妇女形象的发展过程；一是"新女性群"，特指茅盾以及蒋光慈笔下的那些大革命时期的女性人物。

在新文化初年那个反封建传统的巨潮中，先驱者们笔下涌出了一批贫苦无告的、被侮辱与被损害的下层妇女形象。《雪夜》中那走投无路的妇孺，《贞女》中那个少女被卖给木头牌位的命运，《一生》中那老妇一世牛马猪狗般的生活，稍后，又有《祝福》《明天》《玉君》等。这些形象无疑第一次展示了妇女在旧历史下的被奴役的处境，这汇入了那时代反封建父权和妇女解放的第一阵呼声。然而，从作家们极力表明的观念来看，《雪夜》《一生》《贞女》《玉君》等篇中的女性都可以作为展示历史反价值的标本,无怪《一生》初名为《这也是一个人?》。确实,这些小说给读者设计的只是一个判断式阅读,令你会发问,然后肯定或否定,你会从"这也是人的生活?""这也叫活着?"这一系列问题后,发现整个历史的粗暴和旧中国的不合人性。显然,作者塑造这些女性人物并不是要给你留下一个难忘的发人深省的性格审美形象,而是为了以她们的苦难印证封建历史的非人性,再现社会的罪恶,而以她们的麻木来衬托这罪恶的不可历数。在某种意义上,她们的肉体、灵魂和生命不过是祭品,作品的拟想作者连同拟想读者,都在她们无谓无闻无嗅的牺牲中完成了对历史邪恶的否决和审判,不过《祝福》《明天》相比之下要更为复杂,多少有着意识到这种祭词象征后的沉重和负罪。祥林嫂作为旧历史的牺牲品如同子君作为新历史的牺牲,都是以无辜的女性之躯承担了、负荷了历史的罪孽,也正是这罪孽使涓生深深忏悔,至于子君是谁,她想过什么,对于涓生都似乎不甚重要。"伊们"的性别首先意味着一种载体性。

于是毫不奇怪,这一载体的内涵几乎每十年一换。在20年代俯视众生的作家眼中,这些苦难而麻木的劳动妇女承担着历史的反价值。而到了30年代,在那些倾向无产阶级革命的作家手中,劳苦妇女又在一个仰角上成为价值。《一生》的作者叶圣陶在十年后写出了《夜》——一个在大革命浪潮中走向觉醒的母亲,这恰巧预告了妇女形象在第一个十年间的第一变:在柔石《为奴隶的母亲》、艾青《大堰河——我的保姆》、魏金枝《奶妈》等作品中,与单四嫂相似的那种母亲的、女性的微末苦难变成了一种伟大的苦难,祭献变成了奉献。辛劳一世的劳苦妇女被人记起母亲式的形象特点,因而成了慷慨、博大、宽厚、能承受命运给予的一切的大地之母。喑哑的女性获得了远远超出自身性别个体之外的价值,她代表着社会革命的新兴意识形态极要寻找的精神及物质之根——理想中给人安全感和希望的下层劳苦大众。最后,到了新文学的第三个十年,在解放区晴朗的天空下,劳动妇女又摇身而变。所有这一切从祥林嫂便开始出现的内涵都汇拢到一起，再加上新天地中土地改革和其他新政策所呼唤的劳动人民的反抗性，使白毛女的出现并非偶然。在喜儿的形象修改中，祥林嫂、单四嫂的忍辱麻木的影子越来越少，而理想中劳动人民的美德越改越多，诸如抗暴、疾恶如仇、坚贞不屈、勇敢复仇等。最后出现在艺术舞台的喜儿，已由备受凌辱的母亲变成圣洁的处女——她以反抗保全了自己的贞洁，从而具有更大的、更完美的拯救价值。

从祥林嫂到白毛女，女性从牺牲式的祭品变成取之不尽的奉献者，继而变成被拯救的价值客体并获得拯救，当然，"救星"并非女性的同性。这些作品在揭示女性痛苦生活上是无可非议的，但只是这些女性形象的所有内涵都不是自足的，都有待于作品之外的另一个主体，如祭品的送祭者，地母的奉献对象或所取者，被拯救者的拯救者，等等，他们便是主导性别。也就是在这里，解放了一小半的女性遭到了无意的背弃，她们在走到主体之前先成了新的话语世界的新客体。

新文学史上最引人注目的女性人物，当然还要属"新女性"系列。茅盾在《野蔷薇》《蚀》《虹》等作品中写出了如慧、桂少奶、孙舞阳、章秋柳、梅行素等一系列著名女性。这些形象在新文学史上的成功可能由于两点：首先，她们是精神特点鲜明的个性；其次，她们是性别特点鲜明的女性。新文学史上还未见到有如此洒脱而狂狷、极要执着而无所执着的个性，也未见过如此性感的充满诱惑力的女性。而这两点，都分明烙有作家一己和男性群体的想象痕迹。

对这些女性的形体形象的描述，往往发自一个男性人物或男性的视觉、听觉、感觉系统（而且，是一种非传统的、带某种西方味儿的感觉系统）。这个男性毫不掩饰地以她对自己的吸引与威胁来判断她的可爱与可恨、诱人之处与可怕之处。虽说这视点产生了微妙的反讽效果，即泄露了男性本身的懦弱，但主要功能却仍然是强化这些女性形象的性别效果。新女性另一个性别特点与她对性的态度有关，她们在超越性和欲望束缚的同时，把它们变成了一种实验或手段。章秋柳想通过爱和肉体奉献来拯救人，以获得成就感，孙舞阳则以肉体作游戏和工作之用，就连李惠英（《色盲》）、桂少奶的勾引手段，包括蒋光慈《冲出云围的月亮》中的王曼英的肉体报复，也都表现出这些女性共有的特点，即一种冷静地驾驭肉体，以性为工具的能力。描写这一特点是茅盾的擅长，而且几乎是他的专利。他的女性也常因此而令人肃然起敬。然而，这毕竟只是外在描述，如果说新女性们对性的态度表达了性和欲望与女性生存及情感的分离，那么正是这种分离本身没有得到探索。在茅盾笔下，你可以看到男性对这种分离现象的或畏惧或欣赏的反应，但看不到分裂的女性内在世界本身。我们将会发现，这一点也正是茅盾的"新女性"与丁玲的"莎菲"的重要区别。

　　至于新女性们的精神特征是很有几分不言自明的，作者也曾多次暗示。她们是上升、上进的新生资产阶级的精神之女，而且她们已经度过了极易夭折的脆弱的浪漫幼年而进入一个懂得冷酷与怀疑的成熟期。她们那骄傲、那志向、那成就心、那不择手段的追求、赤裸裸的欲望连同她们那玩世不恭的洒脱，一望而知是中国这片沉重委琐的黄土地上的精神外来户。然而，正是她们这种于连式的精神特征使人感受到《蚀》所蕴含的真正悲剧意义，尽管它看上去是场闹剧，茅盾偏偏把这种因过于鲜明狂放而在中国注定受挫的精神品性付诸女性，偏偏以女性形象来表现那场徒然的、闹剧式的革命中的悲剧成分，甚至以女性作为小说中的主要行动者，或许是有深意的。从一方面看，这是动人的审美选择。她们如同飞舞在暴风雨将临时分的斑斓蝴蝶，以自己无畏的明艳从容点缀这时代的肃杀之气。从另一方面看，如果我们记得茅盾写《蚀》的冲动和心境便不难发现，这斑斓的蝴蝶无异于作者用来痛苦地埋葬一个精神时代的美丽殉葬品，她是那些软弱卑琐的反衬物，她使得那个闹剧时代有某些东西可以欣赏、可以饶恕、可以兴叹、可以记忆。茅盾继续前进了，他再没有写《蚀》这样消沉的作品，但章秋柳、孙舞阳们的精神特征却留在那短暂的"蚀"的一瞬，尽管她们的肉体后来又出现在别的作品里，如《腐蚀》中的赵惠明，但彼时《蚀》中的精神特征已消失殆尽。

如果说祥林嫂承受了封建历史的罪孽之重，而子君承受了过于脆弱的理想之轻，那么，"新女性形象"则负荷着那些在现实面前撞得粉碎的异国英雄主义碎片——那些于连、拉斯蒂涅、吕西安或毕乔林们的精神碎片。鲁迅笔下的旧女性与茅盾笔下的新女性是如此不同，但她们与各自作者的关系又是如此相似，她们标志了中国知识分子相去不远的两次精神葬礼。在肉体上已死的祥林嫂是作者怀着深广的幽愤，借以审判旧秩序、颠倒旧价值的祭品。而在精神上必死的新女性，则是作者不无痛苦地掩埋资产阶级革命的理想信念时的殉葬者。作者通过女性人物完成了一次象征性的精神卸重，她们的牺牲或死亡豁免了另一位主体或另一些主体的死亡，当然也就保全了他的生命。

不能否认，这两类女性形象的确带有特定的历史信息，甚至是所处时代的标志，但与其说她们是那个时代的女性典型，不如说是那时代男性作家们的女性观的结晶。苛刻地说，或许由于新文化初期"女性"概念的结构性缺失和所指的匮乏，她似乎在某种程度上再次充当了话语世界的空洞能指。她在过去封建文化中的特定语义固然被抛弃，但她以往在话语结构中的位置却仍在延续，她仍然是那个因为没有所指或所指物，因此可以根据社会观念、时代思潮、文化密码及流行口味时尚来抽出或填入意义的纯粹载体。缓和些说，应该看到，我们的男性大师们就是以这样一种从男性意义投射出来的、绕开女性内在本质和精神立场的女性观，在呼唤女性解放和衡量女性价值的。当然，这两类形象以及描写这两类形象的作家都并不代表整个新文学史，但却代表了一种主流的、中心的、有左右力的意识形态——话语传统。在这一意识形态中，女性所能做的是觉醒、反抗，然后继续沉睡或叛逆自己。

这样一种既要女人觉醒又要女人沉睡的话语，为男性造就了完满的意识形态神话，而给女性带来的却只能是自我分裂——如果她还坚持这份自我的话。实际上，从女子解放、男女平权、家庭改组、女子人格、女权与法律、贞操问题、女子社交等一系列问题被提出和讨论时起，女性就掉入了一个心理的、更是话语的陷阱：这些问题既是、又不是带有特定性别针对性的问题。从字面看，它们包含的是妇女解放之意，具有鲜明的性别针对性，而从历史语境看，它们又与"打倒孔家店""科学与民主"、白话文、"劳工神圣""抵制日货"、恋爱自由共同源自一个"反传统"的语义。此刻它具备的首先是意识形态的和历史的针对性。对男性而言，这两种针对性是可以合而为一的，正是为了反封建的历史目的他才提出女性问题。而女性却无法将这两者等而视之，她实际上因此而处于一个双重复合位置，根据历史针对性的要求，妇女解放只是一时性的问题，当反传统不再是当务之需，便自然可以置之一边。但根据性别针对性，妇女解放却是一个永久存在的问题，它并未因帝制和古文遭到废止便自行解决，甚至也不因新婚姻法公布而失去意义。随着意识形态斗争焦点的转移，女性脚下的这双重复合位置便分歧日深。显然，如果她在无产阶级大众或抗战队伍或根据地找到奴役妇女的把柄，就会不合时宜。而且她还得确信，自身解放的明天正在这不知有没有性别概念的大众、根据地和抗战中。她逐渐失落了在社会意识形态主流中女性的立脚点，而又不能脱离全社会全民族的命运去成为一个所指不知为何物的女性。她不能抛弃一切现有已被男性社会历史沾染的语言，但那又无助于她来表述自己。

这种心理上和话语上的分裂，标志了现代女作家与男作家的最大不同，她无法像男性大师那样根据一个统一的创作自我，一种完整统一的世界观和纯粹单一的话语动机来写作。她甚至不具备一套纯粹的话语，一切现有的文学惯例、叙事模式乃至描述性套语，都潜含着男性内容，譬如，她很难用像茅盾那种西方式的人物描写法去描写女性。

女作家们的眼睛是被割裂的,她尚然不是独立于男性主体之外的另一种观察主体,或许,只能算是半主体,她的视域大部分重叠在男性主流意识形态的阴影后,而那不曾重叠的一部分是那么微不足道,不足语人亦不足人语,至今未得到充分注意。不过,从另一角度看,恰恰是这种割裂,以及随之而来的焦虑和她解决焦虑的方式,使人感受到某种独特的超越或游离于主流意识形态的离心力。与男作家不同,女作家的创作除去受主流意识形态控制外,还包含着来自女性自身的非主流乃至反主流的世界观、感受方式和符号化过程。借用巴赫金所言,在她们作品中包含着某种对话体系。这后一方面往往可能,甚至已经导致了对主流观念体系的怀疑,至少,它提供着一个位移的角度,成为我们在今天解构现代文学作品和现代想象方式及意识形态的一个起点。正如丁玲的莎菲、梦珂,庐隐的张沁珠为揭示男性作家笔下的新女性形象提供了有力的参照系一样,你会发现,《生死场》《生人妻》《三八节有感》《结婚十年》也可以为有关民族性、大众及城市生活的描写提供反主流的参照系。与此同时,可能正是出于同一困惑,那些未曾以元语言及科学形态出现的妇女问题,在女作家手中却以想象的形式深入了、延续了下去。你在这些文本中发现的女性处境比法律条文的规定另有一番深意。对那些不隐讳自己的女性身份的作家而言,写作与其说是"创造",毋宁说是"拯救",是对那个还不就是"无"但行将成为"无"的"自我"的拯救,是对淹没在"他人话语"之下的女性之真的拯救。女性写作与其说是运用话语,不如说是改装或改写话语,是将现成语言、现成观念、现成叙事模式改装得不那么规范,以便适于女性使用。现代女作家的作品潜藏着破坏新文学意识形态完满性的力量,正是这种力量使我们有机会了解某些至今秘而未宣的前一代的想象力、他们想象中的现实、他们的想象与现实的关系,这便是女作家作品的魅力,也是我们下面工作的目的。

第一部分

（1917—1927）

第一编

(1894—1910)

第一章 "五四"十年:悬浮的历史舞台

一、弑父时代

弑父——历史坐标上的零点

中国第一批现代意义上(以及"作家"意义上)的女作家,命中注定诞生于通常说的"五四时代"(1917—1927)——这个中国有史以来罕见的"弑父"时代。

20世纪以来,中国社会政治领域的一系列重大事件——辛亥革命、宣统退位、张勋复辟、袁世凯称帝与垮台……切断了纵贯两千年的父子相继的统治之链。辛亥革命是一场"弑父",因为它的目的不是取消一个皇帝或一个朝代,而是取消那个合父权族权夫权为一身的,居封建男性社会权力之巅的统治形象本身,取消那个古已有之的唯一的统治之父——皇帝的地位及整个封建秩序本身。这也是我们衡量辛亥革命成功与失败的标准。

五四新文化运动不啻是发生在整个文化和观念领域的一场辛亥革命——一场规模大、效果显著的象征性弑父行为。新文化不只是发生在父子两代或数代人之间的一场观念冲突,而是新兴的"子"的文化对维系了两千年的"崇父"文化的彻底反叛乃至彻底罢免。在先进的

"德先生"与"赛先生"面前,在"必胜于老年"的青年面前,在"子孙们的将来"面前,在发展进化的"人"面前,在出自"引车卖浆者流"的、"活生生的""不肖的"白话文面前,万世师表的孔圣,古已有之的名训,祖先奠立的历史伟绩,礼义忠孝节烈的法规等都当列于"打倒"的被"弑"者一伍,就连力循"选学""桐城派"之道的肖子们也被不客气地斥为"妖孽""谬种"。这些"激烈的反传统"之举(林毓生语,见《中国意识的危机》)对旧文化的批判,也许并无系统,但所反的传统却相当鲜明,那便是"父"本位的文化传统。确实,从《敬告青年》到《现在的屠杀者》,从《孔子平议》到《家族制度为专制主义之根据论》,从"贞操问题"到《我之节烈观》,从"救救孩子"到《我们现在怎样做父亲》,从《文学改良刍议》到《文学革命论》及《人的文学》,新文化先驱们旨在废弃的是文化领域的"帝制":是那个历来不可触动的、超越一切肉身之父的封建"理想之父":他的礼法、他的人伦、他的道德规范乃至他的话语——构成父权形象的一切象征。

因此,五四时代的英雄主人公是一代逆子,不仅是弑君的孙中山、忤逆的陈独秀、不肖的胡适和叛逆的鲁迅、李大钊,而且是那些无数反叛家庭、反叛传统和礼法的父亲的儿女们。

说起来,这个弑父时代的出现有其深刻的历史、文化、心理根源,它源自于特定历史条件下民族主体的分裂和自我危机感。近代一百年是前所未有的生存危机时代,洋枪洋炮的威胁和无法抵御的西方资本主义文明优势,使中国人第一次怀疑到自己的"球籍"、国民劣根性,以及自己民族国家的价值问题。自鸦片战争以来,这场伴随深刻的民族生存危机而生的群体自我危机已是积重难返:一连串前所未有的民族耻辱记录,西方先是兵甲、机械技术,后是思想观念的侵入;以皇帝为中心的大一统社会结构的外强中干;军阀混战生灵涂炭的社会局面和落后黑暗的社会前景,如同一片片破碎的镜子,使民族群体从中拼凑出一个陌生而丑陋的自我。在近代以来这场不仅是刀枪相见，而且也是文化与文化，自我与自我的撞击中，老大中国与民族主体的形象一道"从世界的中心滚向 ×"。鲁迅的经历或许是有象喻性的，从祖先们不屑一顾的蛮夷之辈眼中突然见到自己"东亚病夫"的身影，即使不是面临群体生存危机，也足以造成自我意识上的分裂——一种自我主观镜像与客观镜像的分裂。何况在民族灭亡的威胁面前，这种分裂便愈发成了不可忍受的焦虑与痛苦之源。可以说，帝国主义列强不仅以侵略者的身份进入了原来封闭一统的老大国土，而且也以"他者"的身份挤进了原来封闭自守的民族主体结构。从此，"洋人""西方"便成了民族主体结构之内的具有意义决定权的一个因素，它甚至导致了这一主体结构的重组，一场对于什么是"想象之我"与"现实之我"，"过去之我"与"未来之我"的重新辨认。这一"他人"的参照作用实际上为近现代史上的逆子们提供了重要的弑父口实，那就是"父"的罪孽。无论是封建文化秩序还是先圣孔子之道，作为原有民族主体结构中的超我原则或社会强制标准，都不过是中华民族之丑陋、耻辱、落后的因缘。"别样的"文明和"别样的"人们不仅击溃了中国人的民族优越感，而且带来了他们对自己历史的价值怀疑及否定。可以想见，在自贱与自尊、生存与毁灭之间挣扎徘徊的民族主体，需要在这离了心的世界上建立一幅巨大坐标，以确定自己的位置和今后的轨迹。于是便出现了"父的罪孽"。如果说自己这个民族已在几千年感觉良好的夜郎自大中自行走上了一条任人嘲笑、任人宰割的死路，那么，一直引导和统驭着社会生活的文化、政治之父（父辈）必须承担这份无可挽回的罪责。"弑父"行为确定了历史坐标轴上的零点，它成为（自我）危机中的民族主体别无选择的心理、文化选择，它指称并卸落了压在不只一代中国人心头的历史负值。似乎只有摒弃了原有父本位文化的一切，才能摒弃民族群体经验中那丑陋和耻辱的部分，摒弃死亡的恐怖，从而在想象及现实中走一条新路、生路和希望之路。

魅力与匮乏

然而，五四时代最大的成就似乎仅仅是"确立价值正负"。逆子贰臣们在短短十年间未及建立一个在秩序性和系统性上都如"父"的文化那样完满而完整的"子"的文化，也可以说，这一"子"的文化由于缺少相应的政治、经济基础而难以存活。甚至，逆子贰臣们也未及建立任何足以抵御"父"的文化死灰复燃、借尸还魂的防范系统。新文化是这样气势恢宏，又是这样偏激和年轻。这既是它的魅力所在，又是它隐在而重大的匮乏。从一方面看，这个弑父时代因其短暂的"无父"而充满魅力。摧毁了旧文化帝制而又未及建立新的文化制度的新文化，在某种意义上是无主导秩序、无主导话语的文化，它带有某种多中心的"自由"特点，虽然不免有些杂乱。无论是同以前的时代还是同以后的时代相比，五四文化视野的宽泛与丰富多彩都是惊人的，新文化成了一片超负荷的文本之海，它充斥着拉杂涌入的18、19世纪的各种西方的思想学说、价值观念，以及五花八门的"语言"。在这片信息交错重叠的文本之海中，崇尚个人与崇尚集体并存，达尔文、尼采、卢梭、罗素、杜威与马克思并存，"法国革命"与"俄国革命"及"德国人道路"的可能性并存，浪漫主义与现实主义及现代主义共存……新文化容纳了这么多矛盾的观念，可能正是因为这一切后面并没有一个统治中心或统治性语言或统治密码。这也正是多视野多中心的，在某种意义上空前绝后的五四时代的开放、自由的时代特色的由来。然而，这一弑父时代的弑父精神，却并未脱离其胚胎阶段，这造成了新文化的结构性缺陷。"五四"十年处于旧的统治之父已经倒台，而新的统治之父未及产生的断层间，它的所有文化事件都允诺给人们一个过于理想而明朗的社会信念，一个真正和平、自由、富强、民主的未来，但对于如何实现这一允诺，人们却知之不多。五四新文化先驱们曾就走俄国人的路，还是走德国人的路的问题作过热烈讨论，但最终得出的不过是未经多少分析研究的情感选择。五四人对于富强先进的国家前景的种种描绘，甚至连乌托邦那种完整的社会形态和理论形态都未曾具备。同样，以"打倒孔家店"和"提倡白话文"为标志的弑父之举，也是一种情感成分大于理性成分的文化行为和语言行为，尚不就能构成新的文化系统本身。确实，苛刻些说，在激烈的反传统大潮掀起之初，逆子们用以完成弑父大业的人道主义、科学民主、自由平等、个性解放等观念，不过起到某种"以言行事"之用，借鲁迅的字眼，可谓"呐喊"几声。对这一辈乃至几辈逆子而言，重要的是向意识形态对手显示一种坚决的叛逆姿态，而所"言"之"总"倒等而次之了。"人道"也罢，"科学"也罢，"民主"也罢，皆看不见摸不着，既非"领域"又非"学科"。何为人道、科学、民主，如何人道、科学、民主，能否人道、科学、民主？诸如此类看似简单的问题，尚不曾以通俗读本的形式得到过系统解释，更何况这些概念背后的真正含义——其完整的人文结构，绝非陈独秀关于德、赛二先生的几声呼唤，或周作人一篇《人的文学》，便能勾勒得清的。同样，五四一代逆子们也没能解释明白所"弑"之"父"的本质，"父"的由来以及"父的文化"之所以应"弑"的理由。显然，这样一种"子"的文化并不健全：它缺少坚持自己弑父立场的理由和理论凭藉，也便不具备足以预防和抵御一切再生的统治文化的免疫力。

　　五四时代便是这样一个时代，它源于民族群体生存危机的迫力，从而充溢着民族关于生死荣辱、历史与前路的纷繁感受与思虑。但它并未唤来足以审视这杂乱经验的清醒理性。它将大量的现代语汇第一次引入人们的视野，但又并未让人真正看见。它强调了人道主义，个性解放、科学民主等关键性概念，但又忽略了它的全部非价值性的、理论的、科学性内涵。它是一个自由开放的时代，但又有着太多的盲区。因而，它的自由开放随着特定历史条件时过境迁，并未像其观念盲区那样传留到后来。

两个死者，一个镜像

同人道主义、个性解放、科学民主一样，女性也是浮现在人们视野但又未必真被看见的形象之一。所不同的是，前者是一些人文概念，而后者却指称一个性别群体。在这个弑父的时代，在父的礼法、父的家庭、父的语言都遭到攻击和弃绝的时代，妇女问题的提出如果不是势所必然，至少也是理所当然，她牵动着父系文化的每根神经。当然，妇女问题能够进入轰毁父系文化大厦的第一批引爆点，首先得归功于男性新文化先驱者们的疾声呐喊。很难想象，若是没有这样一批逆子们的呐喊，老旧中国女性的命运和少年中国新女性的出路问题，是否会提上文化议事日程；备受凌辱的旧女性与反叛勇敢的新女性，是否会成为现代史上不可或缺的文化成员。无须讳言，在新文化史上，除了后来的根据地、解放区，妇女问题再也没有像这个时代那样吸引全社会的关注。而且，如果说解放区乃至新中国从法律上保证了妇女经济、人身的解放程度，那么，则应该说五四时代标志了妇女精神解放的水平，或者说标志了社会所能容忍的妇女解放标准。

这样一种标准是不难在新文化先驱者笔下找到的，因为他们曾是妇女处境的代言者，而代言者就有所侧重和删削。从发表在《新青年》《新潮》《晨报副刊》等刊物上的文章中，我们看到，凡是旧礼教用来规范女人的戒律几乎无一不遭到否定，老旧中国妇女的非人处境和奴隶身份，她的人身痛苦，她的不学无识，她的贞操节烈，她的嫁鸡随鸡嫁犬随犬，乃至她的小脚，都成为腐朽、昏迷、强暴的旧文化的罪证，这一点我们在描写贫苦妇女的小说中也已有所领教。然而，先驱者们似乎很少运用这老旧中国妇女的内在视点去揭示她眼中的历史，考察她与社会在哪里发生了冲突。他们对她的隐秘经验没多少兴趣，要么，就是他们根本没有想到老旧中国妇女也有她地表之下的世界和她洞视历史的名分。不妨将五四时期描写"老旧中国"女性的文本与弗吉尼亚·伍尔芙（英国现代著名女作家）的《莎士比亚的妹妹》作一比较。同是对妇女历史处境的重构，伍尔芙侧重于重述17世纪的文化环境如何强制着女性的生存，而我们五四时期的男性大师们却更注重强制的结果而非强制的过程。他们仿佛是先写出女性的被杀被吃，然后再"杀死"使其然的环境，犹如先找到女性的尸首，然后再寻找凶犯主谋，但绝不写女性与凶手的搏斗。他们找到并审判了凶手，这是他们的功绩，但整个搏斗真相却相当完整地留在了历史的深处，留在意识层面之下的阴影中。《莎士比亚的妹妹》的主人公是历史中女性在文本中的复活，而五四男性作家笔下的妇女却多半是文本中的死者：那些描写劳苦妇女的小说中，死亡的结局占了很大比重。这"复活"与"死亡"之间显露了作者们性别、角度和目的的不同。一个旨在分析和重现历史，一个则力求否定和判决历史。而审判一个时代，举出死者是最具控诉力和煽动性的方式。因此在五四时代，老旧中国妇女不仅是一个经过删削的形象，而且也是约定俗成的符号，她必须首先承担"死者"的功能，以便使作者可以指控、审判那一父亲的历史。甚至可以说，唯有作为"父的罪孽"中的死者、牺牲和证物时，她才有话语意义，有所指、被"看见"，因为显而易见，那些未死的、不能以自身遭遇证明旧文化罪孽之骇人听闻的女性，在这一时代的文化中几乎没处置放，除非划归为遵循旧道德的传统的同谋。

新文学给祥林嫂一辈老旧中国妇女提供了一席之地，这恐怕是迟早会载入妇女解放史的一桩文化事件。然而也不可不注意，这只是一席"死者"之地。这一"死者"的位置，标志了五四时代妇女在精神解放和文化解放途中一个难以逾越的界限：这种解放使明白了自己是受压迫者的女性隔绝于自己群体的隐秘经验，大而言之，使一个初步接受了"男女平权"思想的社会和文化隔绝于女性群体的隐秘历史经验。这一份积淀于两千年历史深处的隐秘，一直延续到今天。

相隔不久，新文学中又出现了另一位女性死者，那就是子君。如果说，祥林嫂们的死指出了在旧历史中妇女们的生存绝境，那么，子君的死则代表着新文化先驱者想象中妇女解放面临的精神绝境。子君走过的道路恰恰是五四时期妇女解放的主要途径：反叛家庭，毅然出走，追求自由的爱情，并自主自己的婚姻。但然后女性又将走向哪里？她以什么方式继续获得解放而不是穿新鞋走老路？这问题似乎超出了涓生乃至鲁迅本人的想象力。从子君身上可以找出那时代一个广为接受的模式：婚姻不仅是"爱情的坟墓"，而且更是"女人的坟墓"。今天，这模式不免带有某种历史象喻性，它告诉我们，当时人们心目中的妇女解放，基本上仅限于反抗父命、追求爱情和自主婚姻，婚姻与其说是"女人的坟墓"，不如说是其"解放"的终止，不论这终止在人们看来应该与否。而《伤逝》的贡献在于，它以子君的死宣告了一代人在妇女解放（以及人的解放）问题上的思维疆界或思维极限。

因此，子君作为新文学的又一女性死者，再一次标志了"代言者"与"被言者"的精神隔膜。不难注意到，小说中涓生与子君那种师与生、引导者与追随者的关系，与"五四"新文化先驱和五四女性之间的关系是何其相似。涓生与鲁迅当然不可混为一谈，但有一点却堪称一致，那就是对子君、对女性那种师长般的引导者身份，或许还有他们对女性解放前途同样不乐观。因此，《伤逝》中充满了涓生身为引导者而找不到前途时的痛苦的自我谴责，子君精神的萎缩、堕落和倒退，乃至死亡都在加重、深化着这一痛苦，同时，也在深化和加重着引导者的身份以及引导—被引导的两性关系。这里体现的是新文化先驱们心目中的自我与他人、自我与女性的关系，而且，根据这一点，也许便不难理解，为什么会有子君，以及子君为什么会死。在某种意义上，没有勇敢的子君，便没有作为引导者的涓生的价值，而一旦涓生发现自己无力继续引导，子君便只能精神堕落，乃至死亡，否则这关系模式便无法成立。自然，在五四时代，涓生子君式的关系绝不仅仅是小说中才有，鲁迅本人就是最好的现实例证。但问题在于，涓生和鲁迅都对这种引导—被引导的两性关系感到天经地义，他们似乎想象不出同一个要强的子君、一个并未堕落又未死亡的不被引导的子君该如何相处。子君的死使人看到彼时彼刻那一批女性社会成员的命运，但使人忘记了她（们）背后那历史的性别群体。

如果说祥林嫂和子君这两位死者表明了妇女解放所未能突破的区域，那么，"五四"文坛上另一位女性形象却几乎代表了新文化新女性观的全部标准，这形象便是娜拉。娜拉对中国五四新女性的影响是一个值得注意的文化现象。不论是在文学还是在现实中，新的女性恐怕都是在娜拉式的精神、娜拉式的思索的示范下，迈出她们区别于旧女性的第一步。离开父亲及丈夫的家的。娜拉几乎构成了这代女性的"镜像阶段"，仅在文学中就有多少摹仿或酷似的举动：子君决然离家，娴娴最终出走（茅盾《创造》），庐隐《男人与女人》，胡适《终身大事》……娜拉的形象俨然参与着五四女性的主体生成过程。

不过，娜拉对男性大师们的女性观有着更为绝对、更为重大的影响，甚至起着限定作用。在"五四"十年中，娜拉几乎是他们衡量和思索女性出路的唯一原型。他们所能想象的妇女的觉醒，乃是娜拉那种不做玩偶的个性觉醒，所想象的女性追求，乃是娜拉那种做"人"的追求，所想象的女性解放，也便是娜拉那种弃绝束缚的自由。因此，他们所想象的女性的困境，也便是娜拉的困境，娜拉走后怎么办的困境。这一切无疑是在女性观上开天辟地般的巨大革命，但这革命最终受到娜拉的，或不如说易卜生的限定，它终止于"女人是与男人一样的人"的这样一种抽象平等。如前所述，无论是子君抑或是娜拉的形象，都并未说出自己女性的历史特殊性，并不包含女性的精神立场的内容。因此，当鲁迅一针见血地指出娜拉走后在社会处境上的走投无路时，无形中忽略、封闭了女性性别群体精神自我的生路。子君背离开叔父的家庭是一种背叛，但离开涓生的家庭却只能成为一种落伍，因为按照五四文化先驱和易卜生共同的标准，在落伍回到传统与

"和人一样"跟随时代大潮之间，不可能有第三种女性精神出路。如果说，娜拉走后不是堕落便是回来的结局乃是一种现实绝境，那么，离家叛逆的子君不是回来便是堕落的精神绝境却是一种意识形态性的限定了。判断子君的落伍与否并不困难，难的倒是，女性这个字眼更为深刻的内容：她的女性性，包括她对文字文化的结构性潜能和批判立场，根本不曾进入新文化的语境。整个新文化的女性观并未越过易卜生的雷池一步，而易卜生提出的理想妇女，在精神立场上与其说是女性，不如说是刚刚背离了玩物阶段的非男性。

然而，女性却不仅是一个字眼，不仅是一个性别群体的指称，而且是一个在推翻父系文化权威后初次进入话语领域的群体，她是否会发现和正视自己活生生的实存与字面含义的差距，她是否会救赎自己，抑或真的精神枯萎，便是唯有在女作家创作中才见分晓的事了。此地我们只能料及一点，那便是：由中外男性大师们率先奏出的妇女解放基调，既表达又扭曲了女性群体的意愿，而这便是五四女作家们面临的意识形态环境。她们在反传统的叛逆的呐喊中睁开双眼，面对一个瑰丽而却模糊不清的前景。而且在通向这一前景的路旁，已摆有两具同性的尸首。死者标志着认识的禁区。旧时代女性作为牺牲兼死者的隐秘经验，即便是对于女作家也仍然未失其隐秘性。不仅如此，子君的精神困境对她们也仍然未失其现实紧迫性，她们和子君一样在叛逆出走、追求爱情之后，发现自己两手空空，因此，她们似乎很难在老旧中国女人的经验中，开辟一个完全独立于男性大师们陈述的视域，也很难在有关娜拉的出路或子君的出路问题上，开辟一个独立于男性大师们的结论，并使之得到社会的承认。要想诉说自我，要想生存，女性作家们似乎唯有在那些尚未定型的、略与女人有关的旗帜下，以女性身份占一席之地，譬如人、人生、情感、爱情、婚姻家庭、个性等等。这些领域容得女性在自己与民族时代之间找到某种契合，以松散不成体系的形式和时代语汇去书写、泄露自己，把自己纳入时代。由此，五四女作家才在文化的缝隙和松散之处避开一切已成系统的东西而奠立起自己的传统。

二、从女儿到女人——"五四"女作家创作概览

"父亲的女儿"

五四女作家与决然弃家、男装从戎的秋瑾不同，她们是以新旧交迭之际的时代之女形象登上文坛踏入社会的。如果将五四喻为一个弑父的文化时代，那么像命运坎坷的庐隐、白薇及大胆的冯沅君则代表了立于逆子不肖们肩侧的一辈女儿——一辈不孝忤逆的"父亲的女儿"。如果将五四喻为少年中国的起端，那么曾留学国外的冰心、凌叔华、陈衡哲则属于这一新的精神文化母体孕育的第一批女性后代。

五四女作家的青春少女时期正值新文化运动那场巨变。当时她们中有不少人正在读书时代，处于最敏感、最活跃、最不墨守成规、最无忌勇敢、对社会未来和自身命运思索最多的时期。轰轰烈烈的五四新文化的弑父精神与青年知识女性心理、生理上的转折成熟时期相结合，把她们造就成一批与逆子贰臣们并肩而立，相互对应的"逆女"。这场文化变革不可避免地把她们做女儿的个体经验改变为叛逆之女的共同经验——逆子的同谋，从而强化复杂了这一经验，延长并扩大了这份经验，使它成为她们个人的，也是一代青年共有的最光彩的青春手段。实际上，女儿，父亲的叛逆之女，母亲的不孝之女，新文化的精神之女，是五四作家创作中隐在的共同自我形象。尽管在不同作家那里，这一形象有隐有显，这一时期也有长有短，它依然是五四女作家创作中第一个既是性别的、又是时代的共有标记。

一般而言，五四女作家们的重要作品总是有一位女儿主人公，女

儿是她们最善于表现，而且是不由自主要表现的对象。甚至，在那些与人物关系异常紧密的作家那里，可以说，作者、叙述者、人物简直就是同一叛逆女儿的三重化身。沅君作品中的女主人公，在情人的爱与母亲的爱之间抉择不定，是因为她深刻意识到并且很可能是不愿抛开自己女儿的身份。庐隐的《海滨故人》的人物，则多处于从女儿到女人的中途，她们已不能重饰父母之家的孝女，但作为叛逆，对所要追求和争取的前途又充满焦虑。凌叔华笔下那些初次接触新的社会风气的旧式家庭中的少女，冰心作品中那个对家庭每一成员充满爱心的女儿，不论与作者本人关系如何，却毕竟也是一种女儿的经历。

女作家们的自我形象连用这些形形色色的主人公构成了这个时代形形色色的女儿们的故事：女儿们在传统禁令下的反传统的爱情，她们的内心理想与内外压力的交战，女儿们步入成熟后面临的矛盾和选择以及无可选择的规避，女儿们与双亲之间观念的冲突与亲情的联系，以及对未来生活命运发生的思虑、向往、担忧、恐惧，她们有的背叛家庭，违抗父母之命，毅然寻求爱情和人格独立，而又负荷着对双亲家庭的罪孽感，有的则尚未受到新思想熏陶，在旧式教育的严格规范和旧式家庭的封闭空间中虚掷青春，有的以一颗少女的迷惘困惑的心，承受着新旧文化的冲突与夹缝的压力。

中国现代女作家的传统，就是以这样一种崭新的女儿姿态为开端的。五四女作家以女儿的感受，女儿的话语否定审判着封建父权历史对女性的第一道禁令——未嫁从父，修改着历史对女性从出生起的言语规定。作为叛逆的女儿、自由的女儿的女性作家们，以笔创造自己新命运的第一步。没有这样一个叛逆女儿的传统，中国现代文坛上大概也便不会出现真正成熟的女人以及女性群体。

不过，也许不应忽视"女儿"阶段的限定性。这体现在两方面：首先，在五四时代叛逆之女是随着封建家长与逆子的二项对立的出现而出现的，并且也由这一对立而获得自身的时代、文化价值。而一旦这种父子对立不再占据意识形态的中心位置（这在五四后期便逐渐明显），女儿的整个含义也便似乎随之消散：主导意识形态不再保留她的位置。在这一意义上，"女儿"似乎并不是独立的主体，而是逆子的他性投影。其次，女儿既非一个充分自足的概念，又非一个充分自立的人生阶段，它表示了一种当然离不开双亲界定的意义内涵。确实，女儿们尽可以在信念和价值观念上反叛父辈和父辈的要求，但在心理上，却可能依然依恋双亲——不是依恋双亲本身，而是依恋女儿那种有人保护的、不用承担世界和自己的压力的孩提阶段。这也许有助于我们了解初次浮出地表跻身于时代大潮的女作家们，何以如此眷恋一颗女儿之心，女儿，似乎是一个避风港，在那儿，她可以永远不选择、不行动，因而也便不失去、不承担后果，在那儿，她可以躲闪回避来自社会历史及自己内心的阴影，躲闪那个陌生的、以前从未有同性经历过的茫茫世界。五四时代女作家们的创作基本上没有超出女儿的范围，她们的叛逆仅仅是女儿的叛逆，而她们还缺乏足够的心理准备、文化积蓄以及勇气去告别孩提时期。出于这两方面的原因，五四女作家的创作像"女儿"这一字眼所标志的人生阶段一样，充满了青春、骚乱、幻想、脆弱、幼稚和肤浅，不具备成人那种老辣坚定的目光。

直到新文化运动发轫后近十年，这一代女儿才似乎开始走向女人。丁玲的《梦珂》《莎菲女士日记》中的"女儿"已没有了双亲，首次露出了发自女性性别自我的对恶浊人世的尖刻洞视，莎菲那句充满反讽的自我概括——我不过是一个女人味十足的女人，标志着女儿向女人的一个重大转变。她不仅开始成为"女人"，而且开始区别于"女人"——社会的女性标准。女儿们第一次获得了新的女性的自由之心。这颗心已不再像父亲的女儿那样负荷着历史的阴影，也不再仅仅是逆子们的回声。

塑造母亲

五四是不孝不肖的时代,而女作家们是叛逆的女性,但她们讴歌的主题之一却是母亲。在她们笔下,你可以找到一种历史上没有、后来也罕见的母女纽带。冯沅君那些大胆叛逆的主人公在追求自由、反抗封建的同时,深深迷恋于母亲那唯一无限的爱,她笔下不仅一个女儿为了母亲而未敢毅然断绝了包办婚姻。母亲更是冰心的一贯主题,至今人们仍记得她歌颂母爱的名句:"心中的风雨来了,我躲进母亲怀里。"就是庐隐这位遭到母亲贬斥的女儿,其一言一行都违背母亲的意愿,却仍然在千里之外惦念着不使母亲伤心。

这种时代女儿们与母亲的关系可以与逆子贰臣们的父子关系形成鲜明对比。处于两大历史断代两端的父子关系表现为一种压抑/反压抑的对立关系。父与子的对立,无论在男性作家笔下还是在女性作家笔下,都是毋庸置疑的,《狂人日记》和《斯人独憔悴》分别以象喻的方式和直述的方式表现了这种父子对立。而女作家心目中的母女关系则相反,这历史性的关系非但并未妨碍母女之间的感情联系,倒是母女之情左右着观念上的对立。母与女共有一种情感上的同一,母女关系甚至时常密切到不容第三者插足的地步,不仅父亲的形象在文本中往往缺席,就是爱情也不能间离。不能否认,这种母女之情和母爱中掺杂着时代女儿们的拟想成分,因为"母亲们"少有个性,母爱也写得抽象笼统。不过,在拟想中如此重视母亲就更值得反问究竟。从一方面看,母女之情得到重视很可能是由于母亲代表了历史中的弱者。出于对强暴专制的封建父权秩序的逆反,女儿们倾向于向苦难宽容的母亲形象的价值回归。从另一方面看,一代尚未独立立足社会人生,尚未成为性别主体的女儿们需要以母亲填补主体结构上的不自足性。五四时代的父子关系是子一辈成为主体必不可少的一环,以往的封建士大夫们以父、君为自己理想的示范,而五四一代人则以与自己文化血缘之父的势不两立来区别出"自己"——新文化的主体，或逆子狼孩，或许在他们心目中，理想之父的位置上已换上了西方文化的某些精神。"父"，不论是什么样的父，在子的主体生成中占有一种结构性位置。但五四时代的女性处境却不这么简单。无论是传统意义上还是现代意义上的"父"的形象，都仅仅是"逆子"们的同性双亲，在那个对她成长为性别主体至关重要的、相应于父的同性双亲位置上空无一人，既没有一个可认同效法的理想之母，又无可叛逆唾弃的理想之母。她们仿佛来自虚无，对应于封建／反封建、历史／反历史的同性亲子对立在她这里实际上难以成立，她们这一性别作为群体可谓没有历史。因为历史只是父亲的历史，而不是母亲的历史，封建家长式的"母亲"并非母亲，而只是父权意志的化身，若是抽出父亲意志内涵，"母亲"只是空洞能指。她们仅仅是父亲的女儿，而弑父并不能使他们成为女人，成为女性主体。因此，歌颂母爱、歌咏紧密而过于沉重的母女之情，反倒泄露了一代逆女们心理上的匮乏，这是一种理想之母的匮乏，一种性别历史传统及经验的匮乏。这是女性在成长为性别主体道路上一个不可逾越的结构性空白。也许正因此，她们才仅仅是女儿。

在这种匮乏的驱使下，叛逆自由的女儿们的写作，在某种意义上也包含一种寻找、创造、复活母亲——理想之母的内容。她们笔下的母亲往往是多重的，时而是父权意志的化身，时而是值得庇护的历史中的弱者，饱经一世艰辛忧患；时而又是童年时代的养育者、保护者，对女儿怀着无限的无条件的爱。母亲的形象便这样被新的观念支撑起来：人的观念、情感、弱者及爱。通过写作，五四女作家经由两个过程同时完成了母亲的概念，一是将母亲对象化的过程，母亲的形象被刻画为年迈的、饱经忧患的、受苦难者和弱者的象征，她不得已执行父权意志，并非她本人的过错。这种血缘的亲情模式，在象征意义上复活并延续着现实生活中实已断裂的女性历史性的群体经验。一是将母亲理想化，她被描绘为爱者，慈母，为子女操劳牺牲，有懂得女儿每一心曲的宽大胸怀,女儿无以诉人的心绪在母亲庇护下得到安慰,这具体的母亲升为慈母的过程,复活的是女性童年时母亲带来的安全感或与母亲同体的无意识经验。

因此,这种复活了的母亲以及复活了的母亲之爱,并不是具体的文学形象或现实形象,毋宁说是一种对立于血缘——民族之父的、剥离了父权意志色彩的女性家长象征,这一象征的目的甚至不是反抗封建父权,而是为了象征地填充这个颠覆历史的时代叛逆女儿们文化心理上的结构性缺欠,填补她们主体结构内部的空白,使她们能够从与这一同性家长的区别、冲突、联系中确立自己性别的,也是历史的、经验的、主体的来源。在这个意义上,母亲以及母女纽带是女性们建立自己传统必不可少的前提,是中国现代女作家走上从女儿到女性道路的先在假定。

爱——反侵犯性话语

爱,是五四女作家们不约而同涉及的一个主题,也是不约而同执着的一种信念。与男性大师们注重寻求社会、民族的理想——政治社会的乌托邦恰成映照,女性寻求的是爱——情感的乌托邦。爱作为一个时代旋律是从五四女作家的笔下率先流出的,她们的作品总比男性作者的创作更多地表现温柔博大的人间之爱、友谊之爱、母亲之爱、恋人之爱、悲悯同情之爱,乃至万物之爱。

很难说这是女性本身的倾向,还是有特定的文化原因,譬如,是女性天生偏重情感,还是历史和社会使她们偏重情感。前一点或许无从证实,后一点却值得研究。从历史和文化角度分析,对爱的敏感与她们在历史和整个文化中的处境有关。五四知识分子在本质上完全不同于与封建统治者合一的士大夫阶级,从他们的关注点来看,那种致力于改造社会、变革政治、教育国民的角度和思维立场,却是历史的强者们治国济世的角度和立场，但这一点又似乎是士大夫传统的某种变体。然而这种传统立场仅仅对男性才据之当然，作为历史中的弱者的女性，不仅在封建时代没有参政的资格（就是她们参政，也不会改变男性父权政治本身，仅仅是以女性面目出现在男性政治角色的位置上而不改变其男性内涵模式）。在五四时期，尚未步入成年的现代女知识群面临的仍是这样一种处境。她们或许获得了更多的发表政见、关心国计民生、社会前途的权力和机会，她们或许能够同逆子们一样成为一代封建父王及封建父之法的叛逆，但一旦她们离开父子对立的特定语境面对自己，便会发现，所谓"女人"仅仅是有史以来那个被奴役、被统治者——弱者群体。作为个体，她们可以抛掉自身所属的性别群体去扮演历史一直是赋予男性的历史角色，如从军、从政等，但作为一个群体，女性却不知自己除了"弱者"之外还是什么，除了以弱者的身份反抗强暴之外还能做什么。在五四时代，女性似乎还处于自在的、而不是自觉、自为的阶段，你看不出她们是否充分意识到自己这一群体的存在，当然也谈不上以女性的姿态成为历史主人。

不过，五四时代的历史变革毕竟赋予女性一种弱者的自觉，如果不是性别自觉。因为诸如主人/奴隶、压迫者/被压迫者、强者/弱者等意识内及文本内二项对立很自然地暗合于潜文本、潜意识中男与女的对立。像历史上一切弱者群体一样，她们也往往易于接受一种更适合弱者利益的、不带侵犯性的信念或哲学来抵抗、削弱、控制乃至消除强者的侵犯性和权威。于是在涌入中国的大量外国思潮中，女作家率先撷取的便是基督教文化中爱的观念与泰戈尔爱的哲学的混合体。这一混合体逐渐衍化为弱者——女性自己的一种哲学和信念。它发挥着削弱男性侵犯性权威的功能，又容得女性以某种方式寄身其中。在冰心笔下，爱成为解释世界的一重密码，这种密码必然重编男性统治的历史、世界。果然，在由这一密码编定的文学国度里，我们看到一个不能说是女性，但俨然是非男性的世界，这世界的主人不是父亲、不是弑父者，而是童心、自然、母亲以及无冕之王——爱。沅君大力讴歌慈母之爱而将父亲排除文本之外，实际上也无形中以爱来削弱阉割父亲或曰男性在文本中的统治力。既然五四时代"男女平等"的口号并没有真正地从本质上改变女性的历史处境和历史功能（这一任务有待于全社会生产力、生产方式的进一步发展），那么，女性借助爱这一哲学信念作为自身生存的理由是毫不足怪的。正如基督教乃是弱性用以牵制强者的宗教一样。在这一意义上，爱已不是一种单纯的情感概念或情感主题，它是一种更有悲悯性的、弱者的、反侵犯的文化的萌芽。它的目的旨在为包括女性在内的弱者——被统治者提供生存的文化依据。这便是爱之所以会成为女性意识充分觉醒之前的女作家们热衷的主题的原因之一，也是"爱"这一笼统的字眼所包含的时代历史意义。而且它与逆子们反封建的斗争完全合一。

爱的哲学信念及阉割性使它的文化功能远远超出了"温柔"的范围，它与中国古代所谓与阳刚相对的阴柔概念、特别是在士大夫们手中被世俗化了的阴柔文化，大相异趣。后者是以顺从、奴隶性为内涵的，它体现的是种种依附性阶级的怨、哀之绪，在这一意义上，它非但没有阉割儒家统治性价值观，反而加重了依附的色彩。相比之下，爱，虽也阴柔和缓，但却无形中以一种新的理想对抗着已有的和潜在的文化主宰者，即非人的封建式的价值观，一方面又潜在地区别于那种士大夫传统下的主人立场，这与其说是女作家的贡献，不如说标志了五四时代的文化结构的巨大变迁。

经验与话语互逆

毋庸讳言，五四女作家的作品，包括许多重要作品，在艺术上都有着显而易见的幼稚和粗糙。这与其说是由于创作技巧的未臻成熟，不如说表现了女作家们自身经验与语言之间的互相游离乃至互相冲突。

那个反封建的弑父时代所提出的男女平等、个性解放、人道主义等口号，虽尚嫌肤浅，但无形中鼓励着女作家们去尝试书写自己的生活与感受，同时，由于生活阅历和所处文化圈的限制，她们的写作内容多半也只能取自切身经验及周围的人和事。于是，表现作家自己的或同性的经验与思索，成为不少女作家作品中一再复现的动机。沅君和庐隐固然不可遏制地流露或复述她们自己，陈衡哲、冰心、凌叔华的主人公又何尝不主要是些与作者属于同龄同类的青年女性。但是，这种写自己及同性经验的动机，似乎并不足以使经验变成文本或进入文本。似乎它在进入文本的途中遭到了某种催化作用或加工过程，结果在文本里，你更多看到的是对各种抽象观念的探讨和议论，那些作家一己的或女性独有的经验，几乎淹没在诸如爱、人生意义、友谊、恋爱神圣、情感与理智的冲突等浮泛而中性的时代语汇之海，失去了其独特和个性。你在五四女作家的创作中常常可以看到一种困窘：女性的经验要求被文本化，而一旦它们进入文本，又消失于文本中。庐隐的人物尽管与作者互相对应，但她从未写出真正的自传，从未写过自幼被母亲轻蔑所带来的母女情结，或她那不合礼教的爱情始末以及所遭受的社会压力，她似乎总是"将真事隐去"（甚至将有可能泄露真事的情节也"隐去"），而大篇铺写"事"所引起的内心焦虑——一种泛泛的人生信念，人生出路的迷惘不决。同样，如果用一句话概括冰心和她的作品的关系，那只能是她自己的名句：隐去了"心中的风雨"而"躲进母亲怀里"。沅君写作可谓大胆，她的《旅行》《隔绝》是如此直截了当地写出了当时男女青年们一桩反礼教的行动，旅行的事实，但最终说来，她所表现出来的不是这一行动或情节中的人物，而倒更像是以人物体现的观念或角色。情人之爱与母亲之爱的冲突本身，并没有作为一种具体独特的经验，而仅仅是作为观念交给了读者。

只有在一方面文本中的人物不加隐瞒地酷似现实中的作者，那些便是她们只能用非个人性的、抽象而笼统的现有概念和现有语汇（文学形式）去表达或解释她们微妙、独特的个人经历中蕴含的性别经验，而在这一过程中，她们大部分人未能对一般化的非特殊性的语言系统作根本性的离心、变异性调整，使之适应于经验的独特需要，反而在很大程度上牺牲回避了经验以附就时代语言。确实，在新文化语汇库里，除了浪漫、理智与情感、爱情、忠贞、自然等一般化的"人性"概念谱系之外，并没有任何现成的女性传统、女性视点或注目于女性立场的文学范示（包括情节设计和叙述方式等其他艺术技巧），但表现女性独有的感受、经验与思索又实在需要一份独特的语言。于是，五四女作家仿佛置身于来自时代语汇系统与自身经验双向的挑战之间。前者指向普遍的、群体的、无例外的一端，而后者偏偏指向个人的、特殊的、例外的一端。对于五四女作家们的创作而言，这两条方向互逆的轴线不可能形成任何完整一致的表意坐标系，而她们的创作又离不开这两元之中的任何之一元。她们选择和努力的结果是引人深思的。她们以一般化的概念解释那些原本可能是特殊的、对女性影响深远的事件。诸如，以情与志的冲突或情人之爱与母亲之爱的冲突来解释由于个人愿望与社会责任之间，乃至禁忌与意愿之间无法调和而带来的焦虑，以人世之爱和童心来解释女儿时代对她们的重要意味，甚至，以抽象人生意义的探寻压抑自己对已有观念的怀疑。从这一点看，她们作品中的粗糙、幼稚，可能不应简单归结为缺乏阅历（无疑就是她们已有的阅历，也并未真正进入作品表现领域），毋宁说，她们真正缺乏的乃是足以表现这份阅历的话语准备和话语自觉。确实，在奉神圣的爱情和理想的爱人以及完整的人性为中心偶像的时代语库面前，无论是寻找一份离心的情节、离心的细节或主题去表现特殊的女性经验，还是把这份经验套入已有语言而不失其独异，都并不容易。何况五四女作家在呱呱坠地的第一阵啼哭声中，还未曾具备充分的心理成人意识和话语自觉性，在女作家们繁复庞杂甚至语无伦次的叙述中，潜伏着由于以他人的话语表现一己经验所导致的一种深刻的"表达的焦虑"（但并没有对焦虑的反省）。而且，越是追求把个人经验纳入时代语汇系统的作家，这焦虑就越深重，这方面沉君和庐隐最为典型，若是自守于边缘，或许能够保留更多的性别经验信息，但无形中也就无从进入新文化的主流。

五四女作家的这一写作窘境不过是整个现代文学史上女性作家面临的一连串的群体性困境的头一幕。她们正是在这种话语困境中挣扎着开创着女性传统，当然这还只能是"女儿"们的不成熟的传统。在时代语言系统的边缘也可以找到较清晰的女性生活独有的主题，与爱、母亲等更有煽动性的主题相比，它们可能具有更鲜明的性别针对性，但同时涉及的心理及文化深广度却略逊一筹。这些零星的主题还似乎仅仅作为现象，处在一个介绍性的刚刚提出的阶段。

写女人

陈衡哲不仅是五四新文学的第一位女作家，也是第一位提出知识女性爱情与事业矛盾主题的人。《小雨点》中的小说《洛绮思的问题》，借一个外国知识妇女，表现爱情与事业给女性造成的压力，她的抉择是为了事业献出毕生精力，拒绝所爱的人的求婚，愿意与他保持终生友谊，这篇小说虽然粗糙，但毕竟提出了这一知识女性面临的问题。同类作品还有凌叔华的《绮霞》《小刘》等篇，凌叔华在五四女作家中也许有些个别，她较少被时代女儿的框架限定，笔触往往能更深。《绮霞》写一个有音乐才华的已婚女性，在五年忙于做妻子的幸福生活后，突然感到灵性堕落。她在对丈夫的爱与对事业的执着之间徘徊矛盾良久，最后为了为社会多做贡献而毅然出走，离开所爱的丈夫，继续音乐生涯，甘愿孤独一人担当小学音乐教员而放弃温暖家庭。这虽有娜拉的影子，但作品中心已转移在爱惜、家庭与事业的矛盾上。另一篇《小刘》从反面讲到家庭对知识女性精神的束缚。小刘本是一个年轻活泼的女学生，但婚后没几年，已成为一个被孩子拖拉的、生活毫无色彩的庸俗家庭主妇。

这些主题的提出，显然与五四知识女性的经验有关，她们是受过新式——西式教育的知识女性，这是她们独有的问题。从这几篇作品看，她们认为家庭，即便是反大家庭的小家庭，也依然是对女性灵魂的束缚，家务时间、妻子的职责与女性要对社会做贡献的决心是互相冲突的，同时家庭生活的庸俗也可以使女性丧失精神追求，表现新女性对重新回到旧式女性的附庸地位的恐惧。新女性们已经认识到她们的雄心大志与社会安排的新的女性角色之间有着巨大差距，以致不得不二择其一。出于对坠回旧的命运的恐惧使她们宁愿舍弃幸福。不能说这一主题得到了多么深入的展开，而且洛绮思和绮霞最终都以某种方式乞灵于友谊，以替代不取则舍的爱情——这显然也是以一种意识形态性完满掩饰弥合了现实的裂隙。而且，在绮霞出走和小刘结婚后，叙事者便不再能够穿透人物内心，这一视点的外在化或许是为了引进概念性结局，或许也是经验向时代语汇的妥协形式。

五四这个反抗封建父权的时代，使女性同性关系进入了作品表现领域。《说有这么一回事》（凌叔华）写到了同性女学生之间的恋情，这种恋情是同性之间仿效男女关系的后果，一对扮演罗密欧、朱丽叶的女学生相爱，但封建婚姻却把她们拆散了。除了这种同性恋倾向的作品，在另一些作品中也可以看到对女性之间友谊的描写，这种友谊多半都有些爱情。当然，这些故事仅仅是当时爱与情感之和弦的一部分，与"同性恋"无关。不过在某种意义上，同性关系的描写也是第一次表现了女人视点所看到的男女两性之间的隔阂，以及女性对男性的陌生感、异己感。追溯起来，这恐怕与女性在历史上所处的异己地位造成的某种青春心态有关。稍后，随着时代情感大潮的退落，丁玲《暑假中》等一些同主题作品，也便揭示了女性关系中的一些弱点，即其脆弱性。它不像文学描述的男人友谊那样积极，往往是消沉的共处。这也许使人想到女性作为群体在漫长的无意识时代的松散性。

五四女作家中，对两性关系探讨最多的要数凌叔华。她的《春》《花之寺》《酒后》《女人》几篇描写的都是新式的夫妻生活。夫妻相爱，但其间总有微妙的裂隙，也正是在这种裂隙中，她发现了女人并描写自己的愿望、要求、心绪、主体性和两性间的差异。她写出了男人——丈夫们所不能洞悉的妻子的内心秘密，并通过这一点揭示两性间、恋人间、夫妻间那种不可互通之处。这一点苏雪林在自传体《棘心》中也有所表现。这对于女性自我认识和性别自我的确立，可能是必要前提之一。对于主导意识形态的爱情神圣口号，无疑是一丝质疑或反讽。这里，我们可以看到女性性别意识觉醒的一种萌芽，她需要从丈夫的意愿中区别自己的意愿和追求，这并不妨碍爱情。当然，小说的结局多是完满的，你很难找到侵犯性、进攻性的激进的东西，或许它们潜伏在作品中和机智的叙述之下。这一点，也是女性确立自己传统的贡献。

当然，这几方面的女性主题仅仅是触及而已，作家的态度是温和的，她们涉及了女性群体的一些独有经验，但并未深掘。女性作为一个群体，仅仅是在话语缝隙中闪露一下身影。但这闪露便已是存在。这一存在是第二代、第三代女作家站脚并挤出地平线的根据地。

第二章 庐隐:"人生歧路上的怯者"

十几个世纪的泥土沉重地跌落在棺盖上。在五四时代酣畅的暴风雨中,那漆黑如铁、腥臭似血的囚牢般的大地忽然炸裂开来,一代少年中国的叛逆之女出现在历史地表之上。她们如此的年轻,如此的欣悦,却又如此的焦灼和迷惘。这是出走的娜拉们,庐隐也在她们中间。但那扇在她们身后重重地关上了的门,却不是妻子作为玩偶的丈夫的家门,而是父亲的门,那是养育她们、囚禁她们、爱她们,又随时准备将她们转手出让的家。她们逃出来了。她们与弑父的儿子们一样逃出了这铁屋子,这狭的笼。外面的天空是高远的,外面的地平线是辽阔的,但是出走的娜拉——女儿们却蓦然发现,她们正踏在一座心灵的断桥之上。

庐隐的世界

在五四叛逆的女儿当中,庐隐或许是最决绝、最勇敢、最活泼、最富才情的一个。她本是父母之家的弃儿。也许正是她最先,也最为敏感地在朦胧之中意识到了自己的女儿之身,意识到了一个没有历史、没有语言、没有确定所指的新女性的窘境,意识到了新女性所面临的一片血色的苍白。对庐隐说来,还不是"女性的天空是低矮的",她们头上甚至没有一方女性的天空。她只是在历史的虚空、意识形态的盲视、女性主体结构的匮乏中站立在一片空明之中。庐隐是一个先驱者，她曾是五四文坛上最负盛名的女性之一；但她却不是一个大觉悟的思想者，她被缠绕在主导意识形态的魔圈中，从不曾超脱，她始终只是在她时代的疆界里纵马，犹如五四时代一则最美丽的轶事，她甚至生于五四时代的黎明，死于五四时代的黄昏。她一生与她全部作品凝聚了少年中国第一代女儿的全部力量。欢乐、痛苦与迷惘。也许她正因此而成为五四时代最为酷肖的一位精神之女。她作品中的全部意识形态魔环与二律背反便成了五四时代的铭文。

这时常令人困惑。作为风云激荡的五四之女，庐隐在其全部作品中，似乎并没有讲述那个时代的故事。在她的小说中，没有《凤凰涅槃》式的大狂喜与大悲哀，危亡、忧患、自强、社会批判、科学与民主的时代常规命题，似乎与男人一起退到了朦胧的背景上。凸现在前景中的，只是女儿们的故事和女儿们的爱情。这位时代之女与其说是要用她的作品去拥抱这"解放了"她们的时代，不如说是要她的作品去规避这时代的纷杂、动荡。这是一个骚动、忧惧而又死寂的风暴眼，时代的毁灭性冲击只是在她们身边盘旋而去，最多撒下一片尘埃。我们看不清"在学潮激烈的当儿"，那顶风冒雪"奔波旅途一心只顾怎么开会，怎么发宣言，和那些青年聚在一起，讨论这一项、解决那一层"的露沙的果敢而活泼的身影，尽管这正是五四时代最壮烈的一幕，而它却只是使露沙得以结识她的爱人梓青的一个场景、一块幕布（《海滨故人》）。且不必说石评梅与时代的血与火交结在一起的炽烈而短暂的人生，我们甚至不知道才华横溢、炽热奔放的沁珠怎样发表了她的第一首新诗，怎样创办了她的诗刊，这一切只是从帘幕低垂的窗外传来的模糊而遥远的大时代回声。它非但不能构成沁珠生活的一部（事实上，这正是石评梅生活的主部旋律），甚或不能成为她生存中一个哪怕是脆弱的支点。我们看到女英雄朱丽芬毅然赴死，我们却无从得知她献身于怎样的事业。她之赴死，与其说是殉她的社会理想，不如说是殉她理想中的爱情。庐隐似乎是在用她的作品构成一道不堪一击的围墙，来环绕她自己和她的世界。庐隐的世界是狭小的；从闺房、客厅到教室、沙龙；即使在水天辽阔的海滨，她所索取的也是"左绕白玉之洞，右临清缓之流"的"数间小屋"。这世界只有一个支点，那便是彷徨无着、"经不起撩拨"的"女人的心"。她的叙事模式中只包容一种人，那永远是几个颇具才情、痛苦、脆弱而优雅的少女与少妇。她们勇敢，却又怯懦；多情，却又时时冷酷。她们仿佛更喜欢阴雨蒙蒙的黎明，因为阳光太明亮，太酷烈了，她们便会枯萎。她们为爱情而生，为爱情而死。但是，她们似乎只是为爱情本身，而不是为她们所爱的人。在庐隐的世界里，除了那样几个显然是女性自托的男人形象之外，男人们，永远只是匆匆而来，匆匆而去的过客。他们的世界，他们的故事似乎被庐隐关闭在她那半掩的房门与半卷的湘帘之外。男人们来而复去，留下了爱恋、憧憬、痛悔，甚或死亡。男人们带走了庐隐的姐妹，却只是使她们幻灭、枯萎，而没有给她们幸福，充实或成熟。在庐隐的前景里，只有女儿/少女，和少女样的妇人。二十岁，这是庐隐酷爱的年龄，也是那个时代的年龄。这便是庐隐的露沙和亚侠们，这便是在五四文化大裂谷炸开的一瞬间浮出历史地表的中产阶级知识女性。

　　但是，这只是一个社会群体，而不是一个性别群体。她的作品只是知识的象牙之塔中的"灵海潮汐"，而不是女性沉寂荒原上的第一声清越的绝响。她对时代的规避，正是一种"历史的诡计"的规定方式，是一种"他性"文化的呈现特征。因为在一个以父/子冲突为基本特征的时代，女性——新女性的困境本身就是一种边缘化的经验。这也是一种"文本的诡计"，她规避了时代，也就规避了男性主题与男性世界。然而，尽管她在作品中规避了时代，她的作品本身便是女性对时代的触摸。因为在东方地平线上，一座知识女性象牙之塔的出现，已是五四时代的一大奇观。是的，这是历史地表之上的一个美丽的新世界。但是，它绝大的丰富就是它绝大的虚空。作为一个新女性，庐隐和男人一样拥有话语，但这却是他人的话语，这话语本身就包含了对女性经验与境况的放逐。庐隐所面对的是历史的无物之阵与无语之境；庐隐的话语与其说是新女性的自供、自陈，不如说是女性在他人的话语所构成的语流中的挣扎。她们仿佛要从他人语流的边缘与缝隙之间浮现出自己赤裸裸的女性的面容，又仿佛要用隐含着时代密码的能指的疏网掩盖起自己充满匮乏的女儿——女性的存在。

在庐隐作品的语义层面上，浮现出的只是五四青年知识分子困窘境况的表述，而她对新女性二难推论的揭示，却只是"写"在话语消失的空白处与裂隙间。一如五四时代的意识形态，庐隐的文本是超负荷的。她和她的露沙们仿佛首先是五四之子，而后才是叛逆之女。在文本中，庐隐们的最大痛苦不是新女性的困境，而是"我猜不透人类的心"。她是这样表述她"个人"的根本思想的："我是一个富于感情的人，同时也是理智的人，而且更是倨傲成性的人，我需要感情的培植，我需要人的同情，而同时我是一只脚跷着向最终的地点观望，一只脚放在感情的漩涡里，因之，我的两只脚的方向不同，遂既不能超脱又不能沉溺，我是彷徨于歧路——这就是我悲伤苦闷的根源。"在庐隐的作品中，不是也不可能是"我们—女人……""你们—男人的世界……"，而只能是人、人类、人生。男人与女人这二项分立隐抑在五四的主流意识形态之中，隐抑在文本之下。取而代之的感情与理智的分立，成了庐隐作品的语义内涵。庐隐的少女与少妇无一不是深陷在感情与理智的冲突之中，她们无一不是"似迎似拒"，泪痕不干的脸上永远写着"情智激战"的痕迹。

这与其说是一种冲突，不如说是一个魔幻般的自我缠绕，是少女心中不堪重负的十字架。丽芬说："人间永远只有缺乏啊，情与理永远是冲突的，我们可怜的人类只有死在这冲突下了。"而沙冷则在低诉："我尊重感情的伟大，它是超出宇宙一切束缚的——然而我又反抗感情的命令,我俯首于生活不自然的规律下……我最大的苦闷,就是生活于这不可调解的矛盾中啊!"于是,仿佛只有两条路,理智战胜了感情,便是牺牲——"自苦一辈子";感情战胜了理智,便是平庸、堕落,乃至死亡。于是亚侠只能慨叹道:"我的心彷徨得很哪,我往哪里去呢?我还是游戏人间吧!"

人们从这无法解脱的缠绕与冲突中,"呼吸着"五四那炽热而又焦灼的空气,窥见了五四"一些追求人生意义的热情的然而空想的青年们在书中苦闷地徘徊",窥见了"一些负荷着几千年传统思想负荷的青年们在书中叫着'自我发展',可是他们脆弱的心灵却又动辄多所顾忌"(茅盾《庐隐论》)。而庐隐则正是在这组二项对立中找到了一个既是时代的又是女性的切入点,找到了一个将自身嵌入主导意识形态魔镜中的女性知识分子的形象。这是对一次可能的女性的放逐/自我放逐的消解,也是对本质上是男性的意识形态的臣服。

感情与理智的对立包容在五四时代个人精神生活的新模式之中,它在人性的普遍性命题之下,隐含着时代的反封建、反父权的文化编码。感情——在庐隐那里,只是异性、同性间爱情的隐语。庐隐的姐妹们那种巨大的、不能自已的感情热度与情感容量本身便是叛逆的儿女们的一声战叫,它直面着一个非情的社会制度——无情、伪善、冷酷的封建秩序与价值强制;直面着"万恶淫为首"的封建社会结构的支柱。真情与爱情,是五四再符码化过程中的一道具有强烈使命感的时代密码。在五四的新的意识形态中,面对强大的封建壁垒,叛逆的女儿与弑父的逆子们应具有一种天然的默契,与精神及心灵的血缘关系;爱情,不仅是巨大的历史助推力,也是叛逆的儿女间缔结的神圣的精神同盟与精神契约;它是叛逆者(强者)的话语与旗帜:"铲除礼教之束缚,树神圣情爱之旗帜"(露沙)而且庐隐那里,情、爱情又是对封建的女性规范的逆反与挑战。

而理智显然是理性与智慧/知识这两组时代密码的组合。众所周知的是,理性/知识无疑是五四新文化运动的核心编码。它是五四时代最崇高的圣坛,是那一时代丹柯式的火炬,它直面着以非理性、愚昧、无知为基本特性的封建的黑暗王国,它是判别一切是非、善恶的绝对尺度。对于时代的女儿们,理智则是对传统的性别规范——"女子无才便是德"的彻底否定,是女性自救与得救的阶梯。知识女性,这是一个全新的称谓,这是一种与封建时代的才女迥然相异的新人。

而庐隐的作品中,这两个五四时代均具正值的核心编码却以二项对立的形式确立下来。它表明了"五四"作为一场文化革命,而非社会革命的特征,表明了青年知识分子的重心已由封建/反封建的外部冲突移向如何承受新的社会现实的内心方式上来了。而对于庐隐,这一二项式的成立,同时意味着核心编码的边缘化,时代主题的普遍化与泛化。而她则可以在这一边缘化与泛化的过程中,得以借他人的酒杯浇自己的块垒,将新女性那进退维谷、蒙昧不明的二难困境渗透到文本之中。然而,与其说庐隐是在这一二项式中为女性的困窘找到了一个明确的所指,不如说她只是在其人物滔滔不绝的关于人生意义、人类困境、命运无常、情智不谐的议论中获得了"能指的剩余",使她可以组织起新女性被隐抑在文化编码之下的无名、无言的巨大忧惧与隐痛。这与其说是一个女性的世界,不如说只是一个非男性的世界。她将男人放逐到文本之外,而她的女儿们的真身又被男人的话语放逐到文本之下。但庐隐的世界毕竟以她与主导意识形态的微妙的错位,在历史与文本的缝隙间织入了女性痛楚而真诚的质地与肌理。

狭隙间的两扇门

庐隐的世界处于黎明与黄昏的交汇处,即使在她的文本中,感情和理智也并非是一种内心世界的冲突,倒更像是两股巨大的异己的力量,在撕扯、袭击、折磨着五四的女儿们。如果说这一二项分立式的存在,本是一块他人话语的帷幕,那么它也是庐隐们扯不破的魔术的幔帐。它使得女儿们的经验由夹杂着忧郁的欢愉,隐抑着狂喜的惊悸,进而成了一种自我分裂式的沉痛。这是一种哈姆雷特式的处境。庐隐们深感到自己负有一个伟大的时代的使命,那是一道崇高的指令。但那却只是一股巨大而空洞的激情。一种无处奉献的寂寞的火焰。它并不能烧穿,却只能照亮女性处境与经验的空白。庐隐们高叫着前进,却永远只是踏着一个魔圈回到原地。庐隐,似乎始终徘徊在黛玉的坟墓与子君的坟墓之间。她作品的主角与其说是露沙、亚侠们,不如说是一种心灵悲剧的氛围,一种指向天边,却并不通向哪里的断桥式处境。这不仅是她文本的语义内涵,也是她作品的叙事结构。按照结构主义叙事学家克洛德·布雷蒙的叙事序列理论,任何叙事体不外乎是一个功能的三分式连续体:

$$主人公前途未卜\ (A_1) \begin{cases} 实现方案的通路\ (A_2^a) \begin{cases} 行动完成\ (A_3^a) \\ 行动没有完成\ (A_3^b) \end{cases} \\ 没有实现方案的通路\ (A_2^b) \end{cases}$$

那么庐隐的女儿故事却大都属于 $A_1 — A_2^b$ 这一未成序列。她的亚侠东渡日本,去寻找人生的意义(前途未卜),却一无所获(没有通路),只能在一种空洞的自谴与负罪感之中选择了死亡;她的露沙曾投身于伟大的时代,获得了爱情,却终于在世人的流言与内心的忧惧中憔悴、消沉(前途未卜);当她终于随爱人而去的时候(实现方案的通路),留下的只是星光之下的一座空屋(前途未卜)。她的松文与兰田大胆地投入了爱人的怀抱,却终在无爱的束缚与爱情的遗弃中(前途未卜→没有通路),贫病交加地死在"不洁"的忏悔之中。在庐隐的文本中除了情智冲突的困境,几乎没有传统叙事所必需的动作与行动。她的主人公的行动(相爱、结合、组织新式家庭)永远属于外文本叙事范畴,而在文本中她们则永恒地处在前途未卜的幽瞑地带。

她的那些未死的亚侠、露沙显然战胜了封建魔影与社会流言的余毒，争取到了独立与爱情的胜利，然而呈现在文本之中的却只是低回在婚姻生活的"平平意趣"之中、深感失落却无从解脱的沙侣、心芳们，却只有胜利之后"人生第一大失败者"的悲哀。——"当我们和家庭奋斗，一定要为爱情牺牲一切的时候，是何等气概？而今总算都得了胜利，而胜利以后原来依旧是苦的多，乐的少，而且可希冀的更少了，可藉以自慰的念头一打消，人生还有什么趣味？从前以为只要得一个有爱情的伴侣，便可以度我们的理想的生活，现在尝试的结果，一切都不能避免事实的支配，超越人间的乐趣，只有在星月皎洁的深夜，偶尔与花魂相聚，觉自身已徜徉四空，优游于天地之间。"外文本叙事中的行动，并没有使女儿们成为女人，这仍然是一些少女样的徘徊于无名的忧惧与隐痛中的少妇；为人之妻、为人之母，并没有使她们落在坚实的地上，她们仍然徘徊在前途未卜的焦灼之中。几乎无一例外，庐隐的叙事结构大都是残缺的，除了无名的死亡与痛苦的夭折之外，她的故事几乎都是未了录。她的叙事序列不仅是未完成的，而且是同构而自反的。它们永远会回到一种前途未卜、充满张力的朦胧地带。或许可以说，我们正是从这种叙事结构而非叙事话语中读到了五四时代新女性的境况：一部预言中伟大的女性多幕剧已经上演。第一幕：叛逆的女儿。然而这却是多幕剧中唯一存在的一幕。其他几幕似乎躲在层层帷幕的幽暗处，隐匿在一个硕大却无形的 × 背后。于是，这唯一的一幕便成了新女性的神话，五四的神话，一个开始了却不曾完成的故事。这种叙事体的残缺正是五四的女儿主体结构的匮乏与残缺。五四的主导意识形态只给女性——新女性/生者留下了一个短暂的瞬间，那便是娜拉的时刻，娜拉的瞬间。人所共知的是，由男性大师易卜生所创造的娜拉，只是一个用来填充易卜生孤独的诗意与痛楚的激情的空洞的能指；娜拉的出走，只是一个在高潮戛然而止的戏剧动作。但在五四的再符码化的过程中，她却成了新文化编码中唯

——一个可见的女性；她赋予了叛逆的女儿一次（唯一一次）行动（如同传统男性角色那样行动）的权力：那便是面对封建的父的法——"在家从父"大声地说"不"的权力；那便是宣告："我是我自己的"，而后砰然关上玩偶之家的大门毅然出走的权力。事实上，这是五四时代的历史——男性的历史恩赐给女人的唯一的一次机会，一次永恒的抉择。犹如死者/牺牲/怯者只是"旧"女性的指称，供男人去俯视、去悲悯、去卸下自己历史的耻辱与重负；娜拉，则是新女性一个残缺的镜像，为男人所膜拜，所讴歌。于是，出走——迈出封建铁槛的一瞬，便被历史永恒地凝固起来，五四的话语中的新女性便在凝固的历史瞬间中化为一尊美丽、勇敢、决绝的塑像，被供奉在时代的圣坛之上。但是，"娜拉走后怎么办？""不是堕落，便是回来"并不是答案。出现在女儿们——庐隐们面前的并不是历史地表之上的一个"美丽的新世界"，她们站在父母之家的大门之外，站在历史所定义——重新定义的女性的一隙空间之中。在这一隙空间的尽头，不是女性的地平线，而是另一扇门——丈夫之家的大门。那是历史准许她们选择——凭借她们在那一瞬间获得的爱的权力——并自愿进入的另一扇门。那大门向她们开启，等待她们选择。一旦她们选择了，她们得到的将仍是"善持家政，和好夫婿"，她们的"唯一责任"仍是"料理家务"，是"嘘寒问暖""厨下调羹弄汤"。那大门将紧紧关闭，将女人留在里面，留给她们一个丈夫与孩子的世界。"结婚、生子、做母亲……一切平淡的收束了，事业、志趣都成了革命史上的陈迹……女人……这原来就是女人的天职。"即使在庐隐的世界里，婚姻仍是封建编码中女人之"归"，是女人—叛逆的女儿的历史性结束，是女人历史性生存的死亡。这便是《海滨故人》中活泼泼的少女—女儿们。一旦面临婚姻——她们反抗、斗争而来的婚姻，也只能是泪眼相对，"似醉非醉，似哭非哭地道：'从此大事定了！'"婚姻，那便是重新隐没，至少是半隐没在历史地表之下。新女性的瞬间将消失，留下一段美丽的

"五四遗事",一段美丽的"前尘"。序幕之后,不是正剧,而是尾声。

这便是庐隐的"女儿们的世界",这便是露沙们的境况:在两扇门的狭隙之间,在决绝的反抗与永恒的承诺(传统女性角色)之间,露沙、亚侠们被挤得喘不过气来;辗转反侧之余,竟至头破血流。庐隐世界中的女儿因此而永远那样脆弱,那样焦灼,那样痛苦、彷徨。后退,绝非所愿,几无可能;前行,又难于自决,难于自甘。如果说"复活的灵魂是杀不死的",那么,女性灵魂的复生当然不是为了被重新、并永远钉死在历史的十字架上。"谁能死心塌地的相信女人是这么简单的动物呢?"这当然还不是庐隐的自觉意识,她和她的露沙、亚侠们只是面对着女儿的未明与女性的虚空,本能地抗拒着面前那扇门的诱惑,而尽可能地延宕,放大着那个历史的瞬间,那个女儿的瞬间,娜拉的瞬间。这便是庐隐的主人公著名的智而非情的人生方式与人生态度:"让我们游戏人间吧。"但这显然是一个危险的游戏,一个庐隐的敏感、脆弱的少女不堪重负的游戏。亚侠、露沙、沁珠们试图把自己变成一颗没有心的灵魂,但是她们却有一颗太细腻、太多情、太锐敏的心,她们——新生的女性如同一个新生的婴儿一样,面临着一个太广漠、太严酷、太沉重的世界——那是男人的世界,至少是他人的世界。稍有闪失便是兰田式的死亡和松文式的被弃。爱情,是她们唯一的旗帜,唯一的依靠,唯一的屏障。但爱情却只是婚姻—结合的前声。于是,她们生活中所遭际的一切,不再是生命的欢愉,不再是魅人的奇遇,甚至最琐屑、最平常的小事,最正常的两性间的吸引都成了恐惧、敌意、绝望与忧伤的源头。在亚侠的心中,异性的追求成了"人类利己心"、占有欲的暴露;两个追求者间的竞争成了"人间实在虚伪得可怕"的佐证;爱情,成了男人的"贪心",成了"竟要做成套子,把我束住"的死亡陷阱。勇敢、决绝的露沙为了和自己心爱的青年倾心相爱,而"从此憔悴了!消沉了!"而《海滨故人》中的五位少女,爱情的相继降临,却只意味着"不幸接二连三都卷入愁海了"。在庐隐的世界上,爱情是痛苦,无爱是痛苦,结婚是痛苦,迟暮飘零也是痛苦。痛苦繁衍着痛苦,以至她们心里再没一隙空间让她们来享受自由、幸福与生命。于是她们的"游戏人间"只是一张画出的盾牌,同时却是一柄真实的精缕细刻的双刃匕首,在刺伤他人(男人?)与世界的时候,更深地刺伤了她们自己的心。这是在两扇门的狭隙间无效的挣扎,这是延长女性历史性生存的绝望而注定要失败的努力。亚侠痛苦地自述:"我否认世界的一切;于是我便实行我游戏人间的主义,第一次就失败了!接二连三,失败了五六次!……我何尝游戏人间?只被人间游戏了我!……自身的究竟,既不可得,茫茫前途,如何不生悲凄之感!"于是,死亡,便成了她们唯一的解脱,一个不是结局的完满的终结。亚侠死了,丽石死了,兰田、松文死了,沁珠死了,带着她那不驯的痛苦的狂傲,露沙消失在一片空明与未知之中。她们通过对自身生命的否定,否定了一个命定式的女性规范,完成了那个大写的"不"字,她们以死拒绝了女性注定要做出的承诺。也许正是在这些今日看来是如此无谓的泪水、痛楚、怯弱、死亡中,我们看到了一个勇者,一个强者,一个新女性——新生的女性,叛逆的精灵,她们不仅向父权,而且向她们不甚了了的男权发出了她们微弱但终是反叛的战叫。

悬浮舞台与文化死结

这两扇门之间的狭隙,似乎只是一个排除在历史文本之外的幕间休息。勇敢的娜拉——女儿毅然出走,灯光渐暗,帷幕徐徐落下,掌声雷动。大幕将再次升起,灯光将渐次明亮。但如同由《塞维洛的理发师》到《费加罗的婚礼》,人物会沿用,故事会继续,但女主角却会更替:那个勇敢的女儿已在大幕落下之后的幽冥中悄然地走进了另一扇门,由叛逆的女儿变成一个安分的女人,似乎与此同时丧失了全部美丽、魅力、智慧与勇气。曾经多情、勇敢的女儿,将由另一个女儿——机智、聪敏、果敢的女儿所取代。但五四的女儿,庐隐的亚侠、沁珠却滞留在这狭隙之间,于是便滞留在一片非叙事、非话语的幽冥之中。这是一个天堂与地狱之间的净界。尽管有堕落的威胁,却永无飞升的可能。从叛逆的女儿到不驯的自由女性,历史还将拖着冗长回声,辗过女人的血泪与呻吟,走过很长、很远的路程。在五四作为一个"永恒的格式"的社会神话之中,曾有过美丽的自由女性。但在庐隐的故事里,我们看到的却是因"世俗之梗"、"人类残苛已极,其毒焰足以逼人至死"而不能"赋予飞"的未成之情爱,看到的是动辄得咎、徘徊歧路的少女。这与其说是一些自由女性,不如说是一些逃出牢狱却仍带着镣铐的囚徒。逃离监狱,并不意味着获得自由。兰田与松文便是可能的预警与残忍的现实。在庐隐的世界中,这铁槛的投影、加身的镣铐,与其说是一个"残苛已极"、剑拔弩张的社会,不如说是来自于偏离之中的新规范的压迫,来自于一种本质上仍是男权的语言秩序的挤压。如果说,五四新女性终于挣脱老旧中国的女人,作为历史无意识的潜语言状态,终于获得了语言(尽管仍是他人的话语),那么她也势必被纳入新的象征秩序之中。这种新的象征秩序,呈现在庐隐的文本中,便是那个无处不在的"理智"的巨大阴影。尽管理智、理性是五四时代高扬的战旗,但在庐隐的泛文本系统中,它却不仅是文明/愚昧、清醒/疯狂中的一极,而且是女性的存在方式、女性的欲望——情的对立物。我们看到亚侠绝望的呼喊:"唉!这时的我,几乎要深陷堕落之海了!……幸一方面好强的心,很占势力,当我要想放纵性欲的时候,他在我头上,打了一棒,我不觉又惊醒了!不敢往这里走,但究竟往什么地方去呢?"在这里,婚姻是一种不予考虑的可能,而"放纵性欲"却又是不允许考虑的可能。因为这是一种情而非智的方式,一种"堕落"。我们看到"一向理智强于感情"的云青型的少女,可以反抗家庭的包办——"只要我不点头,他们也不能把我怎样";却不能为自己的爱情奋斗——"若果我父母以为不应当……或者亲戚们有闲话,那我宁可自苦一辈子,报答他的情义,叫我勉强屈就是做不到的"。这显然是庐隐世界中一种纯"理智"立场。而当她终于失去了爱情,落入了幽怨与寂寞之中的时候,她出于自由意志——理智而顺从的父母的意愿,却成了恶梦中的"青面獠牙"的金冠魔鬼。"那金冠上有四个大字是'礼教胜利'。"于是乎理智便成了某种意义上的对父母意愿自觉的顺从(或对某种社会规范的自觉遵守),也就成了封建礼教的最后胜利。显而易见,"情智激战"并不像庐隐文本中表述的那样,是一种人类的普遍困境;在其潜文本中,所谓理智显然是那个基本上缺席的父的呈现;是父的名、父的法的内在化,是已然完形的新的象征秩序中隐抑了女性欲望与自由的编码。

庐隐的世界几乎是一个室内的世界。如果借用弗吉尼亚·沃尔弗的话,那么"自己的一间屋"也许正是女性的解放的第一步。故事世界中仅有的几个温馨、安详的时刻,都是在"梅窠"或"吾庐"中度过的,但庐隐却显然规避了卧室,而把这个室内的世界安放在客厅或客厅式的"沙龙"之中。那是一个向外洞开(也许是女儿身份所规定的难于锁闭?)的世界,一个纯洁(尽管未必宁谧)的世界。男人们过客般地闯入,但通常是失望或绝望而去。因为他们所带来的只是情智激战,带来的是情的幻灭与智的冰冷。在这个世界上,唯一情智相谐的是一种同性之爱。但这显然不是性倒错意义上的同性恋,而是存在于女儿们心中的理想国,一个剔除了男人与对男人的欲望(性威胁与性焦虑)的女儿国,一个建立在乌有之乡上的姐妹之邦。那便是"在海边修一座精致的房子,我和宗莹开了对海的窗,写伟大的作品;你和玲玉到临海的村里,教那天真的孩子,晚上回来,便在海边的草地上吃饭,谈故事,多少快乐……"那便是姐妹"携隐西子湖畔"。庐隐似乎想以这样情智相谐的纯洁的姐妹之邦来对抗非情、非智的封建礼教。但几乎立刻,她便一声低吟:"但是我恐怕这话,永久是理想的呵！"她们终于"深陷在爱情的漩涡里"，姐妹云散，痴心的丽石甚至因此而选择了"抑郁而死"。在这历史的断桥之上，死亡成了一种最为相宜的"收束"，几乎不可思议的是，这些青春韶华的女儿们总有着那样一种生死无常的慨叹，有着那样一种自求死亡的强烈的愿望。死，成了肯定生命、肯定爱情的一种方式，成了一种超常的、痛楚的诗情。尽管庐隐的少女们的生命之弦是如此的脆弱，但如果只有死亡才是两扇门之外的唯一的第三选择，那么，短暂的少女时代也太过漫长，暧昧而不能自足的女儿身份也太过沉重。于是她们开始选择了反叛的执着、爱情的执着的另一端：游戏人生。她们求诸姐妹之邦的替代品——异性间的"冰雪友谊"。这是对禁忌的超越，也是对禁忌的规避。这是对女性规范的反叛，也是对主流意识形态的臣服。它是一种社会性自我放逐——对规定的女性角色的拒绝。它通过一种自我囚禁，自我否定，遵从了男权社会的规定：纯洁、洁身自好、艳若桃李、冷若冰霜；同时它也是一种弱者的侵犯性行为。它凭借对女性自身欲望的否定，完成了对男性欲望的否定与拒绝。借用弗洛伊德的术语来说，这是一种以自虐的方式完成的施虐行为，女儿们以否定自身的方式将男人置于一种无所适从的性焦虑之中，从而成了一种对男性的阉割形式。"游戏人生"的规则是顺从甚至鼓励异性间的相互吸引，同时却不给它以任何得以实现的可能。事实上，这是一种血淋淋的游戏，时常要以生命为代价。于是，在庐隐的故事中便经常出现了一个具有整合性的象喻：那便是一个浮动舞台，即一种舞台式的人生。十分有趣的是，五四的叛逆之女是从舞台上学会了反抗，从舞台上学会独立与出走；也只有在舞台上，才有她们理想的人生方式。在庐隐众多的作品中，只有为数不多的几部短剧，具有完美的外形式与完成的情节序列。只有在舞台上，她的少男少女们才能慷慨悲壮地面对敌人去赴死（价值的肯定——死有所值），而这死亡的真意却只是殉情（理想的完成——爱情的至高境界）。庐隐们仿效了舞台上的娜拉，并准备延续娜拉的舞台。舞台——这是她们对人生的理解与见地。我们读到这些涉世未深的少女们,在那里很郑重地说:"人生哪里有究竟,都不过像演戏一般,谁不是涂着粉墨,戴着面具上场呢?"这也是她们的生存方式。"当然一个对于世界看得像剧景般的人,他最大的努力就是怎样使这剧景来得丰富与多变化,想使他安于任何一件事,或任何一个地方,都有些勉强。"这是对于一个放大的镜像的不能自已的渴望:"我本是抱定决心在人间扮演,不论悲欢离合甜酸苦辛的味儿,我都想尝。……我愿意我永远是一出悲剧的主人;我愿我是一首又哀婉又绮丽的诗歌,总之,我不愿平凡!"这是女儿无奈的自白与叹息:"我是自找苦吃,我一生都只是这样折磨自己,我自己扮演自己,成功这样一个可怕的形象,这是神秘的主宰,所给我造成的生命的典型!"这甚至是姐妹间的劝勉:"朋友!好好的挣扎吧;来到世界的舞台上,命定了要演悲剧的角色,那也是无可如何的!但如能操纵这悲剧的戏文如自己的意思,也就聊可自慰了!"这又是那短暂、充满痛苦、最终夭折的女儿生涯的慰藉:"唉,也好,我这纷纠的生活,就这样收束了——至少我是为扮演一出哀艳悲凉的剧景,而成功了一个不凡的片段,我是这样忠实的体验了我这短短的人生!"这些少女的痛苦与生活是"忠实"的,也是真实的,为此她们付出了生命;但同时又是如此的虚幻:对于她们,不是去生活,而是去扮演。或许,游戏人生的真正语义内涵便是扮演,或曰舞台式人生。

五四新女性是从神话中产生出来的一代,也是没有神话庇护的一代。如果说"俄狄浦斯阶段"是进入象征秩序——长大成人的必经阶段的话,五四新女性却面临着可供认同的同性家长的匮乏。因为母亲——隐秘的旧女性已被永远地关闭、埋葬在她们身后的那扇大门之中了。尽管五四时代的女作家共同完成着"寻找母亲""复活母亲"的主题,但在庐隐的文本中,母亲的缺席仍是比父亲的消失显现出更大的空虚与空白。母亲比父亲更像一个名称、一个空洞的能指。这便在深层结构中注定了庐隐笔下的女儿——尽管有的已做了母亲——永远只是女儿,而不是进入了象征秩序的、社会意义上的女人。所以,她们注定要停留在镜像阶段,注定要混淆了现实与"戏剧"——镜像,注定要形成一种自我分裂式的扮演与评价、观察、讲叙的双重生存。也可以说,她们本能地需要一种舞台式的人生。同时,两扇门之间的缝隙太狭小了,她们只能在一个悬浮的舞台上去扮演、去展开她们的人生。凭借了舞台这一象喻,她们忠实而残酷的生活,甚至鲜血和死亡,也蒙上了一层虚幻的色彩。而这种舞台式人生的全部残忍却不能不说是出自一种弱者的"怨憎",出自女性记忆与潜记忆中对男性、对男权社会的仇恨与报复。这在庐隐的文本中显然是一种极为边缘化的叙述。但事实上,这正是其文本的症候点之所在,是庐隐的潜文本的真正焦点。

这便是庐隐的语义矩形:

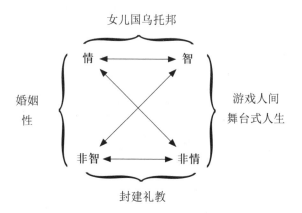

不难看出,女儿国的乌托邦与封建礼教的对立是时代的常规命题:反封建/封建,是叛逆的女儿/父权社会;而婚姻—性与游戏人间—舞台式人生的对立,则是女性的特殊命题:男人/女人,或者更确切地说是五四时代的新女性的命题:男权的社会结构/女儿的生存方式。但这却是一个不均衡的矩形,是一座摇摇欲坠的倾塔。其中的正值,都是如此的脆弱与虚幻:一个女儿国的理想(也正是贾宝玉式的理想),最多也只是对封建秩序的一种潜在的威胁,而不可能构成否定与摧毁性的力量。况且"脆弱的人,是如此的经不起撩拨"。女性的欲望——那被压抑在文本之下的"沉睡的肉体"的骚动不安的低语,便是女儿国自行解体的内在瓦解力。同样,"游戏人间"与舞台式人生只是镜像阶段的一种令人心醉神迷的幻觉,充满了潜语言状态的焦虑、潜抑与痛楚。它是对男权社会中的女人的一种想象性的赎救,它是对男权神圣的亵渎,也是对女性自由或自由女性的一种误读。它最终将与婚姻或性的选择殊途同归,完成对女性的社会性放逐与五四新女性的历史性死亡。这是五四意识形态的一个魔障,是女性的历史与文化的一个死结,死亡也莫奈何于它。

第三章　沅君：反叛与眷恋

五四时期的反叛精神在冯沅君的作品中投下了浓厚而鲜明的时代色。1923 年以来，她以反抗的青年女性的姿态登上文坛。在《创造周报》《创造周刊》上发表的短篇小说《旅行》《慈母》《隔绝》《隔绝之后》，因笔触大胆而震动了一代读者。在"五四"初年的女作家中，若没有冯沅君这位与父辈的礼教、观念、习俗及行为规范正面交锋的大家闺秀，那么，一代叛逆之女的形象上或许就少了画龙点睛的一笔。《卷葹》中的几篇已成为历史留给今天的不可多得的时代铭迹：那是"五四运动之后，将毅然与传统战斗，又不敢毅然和传统战斗，遂不得不复活其经饰悱恻之情"（鲁迅《中国新文学大系小说一集导言》）的青年们的真实写照，或许可以补充说，也是挣扎出历史地表的女性将毅然逃出奴隶的死所，又怕毅然踏上新路，遂无形中寻觅于新旧生死之间的真实写照。从这一份写照中，我们可以读出五四叛逆女儿在争取自身解放时勇敢、恐惧兼有的双重性。

爱情作为女性反抗途径

如果说《旅行》《慈母》《隔绝》《隔绝之后》有什么惊世骇俗之处的话，那么，首先在于它们直写出对传统行为规范充满强烈蔑视和挑战意味的爱情。这一选材和主题使沅君在五四反封建的思潮中触动了时代的热点。"爱情"这个字眼，同"科学""民主""人"等大概念一样，是新文化价值体系的一种标志。在社会科学未及对封建体系作出有系统的批判和解释之前，文学作品（包括译作）所讴歌的崇高爱情，从感性方面启蒙、教化了反封建的一代青年。不过，由于承负着这种意识形态功能，爱情不免也就成为一面光灿的大旗，其人性之光照彻了封建势力的污浊，但它本身不是目的，而只是达到另一个目的——对家长们恪守的封建秩序、封建伦理由怀疑而反抗的文化手段。

这一点，在沅君的小说中尤为明显，从爱情这个直接关涉性别间关系的问题入手，可以发现十分有趣的现象。

沅君笔下的主人公是一些新派或即将走入新派的青年女性，对待两性爱情，她们有两点态度值得注意，一是对恋人的无限信任，二是将爱情视为一种信仰。这些主人公十分清醒地知道，她未经任何礼法准许和自己所爱的人一同旅行、同起同居的行为，她宁死也不屈从封建婚姻的选择，都是与习俗、庸众、恶浊的社会权威的一场较量、一种示威。她想到也惧怕家庭社会的压力及别人的非难，但坚信"我们的历史确是我们自己应该珍重的，我们的精神是我们自己应该佩服的，无论如何，我们总未向过我们良心上所不信任的势力乞怜"（《隔绝》）。《旅行》的主人公也这样写道：我不敢拉他的手，怕人注意，但同时我们不客气地以全车最高贵的人自命，我们为自己骄傲，别人风尘仆仆是为名利目的，而我们却是完全爱的使命。缥华为了母亲没有拒绝包办婚姻，但终于和士轸双双服毒自尽殉情，为的是不愿"死在不共戴天的仇敌面前"，以表明"我们终究是胜利的"。

这也便是冯沅君那缠绵悱恻之情与罗密欧朱丽叶爱情悲剧的所不同的地方。对冯沅君笔下的主人公而言，自由的爱情已不仅仅是一种与环境不相容的情感现实，而且是一种必须坚持并为之献身的信念："身命可以牺牲，意志自由不可以牺牲，不得自由我宁死。人们要不知道争恋爱自由,则所有的一切都不必提了。"(《隔绝》)爱情也是一种与污浊世界追名逐利相悖的高尚使命:"我们开了为要求恋爱自由而死的血路","应将此路的情形指示给青年们,希望他们成功"(《隔绝》);同时,爱情还是一系列行动计划和行为方式,反世俗规范的旅行固然是一种爱的反抗仪式,自备毒药来看母亲,以便不做讳心之事的举动也似乎是深思熟虑、计划在先的。这是一种以爱情为事业、为信仰、为使命,以爱情为战略的态度,这便是时代女儿的"爱情"观。

  在这种信念使命般的爱情观之下,冯沅君给我们讲的与其说是一个男人和一个女人的恋爱故事,毋宁说是男女二人以恋爱方式共同构起一座反封建叛逆营垒的故事。至少,这一战斗故事比恋爱故事更直观生动。这一点不仅是冯沅君,也是五四女作家在处理爱情主题方面的共同特点。她们不像张爱玲和苏青那样着重写恋爱关系中两性之间微妙的心理回合,也不像丁玲、白薇那样写女性自身的内在经验。在"五四"作家眼中,爱情必须也应该是纯洁不染的、不容置疑的,因为爱情是那个时代蔑视世俗庸众和旧规范的青年阵营的一面旗帜,一面不可多得的旗帜。因为是旗帜,故而不能有污点。为了这旗帜的纯洁或惑于这纯洁,无论是沅君还是她的女性叙事者都丝毫不允许自己去怀疑爱情或怀疑所爱之人,甚至不流露丝毫猜忌等恋爱心理常态。沅君笔下的人物坚持恪守浪漫时代忠贞不渝、至高无上的爱情观,所以也唯有她们不可避免地会在与家长的冲突中以身殉情。在沅君所写的人物身上,是很少看见庐隐投给她人物的那种由爱情而来的人生怀疑色彩的。尽管在稍后的作品《春痕》中,作者也写到了某种经历爱情后的疲惫、失望心境,但终于还是以热烈的恋情告终。这样,沅君对这些爱情故事的处理形成了自己的明确特点,她比别人更大胆直露地描写、歌咏反常规的、为社会法令不容的爱情,这确乎有勇敢的气概,但同时,也未尝不包含某些显而易见的规避和省略。她似乎正是通过规避爱情本身可能有的脆弱,通过省略一般人所有的恋爱心理常态才使爱情成为一种使命般的信念的。而这爱情牢不可破的原因之一在于，她的小说中，主人公的所爱之人始终没有真正对象化，无论是作为一个个人——性格，还是作为爱的对象——男性。即使在写到"当你拥抱我在你怀里……我感到只有你真爱我能救我"这样的句子时，对方也只是虚幻性的影子。这也许仅仅是技术上的疏浅处，但这疏浅却是有意味的；没有对象也就无所谓主体，更不要说性别主体。实际上，她很少用"自我"与"他"的概念来区分自己与所爱之人。她与他同一主体。这样她的小说便没有涉及也不会涉及女性通过恋爱所可能获得的性别感受或性别视点，在她那些女性主人公的叙述中，真正漏掉的、匮乏的，乃是女主人公的女性自我。

　　在当时情况下，这种规避是有理由的。否则，似乎就难以维护爱情旗帜的纯洁性和崇高性。沅君小说中那些恋人似相爱的基础与其说植于感情、植于性格上的互相吸引和性别间的互相需求，不如说植于一种以爱情为标志的时代精神同盟，一种在历史—时代性的亲子两代对峙中子一辈的统一战线，一种在爱情问题上与传统截然不同的新的意识形态，这种截然不同正如缪华所言，是"两个不相容的思想的冲突"（《隔绝之后》）。《旅行》和《隔绝》中主人公的一系列大胆举动：与按礼教看来不应相爱的人相爱，共同旅行，"以最尊贵的人自命"，乃至以身殉情，都并不源于爱情本身给女人带来的勇气，而是由于她们已自知或不自知地隶属于、臣服于这一精神同盟。从时代角度看，这一精神同盟当然不仅仅是爱情同盟，而是整个反传统同盟，不过，比较起"革命""改造社会"等行为来，爱情却是当时的青年，特别是女性最可能采取的反传统行动。爱情，在新旧文化的交迭与交战中，变成了新一代文化同盟的重要行为范示。爱情的不容置疑与这一时代同盟的不容置疑有关。这一点对女性意义尤为重大，作品表明，这一同盟赋予女性的不仅是爱情，毋宁倒是通过爱这一标志赋予她们超越传统性别角色的可能性，即女性通过叛逆的爱情参与反封建的叛逆行列的资格。也可以说,叛逆的爱情是女性作为个体投入时代历史的最重要的通路,甚至对不少人而言是别无选择的通路。实际上,这也是五四当年一大批时代女性的切身经历。女性、爱情、时代之间这种微妙关系有助于我们理解沅君何以会规避女性自我:这种规避实际乃是为了赢得或保留女性进入时代历史的权利。试想,如果把叙事重心放在缛华的女性自我的观察上,譬如,像《梦珂》或《悲剧生涯》那样,那么士轸必定作为一个对立性别、一个女性主体之外的他者出现在这自我与他者的裂隙中,或许反传统的精神(爱情)同盟就不那么稳固。而这同盟一旦动摇,缛华也许就会失去殉情而死的机会,在没有"革命"可以投奔的情况下,这意味着她失去了进入时代历史的机会,她就依然留在历史之外——无意识领域中。这不仅是缛华的处境,也是沅君所处的时代提供给她本人的另一种可能性。沅君尊重自己的历史,也就必须保有,或在小说中保有这种叛逆的爱情。这意味着她必定放弃或者根本想不到去从性别自我的角度观察爱情。这一点《隔绝》已谈得很清楚,如果缛华为爱情而死,那么,"即使学问上不能对社会有所贡献,但在爱情上,却可开一条为要求恋爱自由而死的血路,并把这路上的种种情况指示给青年们"。换言之,正由于叛逆的爱情是五四时代留给女性进入历史的一种主要途径,故值得缛华们和沅君们不惜一切地保有、依赖这一爱情。不惜一切,不惜女性自我,不惜身家性命,不惜强行制造殉情而死的戏剧冲突。

当然,坚持女性自我并不一定就意味着怀疑爱情本身,相反,坚持女性自我意味着怀疑爱情上的种种神秘。恰恰在这一点上,作为一个女作家,沅君出于时代的或意识形态的原因未能揭破,而是重复着忠贞不渝的爱情神话。她在自己的时代环境中不可能找到一条足以将拆除这一神话与进入反封建大潮的追求协调一致的途径。即使在反封建、反传统过程中,她或许也根本没有意识到,在中国旧观念中,那些美丽的忠贞的爱情故事已然渗透了封建社会对女性的统治术。相反，被五四新文化浪潮卷裹着的沅君却不得不使主人公们高举爱情神圣的旗帜，不得不以这种神话为前提，创造一些戏剧性情节，以便将女性书写成封建势力的叛逆者、战斗者，使女性获得屹立于逆子身旁的机会与身份。这种未免蹩脚的无意识选择透露了"五四"时代女性的困惑或窘境，她们从地下空间走出，但在历史之地表之上，却难以寻觅一片属于自己的、足以立脚的地域。她们缺少自己的角度，自己的思维方式，自己对传统的批判，自己独自标榜的价值标准及语言概念系统。她们的问题被划属人权、人性、浪漫爱情、亲子冲突等实际上不相干的新意识形态，这便造就了沅君和她笔下的女主人公。

性爱道德观

这种作为进入历史方式的爱情是一种神秘化的爱情，而其最大的神秘首先是性爱。《旅行》中对性爱的处理很值得深思。当然，沅君小说并未真正"写"性爱，相反，一般说来，五四时期女作家对此都避之不迭，但由于沅君小说的特定内容，她对这一问题的回避显得更为触目，并透露出一种特殊意义。

在《旅行》《隔绝》诸篇中，爱情作为子一代精神同盟的特点通过主人公对性爱的态度得到了证明。这两部小说包含了同一个故事，一对恋人的恋情违反封建礼教和世俗常规——他们一个是封建包办婚姻下的有妇之夫，一个是面对父母之命媒妁之言的女学生。由于种种原因，他们不能、不愿、不忍对传统安排的婚姻做激烈的反叛，而是利用自己暂时离家就学的自由采取了间接的、象征性的反抗行动：一同外出旅行。他们同行同止，同起同宿，同衾而卧，但这两个"爱到生命可以为他们的爱情牺牲的男女青年"，"相处十几天而除了拥抱接吻密谈外，没有丝毫其他的关系"（《隔绝》）。最后的结局充满了忧郁和悲剧性。

按照作者的本意，这个故事大约有两点是反世俗规范的，都与性爱的道德观有关。首先，两个各有婚姻媒妁约束的主人公一同旅行本身带有向传统世俗观念挑战的味道，它动摇、无视传统意义上的家庭——婚姻对人感情及性爱行为的主宰力。旅行之举似乎暗示了一种新的性道德观，因此，被主人公的姐妹母亲斥为姘居是不足为怪的。但她本人尽管惶然，却能不客气地以"最尊贵者"自居，她坚信这行为本身是完成爱的使命。其次是他们完成"爱的使命"所采取的方式，即同床共枕而"不及乱"，这又是非俗人庸众所能想象和理解的，它打破了人们在几千年传统中形成的世俗判断和世俗心理期待。显然，这本身就是对"姘居"这个带有道德贬义色彩的判断的否决，它证明"爱情"纯粹是一种精神—感情的行为："只有爱情才能使人不做他爱人不愿的事，不管这事是他怎样企慕的。"爱情超越或不如说抛弃了肉体，这爱情因为是非性爱的而成为纯洁的。

站在今天的历史高度，这两重意义上的违逆世俗规范之举有其显而易见的意识形态策略。高扬是为了贬抑，标榜是为了有所闪避。如果说标榜恋爱自由的、冒礼法之大不韪的旅行是向传统婚姻观念的公开宣战，那么，强调旅行中两人关系的纯洁性，暗示新的性爱观而实际不涉性爱，却不能不看做对某种潜在威胁的闪避。五四时期新的意识形态为自由恋爱提供了充分的价值依据：反抗传统，追求个性，做主体、做人，而不是"传宗接代"的工具，等等。但这些19世纪的观念不可能提供清楚界定性爱与爱情这两个字眼的关系的方式，特别是没有提供区别自由恋爱与淫荡堕落的确切解释，而在这方面，封建意识形态的规定倒是十分根深蒂固，那就是把礼教允许之外的一切两性关系统称为"乱"，"淫"与此同义。所以，一牵扯到性问题，新的自由恋爱的价值观便失去了自我保护力，它无法把自己区别于旧体系划定的淫乱范畴。沅君和她的主人公如此乞灵于爱的精神价值而贬抑其肉体性，不过是反复证明这种爱情不是色欲所驱，不是淫荡而是纯洁无懈可击。这无异于是借旧的观念"不及乱"而保护捍卫自己。因此，尽管沉君那爱情的呼唤充满了新的时代气息，但在性爱方面却沿用着旧的观念。而且无论是作者还是人物都没有意识到，在她们捍卫爱情的纯洁性时，无意中是以旧系统规定的淫乱概念作为参照系的，这个概念在一个潜隐层面上决定着"爱情"的含义。

新旧意识形态在性爱问题上的一致、相通和迭合发人深省。仅仅是由于"将要同传统战斗又未敢同传统战斗"的不彻底性？还是新意识形态本身不允许触动在性问题上的一些古已有之的禁令？又为什么延用这些禁令？譬如说为什么要通过回避性爱来证实爱人对女性的尊敬？不妨看看沉君是如何使她的爱情主人公脱离了肉欲达到纯洁的。按照沉君的小说，女主人公必须没有肉体需要，要么，就是首先压抑自己的欲望。她的主人公一再拒绝爱人的肉体的接触，一开始是因他吻了她而把他痛骂一顿，旅行中她又拒绝拥抱接吻外的"其他关系"，因那是他"企慕"而她"所不愿"的事。于是回避性爱首先是而且仅仅是回避女性的性爱、女性的愿望、女性作为性爱经验主体的一切。正是由于首先确定了女性的"不愿"。进而使男性顺从这一"不愿"，这份爱情才证明是纯洁的。换言之，这种以男性"牺牲"欲望为佐证的纯洁之爱过多地表现了男性感情中"崇高"的一面，它的整个前提不外是：女性本当没有欲望才对，即便有愿望也应为了尊严而消除，这样男性的牺牲就变成了维护女性尊严的一种慷慨。这里已流露出某种男性中心文化痕迹，纯洁的爱、精神的爱，为爱情牺牲欲望，都是为伟大男性编造的神话，而女人的肉体需要并未成为主体的一种需求。如此看来，高扬精神之爱贬低肉体之爱只能说明一点，即人道的、自由的、恋爱自由的观念，并未触动中国封建社会建立在两性关系领域的特别是女性愿望领域中的男性法令，这些观念本身仍然充满男性中心的气息，不过为反封建的色彩所蔽而已，这乃是新旧意识形态在爱情性爱观上出现价值迭合点的重要原因。

这样，沅君笔下的人物与传统的战斗不可能是彻底的，实际上她面临的并不是彻不彻底的问题，而是受角色选择的问题，在反封建时，她充当着传统的叛逆，而在两性问题上，又只能扮演一个传统角色。作为被动者，她只能说"我不愿"。她为爱人尊重这"不愿"而骄傲的同时，却没有看到，她自己若想受尊重，必须首先被剥夺"愿望"的权利。

母女纽带

沅君最有女性性别色彩的主题要算母女关系。尽管这种性别色彩是不自觉流露的。几乎每篇小说都写到母亲的爱，《慈母》《误点》《隔绝》尤重。她那位主人公发现自己处于"母亲之爱"与"情人之爱"的不可调和的对立中，她为了情人的爱而冒天下之大不韪，视家长安排的婚姻如仇敌，而为了母亲的爱她又不忍退婚，甚至想放弃自己的爱情，结果，往往是唯有死才能解脱。

可能确实如后人所说，沅君所处的时代是一个"母亲的爱与情人的爱相冲突"的时代。应该补充的是，这说法仅仅对女作家适用，对逆子贰臣的男作家则不同。这一冲突的复杂之点在于，它不仅是亲子两代之间的观念的冲突，而是亲子两代的感情心理上的联系与断裂造成的冲突。记得五四反封建运动是把被压迫的妇女放在相当重要的位置上的，皇权父权及其法则——礼教的倒塌暴露了它的第一个牺牲品——女性，这使沅君以爱情为方式向旧礼教宣战时，突然看到了敌对营垒中年迈的母亲，在烛照在女性身上的时代之光指引下，她发现，母亲是父权制下的弱者——女性的一个别称。

"五四"男作家们以人道主义之心去认识下层劳苦人民、弱者，而沅君则首先以之认知母亲及母女之情，这恐怕主要因为作家的女性身份。然而，为什么母亲在女性创作中有如此重要的地位，母女之情被如此重视强调,乃至与"情人之爱"摆在同一天平上衡量?

这似乎不仅是道德、爱的问题,而且也是时代带给浮出历史地表的一代女性的心理——无意识症结。如前所述,五四时代的新文化运动是由"封建阶级的逆子贰臣"们做先导和主力的,这一时代的精神是一种精神分析意义上的弑父精神,这一时代颠覆的是封建家长、皇权、礼教等父的权威和父的法令。作为子一辈精神同盟的一员,沅君和她的主人公显然属于弑父者阵营,不过,这一弑父时代是否会颠覆父的男性统治本身仍是一种疑问。实际上,子一辈的反叛的目的,只是为了推翻已然老掉的父的权威,以新的、更利于自身的、西方式的男性法则取代旧的法则。妇女解放虽然作为一种反叛之声,但并未独立为能够推翻父权——男性统治的被压迫的女性阵营,而是汇入、融化于子一辈反对父一辈的斗争。妇女解放汇入颠覆父权——孔家店、礼教、家长、皇帝的洪流并未导致取消男性统治本身,而仅仅取消了一种统治术。在这个意义上,"弑父"这一象喻直接的内涵是男性两代之间的抗衡。这一明显的性别意味给时代女性们造成了双重处境。一面,沅君的女主人公是一些开始具有朦胧的女性解放思想的女性,作为一个历史上受压抑的性别,她的命运不管是否意识到,都取决于男性统治本身能否覆灭。但另一方面,在当时的时代条件下,当她向封建礼教示威呐喊时,她实际上进入的乃是一个以男性性别为标志的二项对立,即父子对立,她那反叛性的爱情正是由于这一对立才有时代价值和社会意义。然而,这子一辈的角色却是以中性面貌出现的男性角色。这一角色的目的与女性不同,它是父权的取代者而不是父权的取消者。因此,这一角色以新的方式将女性仍旧压回到原有的无意识中。

或许正是由于这种处境,沅君笔下的女性在心理上摇摆于弑父阶段(俄狄浦斯阶段)与前弑父阶段(前俄狄浦斯阶段)之间。对男性而言,"父"在象征意义上代表一种(对女性的)统治和对儿子的禁止,并由此代表一种社会统治权威,而子一辈的弑父行为与其说旨在满足恋母愿望,不如说旨在确立自己的性别自我,这是一种争夺统治权力的战斗,一种主体完成过程。然而,对"五四"时代的女性而言,"弑父"却有着别样的意味,作为女性,她无法通过这一象征性行为使自己从前俄狄浦斯阶段——与母体不分或意向专注于母体的阶段进入某种确立性别自我的过程或主体完成过程,因为在这个过程中没有异性对象出现,正如沅君小说中的父亲总是缺席者,弑父只能要么使她忘记性别去扮演男性的子辈,要么固着于前俄狄浦斯的愿望对象——母亲,而非异性家长。沅君女主人公对爱情那种反封建的使命感、那种子一辈精神同盟的自觉,可以看作前一特点的体现,这一特点上文已多有论述,而她对母亲那种巨大的依赖则体现了后一特点。与男性大师笔下作为他者的老旧中国女人不同,女作家笔下出现的是充满人情味儿的母亲、亲人。作为女儿和女性,沅君对母亲有性别上的联系,一种潜在认同,这种认同以五四时期青年人中最流行的一套密码——情感密码表现出来。由于这种认同,沅君实际上写出了对文学史上女性家长形象的一种重构,她笔下的母亲在理智上是父权意愿的执行者,但在感情方面,却已不再是以往小说中那个贾母式的父权权威体现者,她所留恋的母亲是无限慈爱的、弱小无助的、饱经忧患的、需要保护的,非但没有权威,反而很普通。一句话,沅君的作品从一个权威家长的化身中,从一个难以接近的父的呼应者形象中剥离出另一个母亲——一个人,一个不可替代的亲人。如果说这另一个母亲有什么权威,那么并不在于她要左右子女的命运,而是在于她无限的爱子之心。五四时期出现了多种重构,而这种重构,是男性大师们所忽略的或所不能的。然而,固着于母亲的心理状态给女性造成了不少损失,最重要的一点是,她无法在这样一种认同——依恋母亲的阶段获得像男性子辈那样的主体自我感觉,她只要不脱离这种状态,便永远是母亲权威下的孩子,永远隐蔽在母亲无限唯一的爱的阴影下,并需要这阴影。

在沅君主人公那在情人之爱与母亲之爱之间的感情徘徊背后，潜伏着这种时代的弑父精神给女性造成的心理—时代症结。从倒塌的父权庙宇中逃出来的女性，本该找到一个契机完成这场从前俄狄浦斯向性别自我的转换。然而，在五四时代大潮之间，却没有给这一转换留下多少可能或余地。在那个时代，从虚无中来的女性，只能通过两重身份确立自己，一是叛逆——逆子贰臣们的精神倒影；一是弱者——历史中弱的性别群体的统称。然而这两重身份没有一重关乎性别。首先，在情人、女儿、母亲的关系中，找不到一个具体的，可与女性形成对照的男性：父亲没有出现，情人在让人注意到其性别之前首先是女儿的精神盟友，也找不到一个能与男性形成对照的女性，母亲是历史中的弱者，但不是父亲的对照物。女儿既不是一个愿望主体，又不是一个社会历史主体。这样，卷入五四弑父情节之中的女性即使走得再远，也只能处于前俄狄浦斯阶段与俄狄浦斯阶段之间的某一点。因此，对沅君笔下的人物而言，情人的爱与母亲的爱乃是缺一不可的，它们共同维护着她的精神平衡，通过情人的爱，她成为父权和礼教的叛逆，但又通过母亲的爱来回避从女儿成长为成人的恐惧，回避那个关于我是谁，从哪里来，到哪里去的，关于一个未知、孤独的性别的诸多问题。如果要她二择其一，那么在这种观念层次的二难选择与心理—无意识层次的无从选择之中，沅君的主人公们势必只剩下一条死路。在这个意义上，沅君的小说无疑是那一时代女性处境的宝贵文献。它足以使我们看到女性在反传统上的艰难性，尽管她们已拿出了最大的勇气，乃至献出了生命。

第四章 冰心：天之骄女

得天独厚

冰心无疑是五四时期最受青睐的女作家之一。这恐怕是因为她的文坛形象就像当时她那两部诗集和她本人的笔名组成的意象——繁星、春水、冰心——那样清新、温柔、莹洁剔透。冰心也是备受后人尊敬的女作家，她在中国现代文学史上的声誉居于同时代的同性同行之首，这可能是因为她的这一文坛形象在长达几十年的创作生涯中一直贯穿始终。

也许值得注意，负五四女作家盛誉的冰心在身世、经历、创作风貌上都谈不上是五四一代"父亲的女儿"的典型。在某种意义上，"五四"这样一个弑父时代的弄潮儿身边注定会产生庐隐、沅君乃至白薇式的叛逆之女，甚至"五四"这个变革时代的人物画廊里也当然会有凌叔华笔下的那些旧式闺秀与新式夫妻。但却并不注定有冰心，也并不当然有《繁星》《春水》。她的欢乐于这个时代过于澄明，她的痛苦于这个时代过于平和，她的信念有时过于清晰，她的思虑过于不食人间烟火。

有学者曾指出冰心在许多方面可谓得天独厚，特别是那将她哺育成人的家庭。关于冰心幼年的生活我们尚无很详细的资料介绍，但从冰心后来的作品、回忆及信件中可以使人确信，冰心的双亲对她的疼爱和爱护必定远远超过对她的管教、苛责。据这些描述，似乎冰心从呱呱坠地的一刻起就不曾怀疑到自己是被外世界无条件接受的，不曾怀疑自己是被爱的，以至于你在她的童年回忆和所有文字中找不到一丝关于训斥、愧疚、禁令的影子，有的只是亲子间的理解与依恋。这一点可以与沅君、庐隐们形成鲜明对比，只有通过冰心对双亲的感情才会看到，在父母严格诫令下长大的女儿是有着那样矛盾、沉重乃至病态的内心，她们笔下的母女即便有深爱也决不像冰心那样和谐自然。确实，如果冰心对父母、姐弟关系的描述并非无中生有，那么，这一家庭不仅在"五四"时代是个特例，就是在当今，恐怕也是少有的健康积极的家庭之一。冰心虽出生于一个亲子对立的时代，但自身体验的亲子关系却异常和谐亲密。这或许是冰心的幸运，使她女儿的心灵上少承受多少创伤，又多承受了多少同代人没有享受的馈赠。

　　冰心也正因此而有她的独特性。首先，她的自我形象便与众不同，由于她那得天独厚的家庭生活，她"女儿"心目中的双亲与面目可憎的"父之法"的化身没有形象上的联系，她"女儿"的心灵也没有负荷"父"的阴影。她不必像白薇那样带着悲愤与悲凉的心境，在"父亲的女儿"这一压迫/反抗关系式中确立自己，相反，那个时代似乎唯有冰心不无骄傲地自诩为"母亲的女儿"，这母女关系又是浑然一体，不可分离的。实际上，从这两个自我称谓中便可见某些心态上的差异。对于守旧之家的父亲的逆女而言，她们的自我形象注定有某种似是而非甚至矛盾之处，她们既是，同时又不是"父亲的女儿"。她们从叛逆的一刻起便已不再被双亲及双亲所信奉的价值观所认可，而实际上又不可能否认双亲。她们拒绝了"父的秩序"和男性世界，而这个他性主宰的秩序又是她的全部现实。正如"父亲"的"女儿"所暗示的心理学意义一样，她们处于主体成长中的俄狄浦斯阶段，因而带有女性们在这一阶段特有的心态特征，一种无可弥补的分裂和焦虑。

但是，对于冰心这个开明之家的母亲的爱女而言，却似乎偶然逃脱了这种社会、历史对女儿的判决。冰心无须拒绝双亲或被双亲拒绝，才成为女儿，她只需从双亲处接过爱的凝视，又以这份爱凝视自己。她的成长似乎不必经过与父系秩序的冲突遭遇，而只需通过母亲形成一个单性的连续体：在浑然一体的母女关系中由女儿直接变为母亲。可以说在冰心身上可看到良好的前俄狄浦斯心态特征的典型延续。她内心有怀疑，但没有分裂与对立，尤其是没有对自己女儿价值的怀疑。

或许可以说，"父亲的女儿"与"母亲的女儿"的分别代表了五四时代朦胧初现的女性意识的两个不同发源点。对于庐隐和沅君，显然是弑父时代促生了女性的反叛意识，对于冰心，女性意识则发源于没有父权禁令的母女一体经验。这种女性意识也各有其表现方式。庐隐等以爱情这样一个涉及两性关系的方式表现父权之下的女性的地狱，而冰心则通过母爱童心这一不涉及两性关系的方式表现父权之外的女儿的伊甸园。这种女性意识也各有其出路。固然，冰心和庐隐在某种程度上对她们这段女儿经验都有过深深的留恋，但后者是因为无路可走——她面前横亘着望不到边的、刚刚背叛了的父亲的秩序，前者却是出于选择，她背后屹立着看不见然而无处不在的母亲。很难说谁的道路更积极，但无疑庐隐是两人当中更痛苦的一个。

神圣的母子同体——极乐的一瞬

这一得天独厚的童年——女儿经验使冰心注定在这个弑父时代讴歌母亲，以母子的和谐衬托父子的对立。按照通常人的眼光，冰心的女性气质无疑体现在母爱、童心的主题上。但也许应该注意，这里的性别特征不是由于这一对意象的温柔情感或与女性生活的关系，而是由于它竟是前俄狄浦斯心态的完整复现。借助母子这一主题，冰心作品反映了她这份幼年经验与西方人文思想中博爱精神相际合而形成的一个完整的世界模式,母子关系居于这一模式的核心。《繁星》和《春水》中有大量以此为题的诗篇。冰心的母爱与众不同,这不是"慈母手中线,游子身上衣"式的母子关系,也不是沉君那个神样的母亲,更不是庐隐那个不敢怀恋的威严的禁令化身,冰心心中的母亲似乎是一种生理—心理上的本源和空间依托,母子之间是一种生命本源与派生的生命的关系。母亲被形容为一个安顿灵魂的温暖怀抱,一副月下的膝头,躲避风雨的巢穴,养育小花的春天……这些意象都表明子的生命原是母亲这更伟大的生命的一部分,母与子原是一体。这一点在《致词》中表现得感人至深:

> 假如我走了,
> 梦一般地走了——
> 母亲!我的太阳!
> 七十年后我再回来,
> 到我轨道的中心
> 五色重轮的你时,
> 你还认得这一点小小的光明么?
>
> 假如我去了,
> 落花般地去了——
> 母亲!我的故枝!
> 明年春日我又回来,
> 到我生命的根源
> 参天凌云的你时,
> 你还认得这一朵微微的芬芳么?

冰心确如离开枝头的落花一般有灵,因而永远依恋和缅怀与母同体的时刻。甚至她的诗也是母亲生命的派生物:"母亲/这零碎的篇儿/你能看一看么?/这些字,在没有我以前/已隐藏在你的心怀里。"因此,离别母亲、离别母体,便如同生命被割裂一样的痛苦,替母亲,也替自己而哭,以致她慨然写道:"万全之爱无别离,万全之爱无生死。"(《致词》)与此相应,和母亲在一起,被冰心视为最大的完满:

> 造物者——
> 倘若在永久的生命中
> 只容有一次极高的应许
> 我要至诚地恳求着
> 我在母亲怀里
> 母亲在小舟里
> 小舟在月明的大海里

一个精神分析学家一定会从这首诗子——母怀——小舟——大海的意象中找到胚胎与子宫的喻义。这几个意象清晰表现了子与母、人与宇宙层层包融、彼此不分的合体关系,仿佛唤回人们模糊记忆中那居于母体的极乐的一瞬。

这样看来,冰心乃是以她特有未毁的灵犀,将母子同体时的全部信息奇迹般地保存进文学里。她知道,也欲使人记起在生命初始的时刻,自己与母亲、孩子与母亲是一个完满的生命体。虽说这生命注定被拆散、分离,但它在人类生命开始孕育的一瞬就告诉人们,什么是爱,什么是生命和宇宙的本真。这份温暖、和谐、完满的宇宙本身出现于文字之前,并将伴随人类的始终。冰心那些充满情感的诗歌几乎都是这种同体感受或生命感受的精神延续。

这也许有助于我们理解冰心作品中孩子、婴儿形象的特殊意义。母亲所代表的完满、和谐、温暖的宇宙,只有作为子,才能体会到,也只有作为子，才能还报这份完满，因为那是为子而存在的。子，特别是婴儿和孩子，在母子合体关系式中同样扮演着重要角色。冰心笔下的孩子中没有弃婴，即便是《分》那两个命运和社会处境截然不同的婴儿，在母亲身上的位置也完全相同，他们是各自母亲的一部分，不会被母亲抛弃。他们的形象本身就受到冰心内心那个幸福世界的庇佑，并把这份庇佑带给世人。因此，冰心笔下的孩童是一群小天使。由于他们代表的母子关系，他们受到的爱，他们置身其中那个爱的结构使他们本身也成了爱的源泉。他们使灰心绝望的人忆起生命源头那美好的一瞬，爱和生的信念油然而生。《世界上有的是快乐与光明》写了一个对人生绝望乃至自弃的人，从两个纯洁被爱的孩童身上重获生命的信心。《最后的使者》则以寓言般的形式把婴儿作为受神庇佑者，作为人类诗心的安慰和获救希望。婴儿和孩子，成了母子世界完满性的又一重保证。甚至冰心本人就是母子同体的一个例证：她一方面是以女儿的身份出现在诗中，而另一方面，在《寄小读者》等许多篇章里，你又可以看到一个小母亲——童心未泯的母亲叙事人。似乎正因冰心如此清楚自己那与母爱不可分离的"女儿"身份，她才更易成为"母亲"，因为成为母亲并不真告别那幸福的童年——女儿经验，而是延续这种母女同体的世界。这里，得天独厚的女儿经验成为冰心选取拟想读者乃至整个写作的动机，无怪乎她会成为现代女作家中一个十分少见的特例。

通过这样一种由母子双向构成，双向保证了的生命一体关系，冰心给出了一个完整和谐的、既潜藏于人生之中，又独立于社会之外的世界模式。如同《悟》的主人公那样，她仿佛在对母体内无意识经验的奇迹般的反省与复现中完成了她永生的哲学，那便是由超越生死的母子纽带延展而出的爱，这爱植于人类生命的本源，植于每个个体生命发源之初的无意识经验。这哲学与其说渗透了某种宗教色彩，不如说充满了披着宗教外衣的母体象喻：小舟、海，乃至整个宇宙。

显然，这母子世界如果有什么性别内涵的话，那么，首先在于它那鲜明的前俄狄浦斯特点。这倒不是说前俄狄浦斯阶段是女性独有的心理特点，关键在于俄狄浦斯那著名的弑父娶母行为，不仅仅是一个心理发展的阶段，同时也是父权或父系象征序出现并统治历史的标志。而这一母子世界那伊甸园般的特点也许恰巧来自于那一代刚刚脱离历史无意识母体的女儿们的恐惧，在某种意义上，只有了解女性在整个父系象征序中的分裂痛苦走投无路，才会感受到那伊甸园的幸福，或者说，母子世界之所以会是"极乐的瞬间"，乃是由于女儿们已置身于父子世界的门边。这样，我们便涉及冰心创作的另一方面。

"心外的湖山"、身外的面具

也许冰心比任何人都清楚，她尽可以在这一母子世界注入全副想象、情感乃至人生信仰，但却仍然不得不面对"心外的湖山"。那是横亘着与她个人家庭相去甚远的生存危机期的群体经验，那是一片父子世界，一片充满苦难、不公、专制的弱肉强食的社会，一片广大、不安、随时会埋没生之意义的茫茫人生。作为这一社会、这一时代、这样的人生中的群体的一员，冰心创作中还有一个与母亲的女儿完全不同的人格，譬如，那个关注社会的青年、问题小说的作者的人格。一个有意思的现象是，冰心那些问题小说——不论社会问题还是人生问题的小说，其主人公连同叙事者几乎多半都是男性。那个低吟"斯人独憔悴"的青年身上，在那一夜之间悟出人生大爱的悟者身上，那个绝望之中复又希望的诗人身上，已经很难找出女儿的踪影。那不仅是外形变化，更主要的是思想出发点和思想方式乃至叙述方式的变性。在某种意义上，冰心似乎是以子——女儿们的男性同辈——的身份步入这"心外的"世界的，不论别人是否一眼就认出那个男性主人公乃是作者思想上的传声筒。这一变性也许有其道理在。

让我们以"爱"这个主题说明这种性别身份的差异。冰心在离开母亲怀抱投入社会的一瞬间会高举爱的旗帜，这原本毫不奇怪。爱对于冰心在成为信念之前已经是她亲历并生活于其中的现实存在。作为女儿，冰心执着于爱并非由于亲情匮乏而产生的爱抚渴望，也不是由于接受了哪种由观念到观念的哲学。爱毋宁说是冰心一种基于经验和心理的人生态度，一种她对于生命、对于他人、对于人类关系的感知模式。这才会有《致词》那样的动人诗句和小舟、海、母亲的基本意象世界。不过，在冰心作品里，"爱"最终还是成了一种时代口号，一种"哲学"乃至宗教式的信念，这一切都不是通过女儿，而是通过另一性别身份——儿子（叙述人或人物）来完成的。这后一种性别身份行使着某种转述职能，他将母女之间你我二人的感性世界"转述"为一个世人共有的也可以为世人接受的抽象观念，这一"转述"去掉了女儿想象中有关母体的种种前俄狄浦斯式的象喻，而暗中加入了某种父的话语色彩，譬如，在母女之爱通过种种论证被证明为人生的一个真谛，乃至万物的规律时，其说理的、论辩式的话语无形中已破坏了所要表述的生命和谐。又如《悟》，虽说"悟"是母子之情启示而来，但最终却引入一个造物主的形象，一种和上帝十分相像的权力之极。如果说这一性别身份的变化是冰心由个人的性别天地进入象征序的方式，那么，这一由男性人物的转述而抽象化、哲理化、伦理化了的爱则是冰心最终在母女世界与父子世界之间架就的一座桥梁，或曰，是冰心在个人（性别）经验与社会群体经验之间构筑的一条道路。这座桥梁使两重世界各有得失：爱的信念势必削弱父子世界的权力范围，而这一削弱则以牺牲其在冰心内心的全部独特性与现实性为前提。确实，冰心小说中表现的爱非但远没有诗中那么动人，而且也不复有前俄狄浦斯的特殊意味，由母子爱扩展到人间爱之后，爱不再具有女性性别的或反性别的色彩，它最终成了五四时期启蒙人道主义呼声的一部分，成为一种反传统，反旧道德、旧价值的意识形态观念。

在某种意义上，理解了冰心那母子关系主题的由来，也便不难理解她创作中的这另一方面，理解那个关注社会人生的问题小说的作者。如果将母子世界喻为冰心作为一名时代之女心理和思想发展史上的"前俄狄浦斯阶段"，那么《两个家庭》《斯人独憔悴》《悟》《最后的使者》等作品中的主体则具有一种相应于"俄狄浦斯阶段"的人格，一种篡取或意欲篡取父之名的人格或人格面具。这一点，已从主人公和叙述者那种隐隐约约的以人类前途为己任的父亲感以及讲理说教式的话语中流露出来。或许因为冰心有一个过于完满也过于清晰的前俄狄浦斯记忆，以至于当她进入"俄狄浦斯阶段"——与整个父系象征秩序迎头遭遇并不得不纳入这一秩序的轮回同时，似乎已无法产生相应的情结，而宁可以"子"自居，以"子"的身份投入这个弑父的时代。也就是说，冰心实际上是以变性或佩戴他性面具的形式完成了女儿成长过程中由前俄狄浦斯到俄狄浦斯阶段的转换的。当然，这与其说是转换不如说是断裂：女儿心中那个母子同体的瞬间并未随着父的出现而消失破碎，相反，当女儿以"子"的身份进入父子关系式时，无疑已把父子、母女划分为并立的两个世界，一为秩序，一为秩序之外。在某种意义上这种变性或利用人格面具的方式倒似乎有一种无意间的清醒，因为它实际上以戏剧化的方式呈现了那个时代不循父命的女儿们究竟怎样才能"像男人一样"进入秩序的轮回，加入推翻旧秩序建立新秩序、颠覆旧宝座建立新宝座的时代大潮。女儿们必须装扮为男性或非女性，这一冰心作品以形式所披露的事实，恰巧吻合当代理论家们对女性历史处境的理论上的结论。

长不大的女儿

在五四那一代女儿中，似乎唯有冰心是以母女、父子两重世界的方式划分女儿与逆子的性别分野的。这使她免于遭受至少是免于涉及许多庐隐和沅君们不可回避的痛苦，后者以父亲的逆女的身份陷入一个既不能进入秩序，又不能逃脱秩序的困境。不过从另一方面看，按照冰心的这种划分，女儿似乎只能是永远长不大的母亲的女儿，她没有直面男性社会的机会，甚至没有性别意识，即使她成为母亲也并不说明她是成熟的"女人"，而只能说明她找到了延续母子世界或拒绝进入秩序的方式。与此相关，早期的冰心不像同代女作家那样专注于爱情主题。她专注于以女儿的身份去抒写内心感情，抒写母爱、童稚的欢乐，而以逆子的身份去面对社会，探索人生的重大问题和重要哲理，在这两种身份下，冰心成功而巧妙地绕开了两性之间的关系问题。

直到五四落潮后，冰心才逐渐放弃这种女儿与逆子的分野和叙述者身份，而采取了一种更为成年的口吻。这或许是因为，一方面在反传统反封建的斗争的紧迫性逐渐松弛后，五四时代的人道主义连同冰心以逆子身份宣扬的"人间爱"已实行过其意识形态职能，包括阉割职能，最终在中国特定的历史环境和文化结构面前沦为一柄已经用旧的武器。《往事》集中悟出人间真义的钟梧（《悟》）或许拯救了他自己，但《别后》那个十三岁寄人篱下的缺乏母爱的孩子，却没有能从别人的姐姐那里获得精神上的拯救。事实上，当爱最终上升为一种造物的意志时，便已达终点。《姑姑》集中的《分》则更表现了冰心对母爱与人世爱究竟能否沟通的怀疑。另一方面，也正是在这个时期，冰心本人的生活已从女儿变成妻子，或许还是幸福的妻子。新的自己的家庭逐渐在经验和心理层面取代了父母的家庭。

于是，20年代中后期以后，冰心告别了她的呐喊阶段，尽管"竿头的孩子已不再导引，我被抛在人生的中途"，但从她对人们心理和感情生活的描写中却分明透出一种成熟了的观察力。《六一姊》《别后》《剧后》《冬儿姑娘》《三年》《姑姑》《相片》《我们太太的客厅》等作品，对人们的心理，特别是女性的心理有了更细致的描述。尤为值得注意的是《第一次宴会》这部作品，主人公是以一个结了婚并拥有幸福小家庭的妇女的眼光，回顾、留恋母亲和女儿时代的。在这篇小说中，好像冰心头一次没有以男性主人公或叙述者的抽象话语来表现母女之情。好像母女之情的主题，头一次以这样质感细致，又十分叙述化的方式进入小说领地，这不能不说是冰心脱离了女儿期以后的收获。

不过，在这种成熟的观察力和表现技巧之下，冰心的作品仍然透露出女儿时代便已铸成的心理格局，一方面，是化身男性人物或叙事者的习惯，一方面，则是长不大的女人。让我们先来分析后一点。冰心后期的作品固然已不再有纯粹的女儿——她们长大成人并组成了自己的幸福家庭，但这一外在变化似乎没有引起她们内心的相应改变，爱情、婚姻家庭的既成事实似乎并没有触发女儿们由两性关系中重新辨认自己的愿望。因此，母亲的女儿在新的幸福之家变成妻子，但并不意味着变成女人。《第一次宴会》中的主人公是好妻子，也是好女儿，但却不是心理性别意义上的女人，既不是莎菲那样了解自己的女人，也不是凌叔华的《女人》中的那样的了解男人的女人。在某种意义上，冰心笔下人物的这一特点也即是她本人创作人格的特点：她的作品很少涉及两性间的关系，不论这关系是真情还是欺骗，是温柔还是仇恨。她的作品也很少表明女性对男性的看法评价，在这方面，同被称为"闺秀派"的凌叔华倒是有精彩的贡献。这样，冰心以及冰心笔下的女人缺少一个重大的性别视点，即对于男性以及对于两性关系的认识和体验，继而自然也就缺少对自己作为一个性别存在的体验。显而易见，这些所谓"长不大"的特点与冰心早期创作中的前俄狄浦斯阶段的女儿经验有一脉相承之处，即，都行之有效地回避了两性相遇、面对秩序的一瞬间。这种一脉相承所表达的前俄狄浦斯意味是冰心创作中最有性别内涵同时又最无性别色彩的一大特点。

冰心很少以女性视点去表现男性或两性关系，倒是常常借助男性口吻去描写女人，《别后》借一个孤独的、寂寞的小男孩的眼睛，把同学的姐姐描述为某种理想母亲的化身。《姑姑》则以类似的格局,侧面塑造了一个迷人的女性性格。后来更有以男性叙事者自诩的《关于女人》,计十多篇。这"男士"的称谓,不免使人想到早期冰心作品中那个探索人生的诗人或关注社会的青年。有意味之处或许在于,冰心这一番化身"男士"已不是为了写问题,而是为了写女性。同早期那位问题小说的作者一样,这位男士叙述人有着标准的西方式的开明男士的女人观,这不仅体现在开篇的"择偶标准"里,而且体现在人物的选择、塑造及对人物美德的赞美之词上,也许可以说,唯一不那么男士味儿的是缺少一种男性对女性的性吸引力的评判。诚然,假"男士"之口描写女性,这其中不无戏谑成分,但在20世纪40年代,在女人写女人已成为一种文学传统的时代,冰心的这一构思选择似乎自有其特殊的原因。首先就作品本身的效果看,这一男性叙事人似乎提供了女性不能提供的审美角度,或不如说一种赞美角度。譬如,作为一个社会标准的化身,他是女性美德的首肯者和赞美者,他的性别使他有权评论一个妻子,一个儿媳,一个弃妇、一个母亲、一个老师是否贤惠,是否讨人喜欢,是否完美地履行了职责。作为一个思想开明的社会标准化身,他又是人物个性的欣赏者,他不仅赞美她的角色上的称职,而且可以欣赏她们人格的魅力,作为家庭的异性成员,他既是女性的慷慨牺牲与奉献的受惠者和目击人,又与她们建立了良好轻松的关系。这一男性叙述者的艺术功能乃是写出社会公认的美的女性,这种理直气壮的赞美是女性自己难以做到的,她尚需要被承认。当然,这一男性叙事人既是社会标准的化身,就永远也写不出女性眼中的自我,他笔下的女人们从来不曾是一个性别群体。这里冰心仿佛掉进了自己设计的圈套:她选择一个男士替身或许是为了更好地赞美、描写女性,而所能赞美和摹写的却只是男性标准规定的女性,尽管这标准是十分先进的标准。当然,这个男士叙述人的出现,很可能不仅是由于构思和表现形式上的选择,其根源还可以追溯到作者的内心。实际上，纵观冰心的整个创作不难发现，她从来没有做过任何女性的自我评判或自我分析。至少，从未试图廓清女性与他人的区别性关系。但这并不意味着她比别的女作家更不关注自我及同性的处境，否则便不会有早期《最后的安息》，中期《六一姊》《姑姑》以及《关于女人》这些以女性同性为题材的作品。冰心的问题在于，她那滞留于前俄狄浦斯阶段的女性意识萌芽，不足以满足她作为一个性别社会中的女性自我确定之需，而她的全部文化积蓄中又没有任何一种发自女性自我或促生女性自我的既成观念。借"男士"之口，实际上无异于借来一种"男士"之女性观，而这一借来的过程以及借来后的创作结果，显而易见地包含着某种屈服于秩序的意味（在当时来看，这一借来的女性观是较可接受的一种）。它宣布了冰心这个秩序外的女儿最终向秩序靠拢和回归。当然严格说来，这并不是一种毫无保留的屈服和靠拢。《关于女人》毕竟还有明确的戏谑成分，拟想作者与叙事者之间的性别差异，再一次戏剧化地呈现了一场"装扮"，只不过这次装扮的动因是冰心作为一个寻找女性自我的作家已无力在秩序之外走得更远。

尽管在少年中国的女性成长史上，冰心作为第一代女儿最终未能逃脱历史时代及文化的框限——一个长不大的女儿的框限，但她仍然不失独特，她未曾辜负家庭、文化所给予她的全部恩赐，她把这一份经验全副拿了出来，通过她笔下的母子世界，她的爱的哲学乃至她的女扮男装而成为中国女性生活史上不可多得的原型。这才是冰心作品中潜藏的女性意味。

第五章　凌叔华：角隅中的女性世界

与庐隐、冰心、沅君等五四著名女作家相比，凌叔华的特色在于，她更注重也更擅长描写那些扮演着社会性别角色的女性，那些妻子们、太太们、母亲、小姐、婆婆以及儿媳们。她们或许不像露莎或莎菲那样具有鲜明的时代感，贴近作家自身，甚至是作家女性自我的投影，但却更贴近历史——现实结构中的女性生存位置，更像是社会造就的女性而不是作家造就的女性。可以说，凌叔华的着眼点有其独异之处。其一，如果说庐隐们、沅君们以女性反抗的呼喊审判并力图改造历史规定的社会性别角色，因此，她们的人物多是未经社会化的，是不妥协的或理想的，那么，凌叔华则似乎致力于揭示社会角色对女性的生存样态和心态的规定作用及强制效果。其二，如果说冰心、庐隐的人物在时代的裹挟下还不免流于概念的化身或传声筒，那么，凌叔华所贡献的却是更多样，也更血肉丰满的女性人物。凌叔华和其他五四女作家恰巧形成了互补角度，她提醒我们，除了叛逆、弑父、追寻母亲之外，这个时代的女性生活还有那么多隐秘的、封建的、可悲可叹的、可鄙的方面。

闺房中的风云变幻

在凌叔华那些给人印象颇深的女性人物中，有一群几乎被弑父时代所忘却的旧式少女。譬如《绣枕》中的大小姐，《吃茶》中的芳影，以及《茶会以后》的两姐妹，这样一群旧式少女在新文化读者界和作者心目中显然没有什么价值，除了凌叔华以外似乎再也找不到第二个人以她们为中心来写作。与那些叛逆女性相比，她们仿佛是旧中国毫无光彩的最后一批残留物，她们丝毫未受新文化的影响，一直封闭在家庭闺阁之中，恪守着传统的闺秀之道。然而，也正是由于她们本身的旧式特征，才可以看出凌叔华开辟的独特角度。首先，借助于这一群即将被时代抛弃的女性的眼睛，她得以有意无意地触及"新女性"们所忽略的一个重要女性问题：女性与历史、与进步的微妙联系。其次，她并未把这群在人们眼中可能已成为"过去"的女性写成古董，而是复活并复述着这老中国最后一代豪门贵族之女的经历和命运，结果是写出了一份富于丰富的历史感和性别特色的时代现象。

《绣枕》可能是五四时期唯一一篇泄露女性内在经验的作品，它在前景展示了一个以往不进入人们视线的旧式女子的生活空间，与世隔绝的死寂闺房。待字独处的主人公几乎是下意识地刺绣，两年之间毫无变化，不同的只是她无从语人也无人可语的内心画面。对于这样一种深闺生活，社会及时代的风云、父亲的世界、未来的夫婿、出头露面的社交场所都处于遥远的后景。不知凌叔华是否因此遂有闺秀派之称，但也许应该指出，凌叔华的特点并不是由她写不写闺秀，而是在于她如何去写闺秀生活。正是这后一点决定了凌叔华笔下的闺秀生活与古代文学传统中的闺秀形象的根本不同，她发露的是埋藏在传统闺秀们美丽神话之下的另一面，那隐秘、灰暗、无意义、无价值的一面。《绣枕》中的深闺甚至可以成为对处于封闭和意识不自足的枯寂状态中的旧式女子生活的一个空间象喻：这里只有受动者而没有施动者和行动者；深闺的主人并不是自己命运的主人，她的行为和去留取决于闺房外的男性世界。这里只有待他人估的价值，而没有自身价值，无论是盛年未嫁的大小姐的价值还是她的劳动——刺绣以及她的劳动产品——绣枕的价值，都得待他人来定。这里只有状态的延续而没有状态的变化：两度春秋之后，大小姐的刺绣已从一种充满希望的行动变成一种等待戈多式的惯性。这样，作品也就表现了闺房这一旧式女性的天地与外在世界的潜在冲突，闺中一付精美的绣枕，拿出去后被官场中的主客们吐上污秽之物并遭践踏，这本身就是一个有力的象喻，不仅暗示着男性社会对女性的粗暴蹂躏，而且似乎也表现出整整一套上流社会的优雅与美，连同这位旧式高门巨族的大小姐一道，逝去了黄金时代并再没有生路。

《吃茶》与《绣枕》略有不同，它的故事已发生在社会风气变化后的时代了，但有一点仍相近，即旧式少女们内在经验与外环境的冲突甚至更为显著。芳影的家庭、文化、教育修养给她铸造的全部爱情想象乃是"水晶帘下看梳头"式的婚姻关系，这种文化背景也势必使她把这份想象建立在同学的哥哥——一个西洋留学的学生的礼貌、殷勤、女士优先的礼节上。而这一说来可笑的误会竟成了少女心灵的第一次感情创伤。芳影的经历点出了20世纪20年代中国一代女儿所面临的两种文化密码的夹缝，按照老中国的文化密码，受到一个男青年殷勤、相邀、拜访等一系列举动是有"性"意味的，似乎是"有意"的表示，而按照西方文化密码，这一系列举动都可能不过是礼节和规矩，不一定含有性意味。芳影的困惑在于，她在一个变化了的崭新的世界面前失去了原来行之有效的两性关系判断标准。什么才能决定自己作为客体的身份，什么才能区别自己是否已成为对方的"异性"或"意中人"？如果说原来她曾是待字闺中的"女人"，那么现在，她在这夹缝中却什么都不是。从这一角度看，芳影作为一个旧秩序的牺牲品，并没有从西方引来的观念中拿到她应该的一份。

《茶会以后》似乎在时间先后上与前两篇相关联,如果说闺房在某种意义上可以作为"传统"的空间象征,那么在这篇小说中小姐们已不再拥有这样的闺房或空间。姐妹二人必须出外参加一定的社交活动,她们大概已不会闹出芳影式的误会了,但她们面临的问题仍是芳影式的:古已有之的人际关系标准和女子行为规范一旦坍塌,她们这些不知爱情、自由、个人信念为何物的少女,反而发现别无选择地独自面对一个似乎将自己拒之门外的社会。旧的熟悉的生活方式大势已去,而新的生活方式又是那么陌生,前途未卜,归宿不明。可以理解,她们那惆怅、忧郁的心境已不仅发自青春期少女的心灵,而且也发自这样一种上不着天下不着地的处境。

　　如果说凌叔华这几篇小说渗透了某种对于女性与历史关系的思索,那么首先表现在其讽刺与悲悯兼容的创作手法上。从情节来看,这几篇小说都多少包含着某种反讽性的场面和结局。《绣枕》中的大小姐曾熬红了眼睛、耗尽心血冒着酷热绣出来的绣枕,不过被当作一文不值之物,最后竟从丫环手里又回到闺中。《吃茶》中那个令芳影浮想联翩的青年不仅与别人结了婚,而且还要请她做伴娘,芳影的单相思不过是一种少见多怪。《茶会以后》的两姐妹背后说那些现代青年的长短,不过是掩饰自己的恐惧与羡慕。这些情节本身寓含着某种讽刺的,甚至是喜剧式的色彩,它毫不留情地表现了这些旧式少女的不合时宜,孤陋寡闻,守旧古板,以及异想天开的可笑之处。而这种可笑,乃是历史和文化变革前进所决定的,变化了的时代必定将她们抛在后面。这里,可以看到一重历史和文化的视点。但同时,小说似乎又提供了另一种立场,一种护卫人物的立场。小说的叙述层面并没有流露居高临下的讽刺、讥笑口吻,相反,叙事者的声音常常隐没在人物内心语言、内心画面之后,叙事者的立场也常常与人物叠合为一,否则,便不可能写出这些女性的内在处境,或对生活的内在感受。这无形中展示了这些人物自身可悲悯的一面,作为人,作为女性,她们在历史的变化中并没有获得更充分的生存理由和幸福的条件。历史的进程打破了闺房的空间锁闭，但并未打破曾锁闭在闺房中的女儿们的心灵的枷锁。这些少女的命运与时代、社会的全部矛盾在于，她们注定进入历史的喜剧成为他人观赏的丑角，而历史所赋还的只是她们个人的悲剧，她们按时代的标准是没有拯救价值的，而她们本人却需要被拯救。

这样，凌叔华就从这一代旧式闺秀身上，无意中表现了我们文化变革关头历史与个人的某种关系，表现了男女平等、妇女解放呼声的一个意识形态性纰漏，这也许就是这一类形象蕴含的另一重闺秀之外的含义。

"太太"阶层

黄人影在《中国现代女作家论》中提到，凌叔华笔下有两种类型的太太，一类是新女性或知识女性太太，如《酒后》《花之寺》《春天》中的女主人公，另一类则是典型的中国式的旧太太，如《中秋晚》《有福气的人》《太太》。前一类太太与文学史上同时期的新女性形象有某种承接或毗邻关联，而后一类太太则似乎较少见，据说是男子们难以写出的人物。不妨补充说，这是因为男子们很少能够站在女作家的角度去如此这般地写出这些旧式人物。

确实，《中秋晚》《有福气的人》《太太》中的女主人公就形象而言并不是绝无仅有的，她们令人想起我们在电影、电视剧小说中司空见惯而无法同情的那类毫无个性、毫无追求的、毫无突出之处的夫人、家长、堕落的姨太太等等，《有福气的人》甚至在某种意义上接近一个普通一些的贾母。她们的谈吐、境界、悲痛、苦恼是如此平庸，以至谈不上是悲剧，她们的心胸天地是如此堕落、狭小以至毫无价值。似乎这些太太没落的、狭小的庸俗心理比起男性社会中的市侩更令人不屑一顾。比男人的庸俗更庸俗的生存暗含着女性自身未经描述的悲剧或悲哀。她们在改造国民灵魂、崇尚人道的时代是如此可鄙，因而也如此可悲。

先来看看凌叔华笔下的两种家庭妇女范型。从《中秋晚》中那个因丈夫团圆节不吃团鸭而耿耿于怀的太太，便是旧文化心理的可悲的牺牲品之一。作品也许没有绘出十足的圆形人物，作为一个个体，她毫无个性，但情节设计即事件的因果发展却相当成功地展示了一个文化断层中的女性心态。叙事的因果关联中有两种动因，一种是女主人公拟想的因果，一种是事件发展本身的逻辑。支配女主人心绪、情感、判断乃至行为的因素并非任何来自自我、本我的现实需要，而倒是来自超我的某种仪式化的迷信铭文：吃团鸭——团圆，不吃团鸭——恶兆。她不仅把吃团鸭视为夫妻关系从中秋晚的和睦开端发生变故直至破裂的故事事件中唯一的因，实际上，她几乎可以说以这种因果预定结构创造着生活，或者说以"不吃团鸭恶兆"的模式，创造着她与丈夫的关系，创造着事件。譬如，她在心理上把丈夫探望病危的于姐姐，碰破花瓶作为导向分裂的第一步。她对这一步作出的反应是由铭文系统预定的——回娘家（不团圆）。这种迷信禁忌的铭文对她心理上的威慑力是巨大的，远远超过它对男人的威慑。对于除去家庭再无社会关系的女人而言，生活只有团圆或不团圆两种可能性。作为太太，她是一个具体主体（丈夫）的精神—心理客体，不是情感、意志的发动者。铭文之所以会是她喜怒哀乐、希望与恐惧的来源，因为除此之外，她甚至没有哭、笑、愁——没有自己的情感的动因，铭文是她感受世界、自己和他人的唯一方式。因此，未吃团鸭、节日"遇见死人的事"、摔碰花瓶之所以会成为应验的征兆，恰恰说明她无法用自己的心智思维来理解丈夫、人、自己和夫妻关系，也无法用别一种方式选择自己的行为，她干脆没有这方面的心理机制。在这种意义上，就是不出现于姐姐的死讯，她的生活也注定是一个悲剧。在这样一种伪因果的情节线索中，我们可以看到旧文化的社会性别角色，由于这一性别角色排除了女性作为主体的一切可能性（情感意志思维主体），于是，一个关于夫妻关系的迷信征兆完全取代了一切自我、他人、爱与被爱的意义。女主人公对丈夫和于姐姐的冷淡无情甚至不是出于自私，而是出于迷信的指令。换言之，社会角色造就的不是一个女性，一个人，而是一个机制，她除去这一机制职能外一无所有，不具备自爱的能力，也不具备爱人的天赋。不仅如此，这位太太的可笑之处与可悲之处，还在于支配她的那一迷信铭文系统与她所处的现实处境的因果性完全风马牛不相及。如果说这种迷信的目的是解释现实中不可解释的东西，尚还情有可原，但实际上，正如叙事人表明的，根据事件发展真正逻辑，丈夫的为人和整个事件并不是不可理解的，丈夫与于姐之间的眷恋之情，甚至不需要什么现代理论概念，凭女性的本能就可觉察。女主人公的想象与现实环境之间的重大差距固然有其可笑之处，但更有其可悲的含义。她那与现实不相及的想象不啻是她对自身处境的这一份可怜的意识形态性解释。这解释使她不用面对更可怕的现实——感情破裂。小说后半部分尤为清晰地展现了迷信的铭文体系在整个事件及女主人公心理过程中起到的另一种作用，它掩盖着女主人公不再被爱也不会再爱的真正处境，它把感情的破裂扭曲为征兆的应验——一种她可以接受的东西，从而支持她在这种不可逃脱的处境中与蛛网，死了的灯蛾一起生存——苟活下去，这便是千千万万旧社会角色所强制的女性命运。

《太太》和《送车》中的太太属于另一个范型，她们代表的是积淀在"家庭妇女"这一被抽去伦理内涵的社会性别角色之中的市民、文化沉渣和国民劣根性。《太太》中的太太是纯粹的寄生生物，她甚至连《中秋晚》的女主人公对夫妻生活的希望和恐惧都不具备，仅仅追求在赌场中的虚荣。《送车》里的白太太和周太太则是没落封建意识形态的保护者，她们以传统性别角色的不复成立的道德优越感体现着阿Q精神胜利法。说起来,这类太太是新旧文明交替时代夹缝中的产物。贤妻良母的角色标准在五四时期已作为旧价值体系的一部分而被废弃了,但同时,女性在社会家庭的基本结构中的历史职能却仍然延续在半新不旧的、资本主义式的都市生活方式中。换言之,在那一历史交替关头,封建时代的性别角色的社会化过程(诸如女子教育、出路、标准、职能等)仍然在造就着适合履行封建家庭职责的不读不识、无职无能的中产阶级女性,她们对于新体系的女性观有某种天然拒斥。但是在中国,恰恰又是这一阶级首先进入以薪俸为经济来源的资产阶级生活方式,这种以金钱关系为基础的生活方式部分地打破动摇了农业社会那种以名分等级为纽带的人际关系,和以伦常所维护的女性社会职责。正如中国近现代史上的资产阶级与封建地主阶级乃是二位一体一样,中国都市生活中的太太阶级也无非是这两种生活方式叠合处的社会团体。对于这一团体,生活方式本质上并无变化,她们是被养活的。但生活目的却有所改变,就婚姻目的而言,她们仍守着讲求明媒正娶、门当户对的旧道,而就婚后的职责而言,她们却已不再克守旧式的媳、妻的"妇道"。她们兼容并蓄的是两种生活方式中最富于寄生性的特点。与此相关,她们的精神生活既不受"妇德、妇道"的道德规范,又没有一般中产阶级主妇们哪怕是故作的高雅。她们的精神与心态之懒惰庸俗,正是封建意识形态与资本主义生活方式二位一体的产物。而且,由于女性被历史地形构为素质欠缺和目光短浅,自不上进,这些过着资产阶级生活而受封建女子教育的太太们便集中体现着封建和资本主义两种文化、两种意识形态中最易灌输的部分,那些最消极、最堕落的糟粕。《送车》中两位太太的对话是难得的日常生活中意识形态话语的标本。这里有资产阶级社会特有的唯利是图、唯财是图的吝啬鬼心理,又有封建意识形态等级名分的残渣泛起,从对其他女性的贬斥情绪中,则可以看到对不再优越的自身处境的惧怕。

可以说这两种文化类型从女性自我审视的角度为我们揭示了迄今

为止很少有人揭示的一方面：中国现代社会某一社会阶层以及文化断层的没落性。她揭示出，社会变革当口固然出现了莎菲，出现了冰心和冰莹，出现了子君和爱姑，但却也出现了"太太"这样一种融合了两种社会形态中最没落部分的社会团体及其文化。在某种意义上，这一揭示可以汇入现代文学史上国民性批判的优秀传统。确实，在这一比男性的庸俗更庸俗的家庭妇女文化中，可以看到中国现代市民心理最腐俗、最没落的一部分，与此相比，阿Q、《猫城记》《华威先生》都未免仍然干净了些，中国资产阶级和封建势力二位一体或许可以产生英雄、骑士、吴荪甫，或许可以产生歹徒恶棍，但更重要的是它更可能产生庸众和庸众文化。这里没有英雄，没有歹徒，甚至没有恶，甚至没有个体特征，甚至没有健全的心智。然而这却是中国社会生活的隐秘但决不狭小的巨大潜层。要寻找中国现代文化最没落的一部分吗？要寻找麻木的国民灵魂心态结构吗？只要看看凌叔华笔下的这些家庭妇女便一目了然。这些太太不仅对女性有意义，而且是现代文学史上不可多得的文献。

然而，可能正是由于凌叔华专门审视女性的视点，她作品的重要文化意义一直遭到忽视。当然，与同期作家相比，凌叔华的揭示要温和得多，但并非就不深刻。在她审视性别角色的那种既冷静又温情、既批判又宽容的目光中，包含着一个男性大师们不齿占据或不屑占据的角度，即从内在经验视角去揭示那些连庸俗都够不上的女人的庸俗，描写那些可笑甚至可鄙的女人的悲哀，从而在一种性别角色反思的高度上表明，女性狭窄的天空究竟狭窄到什么程度。

实际上也正是因为这种专门性，凌叔华的作品已经既脱离了时代的浪漫主义感伤倾向，又超越了极端反传统意识形态所惯用的讽刺——否定。这在这几篇小说中尤为明显。譬如，就叙事语调而言，庐隐、冰心小说中的叙述声音来自一个与人物认同的叙述主体，要么正相反，在五四时期的讽刺小说中，叙述主体与人物的价值观相对立。但凌叔华这几篇作品中的叙述语调却呈现了一种多元倾向。在《中秋晚》《有福气的人》中，我们至少可以听到两种不同的语气，一种是冷静、充满批评、嘲讽意味的口气："平常谈起好命、有福气的人，凡认识章老太的谁不是一些不疑惑地说'章老太要算第一名了'！"章老太是否真的有福气？说话人是有保留的。"那时她出去拜年或道喜，便穿得团鹤的补褂，并绣花朝裙，带上朝珠，款款地做'命妇'了。"末一句隐隐表明了叙述者的嘲讽态度。这样，章老太的一生，她见过的阔气排场、她对新式结婚礼节的蔑视，在妻妾间的大度以及她在家中的权威性，都成了讽刺对象，按照叙述者的语气，她是旧时代封建女性的典范，一个和拟想读者不可能有任何共同之处的架空的封建模型。另一种语气则不同，充满同情甚至温情：章老太做生日后的第三天，独自坐在堂前抽水烟，感到心情愉快："她的思潮很温和地散漫着，好似四月底的晓风轻轻地落在一亩麦花上吹起甜绿的香气，又轻轻地落在别一亩上了。这常做成她腮边慈祥的笑容，她象牙色的头发迎着落日余晖发出银色的光。"这里我们听到的已不是那个冷淡微嘲的叙事者声音，而是另一主体——使我们立即唤起对凌叔华其他小说那种诗意氛围的记忆，从这种声音中辨认得出贯穿凌叔华多数作品中拟想作者的气质。这种叙述使我们立即换了一个角度看待这位已成为一家权威的章老太或当年的命妇，她是可接近的，甚至是可进入的，小说立即便呈现出，她有自己的童年回忆，对祖母的怀念和自身占据祖母地位的骄傲，以及她对小鸡一样依恋她的儿媳们的老母鸡式的感情。这两种语调构成了小说中的双重叙述文体、叙事者和拟想作者，或者说，构成了主体的分裂。而这种叙述主体的分裂性恰巧对应于章老太所面临的复杂处境，即她周围社会关系的两副面目。仅仅一天之间她已由子孙满堂的福气人、德才兼备的受爱戴的家庭权威，这样一个被别人也被自己尊重的位置上突然坠落下来，成了被儿媳们欺骗和剥夺的对象。换言之，她从封建社会人情理想所构筑的完美的自我幻象中突然跌进另一个社会的价值网络,在这一以金钱利欲为核心的价值网络和人际关系中,她那一贯充实令人羡慕的自我形象突然被掏空了。不仅她信奉的理想完满性遭到践踏,而且她本人也不过处在一个玩偶地位,一件别人牟取到利益后便会抛弃的工具。这是一场深入到家庭——婆媳关系及人与自我形象关系之中的历史变迁,小说中的两种叙述语调可以视为对这场历史变迁的复杂反映。叙事者的讽刺语气在历史必然性高度上贬低、戳穿、嘲讽封建时代的价值观念和老来完满的人生观,而拟想作者的诗意的书面语则从个体的角度揭示这一历史变迁的另一面:个体失去其意识形态保护时何其渺小,特别是历史所决定的性别个体。婆婆想象中自我与现实的关系在金钱性婆媳关系面前已丧失了任何保护自己体系内的标准性别个体的能力。这时章老太突然变成一个一生受压抑的妇人。这里,可以看到《绣枕》系列的一贯主题。如果说叙事者主体表明了对章老太所属的意识形态体系的历史性拒斥,那么拟想作者主体则在性别角度上认同着由于价值体系的坍塌而裸露在历史中的弱者——个体——女性。这不是一种意识形态性认同,作品显然没有流露因金钱可恶而怀恋旧妇德的迹象,相反,倒是一种性别认同。章老太视朝珠为光荣固然是喜剧,但当朝珠、才德、命妇、子孙都失去原有的意识形态尊严和意义后,这位章老太自己一无所有,她的光荣历史不过是为他人作嫁衣的一场徒劳,对于这一点,拟想作者并不感到快慰,而是感到悲悯,这毕竟是同一性别的个体在整个历史中遭受的命运,毕竟是唯有女性才可能体验的一种挫败——悲剧。可以说这种分裂现象在《中秋晚》中几乎同样明显。叙事从某种角度上表明作者所面临的双重价值标准:在时代和历史角度上,她对婆、媳都充满嘲讽,这是无性别的价值标准,但在女性自身角度上,她对价值上处于劣势的女性又有所悲悯,这是一种有性别的价值标准——不如说是经验认同,这表明性别经验认同和历史时代价值标准是两回事,正是这两者在作者观念—经验领域的不可合一，造成了叙述主体的分裂性，这恐怕是那一时代女性面临的共同选择。这一点是《祝福》《一生》都未曾触及的。而在凌叔华的另一系列小说，亦即承担性别角色的新女性身上，这一点已经成为人物的内处境。

新女性与新妻子

新女性在文学史上有两种出路：要么进入家庭、埋没于日常生活，从而磨灭其"我是自己的"闪光个性——子君的命运就是如此；要么拒绝家庭，放浪人间，游戏人生，拒绝承当社会性别角色，投身社会（目的仍在恋爱）以逃避寄生的命运，保持自主性，如章秋柳。这一条出路从正反面说明新女性在自主与寄生、"是自己的"与"是他的"之间的二难选择。这一二难选择实际上标志着具有新思想的女性的危机处境（可参见本书有关庐隐的论述）。

从这一角度看，凌叔华的许多作品无形中在谋求对上述二难选择的超越之途。除了旧式少女外，她笔下还有一类新文学史上罕有的女性形象：新式妻子。她们故事的起点可以看作沅君笔下的人物们全力奋斗所可能达到的完满终点，即爱情的胜利或新的价值观对封建观念的最后胜利：与自己所爱的人组成新家庭——二人国。确实，凌叔华笔下的故事如《病》《他俩的一日》《酒后》《花之寺》等都发生在一类新型家庭之中，这类家庭的基础不是"合二姓之好"，而是建筑在爱情之上的。这类家庭建立的前提，这一家庭的根本意义便超越并否定了几千年历史为"妻"这一角色规定的内涵。新妻子除去妻这一性别意味外，还具有五四时期最显著的"人"的意味，包括情感、人生追求、智力。这类以爱情为目的组织起来的新式家庭在小说及现实中代表着新文化价值体系的社会化。不过同样值得注意的是，这种新式家庭并没有携带新生活方式的内涵，性别角色的分配与旧式家庭并无二异,"太太"是无须以个人身份进入社会的,是由丈夫抚养的,她和丈夫一道并通过丈夫形成社会的单位。

在这一背景环境上,凌叔华小说展现了新女性的第三种处境,恰巧,是茅盾、鲁迅们没有注意到的处境。她笔下的太太既没有像子君那样,在平庸生活中日益平庸下去,又没有像章秋柳那样为了拒绝从属地位,也拒绝家庭。毋庸讳言,这些"太太"都是某种大家闺秀的幸运儿,好教养,聪慧,有才华,不必忧柴米,不必为生存挣扎,并且爱与被爱。不过除去她们中产阶级的生存环境的法定优越性之外,她们对于揭示女性处境仍有理论意义。正因为排除了一切外在因素,才可能披露"新"女性,至少是具有新思想的、生活在新价值体系内的女性自身必须面对的问题:爱情到手、幸福到手,女性还能做什么?幸福家庭与具有新思想的女性是什么关系?女性满足还是不满足?两性之间的关系能够沟通到何种地步?

《酒后》《花之寺》《春天》中有一个共同之点,那就是在夫妻之间存在某一真实或拟想的外来因素。采苕在酒后争得丈夫同意想去吻一个醉倒的异性朋友,霄音在春天惦念一位病中的倾慕者,这里可以看到女子心目中除丈夫之外一种想象中的他者。这一他者的功能并非是破坏改变夫妻关系,而是十分微妙的女性心理补偿:他们(无论是子仪还是君健)在某种意义上指涉着丈夫已不能给予妻子的东西——男女之间的某种关系方式。从《酒后》中可以看到,采苕的丈夫很不能理解妻子的举动,在他看来,朋友是一个威胁性因素,为了表示对妻子绝对信任才同意她吻子仪的要求的。而对采苕而言,吻子仪只不过是实现她少女式的梦想。作品并没有正面谈到子仪的为人,子仪完全是采苕心目中的子仪,可以说睡着的子仪是采苕可以随意附加意义的。对于采苕而言,子仪是一个象征。在这一象征举动中她不是一位某人的妻子,而是一位少女,她冲破妻子的那种隶属、忠实、爱丈夫的角色,又变成为心怀憧憬的、恋爱着、追求着的性别自我。或许,她还要复尝一下在婚姻生活中已不必要的爱慕的感受，子仪不过是这一爱慕之情的形式承担者而已。当然，既然文本没有明言，那么采苕有什么心理活动是难以猜出的。但是，子仪与采苕的关系和丈夫与采苕的关系可以形成一则微妙对比。差异在于，在与子仪的想象式的关系中，采苕是一个追求者倾慕者，她可以假设而对方必得回答或拒绝这一份倾慕，一句话，采苕是一个行动者的角色，等待她的是开放结局。在与丈夫的关系中，采苕虽也是一个爱与被爱者，但对方（丈夫）不必回答或拒绝，结局已经写出，意义已经固定。采苕不复能也不必须行动和选择，她是一个被动角色，一个所有物。于是，子仪代表的关系形式与丈夫代表的关系形式提供给采苕不同的自我形象，一个是爱妻——客厅中的高雅装饰，审美对象；一个是新女性——能够表达追求、倾慕或爱情的、能够给予的主体。后一个形象是采苕所向往的，当然，仅仅是向往而已。在小说结尾，采苕"又不要 Kiss 他了"，这或许可以从反面证明，采苕愿望的对象并不是子仪，而是在与子仪这一象征性关系中所可能扮演的主体角色。一旦从丈夫手中拿到这一角色（这意味着暂时象征性地摆脱"妻子"的角色期待），Kiss 就不复有意义了。插入夫妻之间的外来因素是采苕维持、证实自己作为独立个体、作为主体的形式标签，而这一标签指涉的乃是主体性的匮乏。

《春天》在某种意义上展示了同一主题。表面看来，小说写的是女主人公霄音在恼人骚乱的春天里的委顿心绪。阴雨的春天与晴朗的春天，清晨翅膀上镀着金的白鸽显现的活白色与某种说不清的死白色，蔚蓝的天空和灰暗的天空，这一系列色调、光彩构成了阴晴死活之间的象喻性心理处境和感受，有其特定的心理根源。实际上，《春天》潜在的角色关系结构与《酒后》相似，这种关系结构是通过小说中的乐声来描写的：起首是低迟缠绵，万语千言无从说起的情调，次而转高，充满火山爆发的高热，为"失了最大爱恋而不能制止的单独狂呼祈求"，继而低落、忽断、似等待答复，停止一两分钟后，只有短促的、冷酷不协调的一句。这段描写中，女主人公从乐曲听到的是两个人的对话，她从祈求声中辨认出一个空着的位置，那个回答者位置，那个援救、给予者位置，并想象那是留给她的。这里，我们看到了女主人公面临的两种期待，一种是婚姻妻子角色的期待，一种是尚未社会化的角色，做一个感情的给予者，生命的拯救与慰藉者。这一期待显然发自一位非社会化意义上的人——那个来信中希求慰藉的病魔缠身的倾慕者。这两种位置、两种期待不消说令霄音一身分为两重，而且互相冲突。使霄音痛苦的与其说是未了的爱或朋友的死，不如说是在这两种位置间犹豫不决的选择。于是，主人公才会有对春天那种分裂的烦躁感受。

这两篇小说给我们展示了女性割裂的自我形象，割裂的内心世界。这在封建时代并不那么明显自觉，但在新文化体系中反而益发昭然了。原因并不复杂，这种分裂乃是旧有生活方式规定的性别角色与新的主体价值观念之间的分裂。"太太"这一社会角色一方面给予女性幸福，一方面也在剥夺他们像主体一样行动的可能性，女性在"太太"的躯壳中只剩下对丈夫、家庭的感情和温情，女性成了爱的温柔化身，但这爱必须是不破坏妻子身份的爱。

在这样一种割裂的现实中，女性若要安定地在家庭中生存下去，必须忍耐或想象地消除割裂。这方面《花之寺》提供了一个有趣的范例。它讲了一个二重角色的变相合一的故事。这一小说的情节设计颇为耐人寻味。诗人的爱妻燕倩匿名以一个女读者的口吻写给丈夫一封美丽的信，信中把他比作园丁、甘泉似地浇灌了她这棵小草，并使她开出美丽的花朵，最后邀诗人于朝阳遍洒大地时去郊外花之寺共赏大自然的春色。诗人不知就里，以为不妨做一次这奇美的梦，便欣然赴约。随后当然遇见妻子，二人欢笑同返。且不论诗人如何，女主人公的角色双重性是一望而知的，可以由书写者"我"与信中"我"的微妙区别判断这二重角色的性质。首先,信中的"我",作为没有姓名的陌生女子是以他人面目出现的燕倩,这一区别是书写者"我"一手造成的,唯有如此,她才能表达自己的灵魂并使丈夫发现她的灵魂。换言之,燕倩只有借助认同这一"他人"位置,才能确证、认同,乃至重新获得与丈夫关系中的女性自我位置。这一成为"我"的他人,乃是燕倩的镜像,她认同了这镜像,把这镜像变成"我",也便寻找发现了"我"的意义。这一过程或许可以象征性地弥合女性割裂的世界。其次,在文本中从另一方面看,这一镜像,或这一套"他人"的话语,又使我们得以窥见当时流行的某种社会公认的女性标准与女性自身的差异。不妨引一段原文作证:

> 我两年前只是高墙根下的一棵枯黄的小草。别说和煦的日光及滋润的甘雨是见不着的,就是温柔的东风也不肯在墙畔经过呢。我过着那沉闷暗淡的日子不知有多久,好容易才遇到一个好心的园丁把我移到洒满阳光的地方,时时受东风的吹拂,清泉的灌溉。于是我有了生气,长出碧翠的叶子,一年几次,居然开出有颜色的花朵在空中摇曳,与众争一份旖旎的韶光。幽泉先生,你是这小草的园丁,你给它生命,你给它颜色(这也是它美丽的灵魂)。

这样一封信,如果除去其美丽的比喻,其语义内容是很易辨识的,这里,"我"作为一名女性是诗人(男性)创造的产物,是诗人的成果,"我"因为诗人、借助诗人而"美",而值得欣赏和自我欣赏。这样一种美和价值表述乃是从男性角度出发的。它没有证明女性自身而是证明男性的创造力。但与此同时,这封信显然又产生某种戏谑乃至反讽效果。信的书写者的写作行为似乎是对男性规定的女性标准的戏谑,毕竟书写者作为叙述者不同于她的人物。人物是以言达意,而书写者是以"信中之我""行事"的人。这位"以言行事"者,是与信中人物的"我"不同的另一主体。在信之外的叙述空间中,正是这一以言行事而不是以言达意的主体在支配丈夫的行动。这一主体是没有自己的语言的,她所有的只是对女性标准话语的戏谑,并以言行事,要不然就沉默。从这一角度看,可以说《花之寺》给我们展示了两种女性标准和两套话语,一套是以女性证明男性创造力的女性标准和话语;另一套则是反讽这一话语的话语——可能称为空白、距离等更合适。这样,凌叔华的作品便无意之中揭示了女性的符号性困境:符号化的女性形象与未经符号化的女性本身不仅有差异,而且对立。在两者关系中,由于前者是社会性的符号惯例,而后者则无从符号化,因此前者对后者是一种压抑。女性自身,在五四的文化和现实中,都远没有解放、自由、独立。相反,她们被新的符号枷锁压抑为无意识。这些符号枷锁不是物化如花如月之类的客体形象,而是化为充满爱、情感、诗意的男性创造物和杰作,如"小草"等具有新思想的美丽灵魂——男性眼中可爱的而又毫无个性的情感对象。顺着这条思路可以发现,凌叔华的小说十分自然地触及了两性之间的沟通问题。凌叔华小说基本上表现的是女人的内心戏剧,而她们所爱的、最亲密的人或是无能或是不愿进入这种她们独有的世界。如果说《春天》中的丈夫还属于不能理解,那么《中秋晚》中的敬仁恐怕是根本不愿理解。这些女主人公的故事往往表现为一场内心戏剧,一种自发、自动完成的过程。或许正是通过这样一种夫妻角色,凌叔华表现了两性之间的隔绝,《花之寺》的女主人公借书信作了一番打破隔绝的努力,其结果是双性的,她借此使丈夫重新注意到了自己,这是一种胜利,但同时她又必须借用别人的语言才能使他注意自己。他注意的首先是别样的东西,这又是作为自我的失败。而这种失败,不要说她丈夫,就是她自己也必须禁闭在外的。

最后,必须指出,凌叔华留给今人的或许不仅是一代女性的历史印迹，而且还有一种投入了女性性灵的叙事艺术。她在一代女作家中如果不是唯一的也是出色的小说家。在新文化初年，她以一种女性方式接过了西方小说艺术并重建为一种适合女性表达的形式。她的人物塑造、情节设置、叙述语调乃至叙事视点都体现了一个女性作家的特有选择。她把女性的经验从一种小问题、一种呐喊变为一种艺术，这正是一代浮出地表的女儿们所能做的最大建设，她在某种意义上延续了简·奥古斯丁和曼斯菲尔德式的传统，这在当时女性创作中是十分罕见的。

第二部分

(1927—1937)

第六章 三十年代：文明夹缝中的神话

一、轮回

进退维谷的历史步履

随着1927年大革命的失败，五四时代悬浮舞台上的文化巨变成了一个历史的定格。岂止庐隐、冰心这一代叛逆之女被绑缚在这永恒的一瞬，就是曾经掀翻传统文化权威的"弑父"精神也凝固为一个空前绝后的舞台造型，嵌入人们对现代史的第一个（有选择的）记忆。

"五四"一代人在东西文化撞击的眩晕中，在对民族命运的焦虑中，不约而同地举起了一个创造民主、先进、科学、强大之"少年中国"的社会理想。但是，当清扫了那些文化上、政治上及军事上的绊脚石后，真正的阻力却来自一个并非新文化、示威游行甚至战争就能够改变的层面，那就是中国社会的经济基础。事实上，中国社会倾其所有——无论是殖民地半殖民地式的工业生产方式体系，还是个体生产的农业传统抑或其他文明力量，都并不允诺一个光明强大的社会前景。众所周知，中国广大的乡土社会在20世纪30年代已无力抵御资本主义式的商品市场的冲击侵犯，但又无力扩大生产积蓄，将与工业地域的消极摩擦变为积极互补，终于成为中国生产变革中尾大不掉的巨大一隅。于是便出现一种历史的尴尬，一方面，古老的农业文明已无法而且也不应延续封闭自守、自给自足的旧轨；一方面，它又的的确确在延续。而20世纪打着殖民地半殖民地胎记蹒跚学步的中国工业虽然初具雏形，但始终难为生计，既无力摆脱外资及其代理者们的盘剥钳制，又无力摆脱以农业手工业个体为主的巨大消费群，因而终于只是农业消费型而非技术型、他律型而非自律型工业，难免不沦为两方面的附属品。它与传统文明结构的搏斗两败俱伤，而且俱伤元气。正是这两种文明力量各自的窘境加上它们互相牵制互相削弱的关系，使得大革命后的统治大权旁落，推出一个代表兼得封建文明与资本主义文明之恶的官僚买办集团利益的政府。因此，经过北伐战争，好容易挣脱军阀混战局面稍稍平静下来的社会现实，既未满足又未延续人们对民族未来的原有希冀，相反，它倒是分外清晰地复现了自鸦片战争以来便横亘在这片土地上的历史裂谷；复现了在古已有之的本土农业生产方式与原来滋生的殖民地半殖民地工业生产方式之间进退不得的历史步履，在死而不僵的老旧中国躯体与萌而未发的"少年中国"精神之间束手无策的民族主体。

正是在这一难以逾越的历史裂谷中，本当通向一个光明理想社会的"五四"时代成了一座悬浮舞台，它为通向光明社会所做的一切文化准备如同孙中山制定的政治体制一样，仅仅飘浮在话语层面上。不过，当蒋介石坐在统治宝座上对文化行使生杀之权后，就是这样一个悬浮舞台也难以为继了。在高压和种种强制手段下逐渐稳定的社会生活，呈现为两大有序的板块，一是新的都市系列，一是广大而古老的乡土。都市，这片聚集着少年中国的文化精英的社会地域，在逐渐秩序化的过程中越来越渗透出一种殖民地半殖民地特征。这里日益健全之中的资本主义生活方式、商品市场和文化市场，并非来自社会内部新的文明进取力量的自律，而是对西方文明垃圾的一种拙劣复制。同中国的工业发展一样，这种新式都市的出现和发达是外在引导而非社会内在引导的，它是一种无根、无历史创造力的存在，在一个拥有90%的农业人口，科学技术、生产设备都十分落后的，工业基础薄弱的殖民地半殖民地中国，看上去相当资本主义化了的都市，不过是一具没有真实所指、没有足够生产方式内涵的空洞躯壳。相应地，这里的商品文化市场尽管在逐渐走向规整，但却只能成为资本主义文明垃圾的再生之所。而都市的对立面乡土世界，却仍然是传统的天下。如同辛亥革命没有打破阿Q和九斤老太们的昏睡，"五四"风潮和北伐战争也不过是飘过这广袤的乡土上空的一丝游风，除去带来一些对生存的恐惧，并未对这一乡土有更大的触动。这里的人众，这里的文化风俗，这里的生活方式和行为、信仰、价值标准，这里的闭塞愚昧和艰苦，都与几百年几千年以前大致雷同。乡土那庞大的身躯、那蚊子般的生命、那祖祖辈辈因袭下来的完整的价值体系和生活方式，成为铁板一块的历史惰性场。"五四"精神及"五四"的一代人，在这逐渐稳固清晰的两大板块之间的挤迫下，从一个辉煌舞台的壮丽戏剧中掉入了巨大的历史文化夹缝。

大众之神与政父

中国历史并不允诺一个民主、自由、平等的社会，至少，"二七"年新的政治局面将这一允诺击得粉碎。五四时代的弑父者们仅仅推翻了一个父亲——封建君主和封建文化传统，但他们显然无力动摇父权统治本身。实际上，蒋介石集团正是以新的政父面目登上历史舞台的，这一集团只是以另一种历史形式替代了封建时代那种血缘嫡系代代相继的政父形象，它以高压、以武力和屠杀建立并延续的已不是血缘亲族式的统治，但却仍是政父结构本身。如果说，家长与逆子、父辈与子辈的亲子矛盾构成了五四文学中的对抗性冲突，那么，左右新文化第二个十年的却是一场不分辈分、不干亲情的政父与政子，或曰权势者与被剥夺权势者们的冲突。新政父的出现使"五四"那"弑父的一代"重新被置于一种阴性处境,他们在肉体或心灵及社会身份上都受到这一政父的制裁和压抑。这一政父之权剥夺、威胁、灭绝着他们对社会的希冀和自身的抱负,甚至动摇他们五四时代刚刚建立的主体感。社会两大板块的挤迫加之新的政父角色的出现,使知识分子中的一大部分匆匆退出了现代历史壮剧那"弑父"的一幕。确实,他们未及去健全、巩固子一辈的价值观便被抛入了第二场景,这新的一幕是以殖民地都市和传统乡土共同筑就的历史为场景,而以统治身份的强者和被统治身份的弱者,以及专制的主人与反抗的奴隶为中心角色结构的。在一个已经被历史地规定了的孤独者、子民或奴隶位置上,有一批知识分子接续并延伸了"五四"的价值传统,他们坚持寻求反封建及人性的解放之途。譬如,在巴、老、曹的作品中,人、个性、始终不曾泯灭其价值及审美之光,它是写作的对象、出发点和动情动人的源泉。正是在这一束人性之光的烛照下,"家"的形象,无论是巴金的家还是曹禺的家,都无形中从一个具体的家长概念,扩展为对与父权同谋的一切黑暗专制法则的暗喻。这多少是五四精神的继续。然而更多也更激进的作家作了另一种选择,也许由于从政治及社会功利角度看,反抗礼教、摒弃传统、离家出走、追求人及个性的自由乃至抛弃旧符号系统等五四时代特有的反抗手段,似乎已经既无法震动历史的滞重,又未能直接与政父的权势相抗衡,因而为不少人所不取。这一点是可以理解的。想象一下当时的情景,虽然帝制被推翻,古文和"孔圣"被打倒,历史被审判,少年中国的形象也深入人心,但十年过去后,民族的转机并未到来,中国的命运并未改变,百姓的苦难日益深重,而统驭着社会去向的政权又是那样不可信赖。面对敏感于这一切的知识分子之焦虑、焦灼可想而知。

这样,在当时文化语义背景下,出现了一个由马克思主义社会革命的基本模式与知识分子在这种处境下的特殊心态共同作用而形成的新的意识形态神话。这种意识形态在"无产阶级革命文学"创作中初具雏形，后来在左联的批评调整中逐渐完备，那就是关于资产阶级的压迫与无产阶级的反抗，关于贫苦大众的力量与觉醒，关于大众奋起革命推翻政父……的意识形态。毋庸置疑，这里面包含了对中国历史和社会现状的成系统的解释，甚至可以说，包含了一则有关中国社会出路的完整叙事，但其真理价值却并不像马克思主义学说本身那样可信，虽说后来的历史似乎实现了大众革命推翻政父的结局，但很可能已具有完全不同的历史价值了。这一系列看法的"拟"真理性首先在于，当人们使用这些从马克思主义理论中借来的字眼时，无形中已偷换了其原有所指。在某种程度上，他们笔下的"阶级"与其说是与特定生产方式相关的概念，不如说仅仅是以贫、富划分的两类人众的统称。显然，他们并不关心马克思主义概念的科学内涵，真正打动他们的只是那种颠倒了现实中强弱价值的对抗性模式，以及对抗者中广大下层一方最终将通过斗争获得解放的结局。且不谈抽掉"阶级"概念中的生产方式内涵是否已背离了马克思主义，单就阶级和社会革命的模式而言，它在激进知识分子特定心态的作用下，已经变成一种带鲜明功利性的意识形态神话的基本构架。"社会革命"的信念首先拯救的不是社会，而是那些在两大板块夹缝及被压抑的子民地位中焦虑重重的激进知识分子："无产阶级"大众特别是巨大的乡土大众的力量、觉醒、革命以及建立新政权的前景，不仅可以在想象领域将两大板块、两种文明的对屿连同"五四"的停滞一同推到后景，更重要的意义是，它确立了一位足以将现有政父置于被阉割地位的潜在（或曰臆想的）"社会主体"。知识分子们在简化马克思社会革命理论后寻找到了一种阉割权势者的想象性角色结构，即受压迫的大众英雄推翻政父暴君的结构，以此作为对现实结构的否决。

于是，在20世纪30年代创作中代"子辈同盟"而高高扬起的是一面大众的旗帜，一个神也似的大众。它不再是鲁迅笔下那麻木冷漠、微不足道的芸芸众生，不再是无主名无意识杀人团的集合，相反，它是一个须仰视才见的巨大群体意象，一个占全中国最大人口比重的巨大总体意象，一个沉睡着但随时会醒来颠倒乾坤的巨人，一个痛苦、受难，因而终将审判一切的绝对价值化身，一种美与善的标准。那仰视、崇敬地注视着这一形象的一道道目光告诉我们，这大众已不是人们凭经验和感官所能触及的所有下层人众的总和，它与经验现实先天绝缘。毋宁说，它是那个以简单化了的社会革命模式为基座的意识形态，为中国最庞大的人口——利益集团所规定的一种"神话态"。"大众"那光彩的形象得到了社会革命的意识形态神话支撑。确实，若是没有当时"社会革命"的意识形态，很难想象人们还是否承认广大下层大众作为利益群体在现实生活中的重要性，是否会相信他们的政治前途，是否会把他们的苦难看作一种最后审判前的受难，是否还会视他们为巨人。因此，文学中的大众意象不啻是一种具有意识形态神话内涵的大众之神。按照这一种神话的潜在逻辑，大众那远远超过个人英雄的力量和体积，它所暗示的新的社会前景，它所潜含的政治能量都不过在证明，只有它才有资格成为"法"的承担者，只有它才具有真正符合"父之法"的权威性，而占据政父地位的统治集团，不过是篡了位的冒名顶替的小人。也正是在这种意义上，受到意识形态推举的大众之神就成为一种阉割之神，它对篡位者们具有莫大的象征性阉割力。

双刃匕首

"大众之神"在政治、道义、社会力量及价值上的意识形态感召力令进步作家们趋之若鹜，这是他们所能选择的唯一一条对抗政父的"正义"途径。自30年代始，这种以大众之神以及"阶级"观念为核心的意识形态逐渐成熟发展，连同实践这一意识形态的左联组织一道，成为现代文学中占主导地位的一脉有力传统。或许正是由于大众这样一位阉割之神的出现,政父在文学领域中从来不曾像在现实中那样占取统治地位,相反,它在文学的结构中,不论是否出现于文本内,都仅仅是一个历史、道义、价值、审美上的反派角色。

然而,正如一切意识形态一样,以大众之神为核心的意识形态是一种两面刃的武器。刃的一方朝向当代政父,不少知识分子正是从这一绝对标准出发抵御、反抗着统治集团的控制,揭示着社会的黑暗。但刃的另一方,却不免威慑乃至杀伤着那些更边缘、更弱小者。极端些说,大众的莅临一切的地位对强暴的政父是一种阉割力,但对边缘弱小的文化因素却不啻是一种专制力。譬如在左联作家创作中,触及小我与大我、个人与群体、城市知识分子(除了那些真正代表党作工作的人物)与工农大众的关系时,几乎都未能逃脱前者渺小与后者伟大的一抑一扬的模式。没有一个背弃"大我"的"小我",没有一个孤傲倨世的"个人",没有任何蔑视工农大众的城市知识分子会承担判断和审美的正值,更常见的倒是站在大我、群体、大众立场对个人、小我、城市知识分子的否定、抛弃、淹没。30年代的"文艺大众化"的讨论,似乎也从另一个层面体现同一问题,即以大众的标准作为知识个体的取齐点。大众与个人似乎成了一对不能互容的概念,而既然大众是如此有力、如此有价值、如此美的神性化身,那么小我、个人便势必被置于一个渺小而臣属的地位,如果不臣服大众,便会被大众所抛弃,丧失前途。在这大众之神给每个知识个体所带来的必然抉择中,隐约流露出一种强迫性的威力。

这里并无意宣称个人必定优于大众,而仅仅是想借以为喻地指出,以大众为核心的意识形态在阉割统治者的专制同时,也给那些更边缘、更游离的文化因素设置了带强制色彩的规定情境,从而本身已然成为一种专制(应该说"个人"与"大众"这一项概念本身就是一种臆想的、30年代现实所导致的意识形态性的对立结构)。这一点已然带上了某种"类统治性",这也许是尚未超越"父权之法"与"政父之法"的必然结果。

毫不奇怪,这种专制最直接的承受者之一是女性。在左翼作家的创作中,女性形象联带着两种规定情境。其一,出现了一批新的劳动妇女形象,如叶圣陶的《夜》、魏金枝的《奶妈》、柔石的《为奴隶的母亲》等作品中的那些女性,她们即是忍辱负重的、无私无偿贡献自身的、富于慷慨的牺牲精神的"地母"变体,又常常富于反抗精神和天然的革命倾向。她们的形象暗喻着与五四时代截然不同的价值估计,她们不再是可怜无助的,相反是伟大可敬的。这种价值估计的变化显然并不是由于人物的性别,而是由于她们属于那个在意识形态中远比作家自身更广大、更坚实的群体——大众,她们喻指的与其说是现实的女性,不如说那个"地母"化了的无产阶级政治神话中的主人翁。因此,尽管《山峡中》与《春风沉醉的晚上》同样写了一个落魄知识青年遇到下层妇女的角色关系,但艾芜却绝不会像郁达夫那样,把这种关系表现为同是天涯沦落人式的认同与同情,他笔下那个"我"只会感到野猫子的可惧可敬,以及自己的渺小拘谨。《骆驼祥子》中,传统文化中的"祸水"型、"诱惑"者和"丑妇"型角色一道被派给剥削阶级的虎妞,而纯情、贞女型和美貌则派给贫苦无告的被剥削的小福子,这是否是"恶妇"与"贞女"的故事在"阶级"的价值密码中的巧妙重编呢?此外还有第二种规定情境,那就是一批新的都市女性,如茅盾、蒋光慈笔下的那些通常被称作资产阶级、小资产阶级女性的人物系列。这些人物进一步分成二类,一类是静女士、方太太及《子夜》中的林少奶型,她们追求个人幸福,只知浪漫和温柔的小家庭而落伍于时代;一类是泼辣狂放的新女性,如慧、孙舞阳、章秋柳、梅行素和王曼英。她们性格洒脱,置个人幸福于度外,因而"不是浅薄的浪漫女子",而且,虽然有缺点,但却是"要革命的"。两类女性在性格、气质、道路、追求上的对比体现了男性作家们或不如说主导意识形态给女性设置的二难选择,要么追求个人幸福而无视时代、落伍停顿,要么投身时代不要爱情家庭而进入大潮。

显然,在上述这些妇女形象背后,伫立着整个以大众之神为中心的意识形态神话。首先,若把下层劳动妇女与都市知识女性并置起来看,那么,无疑是前者更接近大众之神,因而更近于"英雄"——她们仿佛只要睁开双眼就会本能地成为革命者。而都市女性则不然,她们不具备这种英雄素质,最多只能"要革命"而不是天然会革命。其次,就都市女性中"浅薄浪漫"型与"要革命"型的分野而言,又是后者更可取。她们不是恪守"小我"消沉落伍,而是抛弃自己走向革命,汇入下层人民的革命斗争,从而似乎便还有沾染上一些"神性"并获得拯救的可能。在这个神话控制下,女性被分割成以大众之神为中心的光谱状排列,离中心愈远,价值愈微薄,地位愈渺小。且不论这种划分是否正确科学,更重要的是在这种划分中,女性性别整体的被压抑分化,甚至女性性别整体的存在本身,都被无形中抹煞取消了。在大众之神的威慑下,本来就游离于文化边缘的女性问题重新在某种程度上进入一种无意识状态。

二、黑暗、阴影与白天的分割

陷入孤独的女性

由于主导意识形态的这种两面刃作用,女作家面临的处境类似于上述人物的处境,当然,是那些新文化下成长起来的新女性的处境。作为一个性别,女性已一点点失去五四时代曾经拥有的意识形态庇护,一点点地受到新意识形态新的压制。如果说在五四时期,逆子们冲毁封建父权庙堂的举动毕竟释放了一批小鬼,"子一辈同盟"之内毕竟为叛逆女儿们保留下一席之地,那么,在30年代"政父"与"大众之神"的分庭抗礼中,女性性别却几乎被排斥在外了,就像女儿无从参与哈姆莱特与那个篡位娶母的叔父之间的斗争。她并非不了解受"父之法"约束的统治被统治结构,相反,她作为"父子秩序"之外的存在,倒是最有权指责并颠覆这一结构的力量。但就当时的边缘处境而言,她若不放弃自身的女性立场,便只能隐伏在总体及大众那巨大神性光芒背后的阴影中,作为上帝与亚当、政父与大众之间关系结构之外的异己而生存。

不仅如此,她们面对的现实突然间也变得分外严酷。偌大一片国土,一片曾为五四风潮席卷的国土,迄30年代并未给叛逆的女儿们提供一席生存空间。她们独自面对着铁板也似的两大社会块面:广大贫穷落后的乡村与她们远隔一个时代,那里的生存方式和那里的妇女,是她们过去的历史或"无历史"处境的缩影;而在新政父统治下日趋正规化、稳定化的都市生活,已于转瞬间承袭了资本主义社会特有的男性标准,健全了一套全新的女性社会化角色:高雅的室内花瓶,社交场合的交际明星,文化市场的色情观照对象,市民生活中或驯顺温柔,或麻木浅薄的夫人妻子,以及形形色色关于"女人味"的标准,关于女人的美、善、恶、神秘、诱惑的种种界说,这一切与叛逆之女性们"娜拉"式的自由信念完全相左,格格不入。

或许正是因为女儿们失去意识形态庇护,失去同道和同盟而陷入孤独,正是因为她们有了男性大师们不能也不屑于分担的问题,这一代叛逆之女才悄然成长为女人。毫不奇怪,在中国现代文学史上,女性意识的充分自觉是与一份强烈的社会异己感共生的:第一个具有性别自觉的人物——莎菲女士,也同时是具有异己自觉并坚持这异己的价值的人物。这位有着真实原型的女性,既狂狷孤傲,又"女人味十足"的个性特点,并非出于气质的偶然,在某种意义上,这种个性和气质恰巧是她们作为被排斥者的社会性别特征与"女人"的生理性别特征的汇合点。极端些说，在男性中心的社会和文化中，"异己的"自觉甚至是女性确立性别自我的先决条件，"异己"这个字眼是女性在混沌莫名的男性政治无意识处境下所能称谓自身身份的唯一字眼，不然，女性甚至无从谈论那个沉默的、隐伏在社会视线之外的自身。随着叛逆的女儿们脱离了认同逆子的阶段，获得在黑暗中的异己感，中国现代文学的女性传统已有意无意地向前跨出了意义重大的一步，女性开始作为一个被压抑的但却是独立的性别群体出现在时代舞台，尽管是出现在边缘。实际上，这种异己的视点或许是中国现代女作家对现代文学的一份最宝贵的贡献。从30年代起，在女作家创作中隐约可见一条由异己的视点所带来的对整个现代文化的必然的批判性传统。最突出的例子，一是对都市生活商品性的批判，一是对主导意识形态的批判。当规整化的资本主义式的都市生活准则开始健全时，似乎只有女性保持着对整个体制的抵抗和批判性，是《梦珂》《阿毛姑娘》《喜筵之后》《娜拉的出路》这样一些作品，使人看到五四一代人鼓吹的价值观念如何被庸俗化为商品市场的商品，爱情、自由的信念如何成为交易，看到这样一个受商品和色情规律支配的文明机器对主体的异化和吞噬。相比之下，这样问题在高举大众阉割之神旗帜的主导意识形态视野中根本不曾浮现。他们对都市的看法十分简单，在一切都可划入剥削与被剥削二重阶级分野的同时，他们忽略了女性作家们已然作出的这种批判。同样，当大众之神被高高举起，群体——总体君临个性与差异，大批知识分子在民族危机中真诚地相信着光明的历史明天时，似乎只有个别女性作家以及那些坚持异己立场的少数人还在重申历史的吃人与滞重，重申着大众的麻木冷漠，重申着"革命队伍中的小生产习气"问题，重申着封建势力的根深蒂固与反封建的迫切性，当然也就证明着神话的"神话性"。《三八节有感》《呼兰河传》正是以女性那柄异己的反神话的标尺，衡量出现代以来历史及生产方式的原封未动。而这一份反神话的批判内涵，直到极像"五四"

的今天才重新被人发现。

这种异己感和这一份异己的、边缘的传统,应该说是女性这个历史规定的性别群体的一种与生俱来的文化、意识形态特征。

他人的女性之躯

30年代女作家接续了也结束了"五四"一代叛逆女儿的特定故事。如果说白薇的一些作品,如《炸弹与征鸟》《悲剧生涯》以及庐隐、冰心的后期创作提供了一份由青春时代向性别成人转变过程中的女性经验,那么新一代女作家如丁玲、沉樱则更是给女性传统带来了全新的内容。那种敏锐冷静的女人视点,那种对男性世界与女性自我的准确感觉,把我们带入了一个继"父亲的女儿"以后的下一个生理—心理阶段,一个在社会上独立生存的性别的醒觉阶段,虽然还不是自觉阶段。她们的作品接触的是这一阶段女性特有的问题、困惑与矛盾。不妨说,性别的醒觉是一个划时代的分界,它可以作为我们区分中国现代文学中第一代和第二代女作家的一种标准。

第一个引人注目的成长标志是女性肉体的醒觉。如果我们记得"五四"女作家是如何在精神同盟中回避自己和他人的肉体,回避性的色彩,那么就不难发现,在《梦珂》《莎菲女士日记》中多了一双发自女性之躯的眼睛。她们获得了性别成人那种看到肉体——欲望的存在,听到肉体的语言和声音,了悟肉体的含义的知识和能力。《梦珂》中第一次出现了一个相当了解男性的欲望、其行为方式以及这个"纯肉感"的世界的叙事者。请看这一段描写:

> 又是在一个下棋的晚上。她是正坐在澹明的对面,晓淞是斜靠拢她的椅背边坐着,强要替她当顾问,时时把手从她的臂上伸出抢棋子。当身躯一向前倾去时,微弱的呼吸便

使她后颈感到温温的微痒,于是把脸偏过去。晓淞便又可以看到她那眼睫毛的一排阴影直拖到鼻梁上,于是也偏过脸去,想细看那灯影下的黑眼珠,并把椅子又移拢去。梦珂却一心一意在盘算自己的棋,也没留心到对面还有一双眼睛在审视她纤长的手指,几个修得齐齐的透着嫩红的指甲衬在一双雪白的手上。皮肤也象是透明的一样。莹净的里面,隐隐分辨出许多一丝一丝的紫色脉纹,和细细的几缕青筋。澹明似乎是想到手以外的事了,所以总要人催促才能动子。看样子还以为在过分的用心,而结果是输定了。

这位叙事者比梦珂这位纯情少女更了解隐藏在男性那些有如爱情的温柔体贴、殷勤与追求背后真正的色情动机,也了解这种色情动机是都市生活商品市场上的男性行为准则。叙事者的这份洞察为梦珂的遭遇铺设了一个以性别奴役特别是肉体奴役为中心的大背景。在这种背景下,梦珂仅仅由于她"国色天香"的女性之躯,便注定成为主人与奴隶、买主与商品的两性关系中的后者。她能够逃开诱骗她情感的某一个表哥,但无法逃脱整个规整化了的男性世界的文明机器,这机器对女性的唯一处置就是将她们加工或生产为自身秩序的规定角色。在梦珂这里,是把她的肉身加工生产为一具承载男性欲望及浅薄、快意的空洞躯壳——一件陈列在都市文化色相市场橱窗中的高档商品。

应该指出,30年代女作家"看见"肉体仅仅是出乎一种被动的醒觉,而且仅仅是醒觉而非自觉。在某种意义上,是都市文化那种纯肉感的社会风气,首先成为叛逆女儿们肉体醒觉的触发剂。她们率先从男性世界的目光中注意到自己的女性之躯,这样,当她们开始留意自己的肉体生存时,这肉体已离她而去,成为现实和银幕上的色情商品。她们看到的是自己异化了的女性之躯。于是,这种被动的肉体醒觉有别于后来女性对自身生理心理的主动认识,被异化的肉体带给女作家的与其说是一种自我确认,不如说是一种困惑,一种对于属于自己但又只因他人才具有意义的女性之躯的困惑。《莎菲女士的日记》中,那双打开了的肉体的眼睛第一次裸露了主人公内心,裸露了莎菲作为一个女性对一个"好丰仪"的男性的欲望,这一性别成熟的标志曾引起不少男性评论家的震惊。但无论是拟想作者还是叙事者主人公都无从肯定,这欲望究竟源自她的女性之躯,还是源自男性中心文化对女性之躯的规定。莎菲对自己肉体欲望那种既承认又否定的态度,实际上揭示了一个异化的事实:步入"女人"阶段的女性对自己的躯体尚然没有研究权、阐释权和阐释的习惯,她痛恨男性社会对女性之躯所下的种种定义,但同时又无从辨明女性之躯对自身究竟有何意义。

女性成长的第二个标志是她们确立了对男性的深刻怀疑,也可说,确立了性别差异之敌。都市生活那种轧轧运转的商品化的色情市场机器,将女儿们对纯洁的爱情、幸福的家庭的信念碾作一片片破碎的永不兑现的允诺。在各式各样的背叛、出卖、欺骗、伪善和冷漠构成的都市环境里,女性逐渐学会了防卫——学会了在社交场合的周旋与调侃,学会了玩弄情感游戏以不受伤害,学会了掩饰真情,学会了引诱与拒绝的种种生存手段。在这一切背后,女性们真正学会的是以一种不信任的、怀疑嘲讽的目光重新看待男女两性的关系,看待爱情,看待家庭与婚姻,看待幸福,当然,也重新看待男人与自己。确实,在30年代女作家作品中,几乎每一对情人、每一对夫妇、每一个家庭都不再具有上一时代那种"同盟"的遗迹。相反,在这些家庭的窗帘背后往往进行着以各种形式出现的两性战争。譬如老作家凌叔华的一个题为《女人》的喜剧短篇,就微妙地刻画了一个知道丈夫有了外心的妻子,如何精心策划出一个戏剧场面而让那位不知情的第三者了解到其受骗的处境,从而妻子赢得了这场战争——不是为了感情,而是为了实际利益即孩子和家庭。这便是30年代都市生活训练出来的女人和30年代都市生活中的家庭关系。又如除丁玲外，白薇的《悲剧生涯》和沉樱的《喜筵之后》等作品，从各自的角度表现着同一种男女爱情模式。在她们笔下，爱情眼看着从"五四"时代的精神圣殿跌入红尘万丈的都市商品色相市场，成为毫无信义可言的一宗竞争和交易。爱情，除去它给女人心灵带来的创痛外，不过是出卖与反出卖、背叛与反背叛、征服与反征服、抛弃与反抛弃的两性之战的戏剧化呈现。

如果说由男性的欲望主宰的色相市场使女儿们第一次意识到自己的女性之躯，那么两性之间的这种潜在战争却使女儿们第一次懂得了"女人"这个名分，第一次感受并经历这个名分的全部内涵和复杂性。首先"女人"是对女性自身的谬称。当莎菲说"我不过是个女人味十足的女人"时是充满轻蔑的。白薇更是以切身经历痛切指出，在一个男权中心的社会里，"女子是没有真相的"。如果说"女人"对男性而言意味着欲望统治的对象，那么对女性而言，却是自身那已被异化了的部分。但与此同时，女儿们在一次次被背叛、被出卖，乃至被出售之后发现自己作为一种社会生存，在任何一种两性关系中都首先是男性们的"他性"。随着精神同盟烟消云散，女性在两性关系的生理—心理—社会经验中，留下的只是自己与男人的永远区别。为了明确自身这种有别于男性的生存方式，她们只能接受"女人"的称谓。她们确实尚未及获得对这称谓的真正阐释权，但这毕竟是唯一约定俗成的区别性字眼，在这个角度上，凌叔华以"女人"为那个故事的标题或许是意味深长的，它表现的是一种性别——两性之别意识的出现，其中暗含着女性初次获得的一份清醒，一份对"自我"与"他人"关系的判断。否则，这篇作品乃至这一代女性甚至连借助一个谬称来谈论自己的机会也会失去。

失去庇护的女性竟是通过某一谬称、某种异化的自身区别出自己，并看到自己。这恐怕再好不过地说明了女性在自我觉醒的一刹那的历史、文化处境，也说明了女性要穿透这些谬称和异化的迷宫，达到透彻的自我认识，任务会是多么艰巨。

"女性的天空是狭窄的"

对于30年代乃至中国大多数女作家而言，性别的醒觉还远远不能意味着光明。相反，正如丁玲的一个或许无意的举动提示的那样，她那些贯注着清醒的女性目光的作品，不如题为"在黑暗中"，更符合醒觉了的女性的处境。不过分析起来女性面临的应是双重黑暗。第一重黑暗来自主导意识形态，来自肩负"社会革命"神话情节的大众之神投给她们——更弱者们的浓重阴影，如前所述，它把女性划出了时代主潮之外。第二重黑暗则来自女性内心，来自自我认识上的障碍。在历史上，女性除去作为男性创造，男性命名，男性愿望与恐惧外化出来的空洞能指外，女性自身一直是历史与男性的无意识，也是自身的无意识。在谬称与异化中醒觉过来的女性还待重新确立、重新阐释的那部分真实，乃是一片无名的无意识之海。

这来自环境和内心无意识的两种黑暗，使醒觉的女性自我陷入必然的封闭；陷入一种共同的创作窘境。由于刚刚步入女人阶段的女性尚不是一个自觉的群体，她们尚无力将对男性世界和女性自我的零星感受汇成体系，也无力独立翻转埋藏于历史无意识深处的女性自己。她们所写的还仅仅是社会——男性社会所允许，也是她们的想象力所允许的东西。这样，假如她们坚持女性立场，描写主流意识形态视野之外的女性生活，那么不仅那些狭窄的题材、微末的事件难以引起多少共鸣，更重要的是她们似乎很快就会来到社会允许写的女人极限——来到女性不可克服的时代社会局限并对之束手无策。譬如这时期女性题材的小说，凡触及事业与爱情、自由与家庭、自我与社会角色等问题时，通常都只能取二择其一的结局；在社会允许的范围里，女人的故事没有发展，也不可能发展。而在女性摆脱自身的集体无意识之前，女性这一群体的独特经验，特别是生理——心理经验也始终未能进入表现领域，在30年代的创作中，很少看到女性角度的做母亲的经历，当然更谈不上女性的性经验，当然也就无法深入正面触及男女生理差异及性别奴役问题。社会所允许的女人的故事已经写完，而社会不允许写的女人的故事，女人们没想到去写。这些故事一时间未能从无意识黑海浮现，这不能不说是历史之第一批醒觉的女性们的一种注定的失败。然而，若是她们力图挣脱这种生存和创作窘境，放弃这种边缘痛苦的尝试，那么，可能就会连这一点力所能及的批判的可能性也丧失殆尽。30年代一大批女作家并不满足囿限在女性生活的狭小创作天地，但在今天看来，她们并未比固守狭小自我者走得更远。事实证明，一旦她们汇入时代主潮，便既不复保留女性自我，又不复有反神话的揭示力。她们放弃自己的结果，只能是臣服于主流意识形态，成为神话的一名普通创造者，而把女性埋入历史更深的无意识的底层——历代统治秩序的地基深处。丁玲就是这样一个例子，她转向主流意识形态，解决了她的创作困境，但也就此剥夺了她只有站在女性的历史地位才会获得的那种异己感和批判性。

女性的天空是狭窄的。女性那封闭的作品世界说明了这一点，女性那被专制的边缘处境说明这一点，女性那来自内心的集体无意识的黑暗说明了这一点。醒觉的女性头顶上是一片不断被吞噬的天空，因此30年代是女性的成熟期，但并不就是收获期，只有少数大智勇者能够超越这一时代局限。

第七章 丁玲：脆弱的"女神"

异化与孤独

丁玲的青春时代——20世纪20年代，正值历史浪潮裹挟着又一代女儿卷入由乡土到都市、由封建农村生活方式向资本主义生活区域的文化性迁移，又一代传统家庭之女怀着一腔青春反叛的热情离乡叛家来到大城市求职读书，进入都市青年女性之伍。曾几何时，五四新文化那震动古老中国灵魂的民主、自由、人的呐喊之声，已在逐渐规整化的资本主义式的文化市场和垄断政治高压面前捣得粉碎，成为耳语或归于沉寂。对这一代女儿而言，城市已从一片开明、进步、适于瑰丽理想生存的文化土壤，沦落为一片资本主义风习熏染下的色相市场。在这些市场中，再没有"海滨故人"们在探讨人生，再没有对母爱的温情歌咏，连缪华们殉情而死的时代也已然过去。在这一巨大市场中，一切尊严、人格、价值都可以出卖。爱情正成为一种最畅销而最廉价的商品，读书、艺术、文化蒙上洗不去的市民味的俗媚，反叛了家长的女性要么正在成为新的玩偶：妻子、太太，要么就成为男性窥视者们眼中的性感明星或猎获对象。甚至躲在房间里侈谈"革命"也成为一种附庸风雅、故作洒脱而色情意味浓厚的寄生性生活方式。

不仅丁玲本人怀着极端的反叛情绪又远离了革命阵营，整整一代身陷资本主义文化市场的女儿都不再有精神同盟，不再有反叛阵营，但她们也因此而有了上一代人没有体味过的孤独，感受到上一代人没有感受的黑暗，有了上一代人没有的狂狷、傲慢、老练、愤世嫉俗的个性。丁玲的早期作品写的便是这一辈女性的内心世界和她们的孤独。

丁玲的处女作《梦珂》，开卷展开的第一个冲突便标明了少年中国第二代女儿们面临的新处境：一个女模特遭到的侮辱的事件本身，已不是封建家长与叛逆之女、旧社会道德与新生活方式之间的父/女矛盾，而是现代都市生活中男性色情奴役者与被奴役的女性之间的矛盾。这一矛盾贯穿着小说始终，成为左右主人公梦珂命运的一大杠杆。梦珂的故事象征了走入资本主义都市生活的女性的共同命运：从乡村到都市，从反封建到求自由，非但不是一个解放过程，而是一个从封建奴役走向资本主义式性别奴役的过程，也是女性从男性所有物被一步步出卖为色情商品的过程。

梦珂离乡到城市读书，由于对学校中恶浊的下流空气充满鄙夷和反抗之心，退学来到上海姑母家。在这段时间里，她感于表哥的温文儒雅而萌生爱情，但终于发现自己连同纯洁的感情不过是他们情场角逐游戏中的一个筹码，于是离开了姑母家，陷入了精神、经济上的绝境。最终为了生存，她走上了与最初相助的女模特相类的道路，在"纯肉感"的世界做一名影艺明星。在这由一系列"迁移"构成的情节中，每一次迁移，都使梦珂向商品的地位趋近一步，先是她的艺术梦幻被出卖，艺术只不过是满足色欲的手段；接着是她的情感被出卖，少女的爱情成为都市纨绔子弟的上等玩物；然后是她的尊严被出卖，电影界当着她的面像谈论一件物品那样评头论足；最后则是色相出卖，梦珂的形象成为满足男性色情想象的寄托物。在这纯肉感的社会中隐忍着的梦珂，在异化为资本主义商品市场上色情商品后才能生存。

这种色情商品的异化倾向不仅表现在梦珂的遭遇上，它像一种都市生活空气那样潜入女性的内心世界。比起梦珂，莎菲更深地涉及女性的内在异化问题。莎菲这个更善于怀疑的女性在日记中披露的内在矛盾——性爱与灵魂的分立，或曰，欲望与灵魂的分立——实际上切中这个商品文化市场施加给女性的首要效应。确实，都市生活的一切都打上男性欲望的痕迹，性爱成为衡量市场价格的标准之一，已不再是私人的、不可出卖的情感的一环。在这一环境中莎菲对凌吉士的欲望本身已是异化的。漂亮的身材，鲜红嫩腻凹下去的嘴角、柔发，骑士般的风度举止，传奇中的理想情人……这一切能够使莎菲迷恋的东西，都是按男性都市生活色相市场上的标准塑成的。也就是说，莎菲的欲望与其说是她一己的，不如说是男性中心的都市生活意识形态所制造并施予所有女人的。"好风仪"的凌吉士代表着社会给女人规定的标准的性爱理想，在这般社会通认为"美"的风仪中寄托的与其说是女人的爱情要求，不如说是男性社会对女性爱情的要求。确实，浪漫故事、流行小说和电影足以潜移默化地形成一代女性的白日梦格局：譬如像莎菲所说的，与"理想美"的男性建立理想爱情似乎只是意味着变得"女人味儿十足"，意味着晕倒在这位高贵骑士般的美男子手臂中，迷醉于浅薄肉麻的情话和花前月下的缠绵，却不再有缛华与士轸在人生之途的相互挽扶，更没有海滨故人式的两个灵魂的理解与扶助。这里有一种显而易见的意识形态规定性，即以商品化的色相之欲取代女人的爱情。如果女性信奉并沉溺于这种虚假浅薄的肉感之爱，那么她便进入或走向色相市场，不过不是成为这一市场的消费者——玩弄男性，而是成为贡献者，奉献爱情、人格、肉体和灵魂，从而成为市民爱情交换与消费中的又一件商品。而若不承认这是爱情，那么便会遇到缛华们无从想象的处境：欲望背叛爱情，至少分离于爱情。而这欲望——莎菲对凌吉士的红唇、柔发、嘴角的欲望，不过是"他人的话语"，来自男性中心的都市色情市场的公认的肉感消费准则。她可以玩弄男性，但并不意味着得到爱情，女人的欲望就这样被异化着，被社会规定的男性美，男性规定的性爱准则异化着。

这种外在异化导致了莎菲内心的异化,她注定在爱情上陷入深深矛盾。她的矛盾不单是欲望与理性的矛盾,而是像小说话语形式表现的那样,是那个怀有异化欲望的行动着的"我"与那个写作、记录、观察反思的"我"之间的矛盾。后一个自我鄙弃那一异化的欲望,鄙弃那个"女人味儿十足"的女人,那个在都市生活中连欲望都变得如此就范,如此符合标准的女人。如果说前一自我是异化势力的臣服者,那么后一自我则是对都市色情市场消费准则的反抗者,抵御者。从这一角度看,莎菲的故事并不是如何战胜色欲的故事,而是一个如何识破异化的欲望的故事,一个异化与反异化的女性内心挣扎的故事。莎菲的"胜利"也并不在于她接受凌吉士的吻之后又一脚将他踢开,而在于她通过这一吻检验并识破了自己欲望的虚假性——她不能像别的女人一样晕倒在这位美男子的怀抱中,她不是一个可以迷醉于色情商品化的浅薄"爱情"中的女人,她不是将自己身心出卖给色情市场的、社会要求的那种女人。她通过那一吻弃绝了异化的欲望,她或许有着别样的欲望,属于女性自我的欲望。她的"胜利"是反异化的女性自我的胜利。

然而有意味的是,这一胜利却是以女性在整个都市生活中的失败、屈辱地位为前提的。莎菲为了拒绝将自己交付社会作为别人的玩品,必须首先使生命成为"自己的玩品"。胜利了的女性自我无处可去,因为她对抗了整个都市社会,她自行放逐于社会之外。因此,莎菲只能面对着更大的孤独,面对着"悄悄地活着"和"悄悄地死去"的人生道路。

梦珂所遭受的外在异化过程和莎菲所面对的内在异化处境,或许有助于理解充斥于丁玲早期小说中的那一份孤独主题。这孤独既是环境造就的,又是自己选择的。这不是一种浅薄的顾影自怜,而是发自对封建乡村死而不僵的宗法体系以及对于资本主义都市铁板一块的生活规范的双重拒斥和揭示。这孤独既是女性的反抗选择,又是20年代中国社会结构性的必然。分析起来,这一主题表现在两方面,一是女性社会生存(包括精神和心理生存)上的孤独,一是隐喻层面即女性在文化——话语领域不搭界的自语状态。梦珂在离开上海的姑母家之后,并没有回到原来的家乡,回到父亲身边,这可能是由于她有幻想,不甘心,决心决绝婚姻束缚,视"回去"为一种失败。但根本的原因在于,在这两大板块之间,她在精神上此时已无家可归。《在黑暗中》的另几篇作品,《阿毛姑娘》《暑假中》《岁暮》都从不同角度挖掘着这一女性的处境。阿毛与梦珂从气质到经历都迥然不同,但精神上却殊途同归。一个在乡村长大的纯洁姑娘被资本主义都市文化引发了无限的欲望的梦幻,这本是《嘉丽妹妹》的模式,然而不同的是,她接受了都市的想象力,却置身于乡村的现实中。在这种精神的流放中,阿毛从另一角度经历了梦珂的心路历程。阿毛也先是从精神上背叛了自己生长的乡土,她从荣华富贵的美丽都市女人身上看到幸福,她以自己全副的想象在信奉、追求这种幸福,但不久,由于一个偶然契机,使阿毛不仅站在"死"的高度洞视了都市生活幸福的短暂,而且洞视了这幸福的虚无;城市女人拥有阿毛梦想的一切,但唯独没有幸福。"幸福只在别人看去或羡慕或嫉妒,而自身始终也不能尝着这甘味。"而这也正是阿毛对商品化的女性的处境的醒悟。女性的生存永远是给人看的,没有人顾及她自身是否尝到一点幸福,一如"国色天香""闭月羞花"的梦珂那样,"隐忍地"活下来,只是为满足他人浅薄的快意和欲望。阿毛最终的自杀,表明了对中国社会城乡两大生活方式的双重失望,表明了她精神的生命已无所归属。

偌大一片城市,偌大一片乡土,偌多的男人和家庭,然而对于一个企望自由和自主的、不愿做商品的女性,却无地可容。丁玲的小说似乎表明,在20年代末至30年代的中国社会,一个自主、自立、自由的女性势必就是面临生存孤独的女性。《暑假中》的几个人物代表了一代自立谋生的女性的命运,如果她们自愿或不自愿地脱离了封建式的乡村生活，又未曾进入都市的色情市场，那么就很难得到爱情的光顾，甚至没有爱情的希望。她们的自主、自由连同孤独只是由于不愿或未能成为妻子、太太或商品，而正因为没有沦为太太或商品，承受了孤独的她们才保有了自由。就《暑假中》的结局看，孤独固然意味着弃绝爱情幸福，她们也因此羡慕别人的家庭，也曾有过聊以自慰的、拟爱情的、脆弱不稳同性关系，但孤独未必不是幸运，它使她们免于庸俗，免于陷入坏丈夫的纠缠和琐屑平庸之中。当学校的工作使她们团结振作起来时，作者似乎在暗示，孤独没有改变，但孤独有了意味。工作的价值似乎值得她们不去做太太或商品。工作成了对孤独的缓刑：它给几乎在无爱和孤独中枯萎的女性世界带来一股生活的力量。

如前所述，丁玲小说还触及另一种孤独，即女性在整个文化——话语领域中的孤独处境。梦珂处于这一处境，她在遭受爱情的欺骗和人格侮辱时只能"隐忍"，表嫂死后，她找不到一个可以理解她那被叛卖的女性感受的倾诉者。她被人吹捧，也许还会受人谩骂，但却无从以自己的身份钻出商品化外壳，讲出"我是谁"。阿毛也处于这一孤独，她周围的人不是听不懂，而是根本不要听她的"呓语"，以至她像保有一个秘密似地保护她的话语，否则便会遭到践踏，她由此而缄默了。莎菲也处于这一处境，与梦珂相反，她曾努力向人讲述自己，她苦于这世上没有一个理解她的人，甚至给苇弟讲解日记，但得到的仍是误解，她的话语成了独白，只能回响在自己内心。问题在于，无论是在梦珂、莎菲生活的都市，还是在阿毛生活的乡村，女性不仅孤独地活着和死去，还要"悄悄地"活着并死去。整个话语世界在对"国色天香"的吹捧中，夺去了女性的讲述机会，试图在话语绝缘中将女性的世界葬入坟墓。在这个意义上，女性讲述表现自己的孤独本身就是一种反抗。阿毛可以不死，但她选择了死，自杀行为成了她表述自己孤独的一种侵犯性方式。莎菲写下了日记，《野草》的女主人公也转向写作，因为自杀也罢，写作也罢，都在一定意义上将无声的孤独变作有声的孤独，使孤独从虚无变成存在。如果女性注定瘖哑缄默，注定没有倾听者，那么至少应学会自语并倾听自己。如果女性的生存注定被无视，那么至少应用自己的笔给这个世界留下存在的痕迹。于是写作及自杀成了一种拯救，它保存拯救了女性欲说却无人听见的话语，它使女性的生存跨出历史的虚无而成为一缕不可抹煞的痕迹。莎菲固然悄悄地活着并死去，但她的日记却是一个曾经生存过的灵魂的见证。甚至丁玲本人也正是出于这种寂寞之中的拯救需要而执笔写作的，她早期的这些专注于女性处境的创作本身便是一声缄默之中的绝叫，虽然不再像"五四"那样有同辈们应和的声浪，但却是五四以来第一声真正女性的绝叫。这叫声不再掺杂任何借来的成分。

于是，丁玲的孤独主题包含着双重意味：一方面，它触及女性的生存和精神文化处境；另一方面，它又是女性自我的选择。这是女性在异化的社会面前一种意识形态性的自我保护，它以孤独自守的方式拒绝异化社会，拒绝异化的话语，以孤独来表现都市意识形态力图抹煞的女性自我。然而，这样一个黑暗而孤独的女性王国毕竟是不堪久留。女性们在令人厌憎而又铁板一块的都市环境中孤独自守——这是她们唯一的自我保护和反抗方式，如果不是以死弃世，然而结果可能是仅仅把自己咀嚼一空，并面对自己的空虚。于是，丁玲1929年的几篇小说终于在绝叫中生出了困兽般的厌倦和疲惫。《小火轮上》被学校辞退工作的芦大姐茫然不知所去的心境可以看作对这一孤独女性处境的象征。时间已失去意义，她的生命似乎像她的表一样停止在某一点，目的也不再是目的，她不知为何要去。这并非芦大姐遭遇中的偶然，一个像她这样的自由女性与都市生活秩序永远是不相容的，她不过是一个途中过客，世上并没有一块可以安置自己受伤心灵的地方。即便《暑假中》几个姐妹有了秋季的工作暂可寄托，暂时没有面临辞退的危险，但谁又能保证她们的心灵不会停止在某一点，生命变成一种封闭的孤独的循环？《日》中的主人公在肮脏的城市贫民与衣冠楚楚的上等市民身上看到同样粗鄙蠢然的目光和思想，她看不出哪里有人的生活，也看不出自己生活中时光的意义。生活仅仅是"明天，一切将照旧来回转一过"的无意义的循环，她厌倦，在一种固定的、成为定型的无聊空气中，她更证实了一切的无望。写作，包括丁玲自己的写作，确实记录了女性孤独生存的痕迹，但终于这痕迹也趋于重复，像希望冲破牢笼而又无从冲破牢笼的困兽的足步，于是无异于终止。

"韦护"的两面

1930年丁玲创作发生了转变，这转变可以说由女性作家内在危机与意识形态特点合力促成。直到1929年4月写完的《日》为止，丁玲描写的女性走的是一条自我保护式的反抗之路，那是一种狂狷、冷傲、鄙弃世俗、厌恶庸俗的自我保护。在这点上丁玲和她笔下主人公处境相同，这种毫无意识形态庇护而唯有以选择孤独来自我保护的反抗道路，使她没有能力和机会继续深入与都市异化环境的斗争，譬如，她无法写出在影星外壳下隐忍的梦珂对都市异化的进一步认识。出于同样的原因，她也无法正视都市狂狷反抗的女性与"革命"之间的关系究竟是什么性质。嚼尽孤独的女性和女性作家陷入的是精神和写作的危机绝境，面对一付空无的自我世界，没有新的可能性，没有人和人群，甚至没有敌人。她陷落于一片黑暗——一片意识形态的盲区之中。丁玲早期小说的反叛可爱之处也正在这里，她的人物们在意识形态盲区中坚持着不妥协的反抗。然而也正是在这一意义上，丁玲创作方向的转变是不可逆的。她不可能在现有意识形态之外找到生存机会，找到群体、摆脱孤独或绝境。

但值得深思的是，这转变是以放弃女性为特点、为牺牲的。短短一年之间，丁玲顺应着时代大潮，从一个具有鲜明女性意识的作家变成一个左翼的、冷静客观的现实主义者。作为一个作家，她度过了写作的危机，并以新的姿态出现在文坛前景。人们高呼这一转变，推崇写出《水》的丁玲而贬抑写作《莎菲》的丁玲，但很少有人问及，作为一个女性她又如何处置那些同性人物的道路和命运？我们看到，那一几乎贯穿丁玲早期每一篇作品的女性主题在这种转变中戛然而止了。丁玲转变前后的创作重心呈现为二项分立：女性的／大众的，个人的／革命的。随着丁玲走向大众，孤独的女性作为一个整体、一个性别消失于空无，个把人有幸出现于大众斗争中，也是因为她们抹去或被抹去了孤独女性的性别痕迹。

可以说女性的消失成为丁玲不可逆的创作转变的一个标志，丁玲为了走向大众而将一代女性经过挣扎而得到的有价值的东西，包括对资本主义色相市场的认识悉数抛弃一旁，似乎是因为在当时情况下，女性立场与大众立场如果不是互相对立，至少也是不可兼顾的。当然这或许不无道理，因为大众——农民和下层市民，并不需要这些东西。然而这样一个重大转变，势必由很多因素构成。有必要指出，丁玲的写作刚刚陷入危机之时，也正是与她共同生活的胡也频大量接触马克思主义并投身革命工作之时。此时她已从两年前那个无名的热情诗人的妻子变成了革命者的妻子，不久之后又成了革命烈士的遗孀。或许与这一经历有关，在这一时期她的几部作品《韦护》《一九三〇年春上海》（之一、之二）涉及女人——城市自由女性与革命的关系。如果说《一九三〇年春上海》（之一）还不过是在娜拉出走的道路上缀加上革命的归宿，那么另两篇却多少触及解放了的知识妇女与未给女性留下地位的革命阵营或统领着那一阵营的意识形态初次相遇时发生的摩擦。而且，这摩擦已然透露了都市自由女性与大众的格格不入。

《韦护》中的丽嘉固然是一个未曾了解革命更未投入革命的女性，但韦护与丽嘉的爱情为同志阵营所不容，并非因为韦护因爱情放弃工作，而是出于同志们——大众下层的人众对他上层社会绅士风度、他的生活方式的嫉妒。在他的同志们熠熠的审视目光、侵犯性和侮辱性的言辞中，爱情仿佛被视为上流社会的风流韵事，自然丽嘉也被视为资产阶级的风骚女人。这里，爱情与革命的冲突不是革命的"夫"与不革命的"妻"之间的冲突，实际上乃是都市自由女性与革命及其偶像——大众的冲突。不仅如此，丁玲小说在处理这一冲突时表现出十分矛盾的现象，你可以从叙述中看到两种视点的交迭、交战过程。一种是残留的女性的视点，即丁玲力图很忠实地表现这一段爱情时保留下来的视点：譬如这一视点写出了革命阵营对丽嘉和韦护的敌意。这敌意或许并不是对他们个人的，但却无疑是针对他们的生活方式而发的。而他们那种自由的都市味的生活方式，却正是当年"五四"子一辈叛逆们艰苦斗争争取来的。而且叙事者暗示，这种敌意并非出于政治觉悟，而是出于怨憎，出于下层阶级常有的褊狭阴暗的嫉妒心理，这可以说是某种国民劣根性。这种劣根性的封建男女观不难以十足的旧伦理范畴来贬斥一个被怨憎的女性：丽嘉在"同志们"眼中已经扭曲为一个堕落、罪恶的"祸水"形象。这种残留的女性视点还保留了丽嘉对"革命"阵营中虚伪习气的批判："他们仿佛懂了一点新的学问，能说几个异样的名词……就变成只有名词了，而且糊涂自大。"总之，当叙事者站在女性立场时，表现出的是丽嘉的个性，她的爱情并不浅薄，她的见解虽不无偏颇，却包含一位女性经过都市生活磨炼的对虚伪投机习气的直觉反感。若按这一视点发展，丁玲的创作不是没有另一种可能性，她有潜力运用孤独女性们的独特角度揭示新的、大众崇拜的意识形态的弱点。事实上作品本身已经在暗示，"同志"阵营中下层阶级的封建心理不仅足以把丽嘉这样一个有追求的女性推还到旧伦理之中，而且使"五四"整整一代人为之呐喊奋斗的人道主义、男女平等、妇女解放半途而废。

然而，到了《一九三〇年春上海》（之二）问世时，占主导地位的却已是另一种视点了，那就是革命阵营的或大众的视点。其中的革命者望微甚至想，如果玛丽是乡下女人、工厂女工、中学生，便会很相宜，因为革命是为大众的利益的。这部小说与《韦护》情节模式相同，不仅望微让人联想到韦护，就是玛丽也与丽嘉的经历个性相仿佛，但在玛丽身上复现的那些丽嘉式的特点已带有"革命"理性对小资产阶级女性的贬抑；她对革命的阵营的看法已似乎成了一种上等阶级的傲慢成见，她的不愿受约束已成为一种虚荣心驱使，而她的生活方式堕落为奢侈、追求享乐等。这种贬抑可能是出于一种革命的功利：革命所需依赖的大众——城市工人和农民不需要这种女性的自由及女性的价值，甚至不需要性别意识。这种理性也是出于意识形态的阻遏，无产阶级英雄神话是不容戳穿的，那里寄托着主导意识形态的重心支点，而且有人已为之流血牺牲了，牺牲者中有丁玲孩子的父亲，而死者的信念是不容触动的。在这部作品中，革命理性的态度完全淹没了丁玲惯常的女性眼睛。丁玲创作中那个女性自我向革命理性作了妥协，而这已是丁玲创作进入30年代主导意识形态的标志。应该注意的是，从整个意识形态变化来看，女性自我向革命理性的妥协乃是都市进步文化人向农民、工人、下层大众的文化妥协的一部分。知识分子发现都市政治文化没有出路，转向历史惰性之源——广大农村和下层大众寻求国家自救出路，这是可以理解的，但这种向最大群体的靠拢不得不以妥协为代价。随着资本主义生活方式而提上日程的女性问题便在这种妥协中被放弃了，都市女性的利益让位于下层大众——最大利益集团的利益。从丁玲本人的创作来看，女性自我向革命理性的妥协乃是她知识分子立场向农民和城市下层文化妥协的第一步。

丁玲继《一九三〇年春上海》（之一、之二）之后写作的《一天》和《田家冲》证实了这一点。《一天》描写的主人公已不再是丁玲常写的女性，随着主人公的更换，惯常的女性自我叙述主体彻底隐退。作品表现一个刚刚投入革命文艺工作的热情青年知识分子陆祥初次接触下层民众时的经历，他遭到那"无知的一群"的误解、敌视甚至被当作小偷，等到证实不是小偷时仍要受恶意的侮辱，但他因革命工作的信念隐忍了这一切，他对下层人众的弱点本是很敏感的，但是因为大众的苦难和工作需要，他对下层人的弱点采取了宽容的态度，愚顽变成忠厚，无知可以同情。《田家冲》则以一种理想的田园风格弥合着三小姐——一个从事革命的知识女性与农家仆人之间可能的差距。《田家冲》的大众代表身上已不再有大众的弱点，唯一的弱点是不觉醒。都市文化与大众的冲突只是一场虚惊。她得到了他们的欢迎喜爱，最后是她引导他们走向觉醒。今天已很难说这究竟是出于一种乐观的信念，还是出于一种妥协而来的粉饰。但从小说视点的转换中，可以看到一个有意义的知识自我的撤退。《一天》虽不再借助尖刻敏感的女性叙述，但依然以知识分子个人视点连缀情节，这个人物视点总是带有对大众弱点的敏感，它是知识者与大众的矛盾制造因素。《田家冲》则是以么妹等下层人物眼睛叙述，在他们纯朴、善良的眼光中，矛盾制造因素隐没了。知识分子在这里不再作为叙述主体出现。如果我们记得丁玲早期创作是如何以个人的孤独的视点揭示环境的可笑可鄙，也许就会更进一步理解这一视点转换中的意味，即丁玲终于完成了从女性自我到知识分子自我的撤退。女性视点撤退后，也就不会触及唯有女性才最敏感的东西，大众的封建意识。同样，当丁玲把叙述权进一步移交给想象中的纯洁、粗犷、憨厚的劳动大众时，固然消除了异己的叙事主体，但也自然不再会有格格不入者触及并感受大众们的弱点。由此观之，丁玲走向经典现实主义全视域手法的意识形态意义也并非都是积极的。

《水》标志着丁玲转变后的第一个高峰，这一现实主义的高峰在某种意义上正是性别叙述、个性叙述都已消除的结果。它气势博大，写出了一代劳苦人民的群像，博得茅盾盛赞。在死亡面前被求生意志团结起来的"大的群"，似乎是革命的、历史拯救的希望所在。作品以一付大胆泼辣的手法，将一个团结的农民无产者群体甩落出来，在文学史上，还是第一次。这大概是沉溺于国民劣根性挖掘的鲁迅做不到的。鲁迅作品中的拟想作者始终未能摆脱中国知识者理性、批判的自我立场。但丁玲因此也就不可能接过鲁迅倡导的传统，譬如，揭示这种团结的松散性、临时性、小农意识，并以一种先进意识形态去批判什么。

从《韦护》或从《一九三〇年春上海》（之一、之二）始，经过《一天》《田家冲》到《水》，丁玲的创作通过压抑或抛弃女性自我，进而抛弃知识分子自我而终于称臣于那个在想象中无比高大的群体，我们历史的一贯胜利者群。身居都市生活环境和左翼作家组织的文化环境，这一批作家离开大众毕竟遥远，写大众是很不容易的，写大众只是一种意识形态的完满，是抵御铁板一块的腐败政治的文化姿态。但从另一方面看，这种写作又是容易的，"大众"作为一个遥远的群体只在想象中存在，因而也可在想象中纯化。也正因此，丁玲顺从时代潮流的转变过程实际上不无损失，抛弃女性自我和知识者自我的结果不仅意味着知识分子放弃自身的历史价值，而且也意味着抛弃、压抑、丧失五四时期初露端倪的批判传统，即丧失对积淀在30年代的中国大众（由农民和城市下层人民构成的群体）中的封建意识形态及狭隘愚昧的心理积习的批判力。确实，在当时流行于左翼文坛的无产阶级革命的神话笼罩下，"大众"的落后方面根本就不曾真正进入作家的视界，不曾进入作家的叙事想象力，自然更谈不上"批判"。即使对"大众"的缺点有所发现，也通常预先宽恕过，即要黑暗的社会负责任。丁玲的《水》及后来的小说固然在技巧上可谓打破了当时无产阶级革命文学的"左"倾幼稚模式，但在意识形态上，只不过是同一大众神话的更完满的文学变体，它维护而远非揭破这一神话的神话性。丁玲在1933年几乎生命垂危，后又被国民党囚居三年之久，其间写作过的东西都早已不再有发自那个不妥协的、反抗庸俗文化的、批判者的灵魂的声音。《奔》《杨妈的日记》《松子》等等，基本未超出《水》的水平——讴歌大众的苦难和大众的觉醒。见恶必除的韦护、疾恶如仇的韦护，误选了大众作为神，作为善，作为绝对价值，并从此只看"佛面"了。从此他所须剪除的"恶"便简单、明晰、缩小了许多。

经过意识形态洗礼后的丁玲也曾以"朝佛"后的韦护的眼光重新审视女性的命运，在神的光圈中，莎菲式的孤独女性主题消失了，但出现了另一种女性，一种幸运地走上了历史正路的女性。在《母亲》等小说中也似流露了一种企图，即把中断了的女性思索与大众的命运熔为一炉。1930年丁玲试图写作长篇小说《母亲》，把女性的命运重新置回中国历史的变迁中。《母亲》作为一个被历史推上反抗之路的、自立的女性形象，其正面性，其"属于大众的向往"，正是"朝佛面"的韦护眼中所能见的东西。

复苏与泯灭

抗战爆发前后，丁玲逃脱了国民党的幽禁来到西安，从事党的革命工作并奔赴抗战前线。这期间，她写下了十余篇以抗战为题材的小说，如《一粒未出膛的子弹》《压碎的心》《县长家庭》《入伍》《新的信念》等。这些小说将大众的觉醒、大众的苦难与日本帝国主义的侵略联系了起来。在全民族抗日的紧迫任务面前，丁玲与城市生活、与知识分子的自我，与作为整体的女性，已经更加遥远了。那个朝佛的韦护的眼光注视着当时中国历史理念中巨大的善或向善的一面：下层大众、广大农民在侵略者的蹂躏下，在死的恐怖中日益觉悟起来，站起来，勇敢地反抗起来，成为有了新的信念的英雄而不再软弱。《一颗未出膛的子弹》讲述一个红军小战士与部队失去联系后被国民党士兵当奸细抓住，他无畏的宣传抗日的言辞感动了国民党士兵。《新的信念》写出了日本侵略者的罪孽在一个母亲、祖母身上激发出来的复仇女神，在巨大的罪恶面前，劳动大众那种慈爱的温情的美德转化为狞厉的力的美德。这里的大众虽然不是《水》那样的群像，但由于每个人都是大众，因而便不再有个体。

但当丁玲到了延安，已有的抗战素材已然写尽时，方才亲身经历到（至少不得不真正面对）那个她在思想或想象中早已弥合的冲突——作为革命者的都市文化人与愚昧闭塞的乡村大众之间历史的、文化的、生活方式和价值观念的冲突。确实，当大众走出神的光圈具体地、一个个地出现在你面前时，你无法把他们与那个经过想象纯化的整体的大众联系起来，于是韦护的视域也竟窥见了这神光之外的部分。这期间丁玲的创作多少表现了这种冲突，这是她从《田家冲》《水》以后的又一个微妙转变。

首先，这种冲突的信息出现在描写根据地生活的重要短篇《我在霞村的时候》，故事的素材本是丁玲听说的，但在写成小说过程中，丁玲作了某种选择，譬如她并没有像写《新的信念》那样启用一个隐伏的叙事者，这篇小说中我们似乎重新看到了久已消逝的有判断的、有自我的叙述者"我"。"我"在某种程度上仍然接近那个制造大众与文化人矛盾的不协调因素，在一个本来没有我的故事中加入"我"，也许说明丁玲自己也不明了的冲动吧。贞贞本来就受到乡村封建势力的压迫——一种"五四"人曾反抗的对子女、对女性的压迫，后又被日本兵掠去当随军军妓。她受尽蹂躏，染上性病，却为革命做着工作并受到尊敬。但回到根据地时，她却在封建意识的包围中感到难以生存。小说把贞贞在日本军队中遭受的一切放在背景和回忆中，而把她与乡土中国陈旧意识的冲突放在前景，或许说明作者已经注意到在民族巨大的"善"之外，阴影中尚有一些"恶"。"我"正是在这里起作用的，"我"是目睹、耳闻封建陈旧意识对贞贞攻击的目击者——阴影中的"恶"的目击者，而且知道厌恶这"恶"。正是在"我"的厌恶中，我们窥见了另一个大众，一个由几千年封建小农意识汇聚的无意识杀人团。这个杀人团仅仅由于贞贞经历了非人的蹂躏便欲将她列入无意识被杀者之伍。

与此相关，我们借助叙事者"我"的眼睛，看到了一个不同于《新的信念》《东村事件》中那些大众化身的人物，贞贞不属于任何一种大众的模式，诸如被拯救者或苦难的妇女，她乃是丁玲这些创作中第一个有个性、有自我的下层人。在某种意义上，她与霞村人之间无法融合是必然的，随着她的举动超越了大多数人的道德规范，她便注定作为个人遭到大众的放逐和自我放逐。不难看到，叙事者"我"与贞贞有一种不期然的认同，她们都处于大众之外，是有反省的、先天或后天的外来者、不合群者。贞贞与落后村民的冲突在某种意义上近似或重现了知识分子与大众的冲突，是先进意识形态中的个人与农村落后群体的冲突。只不过贞贞遭受的诋毁更能体现大众意志的封建特点：一种卑劣的关于性的意识形态。

当然，丁玲可能并未意识到这种极其隐晦的复现。在她的意识中，促使她写下这篇作品的动力不用说少不了朝佛的韦护所信奉的巨大的历史之善；抗日自救支持着贞贞形象的价值，也支持着"我"的充满道义感的好恶判断。倘若贞贞不是在肉体痛苦和精神孤独中做了抗日工作，也许就根本不会有这篇小说，自然也不会有这大众的阴暗面，那时，贞贞纵使是有个性的非大众的一员，也不会得到"我"的明确认同了罢。

然而，根据地的矛盾毕竟不像抗日前线，那样只是民族与入侵者的血战。这个相对封闭的世界自有它自己的生活，远离历史与民族的鲜明善恶。丁玲所能触及的矛盾恐怕仍然是乡土与知识分子的冲突。亲身置于乡土大众的知识分子发现自己并不像想象的那样易于"消溶"。在这广大而闭塞的乡村中占主导地位的毕竟是"五四"之前统治中国文化的封建意识形态和小农经济培育的恶习，这现实对于自以为经过了资产阶级革命向社会主义迈进的知识分子的想象而言，无异于巨大的倒退。当有人批判《在医院中》，并把陆萍与莎菲女士相提并论时，可能说中了一点，即陆萍与莎菲同属少年中国的知识女性，而根据地大众却仍有不少是老中国那些麻木不仁的、阿Q式的原型。由想象和概念造成的大众之神的光圈，势必在这封建小生产现实经验面前退化消散。于是，经验的巨大刺激如同尘世的一声呼唤，在神光中几乎麻醉的韦护六根未净，朝佛后丧失的批判性又有所复苏了。丁玲在《大度、宽容与文艺日报》《我们需要杂文》等文章中曾言辞激烈地主张过发扬批判传统，"中国所有的几千年的根深蒂固的恶习，是不容易铲除的，而所谓进步的地方，又非从天而降，它与中国的旧社会是相连接的……"（《我们需要杂文》）《在医院中》就是在这种情况下写出的。这篇后来被批为毒草的作品并不多么深刻，甚至还没有触及上述引文的高度，但却相当尖锐、敏感。它有着一个普通知识分子的视角。陆萍已是一个在大众面前噤不敢作、不敢想的知识分子，她选择了知识分子的选择，成为党员，然而她却在党的意愿和现实矛盾面前感到不知所措。她努力地工作了，但反应冷漠。她提出的科学建议在农村大众中甚至引不起一点好奇，她没有什么思索，但她的眼睛——与小生产大众格格不入的眼睛，记录了整个落后现象。《在医院中》并不是深思熟虑之作，这里已经看不见霞村中那个无意识杀人团，但它是提出问题之作。第一次在共产党领导的区域内"提出改造小生产者思想习气的问题"，已是十分可贵了。这些蕴含着部分复苏后的批判精神的作品，令我们恍然忆起丁玲笔下曾闪现过的批判力。

　　知识分子视点的复苏引发了女性视点的复苏，一如当初女性自我的撤退是知识分子向大众妥协的第一步。《三八节有感》是丁玲部分恢复批判力后的又一产物，似乎沉睡了的女性自我醒转过来，不由愤慨于如今堂堂解放区的干部在对待妇女问题上的旧封建地主式态度。《夜》也涉及农民干部的心理灰暗问题。但这复苏竟是十分不全的。陆萍这个年轻的、思索要经党的"批准"的人物视点，不可能揭示得多么深入。无论是丁玲还是陆萍，无论是知识者自我还是性别自我，都只是将小生产和封建意识形态作为一个已然过去的社会或历史时期的残留信息看待的,这实际上掩盖了一点,即这些"五四"运动后新文化培养成的知识分子,实际面对的几乎是原封未动的小型封建社会。历史之轮在这里并不是"转动不全"而是从未转动,他们面临的不是历史残留而是活的现实。陆萍和丁玲的批判矛头指向小生产习气,但却不触及这一习气引发的意识形态焦点:以简单化了的马克思主义模式构想中国社会的性质和出路,关于无产阶级大众的神话,以及对假想的资产阶级和资本主义的主观评价。同时,由于没有批判到这一层,她也就只能限于提出问题,提出确切的问题,此刻,即使是韦护也"不得自专"了。

把思索交给党的知识分子无从凭借自己由新文化塑造的思维武器戳穿大众神话。相反,他们陷入了进退两难的意识形态之谷:他们是双重人,一方面,是他们创造了神也似的大众,另一方面,他们又必须臣服于自造的神,并被神再造。这种既是神的主人又是神的奴隶的矛盾,使他们陷入不可解脱的内外冲突。

1942年延安思想整风的重大结果是,它确立了下层大众的绝对地位并取消了知识分子作为大众引导者的资格。心平气和地说,这也许并不奇怪,中国毕竟是一个农业人口占90%的农业国,小生产者毕竟是最大的社会共同利益集团,这决定了主导的意识形态必然是适应这一生产方式下的群体生存、为这一群体利益服务的。知识分子——资本主义工商业社会的文化产物,与这一群体利益或意志显然是格格不入,他们不属于这里,不属于这一人众,自然这一人众也不属于他们。这过小而能量大的一小群人只能永远是异己。延安整风明确说明过这一点。这样,倒是很容易便解决了知识分子内心的冲突,知识分子的形象单纯了,他们不必再犹豫对大众的态度,他只应追随大众,脱胎换骨地改造成他们中的一分子。这是历史的限定。丁玲很明朗地做了自我批评,她相信脱胎换骨的改造是她的出路,因为只有大众才是中国的出路。整风之后的丁玲因甩脱了自我而感到回头是岸,说明了她在上述进退两难之处曾感到多么沉重。可以想象,丁玲在整风后的自我感觉可能是轻松的,但这轻松的代价却是"韦护"的脱胎换骨——他把判断权连同武器使用权一并上交,甚至自己也成为一件随时听令而动的武器。作为一个作家,丁玲不必再去感受和描写意识形态盲区中的一切,她只需写出那些在主导意识形态中已然定性的东西,根据主导意识形态中已有的模式去丰富,去艺术化。她的创作不再是一种发问、思索,而更近于一种翻译,把意识形态概念译写为经验性的、审美的、血肉丰满的艺术形象和艺术文本,而不再去触动这些概念本身。

这样一个转变确实是"根本的转变",丁玲此后的作品不再残留任何过去自我的影子,不仅她的主题选择乃是为农村大众利益服务的意识形态的选择,她的人物关系冲突是阶级斗争模式的细致形象复现,她的叙述也变得冷静、客观因而是中性的。人物的心理也已是阶级成分划分的了。在这种脱胎换骨之后的名作《太阳照在桑干河上》中,可以看到丁玲的创作自我自觉地调整着与主导意识形态轴心的密合度,"我写作的时候,围绕着一个中心思想,那就是农民的变天思想,就由这个思想才决定了材料,决定了人物的"(《生活、思想与人物》)。从"想写那些原是很落后的农民,在革命发展中怎样成为新的人"的冲动,可以读出一个问题,即什么才是新人?小说结尾处似乎表明,"变了天",就是新人。这儿丝毫不再有对封建小农意识的批判,这已然是意识形态功利性限制了。黑妮从地主的女儿变成地主的侄女,从一个无忧虑的少女变成不受"家庭影响"的人,也是为更好地适合意识形态轴心,于是,从生活中来,"跑到这、跑到那儿地收集素材",恐怕不是为了从现实生出感想,不过是为了一个既成模式寻找故事血肉。《太阳照在桑干河上》是一部复杂的、有艺术力的小说,但却是工具化了的艺术和工具化艺术的功力。

丁玲的创作道路代表了中国现代知识分子的道路，他们从封建王朝中游离出来成为独立的群体后，一方面拒弃资本主义式的政治文化，一方面试图改造乡土和大众，但终于在改造大众的愿望中被大众改造了。出于国情和民族责任心，他们对资本主义文化保持着批判力，但对乡土文化却一步步退守，最后在为乡土大众服务的意识形态健全时完全妥协。丁玲的创作道路也代表了中国妇女解放的道路，妇女作为一个性别群体只是在都市异化环境中才有所觉醒，但随着都市生活的文学价值在左翼阵营中遭到冷淡，这一性别意识重新流入盲区。

第八章 走向战场与底层

血写的革命与墨写的革命

新文学的第二个十年以北伐战争的硝烟始,以日寇侵略的炮火终,中间夹杂着风涌全国的工人运动和农民运动,对于新文学的主阵营集中地而言,战场虽遥远,但火药和战斗不绝于耳畔。也正是在这十年中,陆续出现了几位以女兵、女战士姿态崭露文坛的女作家,并引起相当的反响。谢冰莹于1927年北伐途中写下的《从军日记》,到左联五烈士之一冯铿的《红的日记》,再到葛琴的《总退却》,使女人的形象在中国历史和文学史上第一次真真实实地与枪炮、与流血牺牲的革命、与战场、战地生活连接起来,她们体现着历史变幻中给予女人的,女性们在挣脱枷锁过程中所抓住的新的身份角色。

在我们赞誉这些女战士的英勇豪情之前,不能不首先看到,这种女战士身份产生于历史变革时代社会松动后的缝隙。尽管当时的中央军校有百五十人的女生队,尽管大革命高潮中出现了许多妇女协会之类的组织和团体,却并不意味着政治制度对女性权利有多少保证。它仅仅意味着,政治这片封建一统时代的权势之所在历史变革中已有了不同的功能结构,它形成一片开放的、容纳各种社会力量的角斗之所,一片历史抉择之所。逃脱家庭束缚,反抗封建的一辈女性正是从这片开放领域的角斗缝隙中进入历史抉择之所的。因此，获取这一身份首先与她们自身的力图解脱历史无意识处境的反抗行为相联系，即，这缝隙提供给她们的是反抗传统性别角色的良机。她们在军队、政治运动这些历来归属男性的天地中，首先找到的似乎是一种最大限度地背叛传统角色的可能性：背叛"女性之躯"，至少，背叛历史给女人之躯规定的传统功能。著名女兵谢冰莹抱的就是这个目的，她曾如此怨恨自己不是一个男性。历史闪出的缝隙和女性反叛的愿望相契合，便产生了冰莹、冯铿和她们笔下的女性战斗者形象。

但这新身份的历史功能以及它对女性的意义在今天看来都是双面的。一方面，没有比女战士、女革命者更能代表浮出历史地表的女性的力量了。在这个不归家不卸甲的花木兰之路上，女性第一次参与着对历史的抉择，她第一次有了一个巨大的事业，女人的生命因着这为百姓为中国富强的事业而有了历史上从未有过的意义。她们借着一身军装从历史的客体成为历史主体，她们中的英勇战士更是在那个尚未为女性提供充分权利的历史上，以生命划出了通向未来的印迹。它无形中认可着女人在体力、勇气和政治才干上与男人一样的潜力，促使女性迅速摆脱历史边缘处境而登上几千年来未对女性开放的中国政治大舞台，促使女性从反封建家庭、寻找自己出路的个人反抗中走出来，以"完成国民革命、建立富强的中国的担子放在自己肩上"，从而造就了一批可歌可泣的秋瑾式的英雄姐妹。妇女们"从小脚时代，进步到天足时代"，"从封建锁链捆得紧紧的家庭里逃出来，不知经过多少侮辱和痛苦，经过多少挣扎和奋斗，才投入革命的洪炉，和男子站在一条战线上，共同献身革命"（见《女兵日记》），这确是惊天地动鬼神的。但另一方面，这条道路又有着很大机遇性，在那个尚未为女性的政治权利提供充分条件的时代，妇女如何走进政治舞台和战场，以什么性别走上战场，仍然是问题。她们并没有作为一个社会性别群体而出现在政治舞台，军装与战场类似一副男性的面具。她们为了反抗传统性别角色还不得不忘记性别，还不得不以男性作为衡量自己能力的标准。确实，和男人一样的女人——天足、能拿枪打仗、发动群众、无畏牺牲、冲锋陷阵、身受历史使命……是这个新角色的最高纲领。冯铿笔下的马英道："红的女人应该把自己是女人这回事忘掉，否则会干扰革命进展的。"女性通过忘却、抹煞性别走上战场，走向革命、流血牺牲而后不复成为自我，这也正是我们历史向女人这个性别索取的代价。

不仅如此，付出代价，走上战场，仅仅是问题的开始。女性从军从政，是她们对自身命运的一种抉择，而到头来，这种抉择终究是被历史抉择的。已经走入中心的女性无法再从边缘窥见冥冥之中操纵一切的历史的命运，便免不了被历史所利用。一如舞台中心的人物总是受到舞台限定的，或许只有在卸装后才能看出这份限定，这也是不应讳言的。在这种意义上，我们才能清楚地看到她们以笔墨、以血肉和生命留给今天的东西。

谢冰莹便是这样沉浮于历史抉择的一位女性。出身于湖南书香之家的谢冰莹，从小养成好强、反抗的个性，十二岁时为上学读书曾绝食，后来在两个哥哥影响下，接触了新思想。为逃避家庭安排的婚姻自求解放，考入中央军校女兵队。随军北伐途中，以膝为桌写下了著名的《从军日记》。《从军日记》引起读者喜爱，并被译成多种外文，畅销原因有二，一是宣传性，一是纪实性。这也是随时准备血染沙场的冰莹的写作动机。我们确实看到了作者企图描述的轰轰烈烈、悲壮伟大的一些革命故事，军阀们的暴行，战争的严酷，民众的信念，那要做一个不流泪、不怕苦、只流血的真正革命者的十二岁的小姑娘，以及那位少不更事，抱着一手改造宇宙的决心的蓬头垢面、以膝为桌的女子的热情。当然，作品给我们"出示"的主要是"改造宇宙"这一面，这或许就是宣传动机下的取材特点吧。在这种取材下，"纪实性"是以叙述者和文体的真实性来体现的。那青年女学生式的新奇兴奋、个性及天真以及写作情形是跃然纸上的。直到《从军日记》再版时，冰莹在《写在后面》和《给K. L.》中才透露些"改造宇宙"之下的另一面，原来《从军日记》并不像作者所设想的那样，记录一场"国民革命"的画面，因为这一革命本身是破灭的；而作者也没有能像本人期待的那样，由于成了女兵便可逃出封建势力对女性的桎梏。正如作者在《女兵自传》中所言，"想不到我们所期待的明天竟是埋葬我们的地狱"。女兵的生活与女兵队解散后沉闷的空气，家庭的罗网与改造宇宙的抱负形成了太大的差距，以至于冰莹几次想自弃。这里，已经可以看到历史在怎样抉择着"改造宇宙"之人的命运了。在历史抉择下，冰莹终于从一位沙场女兵变成一位文学女兵。1936—1948年冰莹完成了她又一部力作《女兵自传》的时候，我们看得出，宣传性—战斗性动机已大部分让位于纪实文学的动机。这既是作者的遗憾又是她的幸运。从《从军日记》到《女兵自传》，冰莹经历了与历史之间选择与被选择的抗争，她力图留下的改造社会的"国民革命"的伟大纪录被事实粉碎了，最终留给我们最有价值的东西恐怕就是她自己的故事，是她这位现代花木兰的生活、命运和秘密，是她的家庭、父母、爱情、友谊、婚姻，以及这一切与女兵生活的关联。确实，谢冰莹之所以蜚声文坛是由于她的《从军日记》，但若要了解谢冰莹，了解这位女兵作为一个女性的历史经历，却只能求助于她的《女兵自传》，那里不仅有一身军装，而且有女性的真实遭遇。

冯铿也是一位抉择历史而又被历史抉择的女性。她是"四·一二"后目睹蒋介石暴行而决心献身革命的，但她战斗的领域却在文学而不是沙场。在她那里，写作不是记录什么，而是一种革命的行动，因而她的作品具有更浓厚的宣传——战斗色彩。《贩卖婴儿的妇人》充满了对阶级压迫的控诉，1930年写作的《红的日记》则更进一步，这篇取材于全国苏代会上代表发言的作品干脆把现实中并未实现的革命移到纸上，其情节模式就是一场即将成功的社会主义无产阶级革命：工农红军所到之处，旧的制度被推翻，工厂归工人自己所有，食粮用品使每个劳动者都得到相当满足，苛捐杂税与反动势力同归于尽，没有房子的工人们住进了新分配的干净的住房，等等。《小阿强》写一位苏区少年先锋队长，其对于政治斗争的描述也是如此。然而，冯铿却死于与作品不同的现实中，中国政治舞台并不像《红的日记》那样充满光明，"不要流一滴血"，旧的制度也并未在叫声和标语中被推翻。实际上，她既未能以笔，也未能以宣传，倒是以鲜血和生命记载着中国政治舞台战斗的真相。与她期望的相反，墨写的光明成了血写的黑暗的一种掩饰，这便是宣传的文学的另一面吧。这位女作家用笔书写的，以及这位女烈士用血写就的中国政治生活不仅有理想与现实的差距，而且有想象与现实的差距，有意识形态与现实的差距，这才是冯铿留给今天的东西。值得思索的是，对于一个走向政治舞台的女性而言，问题不仅在于要不要忘记自己是一个女性，而是在于能否明白想象中的"战斗"与现实的战斗、想象的明天与历史现实间的分别。这与她们是否明白自己扮演的舞台角色与自己实有的女性之躯及女性处境两者间的区别是同一码事。

放弃小我，走向大众

与冰莹、冯铿们并肩作战于另一领域的是那些走向乡土大众的女作家罗淑、草明、白朗。这是一片与政治紧紧相傍的、间接的战斗天地。如果说冰莹和冯铿们是在战士的武装下，背叛传统的女性之躯，那么草明、白朗、罗淑们则借助笔和文字为工具，背叛了象征意义上的女人形象，抛却了由庐隐、冰心等上一代女性奠定的幻梦少女的性别面具。女作家不再写自己，而去写更普遍、在当时来说更重大的社会群体的生活，这是一个女性生活史，也是文化史上了不起的进步。特别当历史留给女性的位置是那么狭小而边缘化的时候，她们另辟战场的魄力是以往没有人尝试也无从想象的。这种现象已不仅反映着女性"成为与男人一样的人"的愿望，而且也反映着女性不亚于男性作家的能力。这批女作家中佼佼者的创作不仅与上一代女性——"五四"女作家相比，在艺术能力上大进一步，就是与同期出现的男性大师相比也具独到之处。但是，走向战场也罢，走向乡土也罢，女作家们的历史——文化处境是相同的，即她们并不是作为一个性别群体踏进这片以往并不属于女人的社会生活领域。一如在20世纪30年代种种文学社团中并没有一个以性别为标志的女作家群，在对社会生活的批判和战斗中也少有女性这一性别的视点，历史—社会—文化留给女性的仍然仅仅是一片狭小的自我天地。女性那颇有潜能的创造力要冲破这一狭小天地还必须套上中性面具，否则她们就似乎无法纳入当时放弃知识分子—城市生活题材而表现大众苦难的时代趋势，也未必会被受这一框架趋势支配的文艺界编辑、读者和评论界所接受。

　　因此，这批女作家固然没有像冯铿那样自觉地否定性别概念，但其性别意识却显然被时代框架所同化或淡化了。这一点在草明、白朗这两位在党周围成长的女作家那里尤为触目，在这种环境中，性别意识或许根本就没有生长形成。草明在30年代初期开始创作，写有《倾跌》《没有了牙齿的》等短篇小说，以及中篇小说《绝地》。她这时期的作品不外以不同的方式讲述同一故事或同一叙述模式：大众的苦难深重与最后觉醒。她作品里虽然有些人物是女性身份，但由于故事主题与女性无干，因而只是些没有性别特点的女性苦难者。白朗的作品也写人民的反抗，以抗日题材为多，在性别特点上与草明大同小异。《轮下》的主题是人民的反抗和敌人的暴戾，陆雄的妻子和孩子因不愿眼看他被抓去而阻拦火车，竟双双惨死在轮下。《生与死》写一个看守政治犯监狱的老太婆，对日本人有杀子杀媳之仇，同情犯人，最后竟帮助越狱而遭杀害，《一个奇怪的吻》表现的是革命者夫妇的坚强、无畏、不怕死。但革命者的恋情中竟也不带性别意味。似乎女性唯一的标志只是她们遭受了更大的苦难。的确，在不可调解的社会危机和滞重的历史面前形成的主流意识形态，或许必须以一种充满政治神话意味的概念体系来简化复杂的社会矛盾，在这个体系中，除了神话所认可的主人公、正面角色与反面角色之外，其余的群体及个人都无关紧要，这便框定了草明、白朗及冯铿们的想象力和体验方式。放弃小我，走向底层这条原本宽阔的文化道路，在当时急进主流意识形态的左右下拐了个弯，变成一条抹煞性别、简化现实的狭窄的创作道路。依循这条道路创作的文艺作品至多只是那一政治神话的形象图释。

当然，也并非所有走向乡土，面向底层的作家都是如此。同是描写大众苦难，罗淑的小说却有某种超乎简单政治神话之外的复杂性。这倒不是说罗淑是一位更好的神话阐释人，毋宁说，她所处的文化背景，恰巧是急进主流意识形态与民主主义思想观念的交迭或夹缝。一个重要的事实是，她并不像草明、白朗那样一直生活在党周围，而倒是更直接地受到过西方文明的教育和熏染。这位信赖于主流意识形态的政治神话而又未全丢弃民主思想、人道主义及某种西方文学传统的女性，在自己作品中呈现出了两个以上的不同方面：一方面，她的作品有些东西像草明、白朗那样密合于社会主义革命的神话模式，另一方面，又有些东西溢出模式之外，那是草明、白朗不曾写出的。而且应指出，恰恰在那些溢出神话模式之外的东西中，保存着一些弱化了的性别意味。

据巴金、李健吾等人的看法，罗淑这位在生活中温文尔雅、细腻体贴的贤妻良母型女性，在文学中却是社会革命的斗士。不过，巴金所说的"斗士"显然与冯铿的戎马式的斗士不同，这一点只要看看巴金本人是什么样的斗士，他与当时急进主流意识形态的关系便可以明白。罗淑这位斗士的特点在于，她把曾被"战斗"所排斥所忽略的东西重新引入了人们的视界，她在控诉谴责的同时，复活了人物内心世界的情感、耻感等政治意识之外的层面，复活了一种人性的、在某种意义上甚至是唯美的视点。她作品的复杂性或许可以用"故事"和"话语"这两个经典的叙事学概念分析。故事这个由事件、动作发生链构成的层面,带有典型的时代模式,即表现大众的苦难和反抗,《生人妻》写的是贫富造成的典卖妻子的故事,《井工》《鱼儿坳》《地上的一角》《橘子》的故事则使人想起30年代作家笔下的农村图景:谷贱伤农,农民经济破产导致种橘人吃不上橘子,打盐井人吃不到盐水,生活如一个永恒的夜一样令人窒息。而在讲述话语层面,却闪烁着另一种超越苦难本身的价值,那是《生人妻》那对夫妇分别时现出的爱情,是《阿牛》母子在冷漠、敌视外表之下蕴含的心理关联,是《贼》中父子之间在威逼之下的情感醒觉,是《刘嫂》那麻木苦难重负下的灵魂对生活的了解。故事层面和叙述层面似乎源于两个拟想作者。在故事意义上,我们看到的是一位密合于时代模式的中性作者——社会的斗士。但在叙述层面,却有一位细腻体贴的女性作者的痕迹。如果考虑一下,30年代主导意识形态对战斗与战场的渴望如何在排除细腻的情感、唯美等创作因素,如何用一种否认性别存在的方式否定"资产阶级"生活而转向乡土生活,那么就不难理解,李健吾何以夸赞罗淑那双"有内心生活的女性的慧眼",而黎烈文又何以会在罗淑写作中看到"女性的爱娇"了。这说明"富于情感"也罢,"富于理解"也罢,"细腻地"洞察人心也罢,与"战斗"相比,已是一种阴性的字眼。不是吗?细腻、清丽、温情……在一般批评家口中笔下近乎是女性创作特征的代名词。当然,这种阴性代名词并不就是女性原本的特征,只是被弱化了的女性特征——女性在主导意识形态中地位和内涵的象征。在今天看来,这种象征显然没有脱离女性那被规定的模式,但在历史的当时,在罗淑的创作中,却聊胜于无,它使罗淑在性别概念几乎被泯灭的时代能够以一种弱化的姿态表现女性对社会的体认,并恢复了那种为表现大众苦难,揭露社会黑暗的愿望所忽略的、更丰富复杂的东西,诸如人、情感、心理。罗淑创作这种既密合又游离于主导意识形态的特点,这种双元性,乃是我们理解她既"贤妻良母"又"社会斗士"的双重形象的关键。这其中,潜藏着主导意识形态与女性、激进的政治神话与民主主义思想信念之间的裂隙与相互间的妥协。妥协的结果,固然罗淑的观察与描述体现出一位女性作家的细腻,但她真正的女作家身份,除了"朋友的妻子"外,竟是通过她年仅三十四岁死于产褥热这一女性独有的灾难而存在于人们记忆的。

这期间的另一位作家林徽因的一部创作在此或许值得一提,那就是《九十九度中》。这篇小说在构思和叙事上的精湛素得同行们青睐,但对于我们而言更值得注意的是,与其他作品相比,这篇抒写乡土的作品是相当中性的。如果说她的诗以及涉及内心世界的作品显现了弱化的女性特点,那么在这一涉及乡土生活的领域,她却似乎很难找到一个包含女性概念的现实结构,或许也无须寻找这样的结构了。女性自我与这片神话中的乡土无法搭界。

在这种意义上,现代历史仍然保留着女性与社会之间的范篱,只不过这道范篱在"五四"以后,从法律变成了心理,从政治的意识领域移到了政治无意识领域。女性就这样在有意识地打破缄默,打破狭窄的小天地走向社会和底层后,无法回复到那无意识层面中的自己。

今天我们已从无知晓、走向战场和乡土的女作家们是否意识到了自身作为女性的处境。她们或许当真忘记了自己女性的身份,或许因为家庭生活美满而不必直接面对女性的窘境,或许意识到了这种处境而无从言说,因此,她们都有意无意地逃开了在这样一段历史中无可回避的性别痛苦,也失去了从这份痛苦中反思历史的机会,这份反思只有在萧红这样一位无可逃回的女性那里,才成为最后的拯救之路。

第九章 都市的女性：辉煌之页的边缘

唯美意识形态

由于中国资本主义力量的先天不足和后天贫血导致主要社会矛盾转向农村，知识分子的眼光转向农村，都市的生活和文化实际上是封闭，毫无生气的。与走向战场和乡土的女作家相比，那些同样受五四新文化教育却由于种种原因未能跳出都市生活网络的女作家，仿佛潜伏在时代主潮之下的深处，她们的笔和想象力始终没能含蕴中国最广大的地域和人众，她们的目光也始终没有看到最广大利益集团的意愿和目的，她们的触角仅仅探触到自身所处的环境中的生活和人们。然而，在战场上和乡土不复存在的女性问题，在这样一种封闭的都市生活中并非销声匿迹，反而以更为确定的形式暴露出来。于是那些在潜流中默默沉浮的女作家，无形中便在一个大时代里承担着"女人写女人"的边缘性传统。她们没能成为战士或斗士，甚至有许多至今名不见经传，但她们却成长为"女人"，并在这大历史的辉煌之页的边缘留下了淡淡一行女人的足印。

从数量上看，在这大时代默默地写着女人的故事的作家并不算少。五四后第一代女作家中的庐隐、冰心固然在写《象牙戒指》《女人的心》和《关于女人》，凌叔华也在原有基础上推出新意，她的戏剧小品式的《女人》及《小哥俩》中的《英子》等几篇，在立意及艺术上都仍然不失别致。与她们年代相同，但 1927 年前未见作品问世的苏雪林这时期写出了短篇小说集《绿天》和长篇自传体小说《棘心》。此外，新一代女作家，也有人专注于这片领地，值得注意的除去丁玲、白薇等人外，还有林培志、沉樱等一些名不入册的作家。她们的价值倒不在于她们的创作有多少被埋没的伟大，而在于她们触及了"五四"时代不及提出而 20 世纪 30 年代人们不屑于提出的一些女性常规性命题。由于上面提到的不少作家已有专章论述，这里我们着重论述一下苏雪林及沉樱的创作。

苏雪林的第一部短篇集《绿天》的扉页上题到：给建中——我们结婚的纪念，由此不难揣度这里所收的六篇小说的主题。除了《小小银翅蝶》是以比兴手法记叙作者在异国读书时的思想心绪外，其他五篇几乎都是描写新婚不久的夫妻生活，或写暂别时一草一木、一物一景唤起的女主人公对丈夫的思念期待，或写夫妻欢聚时共同分享的小小的欢悦和愉快。与善写婚姻生活的凌叔华相比，从人物刻画和情节排置上，苏雪林的作品可能未见出色，但叙述上却另有一种唯美的表达方式，甚至可以说，我们只在一个唯美的层面上才能把握那在情节和性格塑造方面几乎辨不清的女主人公的特征。她善于描绘草木万物之笔，不仅使自然成了夫妻美满生活和缠绵情感的不可或缺的因素，也成为女主人公心志的一种寄托和象喻物。

从《绿天》《鸽子的通信》《我们的秋天》《收获》《小猫》看，女主人公显然是一位在新婚生活中感到十分幸福的女性。这种幸福并未表现在爱情的卿卿我我上，而表现在她与所爱之人共同分享的一个包蕴草木万物之美之趣的空间。美丽如有灵的溪流，融融青翠的杂草，参天丑怪的古木，秋天的瓜菜连同家饲的小鸡、鸽子、蟋蟀、金鱼、猫，一切都构成清婉的"家"的意蕴。在女主人公的叙述中，这些琐碎的环境物象升华为一种审美的新婚之家的空间象征。它的特点是美化的大自然的特点：开阔、幽静、澄明、充满变幻无尽的野趣和静谧的生机，它的主人显然是女主人公和丈夫的化身。也许用《绿天》中既定的比喻更合适，这个家是他们理想中的"地上的乐园"，一个坐落于大自然中远离社会的爱情之家，没有政治、没有人事、没有功利，唯有满目青苍和猩红万点，唯有林中流泉和苔前月色，因而也就没有搅扰，没有污浊。而新婚夫妇俨然就是这地上伊甸园中纯洁的亚当夏娃了。在这种无须防备的唯美的世界中，女作家提出了一个与五四一代人身份有些出入的观点：家庭并不是女性的坟墓或束缚，相反，对于她来说，"世界是狭窄的，而家却是宽阔的"（《小猫》）。她并不在乎把自己和丈夫比作鸽儿，比做小猫，她衷心盼望有个小家庭，并以这小家庭作为整个世界。同是新文化重构下成长的女性，苏雪林笔下的"我"与庐隐、与莎菲竟是如此不同，然而谁又能否认，这也是五四一代女性内心最隐秘的愿望，甚至也是现实之一景呢。陶醉于温暖不染人间世俗烟火的小家庭，陶醉于充满诗意谐谑的两个人的世界，非但不是不可接受的，相反，这或许恰恰是"五四"一代女性心灵的另一面，那与反叛、牙齿外露的特点相反的一面，与凄怨和寂寞同源的一面。甚至，若是有充分条件，那些从封建大家庭中反叛出来的女儿们会有不少成为新式小家庭中温柔的妻子和母亲的，这也算苏雪林留给今天的一份独创的文本吧。

　　当然，换个角度看，苏雪林的作品可以有完全不同的解释。譬如从暴露角度看，牵强一些，是可以从几篇小说的女主人公的叙述中拼凑另一个并不令人陶醉的女性故事的：在这个诗意盎然的家中住着一个索居的，除丈夫外失去自身意义的女人，她没有自己的行动意愿，新婚的幸福养成了她的慵懒和安适，除了对于家和空间环境的一种唯美感受外，丈夫走后她的生活实际上是空虚的，甚至可以说，唯美的王国是女主人公对自身空虚的刻意掩饰和填充。

　　也许这两种互相矛盾的解释正巧是那些有了美满家庭生活的五四

女性们面临的意识形态矛盾：家庭在某种意义上是丰富宽阔的，在某种意义上又可能是枯寂窄小的。社会是丰富宽阔的，但在某种意义上也是枯寂窄小的。这一切取决于你怎样看和怎样说，因为在经验世界里都不能两全。这一不能两全的事实有助于我们发现苏雪林创作那种唯美冲动的由来。既然无从在社会和时代主潮中获得一个"全份"的自我位置，那么在一个唯美的国度寄托自我或自我寄托，也便如冰心宣扬爱的哲学那样，是为了选择一个侵犯性不那么明确，因而适合仍处于被侵犯的女性的意识形态，以作为生存的庇护。对于苏雪林这位位于时代大潮边缘的女性而言，唯美的方法确实已不仅是一种艺术手段，而且是一种人生观和生存方式。作者借自喻性很强的"小小银翅蝶"之口写道："我们蝴蝶的生命，全部是美妙轻婉的诗，便是遇到痛苦，也应当有哀艳的文字。"这便是与人生信念不可分离的唯美冲动了。因此，那隔膜于战斗的主导意识形态之外的苏雪林，终于没有做修女而做了作家，那银翅蝶告别了紫蚓那种上食槁壤、下饮黄泉、通往永恒的地下空间，浮入了地表之上的唯美世界，——为了今世的而非永恒的女性的生存。

恐怕不只苏雪林，在某种程度上，林徽因、凌叔华等也是部分借助这种唯美意识形态处置自我、社会、文学的关系的，不过，苏雪林作品有着更为明确的意识形态色彩。譬如，你不难从《绿天》《小小银翅蝶》中看到唯美主义怎样在发挥着鲜明的意识形态功能；它对现代工业文明及充满功利性的资本主义都市生活有一种暗中拒斥，而对自然经济基础上形成的闲适、和平、物我交融的生活方式又有某种审美式的歌咏。《绿天》的女主人公从一处满目现代工业痕迹（烟囱、黑暗、隆隆轧轧的电车摩托卡）的又深又窄的天井中迁居到开阔幽静、草色森森、青苔覆足、古木奇瑰的自然荒园时感到万分欣喜，她认为这里充满未经市场尘埃混浊的、鸿蒙开辟以来的清气，她甚至幻想出一幅和平、快乐的世界图像，没有害人的东西，鳄鱼和蛇都并不噬人，狮子抱着小绵羊睡觉，流泉之畔，是上帝抟土造就的一男一女。这里，古老甚至原始的审美意象成了对资本主义市场尘埃的一种否定，而所谓伊甸园和亚当夏娃的譬喻，无形中也便是对以功利和色情为标准的市场性婚姻价值的一种挑战吧。当然，所谓原始、所谓鸿蒙开辟以来的清气，不过是作者的想象——意识形态中的价值理想而已。

1933年，苏雪林又出版了她的第二部较重要的作品《棘心》。这部纪念母亲的小说仍然取材作者自身的经历，但已不带有像《绿天》那样浓厚的唯美主义色彩了。这本出版于30年代的小说，既可看出曾寄读异国的作者个人的道路，又在某种意义上补充着上一个时代的女儿传统。主人公醒秋（作者化身）对母亲那"刻骨疚心"的爱，以及她以个人意愿服从母爱的行为，使我们想起冯沅君的《卷葹》中的女主人公。可以认为，苏雪林眼中的母亲的"棘心"及母女关系与冯沅君一样，都发自同一种时代、历史的心理症结。而且对于寄居异国的游子而言，这症结更切肤。不过，《棘心》毕竟写于十年之后，母女深刻的联系与冲突已不带有非常的戏剧味，倒显得更为真实朴素。《棘心》的特点也许已是它的局限，它较为朴素地记录了作者在20—30年代之间作为古老中国的女性赴法留学时所经历的情感、信念的选择——五四一代人的一份经验，但除去朴素外，在内容和思想上都未见有比五四女作家更大的开拓。它成了上一时代的一份补记。

履着"新文化"碎片徘徊

沉樱属于现代文学史上第二代女作家，虽不甚杰出也不甚知名，但创作却有一定特色。30年代出版的作品集有《夜阑》《喜筵之后》、书信体小说《某少女》，后来又出版了短篇集《女性》。她探讨的题材多与女性生活有关，诸如恋爱热潮退落时的男女心理，女性在都市生活中面临的矛盾，在事业家庭之间选择和徘徊，及大革命失败后无所附着的消沉时代的女性心理，等等。

作为第二代女作家，沉樱写出了与沅君、庐隐和苏雪林等完全不同的另一种爱情，一种带有资本主义式的都市生活异化特点的爱情。在她笔下的恋爱男女中，不再有信赖和忠诚，不再有生死之誓，不再有愉快和甜蜜，甚至也不再有玩弄爱情与真正的爱情之别，因为爱情本身几乎就是虚伪、怀疑、逢场作戏，它成了半广告和半商品。这一"市场尘埃"侵入并污染人们情感生活的时代，先是给寻求幸福的普通女性心灵带来了痛苦和耻辱，继而给她们带来了空虚和疲惫，继而给她们带来了异化。她们不再确信甚至不再拥有自己的内心。《爱情的开始》《喜筵之后》《时间与空间》《生涯》《下午》似乎就可以排成这样一个系列。这些女性们先是忍受、哀怨、猜忌——《爱情的开始》那个被男性不专弄得十分痛苦的女人，直到对方作出爱情虚伪表白时，才放弃希望，继而她也学会了竞争的伎俩和虚伪的周旋。《喜筵之后》处境相仿的女主人公曾想在另一个曾爱她如命的男人处得到爱情补偿，觉得乏味和淡漠后，又试图借这个男人的影响唤起所爱者的爱情反响，但对方虚伪的回答却使她万念俱灰。到《时间与空间》，女主人公已然失却了初恋时那种矢死靡他的热情，而陶醉于那有着一切可以使人迷醉的男性美的男士们的交际中了。《生涯》的主人公则拿不准自己是否在恋爱，爱情同梦想一般，在革命退潮后的都市，令人厌倦的夫妇生活和小资产阶级的温柔把戏中消失殆尽。《下午》里，那位在大革命中退缩下来的，在市场尘埃中随波逐流的女性，则干脆没有不作戏的爱情可言。总之，作者通过这种描写，写出了这一代女性的苦闷——不是像庐隐那样的痛苦，而是窒息和压抑，上一代女性刚刚付出巨大代价争取到的自由包括爱情自由的理想被资本主义化的生活习俗击得粉碎。

这个资本主义风气泛滥于都市的时代扩大了易卜生在《玩偶之家》里提出的问题，女性面临的不再是无视她自由的丈夫或家庭主妇的地位，而是女性整体与家庭、社会的矛盾，特别是环境给女性心理造成的变异。《旧雨》中那一群意气风发的中学毕业生进入大学后，十有八九被恋爱风卷入了家庭，并就此锁闭在室内和孩子身边。不多几个坚持读完大学的虽不甘屈服，但似乎也只有类似的前途。这里，女性的理想与整个社会组织发生着矛盾，而且这矛盾是不可调解的。《女性》中的妻子本来坚信做母亲会是女性的牢笼，会把抱负和理想全部葬送，因此决心忍受巨大痛苦打掉了孩子。但身体恢复后，她却并未像所说的那样重新做人，实现理想，相反，她的理想和精力又全部集中在做母亲的愿望上了，事事处处要纪念那被打掉的孩子。这一小说中的女性走了两极，从恐惧女性的牢笼始，以热衷这一牢笼终，但小说中的基本对立却走了一个圆，故事始于也终于女性特有的事业/家庭，抱负/现实不能两全的二项概念，始于也终于女性作为个人的抱负与作为群体的女人的职能及本能的冲突。这种女性与社会的矛盾，是沉君、苏雪林一代人未及遭遇的，但却是沉樱们无法回避的，提出这一矛盾是历史给予沉樱这位束缚于仍然是男性中心的稳定的资本主义式都市生活时空而不甘屈服的女作家的机会和使命。

不仅如此，这种无可逃脱的矛盾处境还大大影响到女性的心态特征，如果说在有意识地抗逆色相市场风习的莎菲女士那里，这种心态表现为某种自我的分裂，那么在沉樱笔下的那些普通人物身上，则更多地表露了女性软弱、怯懦的方面。你经常会看到一些犹豫不决、优柔寡断、纠缠在矛盾中进退两难的场面和心理活动。《回家》中的丽尘本是在投奔"伟大神秘的国度"之前到家告辞的，但见了久别的亲人后心中又十分不忍。此外，还有《空虚》中那个坠入情网而又心怀畏惧的少女。值得注意的是《下雪》中的女主人公，当年她曾勇敢地反叛家庭，但如今却无力在丈夫的挽留下坚持自己的意愿。这或许是都市生活女性所处现实的矛盾对她们心灵产生内化效应所致。探讨在平庸的家庭生活和陈旧爱情中磨平了棱角的女性自身的软弱与怯懦，这是沉樱创作的又一特点，她使我们看到，女性面临的矛盾因不可摆脱而"内化"为女性软弱、怯懦的心态，最后这两重东西都只能成为套在女性身心的无形枷锁。在这双重枷锁的框限中，甚至不可能产生冷嘲的、绝望而自甘孤独的莎菲。

最后需要指出，在某种意义上，作者本人也是被紧紧钳制在女性与社会时代的二项矛盾中，她既不像草明、白朗、罗淑们那样在大众和战场中忘掉女性群体的特殊性，既然选择了女人的天地作为描叙对象，便势必承受历史给女性生活的狭窄规定。处于意识形态边缘的女性的天空是狭窄的，女性的生活是整个社会板块中微小孤单的一部分，女性作家在这片历史规定的妇女生活领域内部寻不到更多的想象余地，更多的故事模式，除非她反叛这一规定——历史本身，而这是沉樱的思想才力所不能及的事情。作者想象与思索的疆界，恰巧与女性与社会之间鸿沟重叠，是这一鸿沟在作者意识和想象中的复现。在这一点上沉樱的创作，她的贡献以及局限，可谓无愧于时代。她继丁玲《梦珂》、《莎菲女士日记》之后，发扬和深化了从女儿到女人的传统，正是从沉樱、林培志（写有小说集《娜拉的出路》）这样一些作家身上，我们可以追溯出现代文学史上女性成长的踪迹，以及她们对自身的认识与思索。她们没能写出女性眼中的那一份现实和历史，但她们写出了女性眼中的女人，那在城市生活中徘徊无着的孤独女人。

第十章　白薇：未死方生

在新文学第二代女作家中，白薇是少有的几个用女性的心灵而不是用中性的大脑写作的作家之一。这或许因为她的个人经历本身就如一部现代意义的女性小说或女性戏剧。从她零散的回忆和记述里，我们大致可以看到，她有一个严厉守旧的父亲，她未及成年便被迫嫁到虎狼之家，她不堪忍受丈夫和婆婆的虐待而出逃求学，她只身流亡日本，以及她那痛苦的恋情和不愈的病痛，这便是这个父亲的女儿在中国20世纪初期的历史变迁中的坎坷经历。

对于一个心头烙满骨肉亲情留下的创伤、爱情留下的创伤、贫困和恶性疾病留下的创伤的女性而言，对一个被父亲、被友人、被热恋的恋人出卖的女性而言，对于一个在民族危机中欲赴疆场而无资格的女性而言，白薇的写作也许是现代女作家中最具自传性的一个。笔成为帮助她承受痛苦，宣泄对生之热爱、对生之愤恨的依仗。这使得白薇比"五四"作家走得远一步，她的作品来自经验的成分多半未被观念埋没。相反，倒是经验时时渗出语言之外，苦于找不到更有利的字句。

我们在白薇作品中一开始就可以看到某种朴素的女性自觉。早在1925年她便写就了诗剧《琳丽》，这部剧作被认为是当时女作家中大胆直露地表现男女两性之爱的勇敢之作。不过其中值得注意的是，两位女性主人公恰巧代表了作者本人对爱情、对男性的双重态度。琳丽志在为爱情献身，"像花瓣一样洒落在你面前"便是她的名句，而她本人则殉情而死。璃丽则始终保持清醒的怀疑："男人都是不专的。"这两位名字相近的人物，显然是女性内心矛盾的戏剧化身，这一点与庐隐的"情和志"的冲突不谋而合，或许更为明晰。后来的一系列剧作《打出幽灵塔》《乐土》及小说《炸弹与征鸟》《受难的女性们》表明，白薇乃是真正坚持五四时期女性解放主题的作家，这一主题便是揭示女性的受压迫处境。这些作品在描写男性压迫上超出了一般女作家的笔力。1936年，她在爱情最后破灭，病魔缠身、"书不成身先死"的恐怖中，写下了女作家们笔下少见的长篇自传《悲剧生涯》，为我们今天了解二三十年代的妇女处境留下了不可多得的见证。自然，白薇的作品并不是多么伟大的现实主义史诗，她的天空是狭小的、封闭的女性自我天地，但她却写出了唯有她才能写的东西，一个真实的朴素的女人的遭际，她总算以自己的笔、血泪和生命，在现代文学史上划出了一道性别鲜明的印迹，这印迹或许是孤独的。但孤独正是女性们走向大众更大群体的契机。

"弑父"场面中的女性

据白薇《打出幽灵塔·序》中记载，这部作品于1925年便已完稿，但落于某编辑手中便石沉大海，几度索取皆不见人影，直至1929年，才据记忆重写而成，"已是不如原稿那样浑然完整了"。1931年白薇的几个剧本集结出集时，便是以《打出幽灵塔》为题的。从中可以看到白薇在"父亲的女儿"阶段的思想轨迹。

从现存的剧本看，《打出幽灵塔》那种古典浪漫主义气氛和剧情冲突的设置虽然透露出某种幼稚，但却仍然奔放有力，保留着五四时代特有的那种愤怒、抗争的激情，而笔触及思想深度又较一般五四女作家更为大胆直露。《打出幽灵塔》开篇题为"社会悲剧"，标志着与《琳丽》那个少女时代的清楚分野，正如"幽灵塔"取譬于雷峰塔镇压白蛇精的传说，这里涉及的是家庭——女性的地狱及地狱中小鬼的命运。剧情发生在一土豪劣绅之家，家主胡荣生有一妾郑少梅、一子胡巧鸣和原来曾是孤儿后被收作养女的萧月林。开场时，胡荣生对年轻美貌的月林充满邪念，而月林与信奉新思想的巧鸣相恋，郑少梅不甘做妾力求冲出家庭。妇联主席萧森来访少梅不遇，却在与月林的闲谈中发现月林是她年轻时受骗生下的亲生女儿，而胡荣生就是那个骗子手——月林生父。不久，巧鸣与试图霸占侮辱月林的胡荣生搏斗，竟被胡荣生当场杀死。目睹这一幕的月林濒于癫狂。月林以前的养父、账房贵一在萧森委托下设法助月林逃走，便也被胡杀死。在贵一死去月林处境危险之际，少梅、萧森黑衣持枪而入，揭示真相，胡骇然，向萧森开枪，月林舍身相掩，同时也开枪击胡，胡毙命。而月林则在弥留之际找到了生母，在欢乐中辞世。

这一剧本鲜明的女性视点，首先体现在剧情冲突设置上，剧情矛盾最开始是以父子冲突方式体现的，它似乎完全可以铺展为一个封建家长禁止儿子自由恋爱的常见情节。但实际上，随着荣生对养女月林从表面父女关系转化为不加掩饰的欲望及巧鸣被杀死，剧情冲突从父子转向两性。在这一点上，剧情的转移带有鲜明的"反俄狄浦斯"特点，因而是反俗套的、反惯例的。它无形中把一个中性的问题赋予了强烈的性别色彩，强化了冲突的性别针对性。从而鲜明地展示了那些潜伏于父子冲突之下的几乎被忘却的两性矛盾。与此同时，剧情冲突最终的解决也不是用中性手段（譬如通过农民革命打垮土豪劣绅来外在地解决性别统治），而是由女性自身觉醒以血和生命的复仇来解决，这似乎强调了妇女解放与被压迫阶级解放之间既一致又不同之处，似乎排斥了将女性作为被拯救对象的可能性，从而保留了女性自我拯救的机会。

在反封建意义上，《打出幽灵塔》的最大特点，也是最能体现白薇"父亲的逆女"时期的思索的一点，是它正面描写了"父"这样一个封建权威的男性统治特征。考虑到五四女作家们一般总是将"父"作为缺席者,相比之下,《打出幽灵塔》中以这种形式出现的"父"不能不引人注意。这个"父"不是一般意义上的"杀子文化"中的封建家长,或一个对子女灵魂人身自由的强权统治者,或一个剥削人、倒卖鸦片的土豪劣绅,这个"父"首先是一个性的暴君。他曾引诱欺骗萧森又始乱终弃,他曾为贪财而强奸霸占了一个寡妇又置她于死地,他占有着年轻的少梅,并想占有养女——实际上是他的生女,他当初买她就是这个目的。他为了这一淫荡权威目的不惜杀死两条人命,包括他的亲生儿子。这一形象充斥着整个家庭,"家"无异于一个由男性恶魔主宰的地狱,而"父"名则代表着男性对女性身心奴役的权利。与这个父亲形成正面冲突的女儿面对的不仅是一位家长,而是一个贪婪的、有权势、掌握自己命运及身体的男性。在剧情发展中,女儿的心理反叛走过的是(与儿子不同的)一条确立性别自我之路,归纳起来可分为三步:首先是玩物或从属阶段。她不仅寄食于父,而且在疯癫之中精神和肉体上都受到了父的摆布,在这种状态下,她的自我尚未诞生或受到压抑。其次是诞生阶段,她无意之中为了维护母亲而杀死了荣生,这一以女儿之手完成的弑父使她获得逆子式的主体感,"我是我杀死的畜生的私生子,我是无父无母的私生子",这一弑父行为乃是对血缘的、男性的、权威的父——超我的一次彻底否决和断绝。于是一个独立的人出现——"我生了"。但,这一步只是完成了"子"一辈的任务。对月林而言,心理发展的第三步是得到母亲,即得到性别认同。这里,血缘具有传统的寓意,月林否定了与父的肉体血缘而得到与母的精神血缘,这一血缘使她有了性别归属。因而她唱道:"我打出了幽灵塔,我有了我的姆妈。"在第三阶段,她作为一个女性——一个母亲的女儿而死去。全剧从父/女这一不仅是亲子冲突而且也是两性冲突的立场上,补充了"五四"反封建意识形态所简化、淡化了的一个角度,即封建统治不仅是一种杀子统治,而同时是一种性别奴役、性别虐待，甚至，杀子不过是维持性别奴役权的一种手段。

《打出幽灵塔》也许是现代文学中少有的一部在"弑父"场面中正面描写女性反抗阵营的作品。月林的反抗并不像沉君那样归属于子一辈精神同盟，并在这同盟中淹没性别。她的反抗注定是一种性别感鲜明的反抗。这不是由她自己，而是由"父"的本质注定的。巧鸣这位子一辈同盟者未能保护月林，凌侠——农协主席也未能唤醒月林，连义父贵一也死于荣生枪下。真正唤起月林反抗之心的是母亲，在最后的剧情高潮中，所有受压迫受凌辱的女性全体登场，作为一个整齐的阵营——群体出现在舞台上。这里有受难的母亲，有受欺凌的妾，有受摧残的女儿，有女仆，她们汇成了一个复仇的性别群体，而被压迫性别群体的出现，方是父权男性统治"幽灵塔"倒塌的真正丧钟。这样一个群体脱离了价值客体的位置，不再是被拯救的对象，而是一个自觉的、团结的性别阵线。她们的反抗不是为了推倒一个暴君、一个淫荡的父亲，而是整个"幽灵塔"，那镇压白蛇的整个实体，从而创造一个"我们的世界"。

《打出幽灵塔》在这个意义上确实是一幕"社会悲剧"，它触及的是这个社会从有剥削起便一直规定延续下来的一条最根本的统治／被统治关系——男性对女性的统治，因而也触及着构成社会最基本结构的二项对立：男性／女性的对立。这一点，是一般反封建作品所不及的。

"五四"至大革命时期的女性命运——《炸弹与征鸟》

1930年，白薇写作了较为重要的一部长篇《炸弹与征鸟》。同《打出幽灵塔》一样，这一篇看似平平的作品，却从女性角度上体现了独特的时代感。

这里写的是中国第一批离家后沉浮于社会的女性。"五四"作家笔下写出了一个女儿的时代。但到了大革命时期，这些反叛的女儿们已开始进入了人生的第二旅程,她们从反叛家庭始,现已成长为20年代末、30年代初特有的一代女性,姑且称为"自由女性"。她们曾是娜拉,是不孝叛逆之女,虽然面临娜拉走后怎么办的问题,但既未"死掉或堕落",又未"回去"。她们倒是仍然飘浮在社会上,没有社会关系或断绝了社会关系约束,没有家庭,没有固定职业事业,甚至,也不再有五四那样牢固统一的精神同盟可以得到庇护的允诺。

不过,虽说她们有了自由,却不一定有女性自我。社会立即为她们预备了新位置和新角色,虽各自不同,但总体而言,只要她未曾像男人一样工作打仗,便很可能担负一种交际花功能。交际花,是当时的男性社会给女性规定的女性角色之一。在这一社会化的角色之下,出现了两类女性。一类以彬为代表,她在玩弄爱情和男人方面花费了最大精力。她兴致勃勃地投入廉价的情场角逐,不为爱,只为表演。这一类女性是与角色合一的扮演者,她们似乎在玩弄男性,而实际上已然失去了女性的自由,因为她们对角色毫无反省。另一类女性则以玥为代表,她属于对角色有反思的女性,她时时发现角色的要求与自我的追求之间的差异,因为她不甘做装饰物,她要保持自己的高洁自由和对角色的反抗权。

唯有对玥这类发现角色与自我差别的女性而言,才会出现选择问题。譬如,玥的最大选择是放弃爱情投身革命,还是相反,仅仅追求爱情?玥势必选择革命,因为爱情既经失却了它反传统时代的色彩,便在新的社会化角色中成为一种有关女人的标志或禁令,仿佛陷身情场便意味着女人能做的一切。爱情已成为对女人的角色囚禁。相比之下,革命却多少具有一些"非女人",至少,非"交际花"意义上的女人的意味,它提供了与男性中心的"交际花"角色不同的另一种形象。因而,这一选择更吸引后一类女性,那些感受到"女人"角色与自己追求抱负之差异的女性。她们将自身命运系于革命而非爱情,系于战场而非情场，这本身就是对"女人"这一社会规定的反叛，虽然，只是通过扮演男人来反叛。

彬和玥，从个性而言，似乎与茅盾笔下的两类女性有相似之处，但在处理上却明显不同。茅盾那里，"诗"的可爱与"散文"的诱惑是由她们对男性的影响、关系而确定的，而且，她们的天性似乎与她们能否革命有微妙关系。照他的小说来看，在爱情和生活中无所顾忌的散文型女性似乎更易于接近革命。但白薇笔下，这两类女性的命运竟与茅公的人物如此不同。她给我们看的是另一种现实，是女性的另一种命运。她揭示出，女性与革命之间，隔着某种由社会、由男性规定了的名分、角色、行为方式等等。女性之所以要革命，除了以国计民生为己任的冲动外，还有另一种相关的、女性内在的冲动，即女性自我与社会化的女性角色之间的矛盾、压抑与反压抑。因此在白薇笔下，是彬这类资产阶级的放纵女儿更缺少革命的真诚：她与角色认同。

在这种意义上，革命往往是女性反抗社会化角色的途径之一，或许在当时情况下，也是唯一途径。然而，却仅仅是途径，且并不通向哪里。实际上，革命——广州大革命对于女性自身并没有多少帮助，倒是带来了她们最后的精神放逐。首先，革命并未将女性从社会化的女人角色中还原为自我，而反倒加重了女性的异化，玥如果不能像男人一样手拿武器冲锋陷阵，便不得不以自己身体为武器，为"革命"的"工具"。这一点玥接受了。性成了工具，成了与主体分离的东西，而这意味着拥有并使用这一工具的主人精神上是无性或中性，而非女性。其次，这场革命也并未达到女性作为一个被压迫者预期的目的，它最后的胜利成为一场闹剧。玥的坚持及挨饿也罢，忘却性别也罢，以性别为工具也罢，皆失去了为大众为被压迫群体而战的意义。当闹剧将完时，女性甚至无法作为一个为大众而战的男性化身坚持下去。这样，女性被抛到了一片荒野，既无法成为革命者，又无法成为女性。因为无论是既成的"革命"还是既成的、男性需要的"女人"都与她们无关，于她们毫无意义，她们不过是些非标准的"革命者"和非标准的"女人"，她们自身的意义一片虚无。玥"过上了异常刺激的生活"，她将如何归宿？如果不去当"交际花"，如果不向角色妥协，那么，便永远处于放逐之中。

《炸弹与征鸟》就这样记述了由叛逆女儿成长为自由女性的一代人的命运，由于下半部已遗失，我们看不到她们的结局。但这未完的上半部却从一个女性独僻的角度体现了一个时代，它的骚动、青春与陈腐。这鲜明的时代感或许给我们提供了《蚀》所不能提供的东西，尽管是那样幼稚、粗糙、词不达意。它使我们看到，关于资产阶级的女儿、关于"浪漫浅薄"与"要革命"的分野，关于女性审美观，两性各作有不同的解释和表现。

十年孤独——《悲剧生涯》

1936年，白薇病中写就了长篇自传《悲剧生涯》——一份对亲身经历的、起自1925年，终于1935年的痛苦爱情的如实记录。不无虚构的玥在精神放逐中过上了异常刺激的生活，一经以性别作为游戏人生社会的弄潮武器，她或许会从静的行列脱出，成为章秋柳、孙舞阳的一个姐妹，成为暴风雨的乌云前又一片斑斓的蝴蝶，一无羁绊，一无顾忌。而在现实生活中的女性——作者本人，却注定无法那样洒脱。要作为一个女人生存下去，她面临着各种心灵束缚，面临着时代潜流中归宿无着、浮沉不定的命运，面临经济的惨淡和精神寂寞，面临着她无法更改的个人的和女性的孤独。她或许是玥们永远秘而不宣的另一半自我。1925—1935年，新文化完成了向第二阶段的转换，第二代作家群活跃文坛，文学创作已从描写意识形态新旧观念斗争的时代进入了描写被压迫群体与压迫集团的社会现实斗争的时代。爱情这个在庐隐、沅君眼中一度神圣的字眼，在劳苦大众群体性的反抗面前黯然失色，几至落于视野之外。然而，也正是在这一时代巨潮下，在人们的视野之外，叛逆的女儿们正悄然成长为女人。

《悲剧生涯》写的不是符合时代潮流的题材，但却是现代女性更为真实、更为隐秘的经验。这一经验处于"五四"—30年代的文化思潮夹缝中：个人的爱情已是不少30年代女作家不屑再写的东西，或许由于这一领域与民族的大我相比显得幽闭、狭小、远离时代，或许由于这是一片阴影笼罩的、孤独的、无望的因而也是回避不及的荒原。同时，个人的爱情又是五四作家们写而不敢深掘的东西，所爱的男性不论是作为观念还是作为个人，都与她们的意义生息与共，是理想和典范。白薇所写出的经验恰恰处于两代女作家的空白段，那是一种反神秘化的爱情，是对男性的"反英雄"式描述，是对女性自身的忏悔——痛苦地发现、承认、认识自身的孤独懦弱并寻求打破孤独的过程。在这个意义上，《悲剧生涯》不仅是作者本人爱情经历的总结，而且也是对"五四"—30年代女性所走过的道路的一份不可多得的回顾，这一回顾像一切欲自拔而不可自拔的爱情纠葛那样重重复复、反反复复、令人疲倦乃至厌倦，但确实如作者所说，我们从这样一份回顾中得到的是一份"时代产儿的两性解剖图"。

爱情落入话语模式

"五四"以后，反封建的一代女儿初次接触到、经历了爱情。然而这一新的经历在某种意义上竟堕入在文学作品中古已有之的模式。在《悲剧生涯》主人公的爱情中，表现为对女性的地母身份的要求。

这场爱情从最开始便确立了男女主人公各自的角色，碧苇（白薇的化身）是应友人之托作为一个拯救者出现在与威展的关系中的，当时威展正因所爱的女人红别有所爱而陷入痛苦，乃至精神颓废，欲退学经商，又欲复仇杀红而后死。当苇一针见血地指出了他的脆弱，鼓励他不放弃精神的追求后，他们萌生了爱情，从此也便萌生了两者关系的特征或"规则"。

展确实是时代产儿,不过他没有成为那感时忧国、具有社会责任感的关注苦难的"子一辈",而偏巧成为相反的一类,具有诗人浪漫气质、爱美、欣赏美、天真、无饰,然而也像一代浪漫才子一样不均衡、无韧性、轻浮、意志及灵魂孱弱。而苇也确是时代之女,不过没有成为孙舞阳式的泼辣女性或社交场上的交际花,而是成为一个自尊、自强自救、心灵丰富的女性。但两者之间关系的规则却是古老的,即索取者/给予者模式。展使苇有机会给予,而苇使展不断获得,这似乎便是这一爱情关系得以维持的游戏规律。这样,作为给予者的苇就成为一个地母样的角色,她以宽恕、奉献来维持这一爱情,否则,违犯了规则便无异于斩断情缘。他们在某种意义上也正是这样做的。按照这种规则,展的一切都是可宽恕的,他可以在说"最爱苇"的同时与别的女人厮混,因为诗人浪漫气质如此,而这"浪漫"就有充分的存在价值。他也可以在"最爱苇"的同时置她于病中不顾,只管去与情人叙旧,因为他是一个诗人,本不应负任何世俗责任义务,甚至他传给苇的淋病也不该他负责,那是"社会"和"两个人"的责任。按照同一规则,苇所做的则是她这类自强女性应该做的,她承担他的软弱、罪孽、疾病和肉体需要,理解他思想的痛苦,安慰鼓励他颓废危机的灵魂,赋予他感情及人身自由,因为她是自强的、自尊的有力的女性,而她若要得到爱情便只能做慷慨无私的地母。这两种角色关系在苇和展相爱之前就已经为人描述过,并为社会所规定认可的。问题不在于苇既然爱展那诗人的心灵,就得承受社会赋予这种诗人浪漫气的特权,那回避世俗而不负责任的孱弱。问题也不在于展没有受到谴责。问题在于苇若是爱他,便别无选择。苇和展的爱情是时代产儿和古老男女关系模式的复杂组合,即便爱情是无解的无理由的,但他们建立的爱情模式却是有解的,在一个虽不信奉封建观念但却依然信奉资本主义文化观念的社会里,展作为一个浪漫而孱弱的时代儿,苇作为一个过于自尊自强的时代之女不相逢则罢,若相逢相爱,便注定落入那一被现代观念大大美化了的地母模式。苇这样一个有追求、自强的女性在与一个孱弱男性的爱情中注定是一个拯救者、给予者、宽恕者和奉献者。而且事实已经证明,一旦这一拯救者也有所求,不论是情感的还是朋友的或是责任的要求,便会由施主成为乞丐,会从男人的避难所变为男人的监狱,从救主变为包袱。她只能按规则去爱,这意味着给予奉献,只能按规则被爱,这意味着被占有、被接纳,但,她却不能得到规则之外的爱,这意味着也得到所爱者的给予奉献。一代叛逆女儿的爱情经验竟成为对古老话语模式的重复,这也许也是她们无法摆脱的悲剧所在吧。

爱情导向女性的孤独

尽管给予/索取的游戏规则对苇是明显不公的,但事实上,如果展爱情笃诚,那么这关系仍可能天长地久地维持下去。然而,两个人对爱情及两性关系的看法却完全不一,他们从时代那里秉承来两种互相冲突的爱情观,譬如,展可以同时爱两三个女人,可以爱苇九十九分而爱红一分,又可以爱红九十九分而爱苇一分,更可以于爱苇爱红之外陶醉于与年轻的酒吧女郎谈情说爱,或与阔绰风流的寡妇昼夜厮混。而苇却不能不专一,她对别的男人视而不见,不肯滥用乃至逃避别人的殷勤。甚至在与展断绝恋人关系两年后,当由于"春从久病复苏"而偶然接受了另一个男人的拥抱,便要深深责备自己"像一个荡妇"。且不论这两种观念的伦理道义价值,仅从苇展两者关系的效果看,这种观念的差异已注定了苇是输家。由于展的不专,苇无论是维持游戏还是退出游戏都无大差异,她注定得不到所期望的感情回应。确实,《悲剧生涯》表明,苇爱的是展这个人,爱他天性的美的部分,而展爱的仅仅是苇的爱。展从不因不专的爱情感到困惑或苦恼,多重的爱对他构不成问题和矛盾,他从不澄清自己与这几个女人的爱有何不同，从不问及爱的真伪，也不必拒绝躲闪送上门来的爱情，而苇却不仅拒绝对方的，也要拒绝自己内心那些类爱情或拟爱情。她必须分辨什么是爱情，什么是友情，什么是性的需求。这种对于两性关系的不同态度终于使苇看到，她陷入的这场爱情注定不是一种互爱而是一条有去无返的单行道，是一种自发、自生自灭的感情惯性进程。她在这场爱情中只得到自己的孤独。她发现展的爱最终只要达到性的目的，而不是她希望的人与人灵魂的联系，她发现展为这个目的可以不顾她的死活，而她为了使展保持人格纯正所以不顾自己的死活，她发现每在她身心处于崩溃危机边缘时，展总是避之不及，倒是女友和不相干的普通人一次次同情、关注使她活下去。因此，这场爱情的最后了结是在苇发现并承认了自己的完全孤独，乃至被出卖和背叛后，才宣告结束的，此刻是苇对孤独的忍耐力的极限。

没有"真相"？

也正是在这场从最开始便注定是悲剧的爱情"游戏"宣告结束之际，出现了苇展之间的最后一场冲突，那便是她与他在真相问题上的重大差异，他们讲的几乎是两个故事，在苇的眼睛中，展的自私、无情无义、不负责任是显而易见的，但在展的口中却完全相反。苇不仅是欺骗成性、隐瞒真相，而且不知感恩，人格有污点，自私阴险，甚至做过不能见人的事情。展自己则是一片痴情，受尽欺骗、天真纯洁，一心为了苇的幸福。

问题不在于两种解释中哪一部分更真实，真实性在于存在这两种解释的事实本身，在于这两种解释的相去天壤。它不仅代表了二三十年代子一辈精神同盟破裂后，女性爱情心理的破碎，而且也至少说明了一个事实，在男性中心的社会中，"女性是没有真相"的。事实上，展的描述不仅是他个人性格的表现，而且自有其社会根据。在某种意义上，它是苇退出"地母"角色的必然结果。退出地母角色的苇已不再是任何社会规范或文学规范的女性，既非拯救给予者，又非高傲的公主或放荡的女人。而恰恰是这一女性令展不能解释，她不属于他所理解的任何女人，甚至使他无从把这一段爱情构成一则说得过去的叙事。在这个意义上，展所代表的男性话语实际上是一个恢复男性意识形态的过程。他必须将苇这种不合规范、无法归入已有"女人"概念的女性重新纳入一个可理解的系统。于是我们便看到了这样的字样，诸如"怪物""奸诈""欺骗""残酷"等等，这里已隐含着古已有之的男性话语中的另一个女性原型：巫女。为了将不合规范的苇套入这一原型，展甚至不惜于苇病危昏迷之际逐页修改苇的日记——修改他们关系的事实记录。

  与此恰成映照，苇的自述却苦于找不到如此现成的概念或规范。她那冗长的、重复的、语无伦次的叙述中透露出一种"表达的焦虑"。她有大量的事实，却很难将其上升为任何一种人所公认的男女关系模式，她明显地感受到社会规范乃至男性中心社会对自己的敌视、涂抹和歪曲，但她却无法把自身的处境从一个细节层面上升到一种理论性认识。而且在某种意义上，她只能通过"痴情女子负心汉"这样一种简单的模式来表现她对展所代表的男性立场的谴责。作为一种女性自述，她最为有力的一面不在于概念，而仅在于经验、事实、细节的朴素和不加删略。这或许可以使我们从另一角度理解"女子没有真相"的意味。在那个没有女性话语的时代，即使在女性自述中，"真相"也不免受到某种程度的遮盖，就像五四女作家们常常以中性的、逆子们的语言遮盖了女性经验一样，《悲剧生涯》在某种意义上以一种道义谴责结束了对整个事件更深一步的挖掘。然而白薇的与众不同也正在于，这种轻微的遮盖并没有损害展现在我们面前的经验世界的惊心动魄，我们在其中所找到的不仅是二三十年代的"时代产儿两性剖析图"，而且也是那一时代女性群体生活的解剖对象，一个可供后人反思、认识、回顾的立脚点，一个不曾淹没于男性话语中的女性生存的见证。

第十一章　萧红：大智勇者的探寻

命　运

父亲的家与祖父的家

"1911年，在一个小城里边，我生在一个小地主家里。父亲常常因贪婪而失掉人性，他对待仆人、对待自己的儿女，以及对待我的祖父都是同样的吝啬和疏远，甚至于无情……"

"呼兰河这小城里住着我的祖父"，"每逢我挨了父亲的打，便来到祖父屋里……祖父时时把两手放在我肩上，而后又放在我头上，我的耳边便响着这样的声音：'快快长吧，长大了就好了！'""从祖父那里，知道人生除掉了冰冷和憎恶而外，还有温暖和爱。"（《呼兰河传》）

根据萧红和研究者们的回顾，似乎萧红自出世起便置身于两重世界：以父亲为象征的冰冷的家庭和以祖父为象征的温暖的世界。父亲和生母仅仅因为萧红是女儿便轻视和无视之，女儿作为一种原罪标志注定了萧红在父母之家的命运，她非但没有得到双亲的温情，反而尽尝了冷漠乃至打骂。封建双亲的冷酷是致命的：本能地需要双亲呵护的幼女心灵上留下了亲情缺憾的烙印。也许萧红本人并未意识到，她稍后那些近乎恶作剧的行为（偷馒头、和穷孩子们躲起来烧鸡蛋等等）究竟是为了反抗家长的压迫，还是为了引起家长的注意（见《家族之外的人》），但换来的叱骂与毒打却一次重似一次地敲击、加深着那个烙印。缺憾成为伤害和创伤性记忆。然而，在这注定遭惩罚的父母世界之外还有另一世界，那便是祖父的世界。这个孤独老人与孙女之间溺爱加娇憨的关系在某种意义上替代着亲子之情。那祖孙共同劳作玩耍的后花园，那无限而丰富的天、地、草木，那无忧无虑的笑语和千家诗的吟咏，创造着萧红童年的快乐——没有恶意、伤害、粗暴和屈辱，但却有纯挚、温暖、信任和自由的世界。

　　祖父的家与父亲的家犹如地球的两极，犹如伊甸园之门与地狱之门，并立于萧红的幼年岁月，并立于萧红从婴儿成长为主体路途上的第一阶段。生存于其间的萧红不仅本能地寻求温情而规避冷酷，而且随着年事的增长，冰冷的亲子关系和温暖无拘的祖孙关系之两极对比，也成为萧红认识并解释人生、自我与他人的第一把钥匙，第一种格局，第一对概念。从萧红那些记述童年的散文名篇《家族之外的人》《永恒的憧憬与追求》《呼兰河传》的有关章节，以及骆宾基的《萧红小传》中，我们得知，萧红正是通过这一格局或这一对概念来感受并建立自我与他人的基本关系的。她习惯于两种结交方式，一是祖孙那种真挚、无拘的关系式的扩大，如她与穷伙伴们的玩耍以及对有二伯的潜在认同；一是亲子冷漠关系式的延长，譬如她与后母及祖母的隔膜、异己感。她也习惯于两种与人心灵相处的方式：在冰冷、无视、伤害、屈辱面前，她会披挂一身冷傲自尊的铠甲，以孤独自守、封闭内心、缄口不言来护卫自己；但若遇到善良、真挚、无害的世界，她又可以敞开心扉、纯真坦率、自由豪爽。萧红那被爱与被憎、温暖与冰冷的幼年岁月不仅造就了日后一位才华横溢的女作家的艺术敏感，而且也造就了萧红作为一名个体最显著的心态特征。虽说人人都有着举足轻重的幼年和亲子关系，但萧红的幼年似乎并未随着她的成人而黯淡或退隐。相反，她成年至临终的生命故事似乎是对幼年的某种重演：她与友人、与爱人的关系最终给她带来的无非是温暖与冰冷二项对立的变型或延续：被爱、被珍视，抑或，被憎恶、被无视、被抛弃。她似乎没机会也没有力量在现实中超越这一与生俱来的框限，尽管在艺术世界恰巧相反。

如果萧红活到今天，那么她也许会发现，她的幼年有更多的东西可写，那里埋藏着我们这个民族"精神奴役创伤"的一个重要根源，也埋藏着人类生存所无法回避的主题，关于人与人的关系，关于专制，关于自由，关于爱与孤独。

青春时代

在祖父支持下，萧红终于冲破父亲、继母以及包办未婚夫家庭的阻挡，离开偏远的呼兰县来到哈尔滨的区立第一女中读书。从中学生活始，经历了祖父去世、逼婚逃婚、受骗怀孕直至陷于哈市某旅馆顶楼面临被卖的绝境，萧红度过了一个特殊的少女时代，一个初次接触家庭之外的天地——社会文化的阶段，一个心理上并未成熟为女人但身心均已遭受女人屈辱的时代。

进入中学，意味着萧红从家庭的亲属—血缘关联域踏入社会的文化—意识形态关联域，这使她幼年特有的心态结构得到进一步扩展。中学的新文化空气、艺术写生的天地和学生间相对自由的聚合往来，使萧红对父亲之家的本能反叛情绪找到了某种社会性的精神归属或精神庇护。而且，文艺，特别是绘画，无异于萧红的又一个后花园。她仿佛在这片艺术的天空下重获幼年与自然相处时的那份任情、放松、自由和欢欣。因此，中学连同它的所有文化信息都自然联结着祖父的世界，它成了萧红从一个后花园中的快乐儿童向日后一个社会化然而自由理想的艺术世界的主人公的过渡。

然而，也正是在这稍后，随着祖父的去世，"父亲的家"的巨大阴影正对少女时代的萧红构成日益紧迫的威胁。继母的辱骂和囚禁、萧红的逃婚、汪姓未婚夫的欺骗与抛弃等一系列事件过后，萧红所面对的早已不是双亲对幼女的冷漠，而是社会对一个不甘就范的女性的排斥。上过第一女中的萧红受到父亲的家庭、继母的家庭、未婚夫家庭及其社会势力的迫害绝非咄咄怪事，他们在她这个女学生身上看到的是一个强大的敌对阵营。而萧红，也就以一己之躯承受着周围社会对敌对阵营的整套敌意和防范。除了中学时代之外，萧红的少女时期还充满了这种扩大了的、泛化了的、能置人死地的冷漠或敌视。她甚至没有来得及对爱情作何憧憬，没有来得及对同居者作何选择就遭受到抛弃，身怀六甲而身无分文地陷于生存绝境。

　　由温暖与冰冷构成的两极继幼年之后将萧红的青春时代一分两半，与幼女时代不同的是，这两半的世界不再处于同一地平线，而是分别隶属于精神生活与肉体生存的两个层面，确切而言，分别标志了萧红的两重世界——想象世界与现实世界的特点。祖父的去世带走了温暖与爱的一方现实，萧红只能在艺术和文化的天地中去延续她那一半在祖父庇护下形成的快乐纯真的人格。而父亲、继母、未婚夫一家及社会的冷漠几乎是萧红青春时代的全部现实，这现实使一个敏感、自尊、深知自己是被憎恶的异己的少女学会了隐忍。萧军描述他在哈市某旅馆顶楼上第一次见到萧红时的景象几乎是一幅高度凝聚了的象征：在现实中，她被囚禁在封闭的陋室，举目无亲，遭受着怀孕和饥饿的痛苦，而在精神上，她仍拥有一个自由超然的国度，她作画、素描、书法并渴望读书。在温暖无害的艺术——想象世界，萧红怡然自处，任意驰骋，而在冰冷的、充满敌意的现实中，她又显得那样隐忍被动，任人囚禁，任人虐待。这样一个少女时代过后，萧红似乎不得不以两种方式、两重自我生存于两重对峙的世界——想象与现实当中。萧红由此获得了走向艺术生涯的第一个冲动——一种必不可少的内心需求。

爱情与写作

1932年，21岁的萧红在绝境中遇到萧军，他们相爱并同居，萧红的生活进入了新的一程。新的精神环境和新的家庭生活为伴随萧红二十几度春秋的两重世界带来新的生机。一方面，她在祖父、后花园、新文化熏陶下生成的那种热爱自由的、博大的精神萌芽勃然焕发，她那充满艺术气质的灵魂也找到了载体——文学。另一方面，冰冷的现实世界似乎正在改变，她爱，同时被爱，她有了自己新的家——一个由共同的志向与追求，由患难中的互相扶助，由同舟共济的经历构造的两个人的家庭，也有了可信赖的师长和友人。那"永久的憧憬与追求"正在得到现实的允诺。即便是动荡贫困的生活也没有破坏萧红在精神与现实之间新找到的和谐，她走进了自己注定隶属的那个文化阵营——那一在中国大地上唯一一个反封建压迫的文化阵营。在与萧军共同生活的最初几年，萧红那冷傲敏感的自我与博大任意超然的自我正趋弥合，那向来被划分为两半的心灵世界正在合一。如果她足够幸运，那么她原本可能在现实与想象、爱情与文学中都同样感到放松、无羁、自由。

然而，萧红没这份幸运。随着生活逐渐安定，以及在阵营中位置的逐渐稳定，他们无须共同面对生存的危机，相反，倒是越来越面临着爱情——男性与女性的裂隙。与萧军由相爱到冲突乃至离异，乃是萧红生活中又一个巨大转折点。正是从这一转折中，我们看到原本已趋弥合的两片世界、两个自我骤然间迸裂开来，相距更加遥远。

关于"二萧"分手的真相，历来仁者见仁，智者见智，说法不一。但有些事实却是一致的，那就是"二萧"对爱情各有己见。萧红事后曾说："我不懂，你们男人为什么那么粗暴，拿妻子作出气包，对妻子不忠实。"（见聂绀弩《萧红选集》序）而萧军则道："我爱的女人不是林黛玉、薛宝钗，而是王熙凤。"（《萧红书信辑注》）可以想见，有着那样一份幼女和少女经历的萧红在爱情中会怎样以一颗饱受伤害的心灵渴望对方的温柔，要求被尊重与被珍视，而容不下粗暴与冷漠。更可以想见，素来以"强者"和英雄主义人物作自我要求和自我形象的萧军会怎样鄙视、摒弃或不如说逃避任何一种细腻与缠绵。萧红可以以冷傲自守抵御冰冷社会的敌意，但当爱情消除了心理防范后，敏感之处及沉睡的创口势必暴露无遗，一旦受伤便是重创；萧军可以拼却一切而救萧红于水火之中——那与他自我形象一致，却不屑于为了爱情做一个保护尊重妻子个性与心灵的体贴丈夫。这固然说明"二萧"分手是他们个性的必然，但同时也昭示了一种社会和历史的注定。在萧红的心态中可以看到几千年历史的重负——因为被虐待、被无视（或不如说，因为不甘被虐待、被无视）而极易受伤害的心理脆弱点。她无法战胜童年的也是历史的创伤性记忆和不满于被奴役又习惯于受奴役的女性集体无意识。而在萧军的信念中却可以看到社会主导意识形态的缩影：将英雄主义与个人价值视为对立，在贬斥小资产阶级温情的同时为大男子主义找到更堂而皇之的根据，以及其他种种萧军未必想承袭但却实际承袭下来的封建男性集体记忆。显然，在二萧之间，萧军占有更多的意识形态优势和社会优势。在30年代，知识分子先是崇尚大众，继而是淹没、妥协于大众，后又服从抗战的紧迫需要，整个意识形态充斥了血与火的革命、刀枪相见的斗争、大众的苦难与暴动与消灭软弱、坚强无畏。相比之下，个人的痛苦荣辱、个性的解放以及与这个曾向封建势力发出战叫的"个人"概念相关的一切，包括温柔与爱，如果不是已沦为贬义字眼，至少也显得不值一顾，弃置在时代边缘。从这样一种意识形态中已不难看到萧军身上那种"强者"或"拟强者"因素除去他个人气质之外的来源和内涵。由于这一意识形态的袒护，萧军可以不必愧对自己内在的个性和男性弱点。与萧军相反，萧红对温情与爱的需求是不受意识形态庇护的，在一个只提"被压迫的劳苦妇女"而不提知识女性的时代，萧红的内心呼唤在整个意识形态中找不到一个微小的支点,甚至,只能占一席被贬抑之地。

在社会生活方面,"二萧"各自的处境也有明显的性别役使色彩。尽管萧军一再申明他不要求萧红有多少妻性,但萧红仍是作为妻子出现在他与朋友的关系中,而且,萧红是常常为萧军抄稿的,这或许出于自愿,但萧军却处之泰然,并未见有任何形式的还报。问题不在于萧军是否要求了"妻性",而在于萧红过于清楚,自己"每天家庭主妇一样的操劳,而他却到了吃饭的时候一坐,有时还悠然地喝两杯酒,在背后,还和朋友们联结一起鄙薄我"。与萧军结合六年之后,萧红竟重新感受到某种娜拉式的孤独和痛苦。除了依附萧军,她自己是孤立绝援的,她甚至没有自己的朋友。但她却不能像娜拉一样一走了之,她会被(萧军的)朋友们找回来,而那个最初接收了她的画院主持人也会反悔说:"你丈夫不允许,我们是不收的。"(见骆宾基《萧红小传》)确实,对许多人而言,如果承认"二萧"的家庭与玩偶之家有相似之处,势必会打乱意识形态内在的宁静,因为娜拉所受的性别压迫,在新的、左翼文化阵营中,按理说是不应存在的。人们甚至甘愿对这一压迫视而不见。

在这一意义上,萧红与萧军的冲突不全是情感冲突,而倒是某种"情"所无法左右的冲突,即女性与主导意识形态乃至与整个社会的冲突。萧红所欲离异的不只是一个萧军,而是萧军所代表的"大男子主义"加"拟英雄"的小型男性社会,以及它带给一个新女性精神上的屈辱与伤害及被无视的实际处境。"冰冷的世界"以一种和缓但不容置疑的形式复活了,与少女和幼女时代不同,这复活的冰冷来自同一阵营内部,对于这冰冷的伤害,萧红既不再能够躲入祖父的小屋,又不再能够像中学时代那样,向一个遥远的精神之乡寻得安慰、解脱与庇护。此刻,不论萧红是否情愿,她已踏上了一条无可挽回的悲剧之路。一方面,她那无可弥合的两重世界愈发相去天壤;作为作家，她日益成熟，日益自由，正在像大鹏金翅鸟一样飞翔着；而作为女人，她却日益痛苦、日益隐忍，日益不堪社会和朋友们规定的角色的囚禁。另一方面，萧红的全部人生理想和追求，恰恰是当时历史的匮乏，正如骆宾基在《萧红小传》中所分析的，一个想在社会关系上获得自己独立性的女子，在这世界上很难找到支持者："现在，社会已公认了这一历史的缺陷。那早已开始了这梦想的人，却只有希望于将来。"

女性的抉择

正由于这种历史的缺陷，萧红的悲剧沿着她生活的每一转折、每一抉择而走向深入。如今她已不仅是一个进步阵营中的作家，还是一个未被阵营承认的女人，一个未被时代和历史承认的性别的代表。她的前景是分岔的，"我好像是两个人……不错，只要飞，但同时觉得，我会掉下来"。广阔的、进行着生死搏斗的抗日战争的大天地固然宽阔，但女性的天空却是狭窄的。战场、前线、西北战地服务团，都并不是容得萧红舔伤口的理想之地，那里有萧军，那儿护卫作为进步作家的萧军，也护卫作为进步作家的萧红，但不护卫女性。于是，抗战爆发后不久，萧红发现自己陷身于民族、爱情、女性的三重危机，并且必须在主导文化阵营与女性自我之间作出紧迫抉择。选择前者是众之所愿，那里安全、稳妥，注定不会被历史抛弃，只需要稍稍顺从角色；选择后者则意味着孤军奋战，冒险而未知。萧红选择了后者。

在今天看来，这是一个天真的选择，又是一个大智勇者的选择。就天真而言，萧红放弃萧军而跟从端木，放弃粗暴者而选择怯懦者，或许是不无幻想的，但另一方面，萧红借端木而离开主导文化阵营，不啻也是一种对女性自由可能性的探索。显然，她是在拒绝于新阵营内继续扮演与旧时代女性无二的角色，她也是在否决那一在民族危难关头代表历史方向的文化群内部的封建性，及其对一个求解放的女性的冷漠与排斥。她通过这一选择向历史和社会要求着女性，以及中国人那曾经被允诺，但并未存在过的人的价值和人的自由，她以一个决然的姿态表明，新文化以来那些在主导意识形态内部潜含着、延续着的旧的历史残余，并不由于民族战争就该得到忘却和宽恕，实际上，对于女性这样一个被压抑的性别群体，它永远是压抑者的同谋，这里有的是一份敢于怀疑多数人的决定，敢于怀疑权威意识形态，敢于坚持自己选择的智勇。

萧红没有去西安，也没有去延安，而是随端木南下了。然而，也正是因了这一选择，萧红以生命为代价穷尽了历史给女性留下的最后一份可能性。当然，就个人而言，她这一次又遇人不淑。她不但又开始给端木抄文稿，又开始忍受他对她写作的讥讽（这回是当面讥讽），而且，每遇风险，她总是端木的第一个放弃物。她曾孤身一人被抛在炮火威逼下的武汉，身怀九个月身孕绊倒在船坞，无人搀扶。但更重要的是，就女性而言，她发现自己仍然没有摆脱从属和附属的身份，她再一次被当作朋友们和端木共同的"他者"。作为一个女性，她注定是被无视、被抹煞的，尽管她身边的男人相对孱弱，尽管她肩头常负着那些端木自己不愿承担的重荷。想象一下萧红临终时的情景，沦陷中的香港，炮火和日本兵践踏下的城市的一所医院，萧红气管切开，口不能言，在她生命的最后几小时中，身旁无一人守护。这难道不是一幅关于在民族的巨大灾难中绝顶孤独、绝对瘖哑的女性命运的终极象喻么？

今天，我们已无从得知萧红本人对她与端木关系的完整看法了。她生命后几年的命运或许不全像聂绀弩所说，是"被她的自我牺牲精神所累，一头栽倒在奴隶的死所"（见《萧红选集》序）。她和端木的日子使我们想到逃婚后的萧红。她彼时顺从了素来厌恶的汪家少爷，此刻则顺从了明知不能患难与共的端木，似有几分相像。也许萧红曾爱过端木，但经过武汉的遭际、孩子的流产，爱情显然已不再是使萧红留在端木身边的理由。从女性的角度看，更有可能的动机倒是一种心灵上的平静、坦然或成熟。因为萧红此刻已经穷尽了另一种可能，已经承认并接受了这铁板一块的社会中女性必然面对的现实，即绝对孤独，更重要的是，已经决定在这种孤独中活下去，并且写作。在这种平静或成熟中，与谁在一起，离不离开端木，确实已是无所谓的事情。顺从不是爱情，也不是麻木，不是屈服依赖，正如她相信萧军若在会接她出院并不意味着反悔，毋宁是一种居高临下的了悟。

萧红向历史和社会的反抗注定是一场孤军奋战。当然，假若她到了延安解放区，或许就不至于死得如此寂寞，但她那女性解放的思想和追求在乡土世界和当时当地的作家阵营中同样不会有更好的出路，除非她首先屈服——牺牲这份追求。萧红在这场孤军奋战中触动了历史那凝固未动的深层和女性的命运。只有在这个意义上萧红才是自我牺牲：她以个人的孤独承受并昭示了整个女性群体那亘古的孤独，她以自我一己的牺牲宣告了我们民族在历史前进中的重大牺牲——反封建力量的、人的牺牲；她以自己短促的痛苦的生命烛照着我们社会和文化的结构性缺损。她掉下来，一头栽倒在奴隶的死所后，才有人抬头望见，整个社会并没有一片可供女性飞翔的天空。萧红的确是"一只大鹏金翅鸟"（见聂绀弩《萧红选集》序），但她的羽翼无法将一付女性之躯载过历史的槛栏。萧红的两重世界就这样被历史割裂开来，她只能在文化、文学和想象的精神世界飞翔，而在现实生活中却被钉牢在"奴隶的死所"。萧红的两重世界也就这样切开了历史，她女性的躯体埋没在历史数千年的积垢中，而她的灵魂却书写在今天与未来的天空。

女性的历史洞察力

大鹏金翅鸟陨落了，留在天空的是数百万计的字迹，记录着这个大智勇者灵魂的翱翔和作为一个个人、一个女性对历史的诘问。一般认为,萧红的创作以1938年为界分为前后两期,前期作品包括与萧军合著的《跋涉》,以及《生死场》《手》《牛车上》《商市街》《桥》《家族以外的人》等小说和散文,后期作品有《黄河》《民族魂》《鲁迅先生散记》《山下》《旷野的呼喊》《小城三月》《马伯乐》和著名长篇《呼兰河传》。

在以悄吟为笔名发表《毛阿嫂之死》《夜风》《看风筝》等显然还十分粗糙的小说后仅仅一年许,萧红完成了她前期的力作《生死场》。于1935年底出版后震动了当时的上海文坛。当时的萧红还是一个在萧军及友人们鼓励下执笔写作不久的,作为萧军妻子兼手稿抄正人的,在某种意义上曾由萧军养活的女人,她的创作及社会生活皆以萧军为中介,因此在社会联络上和思想上都无形中处于中国30年代意识形态的边缘。也许恰恰是由于这种边缘处境,她的想象力未曾框限于生活在都市环境中知识界的几种共趋的叙事模式。也许应提一句,除去"革命+恋爱"以外,30年代小说中流行的模式还是很不少的。知识分子加深与大众的关系是一种模式,或从隔膜到钦佩,或从固守小我到摆脱自我,或放弃自己原有的环境投身革命洪流等等。农民在苦难中获得阶级觉悟和阶级反抗也是一种模式,或从安分守己转而抗争,或从愚昧顽固转而觉醒,或从盲目反抗走向自觉革命、投奔队伍,等等。还有的模式是以阶级的、社会分析的观点写农村生活的破产、天灾人祸、经济崩溃,民不聊生……这些模式显然是以马克思主义理论为指导主题的,概念清晰可见,就作品本身而言,它们现实感很强,但就历史而言,却是一种神话式的现实感,在令农民大众作为一个阶级而醒悟的描写背后,潜藏着的是我们历史主人公的匮乏。这些小说多少都带有社会学理论的材料特点,它们仿佛只是说明了理论,却不曾提供现成理论之外的东西。

萧红来自这神话之外,也生存于这神话之外,《生死场》作为一个边缘女性写作的边缘作品出现在我们面前,与那一望而知以理论为主题的作品相比,它是那么本真、原始、粗粝,它是主导意识形态神话性叙事模式之外的粗野的叙事。这粗野的叙事提供了与主流模式不甚相同的东西。

自然——生产生活方式——无所不在的主人公

首先,《生死场》着重写出了 30 年代人们已不太注意的历史惰性。全书没有以人物为中心的情节,甚至也没有面目清晰的人物,这一直被认为是艺术缺陷的构思反倒暗喻了一个非人的隐秘的主人公,它隐藏在芸芸乡土众生的生命现象之下。在这片人和动物一样忙着生,忙着死的乡村土地上,死和生育同样的频繁,显示了生命——群体生命目的的匮乏与群体生育频繁繁衍的对立,人们的生命力是强大的,尽管有"自然的和两脚的暴君",有贫穷的压折脊背的繁重劳作,有灭绝性的传染病、有刑罚、死亡和自尽,但人还是生存着。人们的生育力也是旺盛的,福发的媳妇、金枝、李二婶、麻面婆以及无数随着夏季到来变成产妇的人们,以及那出世后或活或死的小生命。但这生存和生育没有任何目的,生存并不是乐趣、感受生命并热爱生命,或有所希冀,生命只是存在。生育并不是为了"广子孙"的天伦之乐或生产劳动力的现实之需,生育甚至不是为了种族延续——后代们可以被随意摔死。生命——不是一两个人的生命而是这片乡村中的群体生命——失去了任何意义,即便是其最初的、最原始的目的也已然失落或退化。它们成了一种机械、习惯、毫无内容的自然——肉体程序,它们不再是生命,而是以生命现象显示的停顿。

这种停顿是历史的停顿。第十节到第十一节那短短的片断中的时空意象透露了这一群体生命的隐秘主宰:与自然轮回联系在一起的乡土的历史——生产方式。这也是生死场隐秘而无所不在的主人公。十年过去了,历史的年盘并未因时间的流逝有所改变,生活的内容并未改变，靠天吃饭的农业生产生活方式连同那旧童谣都并未改变。在雪地上飘起从未见过的旗子之前十年、百年、千年，这封闭的乡土的世界演出着同一幕巨型戏剧，一枯一荣的大地，麦田、果园、一季一换衣的山坡，夏季的生育与冬季的棉衣，春季的播种与秋季的麦收，人成了这幅无始无终的巨型戏剧的一个功能、一个角色。这幕戏剧在人的辛苦劳作与人的勉强的温饱之间玩弄着危险的平衡，以造成自身永不停止的轮回。群体生命和繁衍的目的就这样在辛苦劳作和勉强的温饱之间被埋没，被消弭，成为自然——生产方式轮回中的傀儡。乡土世界废弃了时间，成为永恒的轮回，而人在这轮回中旋生旋灭，自生自灭：这是怎样的一种历史写照！旋生旋灭的人众中没有一个英雄，也不可能有英雄，群体生命不能脱离这种乡土生活方式而生存，而只要群体还圈限在这一生产方式中，改变历史轮回的可能便微乎其微。在这种恶性循环中，你已分不清究竟是动物般旋生旋灭的人众造就了沉滞的生产方式，还是沉滞的生产方式造就了动物般的人众。而这种循环正是我们民族中最古老、最沉重的一部分，我们历史的惰性深层。

这一历史的轮回在侵略者的践踏下戛然而止。随着日本人吐着黑烟的汽车驶进静穆的小村，一切的一切都面目全非。麦田在炮火下荒芜，瓜园长满蒿草，鸡犬要死净，家庭生离死别，女人甚至孕妇们遭到奸污，婴儿遭到杀戮。没有了一年一度的春种秋收，没有了五月节，没有了繁忙的生育，甚至没有了坟地的野狗。在侵略者铁蹄下，演出了几千年的自然轮回的生产方式巨型戏剧宣告结束。"年盘转动了"——这首先意味着那一无所不在的隐秘主人公——乡土的历史的失败和走向死亡。乡土历史之死是悲壮的，而且，正是这将死的历史赋予蚊子一样的愚夫愚妇们一种崇高：他们那惊天撼地的盟誓，那刺向天空的大群的号响，不也是对巨型戏剧幕落的宣布么？

无怪乎聂绀弩说，《生死场》写的是"一件大事，这事大极了"，大得超越了阶级意识，超过了农民的觉醒与反抗，超越了30年代农村小说的表现视域。她写的是历史，是我们民族历史的性格和命运，是我们民族大多数人众几千年来赖以生存的自然——生产方式和生活方式的惨败和悲剧。这一悲剧来自一个由外来民族入侵带来的世界性的视域。

在苦难中倔强的王婆固然觉醒了，好良心的赵三也觉醒了，就连在世上只看得见自己一只山羊的二里半也站起来了，但在这乡土大众的觉醒背后，已暗含着萧红对历史的甚至可以说对农业文明的一种估计，一种质疑。她至少没有回避这样一个矛盾：乡土大众——中国最广大、最贫穷的人众如何生存是一个问题，而乡土生活是中国最普遍、最落后的历史惰力，这又是一个问题。相比之下，30年代大批反映农村经济凋敝、社会矛盾、阶级对立、农民反抗的小说，似乎都没有达到或回避着这一乡土历史的、农业生产方式的、文明的悲剧和矛盾，这些小说通常以农民阶级意识的觉醒反抗作为中国历史前进的出路，这其中包含的历史估计无形中掩饰着在现实中不可调解的矛盾。在这个意义上，《生死场》提出的是30年代主导意识形态所忽略的问题。

另一种乡土人众

与对历史的估计相应，《生死场》另一个引人注目之点在于继鲁迅之后延续了对国民心态的开掘。不过在《生死场》中，国民灵魂的探讨对象已不是个人，而是以乡土大众的形象出现的群体心态。自然，唯其是群体，才与惰性的乡土生活方式完全相应。这里也显示了萧红对农民人众的一种估计。

在《生死场》中，大体可以归纳出与乡土生活样态相应的三种群体心态。一是与乡土自然生产方式相应的动物性心态。这种动物心态与在自然轮回中生命目的的泯灭俱来。他们的欢乐是动物性的，除肉体的欲望外没有愿望，他们的痛苦是动物性的，只有肉体的苦难而没有心灵的悲哀，他们的命运是动物性的，月英的病体成为小虫们的饲宴，而孩子们的病体成为野狗的美餐，他们的行为思维、形态也近于动物，他们像老马般囿于习惯而不思不想，秋天追逐，夏天生育，病来待毙。这动物性的人众有头脑而没有思想，有欲望没有希望或绝望，有疼痛没有悲伤，有记忆而没有回忆，有家庭而没有亲情，有形体而无灵魂。第二种，是与乡土社会生活相应的非政治、非文化心态，不妨称非主体心态。《生死场》描写了一群生存于一个隔绝于政治、文化层面之外的社会圈，隔绝于政治、胡子、革命党和以五寸长的玻璃针、橡皮管、药水的西洋医病法的人众。文明信息的匮乏使人们丧失认识力和主体感：这里没有判断，不需要判断，没有选择，无必要选择，没有好恶，无可好恶。二里半在世界只看得见自己的山羊，赵三们只看见了加租的恶祸，但终究因了好良心，恶祸也不可恶了。因为没有判断、选择、好恶，《生死场》描写的乡土社会生活是没有主体的生活，大多数人没有像主体一样的行动，相反，他们是被行动的，不仅被自然、被欲望，而且被历史、被传统、被因袭的观念、被他人——行动。他们只能反应。固然，在这动物般的、奴隶式的心态层面之外，也有苦难中的倔强，有对生命的体认、选择和拒绝（譬如王婆），有属于人的心态，不过，在乡土人众中，"人"一般的直立者是十分罕见的，直到在侵略者铁蹄下死灭临头时，麻木人众的耻感和悲愤感才第一次觉醒，才如"人"一样站起来，尽管是那么不健全。

《生死场》揭示的是我们民族最大的利益集团——乡土人众的群体心态弱点。与30年代作品流行的模式——农民从昏睡到觉醒不同，萧红笔下的人众之所以昏睡，不是由于他们没有政治思想和社会眼光及对自身所处的阶级的自觉，而是由于他们的生存样态尚未剥离动物阶段，他们的心理结构尚未进入主体阶段，而这一切，与历史轮回的自然环境和生产生活方式密不可分。由于昏睡的性质、层次不同，他们的醒觉也便与多多头、老通宝、奚大有……不同，后者的觉醒是在"丰收成灾"等社会变迁中抛弃了以往坚信的生活信念和习惯，走上了阶级觉醒的道路，他们的醒觉是政治意识或政治意义上的昏睡和醒觉，而《生死场》中的人们却必须首先经历从动物到人，从前主体非主体到主体的过程，他们需要从无信息到有信息，从无耻感到有耻感，从无悲无喜到有悲哀，从被选择到选择的过程。他们的醒觉是人的醒觉，主体的醒觉。这两种醒觉的区别是有原因的。固然作者所描写的地域有别，茅盾们描写的农村是社会分化中的农村，而《生死场》的农村是被侵占的"乡土"，但最主要的原因，恐怕还在于写作的意图的差异：写谷贱伤农的反抗也罢，丰收成灾的反抗也罢，天逼人反也罢，都是旨在写农民作为一个被压迫阶级终将成为推动我们历史的主人公，即我们历史"正剧"的主人公；而萧红写群体心态、国民灵魂，悲悯也罢不能悲悯也罢，所写的却是我们历史"悲剧"的主人公。换言之，萧红对乡土灵魂的估计是复杂的。乡土大众确实悲壮地觉醒了，但并不意味着径直走向了无产阶级大众革命的明天。不妨注意一下《生死场》对大众的处理与《水》《田家冲》《星》的不同。曾经以枪口对准心窝号啕盟誓的、已经组织起来的群体骤然集聚，又骤然松散了。群体本身并未继续走向自觉。甚至"群体"能否成立都是问题，因为王婆与金枝，和金枝母亲的世界各自不同，赵老三与李青山、二里半、平儿对时代的感受也各个有异，吃爱国军饭者与投入民革命军者的选择又是那样偶然。在《水》中，历史只是一个顺延的转折，从压迫到反抗，从绝望到希望，而在《生死场》中，历史脱臼了，历史轮回的戛然而止，究竟是我们历史前进的希望，还是悲哀？要成为英雄，成为30年代流行的大众英雄和具有求解放阶级意识的英雄，这些脱臼出来的乡土人众还要拖着不健全的腿，从那结束的轮回、那结束后的空白向着无产阶级大众革命的大道走多么远！萧红确实无从悲悯她的人物，他们的苦难不是她悲悯得了的，但她也没有仰视他们，在她的视界里，他（它）们与她同一地平线——他们与她都生存于神话边缘，并向着这一神话发问。

女性的眼睛

《生死场》对历史的思索、对国民灵魂的批判，竟发自一个年轻女性的手笔，这引起人们的震惊。然而，这也许倒是并非偶然的，在某种意义上，《生死场》那超越了主导意识形态模式的历史洞察力与她后来在女性生活道路上向历史和社会惰性的挑战是有内在联系的。写作《生死场》时刚刚二十二三岁的萧红固然在人事方面还很单纯，但由特定的经历形成的敏感与胆气却已不会轻易屈从于人所公认的信念。否则在后来生活道路选择上的大胆或许便很难理解了。当然，这里并非说《生死场》之所以对 30 年代小说模式有所突破是由于作者的女性身份，而是说明，她那份思索、感受、表现历史和乡土人众的洞察力与她后来对"阵营内"女性处境的敏感来自同一个角度、同一种立场——主导意识形态阵营的边缘，甚至是主导意识形态的盲点。这种边缘化的角度并不就是女性角度，但在当时情况下，它包含了女性角度。

那么，作者的女性身份给作品带来的特点是什么呢？萧红的创作似乎与 30 年代左翼阵营中的大部分女作家不同，她始终没有像白薇那样以女性为表现内容，但也并不像丁玲转变后那样彻底放弃女性自我，在她对历史和乡土生活的洞察中，并没有丧失女性的眼睛。事实上，正是女性的洞察力和由女性感受而形成的想象力带来了《生死场》特殊的艺术构思。

《生死场》的主题是通过生与死的一系列意象连缀成的。其中生育行为——妊娠、临盆——这些女性经验中独有的事件构成了群体生命现象的基本支架。在萧红笔下，这些事件是有特殊解释的。在《菜圃》《刑罚的日子》等节中，女性生育被描写成一种纯粹的肉体苦难。生育，做母亲并不带来她们精神心理的富足，这份既不是她们所能选择又不是她们所能拒绝的痛苦是无偿的、无谓的、无意义、无目的的。这使我们想起萧红的第一篇小说《王阿嫂之死》，其中妊娠与生育也是一场无谓的苦难，甚至是死亡。这更使我们想起萧红本人亲历的事件，她的第一个妊娠和生育，那留给医院做抵押的第一个孩子的出世，不也是这样一种无偿无谓的纯肉体的苦难经历么？正是这种象喻意义上的，或许与作者女性经验有关的妊娠和生育成了作者透视整个乡土生命本质的起点，成了"生"与"死"一系列象喻网络中最基本的象喻。确实，没有比这种无偿、无奈、无谓、无意义无目的的纯肉体的苦难、那死一般的生育更能体现乡土社会群体生命目的的匮乏了。

女性的经验成为萧红洞视乡土生活和乡土历史本质的起点，也构成了她想象的方式，当萧红把女性生育视为一场无谓的苦难时，她已经在运用一种同女性经验密切相关的想象——象喻、隐喻及明喻。这倒不是说隐喻明喻是女性独有的想象方式，而是指她自身经历而言。作为一个女性，萧红从女儿到女人的道路中有着太多不堪回忆而又不可磨灭的东西，它们作为一种不可弥合的创伤记忆大概只能以象征形式出现，也只能以象征、联想的方式去回忆、表现和宣泄。不用说，这种象征与联想是萧红最为熟悉最为亲切的一种符号方式，因为它与她女性的心理历程相关，甚至是维持心理平衡的一部分。这种象征与联想虽然不是女性的标志，但却成了萧红女性经验与群体经验相融合的一种方式，也是女性自我与世界相处的一种符号方式。《生死场》正是这种源自女性心理的符号手段的扩大化和社会化。因此，它最意味深长的意义是以象喻形式表现的，动物性是一种象喻，历史轮回是一种象喻，不健全的腿是一种象喻，而不是以社会公认的小说学、人物、情节、客观的细节描写来表现。没有这种象喻联想，萧红可能就无法表达她感受最深的东西，无以在这样一部描写民族群体经验的巨大故事中投入并确立她的作家自我。无妨认为，象喻联想，是萧红那已然掩盖起来的女性自我通往这一中性社会的一条信息通道，是可以穿过女性目光的一个窗口。或许正因此，这种小说写法与当时主流小说相比才显得处于边缘、不完熟或不入流，但也正多亏有这样一种通道和窗口，有这样一种叙述描写方式，《生死场》的内蕴才如此力透纸背，我们才在《生死场》中看到发自女性的这样丰富、尖锐、深刻的历史的诘问和审判，以及那对历史的及乡土大众的独特估计。

彻悟与悲悯

抗战爆发后，萧红的精神生活面临着双重危难，民族生存的危难和女性—个人生存的危难，而且，这两重危难是交织互迭的。作为一个女性，她比同一阵营的男性友人们更直接地承受着封建历史那依然故我的滞重，因而也不像他们那样易于忘却这份依然故我的滞重。她的敌人不仅仅是日本侵略者和中国的统治阶级，而且还包括存在于人们头脑中和生活习性中的旧观念等历史沉积物。那种作为男人从属物的屈辱的女性的处境使萧红对中国历史的过去、现在、未来有一份并不像男性友人们那样乐观的，因而也更清醒的判断。在外族入侵，全国掀起抗日热潮的大时代面前，历史的惰性从人们的眼睛中消失了，但并未在萧红的生活现实中消失，相反，愈是民族危亡时刻，它反而益见沉重，它毕竟是古国文明在外族入侵下面临危机的内因。历史的惰性结构与外侵摧毁力量的内外夹击，形成了一种民族的与女性共同的绝境。

但是这一份唯有自由女性才会感受到的滞重的痛苦以及女性对历史的观察在这样的时代注定没有位置，尽管它有它的真实。生存危机中的群体需要的不是怀疑，甚至不是真理，而仅仅是信念和意志。在这悲壮的大时代，萧红的思想是孤独的，一如她在爱情和生活上的孤独。于是，萧红便在这悲壮的大时代，以个人的身躯承受着历史的滞重，以个人的孤独承受着民族理性的孤独。

从这个角度为理解萧红后半期的创作提供了一条线索。譬如，她必然深切地怀念着已逝的不妥协的历史批判者鲁迅，必然会如此强调要发扬鲁迅精神。再譬如，后半期的几部重要作品《山下》《旷野的呼喊》《小城三月》《马伯乐》何以会充满早期作品所不曾有的坚忍、含蓄、冷静和郁闷。正如不少学者已经发现的，苦难——这个贯穿萧红所有作品的主题已从肉体的、生态的外放疼痛转化为精神不可外放的苦闷。她在抗战高潮初起时写作了《民族魂》这样爱国主义和抗日主题的作品，但后来却不再选择这类题材，而把笔矛伸向抗日的时代激流表层下那凝滞迟缓的潜流。

当然，最能代表萧红思想发展的还是后期代表作《呼兰河传》。《呼兰河传》是继《生死场》后的又一部历史反思作品，看起来，《呼兰河传》似乎退到了《生死场》之前——作者童年的回忆，但在某种意义上，它却是《生死场》的续篇或重写。作为续篇，出没在《呼兰河传》中的历史形象已不再是《生死场》中那个自然生产方式的轮回，而是死水式的社会病态的文明的因袭，出现在《呼兰河传》中的国民灵魂也不再是动物性、非主体的乡土人众，而是无意识无主名杀人团式的群体，出现在《呼兰河传》中的希望也不再是某一个危机引致的大众觉醒，而是某种未被这文明社会所淹没的生命力。《呼兰河传》是萧红在她生命最后几年里对毕生经历和思想的凝聚。

《呼兰河传》一开篇便是《生死场》主题的复现——由春夏秋冬的无尽变异与小城生活同一内容的周而复始所体现的轮回。当然，有着十字街和东西二道街和无数小胡同的呼兰小县城已然不是以土地天时为衣食的纯自然形态的乡土地域，但它却照样体现我们乡土文明的特点——人对土地自然的依附或土地对人的囚禁。如果说《生死场》还不过是写出了生产方式——农耕劳动中人对自然的人身、肉体、心理上的依附，那么在《呼兰河传》中，这种依附已然变本加厉地扩展为一种文明和文化，一种以人对自然的依附为前提，又以人对自然的依附为目的的、自觉的、至少是自律的文化。可以说，正是由这并不与土地直接发生关系的小城生活中,你才可以看到中国古已有之的文明传统怎样源自人对土地的依附,又怎样维护着这份依附关系。请注意一下,东二道街上那令人难忘的大泥坑的象征意义:人们想出种种办法制服这个泥坑,克服这泥坑带来的不便,而每一种制服办法都不过是回避,根本没有人想到用土把它填平。甚至也自以为从这泥坑获得了许多好处乐趣,创造了许多故事谈资。这并非愚昧,也并非懒惰,而是臣服自然,依附自然的文明所特有的思维方式和想象力,所有的思考、反应、行为、结果都不过是对天造的泥坑、对自然环境的顺应、臣服的方式。这在某种意义上,人臣服、顺应、依附于天地,是乡土文化发生发展的动力。然而,这还算不得乡土文化的精髓。更重要的是,这种以人对自然的依附为代价的文明一经建立,便立即扼杀着一切不肯依附的东西。人对自然、土地、环境的臣服依附从文化的前提成了文明的准绳、律令和核心。呼兰河人那些精神的盛举(即对鬼神的各种祭祠)所包含的内容,无非是崇仰天地鬼神而贬抑人的自主性,这些仪式本身就是强化人对土地依附关系的仪式,自然,这一文化容不得任何对此依附性稍有不恭的东西,就连并非古已有之的大泥坑淹死人,也被视为是自然之神对那些不恭者如学校、读书求学者的报应。这一文化也容不得臣服者和依附者们怀有二心,譬如不容人们关注活人、热爱生命、同情不幸、尊重个性。不幸者们最好被划归异己,视作傻子疯子。这文明下的心灵是不育的,小镇的生活几千年如一日,单调无奇。时间似乎死去,生老病死,事件发生,事件终止,不会在心灵上留下任何痕迹。这文明下的社会铁板一块,不容分毫差异,小镇的社会永远靠着因袭的观念来维持一统,排斥异己,小团圆媳妇若不像个团圆媳妇,若不像十二岁,便无以生存,甚至死后的阴间也与阳世同一。最后,这文化也容不得任何戳穿其依附性本质的行为,吃瘟猪肉可以,说瘟猪肉便要挨打,直到打得不再言语,于是,人便永远只能是臣服者、依附者和"一切主子的奴隶"。

　　这样一种由中国特有的农业生活养育起来的又养育着中国农业生活的文化，是萧红找到的又一历史惰性之源。

　　与这一思索成果相关，萧红对国民灵魂的观察与《生死场》时期相比也有了相当的变化。同样是群体，《生死场》那麻木的一群似乎仅仅是历史的受害者，萧红写的是他们可悲可同情的一面，而《呼兰河传》的一群则要复杂得多，萧红注意的是这些麻木群体对历史的停滞应负的责任。他们确实是奴隶，是非主体，甚至也是动物性，也不怀恶意，但这些非主体一旦被置于文化的主体位置上，置于社会生活的中心，便立即会成为"不怀恶意"的残忍的暴君奴役者，小团圆媳妇不就是死于这些人无主名无意识的群体谋杀么？确实，如果国民觉醒仅仅意味着在外来侵略者打破旧的生活轨道后，从动物走向人，从非主体变成主体，那就未免太简单而理想化了。《呼兰河传》表现出的国民灵魂的麻木还不仅仅由于"动物性"，人不仅仅是自然和一切主子的奴隶，作为奴隶，他首先是一切主子的效仿者，是一切主子信条的执行者，比一切主子有过之无不及。在三四十年代探讨国民劣根性的作品中，在继鲁迅之后的现代文学史上，还很难找到像《呼兰河传》这样深刻地揭示国民群体无主名无意识杀人团本质的作品。有这样的扼杀人的文化，有这样无主名无意识杀人的群体，中国的历史便只能紧紧地、愈来愈紧地捆绑在轮回之轮上，坐以待毙，丝毫不可挪动半分。

　　这样一种以依附、臣服为宗旨的文明，加上这样一群无主名无意识杀人的群体，补充、修改着《生死场》所描述的由自然生产方式带来的历史命运，这命运几乎是一种宿命：在日本侵略者铁蹄下爆发的民族生存危机在几千年以前，在龙王爷、娘娘庙和礼教出现之日便已奠定，中国人在遭受日本侵略者杀害之前，便已然在文明内部被自然和一切主子及一切主子的奴隶们杀死过了。正如钱理群指出，《呼兰河传》时期的萧红以自己年轻的女性之躯跋涉过漫长的道路，以自己女性的目光一次次透视历史，之后，终于同鲁迅站在了同一地平线，达到了同一种对历史，对文明、对国民灵魂的过去、现在、未来的大彻悟。如果说这一份思考使五四时代的鲁迅发出了清算历史的呐喊，那么40年代，在民族战争炮火中颠沛流离的萧红则透过这一份彻悟获得了某种沉静。"个人算什么，死又算什么？"这正是彻悟之人对自身遭际的超然的从容。在历史的命运之前，无须呐喊，无从呐喊，呐喊了也无人倾听，无须感伤，无可感伤，代替呐喊和感伤而升起的是一种平静、坦然和一份巨大的悲悯，悲悯这样一种不可更改的历史中那些曾经挣扎，还在挣扎的人们：悲悯那"黑乎乎笑呵呵"小团圆媳妇，那"响亮的"王大姑娘，那可笑的、可怜的有二伯，值得尊敬的冯歪腿，悲悯那慈祥、童心不泯的老祖父和填补他晚年寂寞的小孙女，那绚烂纯真的后花园的老主人和小主人，那一份难得珍贵的温暖和爱，悲悯距死亡仅仅两年的萧红自己。

这便是《呼兰河传》为什么有那样夺人心魄的美——那种如风土画、如诗如谣的叙事风格。在韵律和基调中，蕴含的正是与大彻悟相伴生的坦然、平静和巨大的悲悯。说到底，萧红这份像自传而又不仅是自传的作品，表现的不仅是一份怀旧的心绪。怀旧不过是一种彻悟后的悲悯形式，在40年代那悲壮的时代，萧红确实带着含泪的微笑回忆寂寞的小城，但这却是由于她那时便已然能够站在历史的今天悲悯人，这恐怕是茅盾始料不及的。在这个意义上，萧红又一次证实了她作为大智勇的探索者的胸襟。

《呼兰河传》时期的萧红，女性思想已然成熟，但却没有像抗战时期其他女作家那样去写女性，写自己，女性的萧红自我依然留在一片沉默中，她女性的声音封锁于历史凝滞不动的深层。这一时期她的经历和感受成了后人之谜，成了女性生活记载上的一页缺憾。但在萧红，这也许是一种更大的选择的结果，而这一选择或许也与对历史的大彻悟有关。女性的命运乃是历史的命运，女性的结局在这一历史中是早已写出的。唯一未曾写出，而男性阵营们又无暇或无力去写的东西，乃是这淹没了女性、个人的生存的，注定了女性、个人的一切故事的历史本身，而这，正是萧红选择去写的东西，也是萧红与同时代女作家及男作家的根本不同。你不能不说，这是那时代女性给历史提供的一份不可多得的贡献。

第三部分

（1937—1949）

〈第三部〉

（1961～1983）

第十二章 四十年代：分立的世界

随着日本人轰开中国华北平原门户，鸦片战争以来便一直隐隐悬置在中国人民头上的那柄民族沦亡的命运之剑，终于震落在大片国土上，对于20世纪30年代就已面临着潜在历史出路危机的中国社会而言，对于陷入殖民地型都市和传统乡土两大板块之间进退两难的民族群体而言，这场巨大民族灾难的直接恶果之一是，它干脆剥夺了中国人自己选择历史出路、哪怕是象征性选择的余地。生死不卜的民族群体除了引颈受戮之外，只剩下唯一一种行动可能，那就是赶走侵略者，重建民族的生存环境或不如说生存前提。

不过，对于利益已然根本冲突着的，在现代史上已然扮演着对立角色的各种群体——政治力量来说，这一行动当然有不同的意义。于是，随着日本军队在中国本土的长驱直入，沿海城市的转瞬失守，国民党军队的抵抗无能，大批人口、工商业企业的迁移流亡，不仅刚刚汇成高潮的全国抗战热情跌落，而且，中国社会的政治、经济、文化结构以及作家群体也出现又一次大的重组分化，由此划定了中国现代史第三个十年的社会特点及文化特点：那战争刚刚掀起帷幕的一瞬间出现的愤怒、激情与骚乱渐渐深化后，逐一清晰地展现在我们面前的是并存于同一历史时间维度中的不同社会空间——在政治、经济、文化上都面貌各异的三大地域：国统区、根据地—解放区、沦陷区。它们分别、也共同昭示着各种历史问题汇集在这一时刻所形成的民族群体的三重命运，三重互相联系互为因果的命运，自然，也包括历史的各种因素汇集而成的女性的命运。

很难一语说清那些从家庭反叛出来的女儿，那些"在黑暗中"的女人，那些隐形于战场乡土的性别意识，那被群体、总体压抑的只能于反思中存在的性别自我，在这场民族灾难中走向了哪里。女儿到女性的精神传统，连同女性的社会生存被这三个空间所分割，三者赋予女性及妇女的地位和意义有着相当的差异。这些差异仿佛是一个故事的三种潜在结局，尽管最终的结局操纵在历史掌心，但我们却因此而获得了判断的可能性。

一、主导话语阵地与解放区

民族新生抑或寒夜？

并置于这一历史瞬间的三个空间形象中，最能体现民族内外危机的种种压力和张力的，要算国统区。这里聚集着现代史以来全国政治、经济、文化的中心力量。抗战爆发初期，全国上下的爱国热潮曾使不少知识分子相信，通过这场战争，这场生与死的抉择，将会给民族的命运带来转机。但是，随着战事的深入，国统区却呈现出一派与这种期待完全相反的现实。战争的压力透过掌握政权的官僚买办集团倾泻到社会生活的各方面。国难当头，民族危难，愈发使这个只知牟取暴利权势而无力调动社会生产力的统治集团的反历史性暴露无遗。被从产销方面扼住咽喉的民族工业、被统治政策乃至苛捐杂税挤迫得倒闭、减产、萎缩的商业和手工业、被通货膨胀折腾得民不聊生的都市下层，在半官半商、亦官亦商的新式封建地主手下讨不出生路的农民，连同在出版审查、监狱枪弹高压威迫下的知识分子、文化界，虽然远离战争前线的生死搏斗,却更深刻地感受着在这一残暴政父统治下,民族与历史的无望与黑暗。

这样,民族危机和政治黑暗使国统区知识分子们在某种意义上承受着五四新文化先驱们那种"铁屋子"中的醒觉者的痛苦。当然,如果说鲁迅所忧虑的是要否和能否唤起这一屋沉睡者,那么,国统区知识分子们却似乎宁愿抉择怎样打破这铁屋——在想象中。实际上,这正是国统区文学中十分常见的一种写作冲动。多数左翼作家大约都是以写作去揭示一切"新的和旧的痼疾,一切阻碍抗战、阻碍改革的不良现象"(沙汀语),至少,也是在"寇氛日深,民无死所"的国难时期,"心如火焚",要以"文学唤醒国人","鼓励民气"(张恨水语)的。于是便有了《华威先生》《在其香居茶馆里》《腐蚀》《还乡记》《升官图》《捉鬼传》《马凡陀的山歌》《长夜》乃至《猫城记》《八十一梦》《五子登科》。难怪国统区文学最引人注目的现象便是暴露黑暗的创作,那是知识分子们以一种更具侵犯性的形式对抗充斥在社会生活各层面的新的和旧的弊病,以及反动制度、反动统治者的昏庸腐败。

国统区文学中的这一潮流,比较20年代末无产阶级革命文学的呐喊及30年代描写大众的苦难觉醒的左翼传统略有不同,它对执政者具有政治舆论上的"毁灭性"。似乎在这一代人心目中,"铁屋"是具有明确政治所指物的。暴露黑暗的主题、那反面官僚们的群丑图、那讽刺、讥喻、影射等粗鲁尖刻的体裁、手法与形式,以及那种冷冰冰的、报复现实的"毁灭性的笑",都不仅是现代文学史上"侵犯性文学形式"的集大成,也是政治性文学的巅峰。文化领域内的这种反政敌的"施暴"确实收到了预期效果,在现实社会中肆无忌惮、滥施淫威者,在文化舞台上不过是无威可言的伪君子、卑鄙龌龊之辈及衣冠禽兽。在某种意义上,现实社会中的统治者从形象到观念都是文化中的被统治、被贬斥者。

不过,也许应该注意,国统区的这一代知识分子与新文化先驱鲁迅之间有一种观念的差异。对民族历史怀有深广幽愤的鲁迅似乎并未确信囚禁着民族生命的"铁屋"经过一场动乱便可以打破,对于他,这铁屋意味着太多的东西,几乎是我们历史的全部惰性。而国统区的"醒觉者"们却显然相信并宣扬抗战对于民族改造的意义,似乎推翻一个统治者便可带来一个全新的社会。这其中,是否小窥了建设新社会所需要的经济、文化基础及意识形态改造的艰难性呢?事实上,国统区大批富于政治战斗力的作品,不久已成为自30年代便流行于左翼思想界的"社会革命"伟大神话的一部分。其"神话性"倒不在于指出了统治集团的必亡性,而在于,它们把近代以来深植于历史、生产方式、文化、群体素质乃至自然环境的民族危机,以及接触西方文化而身处中国现实的好几代知识分子的焦虑,统统寄托于一个政治层面,寄托于政治上的想象性缓解。这种神话的简单之处在于,它的最终结果只能是以一个光明的、善的政父代替黑暗的、恶的政父(这一点在《第一阶段的故事》《腐蚀》以及许多其他作品中都有所暗示),而对历史的惰性之源未有丝毫触动,也不作任何揭示。

说起来,这种由大众神话到政治神话的一脉相承是很自然的。确实,自鸦片战争以来,自"公车上书"以来,一代又一代民族精英们的奋斗都未能将现实改变过多少,人们未能创造一个富强、先进的国家,未能摆脱被列强瓜分的命运和东亚病夫的耻辱,甚至也未能发展资本主义或改造国民灵魂。然而似乎唯一能够改变的便是政权,是政治和权力结构,这或许就是中国这片亘古不变的土地上政治舞台风云变幻的常规比数,也是政治这片领地、这个舞台的吸引力所在。只有政治权力结构有改变的可能性。对于陷入历史和文明夹缝偏偏又面临民族战争的一代人而言,再没有比政权的重建和权力结构的变换更能唤起他们对未来生存之信念的了。只不过,在他们真诚地在生死存亡关头创造着那个精神支柱式的政治神话,并依仗于这一神话所庇护的社会力量时,忘记了至关重要的一点,即,按照五四时期那民主与科学的呼唤、那少年中国的允诺，他们的任务并非仅仅为推翻一个政父助声呐喊，而倒是应该将矛头对准那占据了古往今来所有历史扉页的政父统治结构本身，对准老大中国那滋生着这种专制结构的土壤；那生产方式的历史轮回，那失去了时间感的文化积习，那斩不尽杀不绝的封建意识形态。

也许可以说，"大众革命"的神话愈是上升到政治层面，愈是说明我们现代历史那告别老旧中国，进入少年中国的过程陷入尴尬。日本人的长驱直入就更不是一般的灾难，在这种情况下，倒是神话圈外的一些知识分子多少感受到这种令人绝望的历史现实，并将其表现到纸上。国统区文学中有一批作品隐隐传达了对近现代以来迟缓的历史脚步的失望、慨叹与再认识。路翎谈到他的长篇《财主底儿女们》时明确说："我所检讨，并且批判、肯定的，是我们中国底知识分子们的几种物质的、精神的世界。这是要牵涉到中国底复杂的生活的，在这种生活里面，又正激荡着民族解放战争的伟大风景。"（路翎《财主底儿女们·题记》）而探讨中国知识分子的世界，为的是解答"在目前这种生活里……在这个世界上，人们应当肯定，并且宝贵的，是什么"（路翎《财主底儿女们·题记》）。确实，中国知识分子既是现代史的产物，又是现代史和新文化的发轫者、推动者。现代知识分子在"五四"以来的道路和出路，是我们历史进度的试金石。正是从知识分子与历史、与社会的关系中，巴金体味到寒夜的漫长，路翎体味到"高举灵魂呼喊"而应者寥寥的悲慨。纯正的知识分子在中国的出路，个性、科学事业、知识本身在中国的处境和出路，这大约是国统区以知识分子的自我反省（也是社会历史反省）为题材的文学作品不约而同地涉及的问题。如果说沙汀们在抗战中看到了民族改造的机会，那么，巴金们却从渺小读书人在寒夜中的生存中看到了五四时期一度辉煌的价值观的历史性毁灭——个人、人性乃至知识分子自身价值的历史性泯灭。从《万世师表》中的林桐到《岁寒图》中的黎竹荪，从《寒夜》中的树生夫妇到路翎笔下的蒋纯祖，虽曾"举起灵魂呼唤"，但都"无路可走"，"不知到哪里去"，虽则"岁寒知松柏"，但"夜确是太冷了"，虽则有伟大的抱负，但这个社会不改变，是不可能实现的。从"五四"到抗战，二十年过去了，树生这位当年子君的精神姐妹被神话抛下，蒋纯祖这位财主的最末一代逆子抛弃了神话，于是他们面对的仍是同一所铁屋，即便原来那座倒了也还会有座新的。他们也便永远感受着同一份"醒觉者"面对自己死亡的孤独与痛苦，至少，他们的作者如此。

《寒夜》《第四病室》《岁寒图》《财主底儿女们》寄寓的便是这样一种悲慨和沉痛，在某种意义上，它们与萧红的《呼兰河传》可以连缀为一篇对于历史、历史中的个人、"少年中国"的命运的有分量的反思。而这些作品对于中国的过去、现在与未来的描述，对于中国生活方式及其根源的描述，对于中国历史惰性所在的描述，恰巧展示了政治神话所掩盖的那些方面，那些视点。也正是从这些描述中我们知道了女性的命运。确实，"醒觉者"尚且在这样一个绕不出绝境的历史中丧失了价值，"人性""个性""少年中国"尚且找不到出路，何况与它们相伴生的女性？

当然，按照意识形态神话的思路，女性面前是早有一条阳关大道的。郁茹的中篇《遥远的爱》便表现了一个女性走上这阳光大道的过程，那便是放弃乃至鄙弃个人，"全身心贡献给民族"（茅盾语）。不可否认，当时的社会现实中可能确实有千万个这样的女性，但这并不能否认，在当时流行的观念中，个人、女人、幸福……是与群体的明天不相共存的。罗维娜正是在一次次地洗却了原有的个性及女性立场，才被允许进入神话叙事，成为一个"赶上了时代的主潮"的"昂首阔步"者（茅盾《关于〈遥远的爱〉》）。很难说这究竟是女性的胜利抑或女性的失败，是女性的坦途还是女性的绝路。这一点，或许可以从解放区这片明朗天空下的女性命运得到反证。

亚细亚生产方式之善

作为一个与国统区相对立的社会空间，解放区被视为一个光明之国。或许可以说，在中国社会出路危机与民族危机交叠的黑暗时刻，解放区政治、经济上都愈来愈代表着当时中国特有的一种历史出路。新的革命政权并未创造一种与老旧中国迥然相异的新文明，但却创造了与历代帝王及官僚买办集团的统治迥然相异的新社会，一个充满新的土地关系，新的所有制、新的阶级关系，新的家庭、亲子、男女关系的新型乡土社会。它并没有在能源、资源、机械生产资料方面改变亚细亚式的乡土世界，但在有限的自然地理条件和特定的生活方式下，通过改变政治权力结构、改变人与社会的关系而尽可能地调动了农业生产力。如果说官僚买办政府在灭绝一切社会生机方面成为历史最大的恶，那么，共产党在农村建立的这种新的社会秩序，由于创造了民族生存的条件而不能不说是历史的善了。同样，如果说国统区的现实结构和意识形态结构已然阻绝着女性群体的历史及文化出路，那么，解放区的土改和破除乡村封建势力的政治，却在救赎民众命运的同时，给了女性一个翻身的机会。

如同五四时期的文化重组势必借用妇女这柄解构封建父权统治结构的钥匙一样，解放区政府在重建新的乡土社会制度过程中，也必然倚重那些原来处于奴隶地位的群体，妇女便是其中埋藏得最深的一群。在现代史上，妇女解放问题曾两度成为具有全社会意义而不仅是女性自身意义的问题，一度是为五四，一度则为解放区。虽然，解放区的妇女解放与五四时代的最大不同在于，它第一次从政治、经济而不是从文化心理角度肯定了男女两性社会地位的平等，妇女有史以来第一次有了与男人一样的经济权力和政治—社会价值。从鼓励妇女离开锅台下田劳动、男女同工同酬，到提倡婚姻恋爱自由乃至妇女工作协会及各项妇女工作机构的确立，男女平等成了解放区新的社会总体秩序的一部分，成为一种制度。正是这种制度化或不如说制度性的男女平等关系中，产生了我们今天女性的生存方式。自鸦片战争封建帝王父权结构松动以来，自秋瑾等女性豪杰以来，中国女性第一次甩脱了几千年的无从逃脱的被杀、被吃的处境，她们终于不再理所当然地承受任何人对她们经济和人身的虐待，她们告别了祥林嫂式的命运：冻馁街头，五花大绑地抬到自己不愿去的地狱，被父兄家族像牲畜一样卖出去，强奸式的婚礼以及无偿的奴役和侮辱。她们解放了。

无怪乎在萧红抒写着呼兰小县城中在巫术、"无主名无意识杀人团"的婆婆及围观者手下的小团圆媳妇的献祭时，解放区的作家笔下的妇女，几乎清一色地在晴朗天空下欢欣、再生。农村女性成了解放区人民身心生活巨变的最充分的体现者。这时期优秀的文学作品，如孔厥的《受苦人》、歌舞剧《白毛女》、赵树理的《小二黑结婚》、李季的《王贵与李香香》，以及孙犁的《荷花淀》，都或多或少运用这一主题，通过这一角度而记载着解放区人民身心生活的巨变。于是，继祥林嫂代表的可怜麻木型女性与"为奴隶的母亲"所代表的英雄地母型女性之后，出现了第三种劳动女性，那就是喜儿、小芹（《小二黑结婚》）及《荷花淀》中的那些妇女。她们的形象含蕴了一种全新的女性观：她们体现新的社会价值（有政治觉悟、反封建、苦大仇深），体现新的农民道德（勤劳、朴实，富于反抗精神），体现新的女性美（坚贞、活泼温柔、感情含蓄），甚至体现新的性感美（健康而不失女性味的形体）。这些，成为后来延续了不短一段时间的农村美好女性形象的规范。

然而，从另一方面看，解放区妇女解放作为一个文化命题，在某些方面又似乎忽略了五四以来已然被触动的女性生活更细微的层面，诸如自我、心灵自由，及这自由与婚姻的关系，等等。五四女性以冲出家庭、恋爱自由为始点来争取个性、意志、自我价值的解放，这种解放以娜拉出走后的经济问题为终点，而解放区女性则以制度上的经济自主为始点，摆脱了肉体虐待的命运后，以自由恋爱为终点。解放区女性在生活上比五四知识女性幸运，她们不必面临经济上无法生存后，或投降或毙命的窘境，但她们在精神和心理上却没有达到五四女性的主体高度。她们无从言说也无从怀疑，在恋爱婚姻获得自由后，是否就达到了女性所要求的最大的完满。

在某种意义上，解放区文学就是以经济自主和恋爱自由作为妇女解放的完满结局的。获得了与男人平等的社会价值的妇女，如果再摆脱了父辈、家族强加给她的婚姻，在爱情上争取到自己的意愿，那么，就是新人的最大的幸福了。这或许确实是现实。但是问题在于，这种文学中无所不在的结局，多因其太完满否定着任何不完满的可能性。解放区的女性解放多半是由男性作家表现的，这也许并非偶然，甚至有几分象喻——女人解放的故事由哪里开始到哪里结束，完全得由男性大师选择并决定，并非祥林嫂或喜儿这样的女性自主得了的。以《白毛女》为例，整个剧情和角色排置在很大程度上保留着传统的、男性中心的民间故事的两性模式：喜儿作为女性在情节中的功能始终相当于善与恶、英雄与恶棍之间争夺的价值客体。她被一个恶棍抢去，又在神助下归还给原来所属的男人。而最终，唯有施暴者以及拯救者，以及他们各自代表的社会，才真正是主体，才推动着叙事的进展并决定结局。此外，喜儿作为一个反抗的形象也在很大程度上保留着古代文学中妇女的美德，比如忠贞。在喜儿形象的修改中，反抗性的增强与忠贞的增强是成正比的，显然旨在以减去原来不忠的成分的方式（如修改本删去对黄世仁的幻想等）来增强一个农村妇女的反抗品德之美。确实，如果喜儿真的对黄世仁充满幻想，那么，不仅她的人格魅力大减，恐怕最后加入了共产党的大春对她的拯救也会有了别的意味，变成对一个堕落降格女子的拯救。尽管喜儿的忠贞已不特指肉体的贞洁，但这种泛化的忠贞美得到如此强调与重视，却不能不说是男性中心的审美水准和男性中心的创作视点使然。

这里，我们至少可以看到解放区妇女解放的完满之中的一重不完满，即女性尚未获得述说自我的话语权。在话语方面她们要么任凭别人——男性讲述她们解放翻身的故事，要么摹仿男性口吻讲述自己的故事，而她们自己很少也不会使用自己的视点和语言，甚至根本没有这一视点和语言。这一点与解放区获得了种种解放的女性的地位未免极不相称。由此推而广之，妇女何以会有经济权而无话语权，为什么会有经济权，这些问题促使我们重新思考解放区新社会下的妇女解放，那奠定了我们今天妇女命运的起源。

无性之性

今天，理解这种男女平等制、理解这种妇女解放的性质和深广度，不能忽略一个植根于特定文明环境的因素，即，解放区面临着微薄的粮产量，大片的荒地，有限的人力资源，古老的生产工具和各种自给自足之外的政府性开支。在这种特定条件下，妇女不仅是作为乡土统治者们的对立面，而且更是作为一种生产潜能被发现的，她们是在急需劳力以维持生存的乡土社会中闲而未用的巨大劳动群。毋庸讳言，调动包括妇女在内的最大人力资源，是一种亚细亚生产方式本身的需要，只有开拓荒地并投入更多的人力资源，才能激活这种生产方式的活力。在这种意义上，解放区鼓励妇女参加生产的同工同酬政策以及随之而来的男女平等、婚姻自主的制度，无一不是顺应这种深层需要的相应政治策略。

理解解放区妇女解放另一个不可忽略的因素是社会结构特别是权力结构的特点。新的政府打破原有的贫富分化的权力极差乃至家庭权力极差而建立了一种平等的社会秩序。譬如除均分土地的政策外，另一个反映平等权力秩序的现象是家庭，随着古老的男耕女织的劳动分工的改变，个体劳动者——不论男女，代替家庭成为农业生产主要人力资源的基本单位，因而也就是他们隶属于社会，享有社会给予的权力的基本单位。换言之，家庭已不再像历代王朝统治下那样，是社会政治经济结构以及权力结构中最初始的关键网结。相反，每个劳动者都直接隶属于社会，直接隶属一个代表全社会成员共同利益的政权，即便是妇女、子嗣也不再通过家族、家长和丈夫的中介而隶属于社会。由此便形成了一种个体对群体、百姓对政府的没有差异的、平等的权力隶属方式。

不过问题也正在于，这种代表全社会成员共同利益的新生权力秩序仅仅是通过强行消除差异来达到平等的。无差异几乎是这一权力结构昭示天下的精华所在。然而事实上，无论是土地改革还是阶级成分，还是文化心理乃至妇女解放问题都不可能无差异。于是无差异的权力秩序就成为一种专制性的力量，当以多数人、被压迫者、下层人民利益出发消除物质权力上的差异时，它就仅仅是专制了。在这一角度上，解放区的知识分子思想改造乃是一种消除文化差异的运动，结果是知识分子们与乡土大众以没有区别的平等的方式隶属于社会及文化权力结构。

综上所述，解放区实现的男女平等，一方面是生产方式的需要，一方面是新的社会秩序的需要。而"男女平等"在很大程度上是那种通过消灭差异而实现的个体对群体，百姓对代表全社会成员利益的政权的统一隶属方式在性别上的表现。在某种意义上，男女平等几乎成了没有区别，没有性别之分的同义语。这样，"妇女解放"便被赋予一个简单化内涵，它仅仅意味着从一个低于男性的地位上升到与男人相同的地位，并俨然就此解决了性别压迫问题。但是，正如我们在这时期文学中所看到的，这场未经触动性别这个字眼便似乎实现了的"妇女解放"并非性别解放。回避性别的结果只能是男性视点、立场，男性的主体——主人意识在文化心理层面的继续统治，哪怕妇女已经被允诺了与男人平等的社会地位和经济权利。

女性这种"不全解放"或许可以分外清楚地说明,在一个饱含差异的社会里,这种无差异的平等的社会秩序依然只能是一种权力结构,它一方面消灭以往残害人民,阻碍生产力的旧统治,一方面以消灭各种差别包括贫富之别、知识分子与乡土大众之别、个人与集体之别、上层与下层之别甚至男女之别的方式,消灭着任何一种离心力和反叛力及怀疑,以巩固自己,甚至连最古老最基本的性别离心力也不例外。在这个权力结构面前,女性、个人、个体等那些注定以差异性反抗总体的专制的东西不免便会作又一次献祭。

女性与个人共谋

无论是在国统区还是解放区,女性作为一个性别都是处于主导意识形态的概念语汇之外的。国统区和解放区文学在主题基调、风格、形式上都相去甚远,但有一点却是共通的,即它们都无形中崇尚尊奉着某种集体性的,总体的权威而无形中排斥、压抑着那些注定无法纳入铁板一块的总体——群体统治体系的、具有离心力的东西。于是,诸如个体生存、个性的意义,非大众化、非集体性的话语,性别意识,连同它们的意识形态性表现方式如反封建的个性解放,艺术的自主性,人道主义观念及女性话语等,一起退入文化的边缘或后景。

或许是由于处境相同,在这个时期,女性自我与个人自我包括知识分子自我之间形成了某种密切联系,这种联系决非天然的,但却是历史和意识形态性的必然。在现代史上,女性的解放与个性的解放是一同提上历史日程的,个性的观念甚至是女性的性别意识的双亲之一。女性与个性有着同一历史意识形态由来,即它们同是传统封建一统秩序的天然之敌,并对这种统治秩序有巨大的解构力。无怪五四时代过去后的第三个十年,女性与个性又联系到一起,此刻濒于灭绝的女性自我似乎只以个性概念作为最后一个庇护所。确实,在国统区你只有在那些抒写个人命运、个人经历乃至个人回忆的体裁里，才隐约可见女性身影、女性眼睛及与女人有关的主题的痕迹。在某种意义上《寒夜》便处理了一个个性与女性兼有的主题。不过，在此更为重要的是，由于女性及个性在这个历史关头明显地处于主导意识形态之外，它们的汇合在某种不自觉的程度上凝聚为一种对历史的解构角度，这一点隐约形成了中国现代女性成熟道路上的第三个路标，即从女性角度出发对历史、社会，对奴役、权力的批判与解剖。这一点在萧红创作中是十分明显的，前文已有详述。与她几乎同时，在另一个国度—解放区，丁玲的《三八节有感》也显露了同一种趋势，这是一个由知识分子自我的良知与女性的性别敏感汇合而成的现实透析，它与萧红的作品一样指明旧历史残余在阵营内部依然故我的存在，这种存在甚至原封不动地表现为性别的奴役。中国现代传统女性经历了从女儿至女人的过程，又经历了女性的绝境后，终于在与个性概念的联盟中跨入了第三个里程，那就是反思男性中心的历史，这将是一种巨大的解构力，它迟早会揭示有史以来的统治/被统治、压抑/被压抑的人类历史现实。

然而，"个性"在这个时代已经自身难保。本来，在民族危机的大时代，个体的生存一方面显得无足轻重，一方面又显得十分重要，出现大批写个体乃至写身世的小说不足为怪。但值得注意的是这些个体几乎悉数被剥夺了"现在"。个体中没有这个时代的英雄，这个时代的歹徒，没有这个时代的哲人和这个时代的恋爱，甚至也失落了往日的爱情。他们只有过去的延伸：《寒夜》中树生面对着一个窒息的家庭，面对着毫无生气可言的爱情和无聊孤独，而骆宾基、师陀、靳以、沈从文等作家，若是一时还留在政治神话之外，便只能以回忆身世、总结心理和精神历程，以优美、忧郁、怀旧的笔调来把握个体的存在。这里有一种凭吊式的拯救，在一个被民族危机的阴影强化了的、非人化的统治结构的轧轧运行之中，向回忆、向内心拯救"人"

的及"个体"的意义。这或许是注定被历史地抛置于被压抑层,注定要失落于殖民地中国社会结构空白中的那一部分具有离心力的知识分子传统的必然选择。你不妨称这批人为现代文学史上最后的一批个人,或最后一批个体的描述者。在他们之后,具有离心力的个人、个体的传统,已不成其为传统。

这样,在这种传统中刚刚萌发的女性对历史的解构,女性对权力结构的批判,又随着这一传统的灭亡而销声匿迹。中国解放或"不全解放"的女性再也没有发展成一种文化反思和历史反思的力量,一如知识分子再也没有重新获得破解集体——总体神话的能力。这或许是历史的遗憾。

二、女性、女人、女性话语

牢狱与自由

国统区和解放区的创作中曾不乏出色女性文学人物,但女性自我的声音却几乎复归沉寂,尽管这声音在上一个十年里才刚刚能够分辨。而与此同时,在荷枪实弹的侵略者淫威下度日的沦陷区文坛,却涌现了一批女作家,其中包括现代文学史上最有才情的张爱玲和苏青,也涌现了一批成熟的女性文学作品,其中有些作品至今仍是那样富于魅力。

如果前文对国统区和解放区文化状况的分析可以成立,那么,中国现代文学中女性创作的第三个高峰竟出现在日本侵略者统治下的沦陷区,也许就算不得是咄咄怪事了。若是归纳一下,可能有以下几种原因:

首先是侵略者建立的文化统治特点。同它的军事侵略一样,它的文化侵略也只能有重点地进行统治和防范。所谓重点，自然是文化阵地上的那些"正规战"，譬如对各种重要的文化机构包括学校系统、电台及大报刊等强行控制，当然更少不了对各种反日、爱国、民族社会命运等国事题目的禁令。其结果可以想见，谈论民族、政治、社会革命和大众等30年代已然创立的主题，会像一所拒不教授日语的学校一样遭到暴力干涉。这种文化"正规战"将那些在30年代一切环绕中国政治前途的、曾居主流的意识形态压制得噤无一声，无论是社会革命推翻政父的政治叙事模式，还是觉醒中的大众形象，以及30年代那种着眼于社会生活变迁的、感时忧国的现实主义传统，都与爱国、抗日、民族意识一道被迫撤离沦陷区的主导话语阵地。不过，这种"正规战"只能规定几个禁区，并不意味着日本人在沦陷区全方位文化统治的成立。尽管文化侵略者试图以推行日本语和宣扬中日亲善文学来建立一套侵略者的权力话语，但几个日本兵和汉奸文人却分明支持不了门面。于是，这种两国交战中偶然的空隙，这种台风中心式的风平浪静竟给沦陷区的文学创作带来了某种牢狱中的自由。随着大众、民族、国家前途、社会革命被隔绝于铁窗和宪兵之外，剩下各种故事可以想怎么写就怎么写，包括个人、自我、爱情、两性关系。在与国事有关的话语禁区与汉奸文学之间，处于生存绝境中的沦陷区人充满偶然地抓到一线话语空隙，这一空隙正好承受着他们那种牢狱重压下的"生命不能承受之轻"，这种戴镣铐的无所为的舞蹈，因为浸透了他们不可言说的生命的希望和无望而分外富于创造力和魅力。

如果说沦陷区人普遍怀有前途未卜的生命无着之感，那么，女性则还额外有着一种女性命运无着感。这也正是沦陷区女性文学得以发展的重要原因之一。对于30年代以来一直处于边缘，而抗战爆发后又逐渐消失于缄默的女性自我来说，这一文化侵略带来的偶然的话语缝隙确实是一种牢狱中的自由。就自由而言，在沦陷区女作家们周围不再有代表国家、大众或民族主体的主导意识形态性的女性规范和女性要求。她们进入了一个无神的时代,既无性别之神,又无大众之神,既往那些价值观念的庙宇在绝望与希望交织中早已斑驳陆离。她们也进入了一个无序的时代,除了侵略者的统治外,以往那种都市要求的传统性别角色不再具有秩序的威力。也许不难注意到,沦陷区的女作家很少像五四或 30 年代女作家那样,是"某人之妻"。她们可以毫无顾忌地写自己,写女人,写女人眼中的男人。就牢狱而言,很显然,她们能够写自己,也势必多少与不能写社会有关系。她们甚至没有像丁玲、萧红、谢冰莹那样的选择机会,无处可以淹没自己的女性之躯。她们几乎是被枪弹逼迫到这个女性立场上,不无痛苦地面对自己的别无选择的现实,而这种无可回避的痛苦的真实升发为她们艺术自我认识的清醒、豁达与美。

其次,考虑沦陷区女性文学的发展还应注意的一个原因是文化心理结构中新的因素。抗战以后,新文化的主力阵营大部分转移到解放区和国统区,沦陷区文化圈里崛起的已是传统中国与西方文化的第四、第五代混血儿,他们面前并没有新文化父兄的巨大身影,他们也不可能按照第一代、第二代乃至第三代作家建立并继承的新文学主导传统的模子塑造而成。他们似乎是牢狱中诞生的崭新一代,他们没有父兄意识,在牢狱中也没有想到、没有可能承担社会和文化的范型。因而他们的想象力和创作文本都不曾受到远在铁窗之外父兄形象的左右。另外,抗战开始后 30 年代的主流意识形态连同它的敌手也一同转移至解放区和国统区,许多曾风行于文坛的创作模式、文学惯例,从社会剖析派到乡土文学乃至无产阶级革命文学的蛛丝马迹,都失去了人力和舆论上的支柱。倒是原来处于边缘的、后引进的、非经典的一些文学观念及样式保留下来成为摹本。在这种特定的文化和心理储备下,对这牢狱中的一代最为重要的问题,便不像父兄那样是对所说的内容的社会责任感,而是一种艺术游戏心。换言之,不再是说什么而是怎样说,或怎样"以不说而表意",不在于说得是否重要,而在于说得是否含蓄，经琢磨，"言有尽而意无穷"，尽管是区区琐事。无怪乎沦陷区作家的有些作品令人感受到一种现代派气息，无论其是否受到西方现代派文学的影响，他们的文化处境与后者倒有几分相近：战争的胁迫、前途未卜与生存绝望、伟岸的父兄形象连同经典传统的神性光辉消失殆尽、冰冷的都市生活中戴着面具的孤独的人群。沦陷区女作家跻身于这样一批无父无兄的、牢狱中的城市自由者一群，她们那戴着镣铐的舞蹈语汇第一次有了健全并与人相通的可能。因为那时代的那片父兄缺席的文化地域，人们已习惯于一种与新文学的种种惯例相异其趣的语汇及各种未知的表意方式。

由于种种特定的文化心理因素的共同作用，沦陷区女作家们把现代文学史上从女儿到女人的传统推向了一个非国统区和解放区女性所能及的新的层次。同以另一种方式承接着女儿—女人传统的萧红不同，在萧红那里，女性的经验受到主流意识形态话语力量的潜抑，只能以象征形式升发为一种女性精神立场或精神视点，它可以对社会历史提出深刻怀疑，但却未能给现实中的萧红提供任何生存的途径。而在沦陷区特别是北平一带的女作家似乎恰巧相反，她们在牢狱的封闭空间中几乎失去以往一切观念上的压力与禁忌，那里，新文学覆盖在女性身上和内心的意识形态标准可谓不翼而飞，她们给人展示的是剥去了特定意识形态标准化外衣的女性经验。或许可以说，现代文学史自有女儿以来，即便在白薇那痛入骨髓的真实经历和《莎菲女士日记》中，还从未见过如此赤裸裸的女性、男性及如此复杂多解的两性关系。

不妨从几个特征上考察沦陷区女作家创作对于女性传统的意义。

结束弱者阶段

如果说从 30 年代始，叛逆的女儿开始在失去意识形态庇护的同时成为性别成人，那么，沦陷区女作家笔下的人物却更进一步，多半是些经验丰富的女人，两者之间若不是有成人与成熟之别，至少也有单纯、老辣之别。张爱玲笔下的流苏、《金锁记》《沉香屑》中的人物，都有一种前人所未有的清醒，一是对自身处境的清醒，明白自己在社会关系中的位置和价值以及男人对自己的打算，二是对自己目的的清醒，明白自己必须选择一个什么方式生存，并尽全力为此而斗争。于是，张爱玲的爱情故事皆非写"情"，而是写男女双方的计谋之战，有的惨败，有的则侥幸获胜。苏青的短篇《蛾》中的主人公显然也具有这种清醒特点，不过不是以流苏式的行动（包括心理行动）来体现，却以话语来体现。譬如女主人公在对话中的具有离心性话语意味的内心独白。显然，这些成熟的、过于成熟乃至老辣的女人来自作家们本人的清醒。张爱玲和苏青写过的一些文章表明，她们对于男性中心社会的认识已不限于"纯肉感"的或"权力等级"方面，她们对女性的处境也不再限于表达被压迫被玩弄被出卖者的怨憎。她们走出了这个"弱者"的阶段，成长为没有任何软弱、牺牲，及需要拯救和等待施舍等附带意味的纯粹的女人，成长为有能力、有才智去以女人身份在男性世界里站稳脚跟的女人。这女人并非弃绝男性，而是更懂得男性，也更了解自身，更明白两性关系包括爱情的底细，也更知道如何把握分寸以立身存命。无怪乎苏青曾改动古训引人侧目而自在坦然。她写到"饮食男、女人之大欲焉"，张爱玲则在《流言〈谈女人〉》中轻松调侃地讽刺着男人的愚陋和女人的弱点。无怪乎《倾城之恋》《金锁记》《蛾》都同有"蛾"的特点，清醒而自投灯火，这一举一动连同这一情节，正不是弱者、气馁者所为，而是女性摆脱了压在头顶上的意识形态观念，坦然面对自我时对自己的界定。这份豁达在莎菲，在梦珂，在《悲剧生涯》中很少觅见。30年代的女性虽则已为成人，但仍习惯于以弱者的身份向男性社会讨公正，而对沦陷区40年代的女性们而言，既然这社会男女之间本无公正可言，不如立起腰杆光明正大做人——当然是做女人，而不是做任人填补意义的空洞能指。这其中的反抗意义、批判内涵以及女性群体的自我确定并未因做了女人而消失。因为清醒地了解女人和男人并选择做女人，已不再意味着向社会性别角色及主导意识形态的臣服。而且与"悄悄地死去""弱者"、怨憎及乞讨公道相比，这里表现出一种更为积极的、对男性社会更有抵抗力的态度，也可说是一种更积极的，对男性意识形态更有解析力的意识形态。

女性话语的初始

走出弱者阶段的女作家从一个完全不同的层面里展示了男性社会中特有的女性压抑，但那已不是一种外在表浅的压抑，如人身买卖、人身虐待、社会不平等，等等，而是一种隐秘的内在心理压抑。或许与沦陷区整个不安、死寂和无望的心理氛围有关，这些内在心理压抑通常表现为病态特征。她们似乎证明，男性社会女性们的内心隐秘不在于先天的温柔、多情或后天的软弱、麻木，或觉醒后理智与情感、母亲与情人的冲突，而是或隐或显的精神症。《金锁记》中的七巧母女属于显型，七巧从一个好强的少妇变成一个心理产生扭曲的分裂式人物，她以仇恨对待整个世界，包括对亲生骨肉也是那么冷酷无情乃至恶毒。而人背后以近于自恋的方式施爱于自己。女儿则表现为一种童年期固置，她以全副青春玩着弗洛伊德意义上的自我消失的游戏，在对童年创伤经历的象征性改写中获得某种满足。《结婚十年》中的"我"可以说属于隐型，在她十年的逆来顺受中不无一种被虐者的习惯与平衡，一种超越唯乐原则的惰性。

这种对女性畸形心态的描写，不仅在题材手法上开拓了女性生活的表现视域，更重要的是，它蕴含着一种全新的、女性的文化角度，不管作家本人是否曾刻意追求，仅从作品的效果上，它们无异于对文学史上女性形象的一种重写。譬如，《金锁记》等便无形中改写着女性的"疯狂",历来文学史上疯狂的女性都是与恶魔联系在一起的。《简·爱》里罗切斯特对那个阁楼上的疯女人的描述体现了这一点,这一男性描述的问题关键不在于她原本不疯,而在于她因"疯"便理所当然地不再成其为人,不再有语言,理所当然地被"恶魔化",甚至超自然化即神秘化。在这一意义上,《金锁记》有某种反神秘性,它所要给人看的便是这疯狂的内涵,它的由来,它的表现,甚至它与重压下的女性生活的必然关联。疯狂与善恶无关,疯狂,而仍然是人,是人世无数无痛无泪的,并不崇高的悲剧中的一幕。与此相似,《结婚十年》在某种程度上改写了"麻木"或"逆来顺受"的女人。与《祝福》《一生》不同,"我"的麻木不是一种无知、愚昧、粗笨人的迟钝,而是出于一种冷漠。叙事"我"仿佛是人物"我"的局外人,但她的眼睛决不鲁钝,她的叙述也没有祥林嫂或伊式的话语障碍。于是便产生了相当不同的效果:祥林嫂和伊是由一个男性叙事者或旁知叙事者代言,"麻木"与"逆来顺受"作为一种外在形态表现的是一种人性价值判断,此后这个特点便联系着两种实际上与女性不甚相关的意义,一方面她们使人想到人性扭曲的国民灵魂,一方面她们召唤拯救者。而《结婚十年》不含价值意味。它是一种症候记录和症候诊断。它揭示的是女性在男性中心的、封建式的家庭中的心理生存方式,冷淡、麻木地"逆来顺受"乃是一种自我保护或自我逃避,是通过情感退婴来忍耐无法改变也难以逃避的令人恐惧的现实,这种退婴式的麻木冷漠甚至还不如意识形态,它是一种消极的心理倒退——一直倒退到生命之前。这也正是麻木现象的心理上的无意识动机和必然性。相比之下,《结婚十年》所揭示的正是《祝福》《一生》的盲点——历史和现实中女性的隐秘经验。

这两种改写可以说是中国现代女作家对男性文学惯例的第一次成熟的反叛,也是对女性自身文学传统的一份贡献。从大师们已经立脚的地方反叛起,从已成经典的文学类型改写起,不论是否自觉,再没有比这更能说明女作家们的充分成熟了。她们的小说语汇已然脱离了文学史上带有男性视点的惯例的影响,以崭新的情节、崭新的视点、崭新的叙事和表意方式注入了女性信息,从而生成了一种较为地道的女性话语。

上述两方面的特点表明,沦陷区女作家在特定文化圈内已经获得了一种坚实的性别自我认识,培养起在思维方式和话语行为中的性别独立性。她们比前两个十年的同性同行们更经常、更大胆、更深入地讨论自己及两性关系。苏青那一著名的"女人之大欲"也决非一句哗众取宠之言,至少,它有《浣锦集》那相当篇目触及女性重要问题的文章作底。在某种意义上,沦陷区女作家们的这些文章和作品已经在世界文学范围内开同一领域之先。

不过,那种牢狱中的自由毕竟只能随牢狱一同毁灭,新的历史似乎在消灭牢狱的同时消灭着女性这一群体和性别主体。写出了这些作品的那一代才女在中国本土有相当一段时间似不存在。刚刚发展到自己的成熟之巅的女儿至女人的传统,在民族新生的瞬间戛然而止,并从人们的历史描述和记忆中迅速消失,这可能仍然是中国女性的命中注定,她的前途与我们民族的前途的关系似乎正如《倾城之恋》中那颇有深意的结尾暗示的那样,历史地注定不能两全其美。

第十三章 苏青：
女人——"占领区的平民"

似乎是民间传说之中在背后解开异国千结百扣的红罗包裹的少女，苏青出现在一个时代的背后，在一个血水浸染、烈火升腾的时代的阴影里，解开了庐隐们至死无奈的历史与文化的新女性之结。苏青的"结婚十年"是对"庐隐十年"的历史延续。似乎是在时代鲜血的润滑之下，五四之女的历史狭隙尽头的第二扇门终于艰涩地裂开了一道缝，从那里传来了苏青的清朗的语流。然而，苏青并不是那个背解红罗包裹的美丽、神秘、无名无姓的少女，她的出现既不可能救国家民族于水火之中，也不可能解脱女性于历史的重轭之下。她只是在女人——这个空洞的能指，这扇供男人通过的空明的门中，填充了一个不是所指的实存，填充了一张真实的面孔，一个女人裸露的、也许并不美丽的面孔。她只是在一种素朴而大胆的女性的自陈之中，完成了对男性世界与男性的女性虚构的重述。

在苏青的世界中已不复冰心的春水繁星式的温婉，亦不复庐隐荒坟独吊式的悲怆。她不是丁玲，她的作品不是那不羁而狂放的女性的第二乐章；她亦不是白薇，有着那种在血和泪的深壑之中"打出幽灵塔"的决绝，苏青只是在极度苦闷与极度窒息的时代的低压槽中涌出的低低而辛辣的女性的述说；只是在一种男性象征行为的压抑之下，在一种死寂的女性生存之中，道出的一种几近绝望的自虐自毁性的行为。而一个女人自毁性的讲述行为，正是男性社会所必需的女性表象的轰毁。这是历史地表之上的女性对其历史地表之下的生存的陈述。

灾难的畸存与历史的残片

作为解开庐隐之结的第一人，苏青出现在沦陷区的上海，并非偶然。异族入侵者赤裸裸的血腥统治，"大东亚文化"如同一个密闭的毒气室的天顶虐杀了一切民族文化。传统的男性主题与文化使命遭受了野蛮的阉割式。在正统民族文化、主流的男性文学面临着废退、解体与死亡的时候，始终在民族危亡、社会危机的常规命题下遭受着灭顶之灾的女性却获得一种畸存与苟活式的生机。如同在原子弹爆炸之后的广岛，焦土之上竟怪异地开出一层层、一片片花朵。对于苏青来说，这并不是一片"水土特别不相宜"（傅雷语）的土地。

沦陷区，由于侵略者死亡与暴虐的占领，而隔绝了直接战祸，由此而成了一座加缪式的鼠疫猖獗的孤城，成了一片没有时间、没有历史、没有名称的荒地。在沦陷区的中心监视塔式的辐射状牢狱中，自由意味着死亡，生存意味着一种符号性的苟活。实存与权力的主体是作为异族入侵者的"他人"，而沦陷区的国民却成了物样的客体，遭受着被蹂躏、被无视、被践踏又被使用的命运。而这一切，却以民族劫难的形式外化并显影了五千年文明史中的女性始终遭受着的历史判决与历史命运。"占领区的平民"，正是女性／新女性／解放了的女性的生存境况。这是一种和平的居民，一种规定应"安居乐业"的居民。对于他（她）们，战争已结束。他们享有自由，享有"和占领国的国民一样的尊严与权力"，但是，不言而喻的是，他们却"当然"是一批"劣种"，一批"二等公民"，他们必须知道，自己的权力与自由来自占领者的恩赐，他们应该在感激涕零之中满意足，心安理得，不复生出任何无妄之想。占领区的平民在王道乐土上的遭遇正类似于女人作为永远的"第二性",在男权的民主社会、妇女解放与男女平等的表象下的历史遭遇。

于是,女性文学作为一种非主流的边缘文化,以无害的外表在沦陷区开始了她悄然的生长。在男性主流文化废退、消失的缝隙间,在异族统治所造成的民族、男权的历史压抑力被阉割、被削弱的时间的停滞处,苏青获得了直白地讲述一个女人的真实的故事的可能。而对女人生存的真实而非想象的状况的陈述,不仅成为历史无意识的释放,而且在新的政治无意识中成了沦陷区平民生存状况的隐喻与发露,或许这正是苏青之出现、之成功、《浣锦集》《结婚十年》等行销十数版的谜底所在。而苏青也以她的女性生存的直面式,与女性话语的平实为人们所"激赏",呈现出女性的历史解构力。而沦陷区日伪机构四面楚歌的累卵之危,也决定他们无暇也不可能识别出这种女性文学作为秩序内的反叛者,作为社会内的反社会力量的隐晦的力量与意义。而这也不是以男性主人/胜利者文化自居的刘心皇以"春秋大义"为准绳,《叛臣传》《贰臣传》式的《抗战时期沦陷区文学史》所能定论的。而这也正是日寇一经驱逐,始终龟缩后方的国民党政权堂而皇之地前来"光复"、并重建、恢复他们的政父统治与文化压抑之后,苏青便成了以"落水作家""性贩子""比鸳鸯蝴蝶派有过无不及"的名义大兴讨伐之底蕴。殊不知苏青的女性的直陈,非但与鸳鸯蝴蝶无涉,而且正是对鸳蝴派将女性表象作为关于女人的神话式虚构、作为将女人作为男人欲望的空洞的能指的悖反与解构。但是,苏青终于被淹没了,她和张爱玲等沦陷区的女作家一起被投入了历史的忘怀洞,被历史的压抑力淹没在无意识的黑海之中,从墨写的文学史中消失了踪影。而当中国重新进入世界经济一体化的进程,消费文化以它特有的侵蚀力与瓦解力削弱了主流文化的覆盖与压抑的时候,苏青诸人才能再次而仍然是艰难地浮出历史地表。但今日之苏青竟已是难于复原的残片,如同对文学上的解构主张的一个滑稽模仿式的例证。

但是，由子君而亚侠，而莎菲，而怀青，历史的绞盘毕竟松开了它锈死链条上的一扣，这不是一个女性"人物"的画廊，而是一个女性浮出历史地表的进程，一个女性由死者而为必须死去的生者，而为屈辱、挣扎着要活下去的女性的进程；一个由男性的五四之子的历史献祭与话语存在而为活人与历史主体的进程。由"象牙戒指"——一个"枯骨似的牢圈"，一个洁白的○，而为《蛾》——一个焚身自毁也要触摸现实，并在现实中涂上一片墨迹的"疯狂"，苏青的低语与锐叫构成了20世纪中国文学中的一个奇观，成了"现代文学"中女性文学的一个高音区。

尽管苏青以重新标点／重写圣人言"饮食男，女人之大欲存焉"，而"冒犯常识"，成了一个时代的大勇者。但几乎从任何意义上说，苏青都不是现代意义上的女权主义者。与谢冰莹等高喊"男女平等，大家从军去"的塑造新女性／强者的女作家相比，苏青笔下更多的却是"新旧合璧"的女性／弱者的生存。然而，与冰心、冯沅君等人以"爱"为旗帜的弱者话语相比，苏青的叙事文本却充满了强者的话语。她以一种"灯蛾扑火"式的勇气，揭去了女人隐秘性的历史屏障，将20年代女作家放逐到文本之下的边缘化的女性经验再度中心化。她描述而不辩解，叙说而不思辨。她的女性的自觉表现为一种文本的肌理，而不是一声空洞的战叫。这是一个无需长发蔽体，也敢裸身驰马的女人。她说："女作家写文章有一个最大困难的地方，便是她所写的东西，容易给人们猜到她自己身上去。关于这一点，当然对于男作家也如此，只不过女作家们常更加脸嫩，更加不敢放大胆量来描写便是了。我自己是不大顾到这层的，所以有很多给人家说着的地方。"然而，苏青之女性的裸露，并不是作为一种代价或一种诱惑。惊世骇俗，与其说是她的刻意追求，不如说是文本中女性真实境况本身的惊骇力量。即被五四主流文化编码定义为死者与盲点处的生之显现。

女性：空间性的生存

如果说，沦陷区如同一片时间、文化、历史断裂的空间，那么苏青笔下的新旧参半的女性正是中国历史中这样一种空间性的存在。如果说作为五四之女的庐隐们，正是在一种哈姆雷特式的过剩的思辨中成了行动的瘫痪者；那么苏青则更像一个大胆行动而不及其他的女性的唐·吉诃德。苏青的世界，不是以女性的自省、自辩、自证、自许而取胜，也不是以外形式的几何晶体式的排列与精美而夺人，苏青的世界似乎是透明的，似乎是女性生活的自行呈现。而她的"真实"，并非一种事件内具的真实，而是一种讲叙行为的基调，她并未讲述人们闻所未闻的奇观或罕事，她只是以一种平实、素朴的叙事语调讲述了男人也曾讲述的地表之下的女性生存的琐屑之事——只是一味地重复，一味地庸常，一味地琐碎，如同一道永远走不尽、走不出的鬼打墙的迷障。那是一个没有时间向量的国度，那是永远"楼台高锁""帘幕低垂"的闭锁的荒原。而苏青正是以这种女性空间——颓败、痛苦的空间性生存重述了男人们的关于女人的故事。

如同一个历史的偶句，《结婚十年》的第一幕便是一场"新旧合璧的婚礼"，那是由女儿而为女人、而为人妻的一幕，是庐隐放逐到文本外的一幕，是五四所允诺的关于女人的多幕剧中的第二幕。在苏青的世界中，婚姻既不像对男性那样是女性的成人礼，命名式，也不是新女性之梦的实现，甚至不是"性的引入"；这只是一次空间性的位移，一种列维-施特劳斯意义上的"交换"——一次摒除了女人参与的、两个家庭间的对女人的交换。经由一个"漆黑、闷气煞人"的狭小的密闭空间——花轿，女儿将由父亲之家转移给她的夫家，而不是丈夫；以便成为一个监视得更加森严、闭锁得更加严密的空间的一件陈设。从此开始她作为一件容器——孕育家族子嗣的容器的生存。

苏青以一种辛辣、自虐的语调叙说了这种婚姻事实。当怀青经由花轿的过渡，由一个空间转移到另一个空间中去的时候，仅意味着女儿时代（＝求学时代）那短暂的时间性存在的结束，意味着两扇门之间的"粉面朱唇，白盔白甲"式的梦想的破灭与隐没。当怀青奉献出她的女儿之身的时候，她并没有变成一个"妻子"，而只变成了一个"媳妇"，一位少奶奶，一个大家族——一个女性陈设其间、而男人来去匆匆的空间中的"第十一等B"式的存在。是婆婆（同为等外公民的"第十一等A"）的仆从，是小姑（身份未明的女人）的天敌，是真正的女佣们的准主子。

《结婚十年》的最初几幕讲述了一个老中国之女的故事，一个死者之生存的故事。她撕裂了一道重重低垂的帷幕，揭示了隐秘的女人的隐秘的生存。在觉慧们（巴金《家》）眼中，一个封建家族是一个恶魔统治的狭的笼，是永远的为"子"为"孙"的身份。那么苏青则揭示了这一闭锁空间中为"子媳"的命运。这甚至在巴金的《家》中，也是一个隐藏在好女人（瑞珏、母亲、三婶）与坏女人（姨太、四婶、五婶）类型背后的无名的存在。那不一定是悲剧，不一定是"坏狱卒"式的婆婆＝封建家长）手下的凄惨的监禁，不一定是一场赤裸裸的吃人、献祭的仪式。而只是永远的周而复始，永远的期待与失落，永远的监视与无视。其中的"洞房花烛""三日下厨""姑嫂之间""产房生女"，都如同一场恶俗的木偶戏，一场已遗忘了原初含义的礼仪，永远重复的台步，永远重复的位移。永远作为一个将包容宝物的容器被人们珍爱，而又永远如同一个用过即弃的容器般地被人无视与遗弃于寂寞之中。所谓少奶奶／媳妇的唯一功能是"生儿"——制造家族的男性继承人，而"育女"却只是一个语词性的点缀与无可奈何的容忍。

苏青的《结婚十年》以"个中人"的女性视点揭示了一个中国式的非核心家庭——封建大家族"内庭"中的空间性存在——女人们。除非发生了非礼式的灾变，这似乎是一个男性罕至的"地域"，这是一个由女人组成的，由女性家长——婆婆控制的，由女人间的琐屑、无聊的明争暗斗构成的世界。甚至在婚礼上怀青听到的第一个语音，看到的第一个形象也是"银色的高跟皮鞋""银色的长旗袍""银色的双峰""一只怪娇艳的红菱似的嘴巴"——那是一位"嫂子"，继而则是一个"粗黄头发、高颧骨、歪头顶的姑娘"——那是小姑，未来的人家的"媳妇"，今日之媳妇命定的灾星。在这之上便是婆婆，一位说不上慈爱，但也宽容，说不上凶狠，但也严格的准家长；在这之下则是女佣、奶妈等算不上女人的仆佣。这个女人的世界除了全无意义的诸如"奉早茶"、听候呼唤之类的礼仪之外，只有对男人（丈夫们）的期待，只有为保有丈夫而互相猜忌、争斗，只有对最终从媳妇——这个珍贵的容器中取出一个男婴（男人）的期待与失落。这是一个由女人对女人的苛求，女人对女人的虐待，女人对女人的轻蔑组成的世界。苏青笔下的"生了一个女儿"几乎成了这个女性世界中的一场不大不小的灾难，成了媳妇/产妇对这女性世界的恶意的促狭与嘲弄。女婴，似乎算不得一个婴孩，至少算不得一个"完整"的婴儿，只是一场空欢喜，"一个哑爆竹！"（《生男与育女》）于是，"好吧，先开花，后结子！""明年定生个小弟弟！""先产姑娘倒可安心养大，女的总贱一些。""好清秀的娃娃，大来抱弟弟。"女婴，在这个女人的世界里也只是天生的"贱货"——"赔钱货"，只是介乎于乌有与有之希望之间的一种无名物。甚至拥挤异常的产房也成了充满不祥禁忌的"红房"，成了遗弃了产妇（还算不上母亲）的禁地。媳妇/产妇将独自留在"红房"里吞咽她的辛酸、不平、愤懑，追悔她的"无能""失误"，藏起她的"无颜"与"耻辱"。甚至母亲的全部抚慰也只是："拉住我的手呜咽道：'儿呀，委屈些吧，做女人总是受委屈的，只要明年养了个男孩……'"于是乎重新开始的是再一次受孕的恐惧与期待，是再一轮的希望、痛苦、失落。在从媳妇这具容器中取出一个男婴之前，时间是空无的，有的只是如同空洞无声的"红房"一样的空间，与充不满这空间的寂寞、诅咒与淡薄的希望。直到产下一子——一个未来的男人，这空间才获得了男婴所带来的时间维度，才有了"望子成龙"，日后做婆婆，升为"十一等A"的可能。如果借用时下一个流行的短语，那么苏青的世界中便充满了"丑陋的女人"，自轻自贱的女人，自相虐待，自相残杀的女人，"无主名、无意识杀人团"的操刀人，执行者。然而，这世界的循环往复，无名无常，隐秘丑陋都是由通常缺席的男人所规定的。男权社会将女人定义为永恒的客体、一个永远的负面、一个永恒的匮乏。于是真正的全子/家长（候补家长）才是这块空间中真正的期待/争夺/保有的对象，是这块空间的真正的能指，只有父亲/丈夫/儿子的出现才能结束女人世界的无尽而虚无的循环，才能赋予这片空间以名称和时间。苏青在她的作品序列中将隐秘的女人呈现为"丑陋的女人"，这不仅是对女性真实生存的裸露，也不仅是在新旧女性生存中挣扎的女人的自省，而是对男性话语中或"神圣"或"邪恶"或"低贱"的女性表象的亵渎、嘲弄与解构。这便使苏青超出了同时代的女作家，超出了斯托夫人式家庭女权主义——以女性/弱者的道义、人格力量去否定男权社会——传统。

女人、母亲、做母亲

依照男性大师拉康的理论，女性在父权社会中将永远蒙受着菲勒斯（phallus，男性生殖器之图像，它不是真正的生物性的阳具，而是一个符号，是父亲、父权的隐喻、象征）缺失的焦虑与耻辱，她只能通过从男人处获取一个孩子——一个想象中的菲勒斯，并借以进入象征式。于是，是生育，而不是婚姻本身才是女人的成人礼与命名式。是孩子，而不是丈夫，才能使女人挣脱缺失的焦虑与无名的状况。但是，拉康的论述所掩盖的，却在苏青处揭示出来，这个作为想象中的菲勒斯的，并不是一个中性的孩子，而是一个有性别的、正值的存在：一个儿子，一个男性。尽管如此，在苏青的全部作品中，孩子仍然是女人的全部所得,全部慰藉。在其叙事的强者话语中,唯一存留的一个关于女人的神话便是母亲、母性与母爱。"像解脱了大难似的,我的心中充满了安慰。我只觉得整个宇宙是清澄了……我已经有了孩子,我已经有了最可宝贵的孩子呀!""有了孩子,无论是谁都要好好的做人,因为天下的母亲是最善良的。做了母亲,善良便不难,她的心里便再纯洁也没有,只有一个孩子,其他什么也不要了,我再不敢想什么樱桃什么……"孩子,如果不是一个想象性的菲勒斯的获取,至少也成了已然牺牲、破灭的爱情("两颗樱桃")的替代。做母亲,成了女人唯一的"职业",唯一的荣耀。它是男权社会中女人——容器的唯一社会功用。是女人最"适合"的社会角色。与大部分女作家相反,苏青不是在对其"精神之父"——男性文化传统的模仿中,"篡改男性的权威话语";而是在对男性的女性神话的颠覆中,无意识地落入男性话语的圈套。她在自己女性的强者话语与对女性生存境况的陈述中,保有了一个关于女性的核心神话——"母亲的神话"和"权威母亲的话语"。母性,不仅成了女性与生俱来的品质,而且成了地表之下女性生存的唯一拯救,成了女人忍受无尽的奴隶生存的充分的理由。孩子,将"永远安慰她们的寂寞,永远填补她们的空虚,永远给予她们以生命之火"(《谈女人》)。然而这正是在现代社会中,文化话语中关于女性的最重要的意识形态铭文。这便使苏青的世界不可避免地出现了裂隙,不可避免地在文本的肌理中呈现出父权社会的结构。这是苏青的一次落网,一次逃脱中的落网,它传达出"女性"——即使是苏青这样的大勇者——"无意识最深处的恐惧以及在父权制社会中关于她们[自己]生活的幻想"(E.安·卡普兰语)。它甚至是一个有灯蛾扑火之勇的独身女性明珠的最温柔而热烈的梦想(《蛾》)。

然而,在《结婚十年》中,苏青对"权威母亲话语"的保有,不仅是一次无意识的落网,也是一种有意识的女性的策略。苏青以对母亲/母性的表白掩盖了其文本的颠覆性锋芒。以母爱,传统的母亲的牺牲行为的母题，构成了一个求得男权社会宽恕的姿态。当经历了全部苦难历程，而终于决定终了这"结婚十年"的时候，她竟选用了这样一个标题：《都是为了孩子》。她竟抛开了讲述过程中全部出自性的压抑、屈辱、被弃、被虐待的事实，而将怀青染上了结核病，不再能抚育孩子作为促成她离婚出走的唯一原因。文本已为怀青之出走提供了太多的动机，而她却在最后一节中强行引入一个从不曾提示的外在的灾难来作为唯一的动机。于是，作为一种文本的策略，结核病便使怀青这个反叛者／强者蒙上一层被害者／弱者的色彩，成了她"不堪驱使"，历尽艰难的明证，将一个真正意义上的"娜拉"式的走出玩偶之家的毅然之举变成了一个"为了孩子"的母性做出伟大牺牲的古老的故事，结核病在文本中取代了情节剧中母亲的"卑微出身"或"污点"的功能，成了母亲被迫洒泪离去不得已的难言之隐。一个主动的决绝的行为成了一次传统的、被动的、自虐式的牺牲。这是《结婚十年》中最为明显的一道文本的裂隙。这或许只是文本中的一种女性策略，因为苏青本人便在《再论离婚》中坦然地使用了另一"反权威母亲"的话语："如今孩子又不得不分离了，我当然更加难过，但并不是痛不欲生，在工作忙碌的时候，我是根本不会想到她们的。因为我相信就是爱孩子也须先自维持生存，自己连生存都不能够了，又拿什么去爱她们呢？"正是在这篇短文中，苏青所给出的离婚的唯一缘由与动机便是"不一世做奴才"，是痛苦的终结，而完全不是母亲的牺牲行为。

不仅如此，在"都是为了孩子"一节中，结核病不仅成了抛儿别女为母爱的"文本的诡计"，而且还在另一个层次上成了性禁忌与贞节的保障。它借女神式女医生（《结婚十年》中唯一一个美丽的女性表象）曾禾之口说："那么我要忠告你一句：……你同任何人都不能结婚，直到你的肺病痊愈了为止。"这不谐的一句"忠告"，洗去怀青之离婚的任何"不洁"的动机，以一种替代性的抚慰削弱了这一行为本身对男权社会的冒犯。

然而，苏青毕竟不是廉价的感伤小说作者，她尽管保留了"权威母亲的话语"，却只是将其用作女性的幻想与女性的策略。除了几句想象性的话语，苏青始终不曾表露出对女性神话的支柱之一"真正的母亲状态的崇拜：孝顺、贞洁、热爱家庭与谦恭"。《结婚十年》几乎是在建立、保有"权威母亲的话语"的同时，颠覆并拆毁着这一话语的伪善。她首先向人们揭示出，所谓母亲，不是"孩子"的母亲，而只是"儿子"的母亲。一个"生了个女儿"的女人根本算不得母亲，而且将实际上被剥夺了做母亲的权力。为了"明年早些可以养个男娃娃"，怀青被盼咐"不必[许]自己喂奶"。于是她不得不在寂寞、痛苦与无聊之中，倾听着孩子的声音，与雇来的奶母争夺对孩子的爱与抚爱孩子的权力。而且几乎就在怀青发誓"为了孩子，再不敢想什么樱桃什么……"之后，她便在产后"寂寞的一月"中，独自"躺在床上，眼望着窗外的天，心里浮起一种幻想。萧索的秋晚，后湖该满是断梗残荷了吧，人儿不归来了，不知湖山会不会寂寞"？而且会在丈夫求欢时"掉下泪来"说："我再也不要养孩子了，永远，永远的。"甚至在文本中，苏青/怀青也深知幸福的母亲常是不幸的妻子的伪装与表象。当丈夫已移情别恋，甚至日常开支也苦苦哀求才能到手时，她便把"菱菱打扮得格外俏丽，元元也是很清洁的"，自己"穿件浅红薄呢的夹旗袍，外加纯黑窄腰的长大衣"，抱着女儿，推着儿子，使"路旁的人们不知道还以为我是幸福快乐的年轻母亲呢"。

于是，苏青的叙事文本便在权威母亲的话语与做女性自陈对权威话语的颠覆之间，便在做母亲的美妙想象与被迫抛儿别女的现实之间呈现出一道不可弥合的裂隙。而正是这道裂隙比文本的叙述更多地呈现了40年代，一个新旧参半的女性，一个终于为人妻、为人母的"新女性"的二难推论。

新女性：一部荒诞戏剧

如果说，苏青在《结婚十年》的前半部表现了中国式的封建大家族/非核心家族中的悲喜剧，那么在小说的后半部及苏青的其他作品中，则将重心置于撕裂五四以来的"新女性神话"，揭示出"新"女性的生存窘境。

这是一种充满了悖论的世界，如同荒诞戏剧中的一幕，永远面临着"第二十二条军规"式的制约。

如果说，自由（半自由）地去爱，去选择爱人，把婚姻的抉择权掌握在自己手中，便是五四认可女性（至少是知识女性）获得的唯一自由，那么这自由的结局——婚姻，却意味着重新进入，或曰复归封建大家族。如果说，自由恋爱，便是五四之女的弑父性行为，便是女儿们对于封建禁令："在家从父"的彻底反抗，那么，婚姻则仅意味着"出嫁从夫"的事实，而且意味着对丈夫之父——公公的再度认可和服从。这在庐隐的《前尘》之中已初见端倪，而在《结婚十年》中便成了女性所面临的最大事实与最大困境。于是，即使是以一个"自由通信"而相恋，以青年会里的文明婚礼为结合的婚姻，也不仅变女儿而为妻子，而更重要的是变女儿为媳妇，变女人为容器，变人为物。变一次时间性的延伸而为空间性的存在。即使当小夫妻终于成了"脱笼的鸟"，去建立他们梦想中的小家庭时，封建家族/父母之家也仍是他们唯一的经济基础与心理依凭。更为荒谬的是，对于一个终为人妻、为人母的"新女性"说来，公婆的权威尽管是一种镇压与威胁，但同时却也是一种归属之所在，一个提供安全感的心理系数。如果作为五四新青年的丈夫终于也厌弃妻子，玩起"喜新厌旧"的把戏，那么妻子却可以向公婆求援、呼救；即便丈夫已"另娶夫人"，只要公婆还认可她做媳妇，她便不会完全沦为"弃妇"，她便至少能确保自己与孩子不遭冻馁。在苏青的世界中，这已不仅是40年代新女性的荒诞命运，而且是母女相继，两代女人的绝望与悲哀（《母亲的希望》《真情善意和美容》）。她笔下那同样"读书十年"的母亲，算来该是五四初潮之际最为美丽果敢的"五四之女"吧。而当曾留学美国的丈夫变心的时候，她却只能"夫妻俩始终相敬如宾"，而自己"一天天地消瘦下去了，说话的声音更加柔和"，对公婆"更加小心"，对孩子更加"爱护备至"。这时她所要维护的已不是爱情，而只是名分："好在我也有儿有女……老婆总是老婆，难道他为了姘头，就可以把我撵出大门去不成？"而这名分却要由公婆来确认、来维护。这便是怀青何以在得来不易的"小家庭"终于兴旺之际，却请来了公婆大人助阵，这便是在丈夫另谋新欢的同时，何以要"详细写封信给公婆，声泪俱下地写道："媳命薄如斯，生无足恋，死亦不惜，其如幼子尚在襁褓何？"试图以弱者的话语，与家庭继承人之母的身份赢得公婆的同情与声援。这不能不说是中国新女性/知识女子的荒诞戏剧中一注辛酸之泪。

同样，在苏青的世界里，一个"新"女性可以为了爱情和幸福去反叛封建道德；如果不是因为怀孕，怀青或许会毅然出走，去完成她与何其民之间的"两颗樱桃"的五四之梦。然而，一旦为人妻母，为了维护自己岌岌可危的身份与地位，她却不惜凭借封建道德律条去中伤其他女人，以期保有自己的丈夫（而非爱情）。怀青会"装作不经意似的说起先奸后娶的婚姻都靠不住"，"又说凡是离婚的女人再嫁后便不能拿出真实来爱丈夫"等，借以中伤她昔日的女友、现已与她丈夫"有染"的胡丽英。尽管她"知道自己所说的其实都是违心之论。贞操与女人真个有什么相干？"为保有丈夫，她始终要去"斗争"，而她所针对的既不是男权社会，也不是性别歧视，而始终是和她同遭遇、同命运的女人：是守寡的瑞仙、未嫁貌丑的杏英，与遭遗弃的丽英。她只能为了男人（她的男人）去伤害其他女人，而且借用同样在伤害着她的男权社会武器。而这无尽的明争暗斗，已不复是为了爱情与幸福,而只是为了生存——为了自己与孩子的苟活与温饱。

或许在一种"没有狂欢、没有暴怒"的琐琐碎碎的"同居"之中,在"新旧合璧"的家庭里,女性最隐秘的二难处境便是欲望与禁止的并置。那是女性的性之欲求、与对把自己当成传宗接代的工具的本能反抗之间的悖论。对一个独身女子说来,那也是爱与欲的悖证,是反叛与秩序的悖论。尽管苏青以她特有的率直写道:"婚姻虽然没意思,但却能予正经女人以相当方便。"但接下来却又是一种尴尬:"我不知该怎么对待自己的丈夫好?想讨好他吧,又怕有孩子;想不讨好他,又怕给别人讨好了去。我并不怎么爱他,却不愿意他爱别人。"那也是女性的欲望与社会禁令的直接冲撞。"万恶淫为首",亚侠的恐惧仍然如同一条疯癫的阴影拖到苏青的世界中来。尽管明珠一唱三叠般地重述着:"欲望是火,人便是扑火的灯蛾",尽管苏青在《蛾》里把独身女人的心理孤寂与生理欲求描写得入木三分,几近惊世骇俗,但是她/明珠虽表示"扑灯的蛾,为了追求热烈,假如葬身在火焰中,还算死得悲壮痛快的",却仍"只怕灼着而未死,损伤了翅膀,跌身在阴冷的角落里,独个子委委曲曲地受苦"。区别所在,只是怀青多了几分市民气的猥琐,而明珠却带了几点理想主义的悲勇。

而女性生存二难境况的最为现实的呈现,便是女性对尊严的最低限度的维护与她对丈夫的经济依附。一旦夫妻失和,妻子就要向丈夫"讨"钱花,这可能是一种极为屈辱的经历。丈夫可以把钱摔在妻子脸上,可以极为苛毒地说:"就是向我讨钱也该给我付好嘴脸看……这些钱要是给了舞女向导,她们可不知要怎样的奉承我呢!"甚至可以公然将夫妻关系视为一种卖淫式的交换:"从此你可休想问我讨一文钱,因为你不尽妻子的义务,我又何必尽丈夫的义务呢?"而与这种屈辱经历并存的,却是女性经济独立的挣扎、尝试与男性据"男主外,女主内"的律条所做的全力破坏、禁止与压抑。对于一个娶了一位"女学生"的男人说来,"女子无才便是德"仍是至高无上的规定。

怀青的"学问"可以用来帮丈夫抄抄笔记、改改试卷;她无尽的闲暇与无聊可以用来虚掷,却不可用来看报、读书。做丈夫的甚至要收起报纸、锁上书橱。而当怀青终为了维护自己最低限度的尊严,也为了贴补家用开始给报刊撰稿的时候,得到的是丈夫一脸"冷冰冰的神情",继而却是"用坚决的口气"说:"请你以后别再写文章了吧,要钱我供给就是。"甚至一反常态天天陪伴,出手大方,只求能将妻子的"兴趣转移过来"。正如苏青用辛辣的口吻写道的:"我知道男人不怕太太庸俗,不怕太太无聊,不怕太太会花钱,甚至于太太丑陋些也可以忍耐,就是怕太太能干,而且较他为强。照社会一般观念,女人在男人眼前似乎应该是弱者,至少也当装得弱一些。……女人不妨聪明,却不可能干;能干在家事上犹自可恕,若在社会事业上也要显其才干,便要使男人摇头叹息。还有女人不能有学识,因为一般男子也是无甚学识的,他们怕太太发出的议论远较自己高明得多。"(《结婚十年·后记》)苏青对这一女性所遭受的潜抑与置身其间的困境的幽微而准确的揭示,传达出现代社会中男权压迫与性别歧视的微妙现实。这现实甚至比乞钱之辱拖着更为悠长的回声。

这种女性生存悖论的叠加,将新女性的"第二幕"笼罩在一片"孤灯绿影"之中,使"庐隐之后"的女性世界成了一幕荒诞戏剧。

女人,即使是新女性,也不仅是占领区的平民,永远的"第二性",而且是永远的放逐者与异乡人。一旦为人媳、为人妻,她便不复是母亲的女儿、社会的公民,甚至不复是女性群体中的一员。她只是一个孤独的、冠着男人姓名的次生物,充当着男人(丈夫)欲望的对象与男人(儿子)的抚育者。

苏青的女性世界充塞着"等待戈多"式的荒诞与绝望。这是一允诺会获救,却永不蒙获救的"种族"。忍受、期待,便是怀青式的痛苦;反抗、拒绝,便是明珠式的空虚:"没有快乐、没有痛苦,什么也没有……只有她一人在承受无边的、永久的寂寞与空虚。"于是,

《蛾》中那座在空袭的威胁下杳无人迹的空城便成了一个反叛的女性生存的隐喻与象征。而对空虚的反抗却只能是一次灯蛾扑火的尝试。这样，苏青便在她的叙境中弥合了五四主流话语中的生者／新女性与死者／旧女人之间的裂谷，并在男权社会关于女人的铭文上留下了一道深深的划痕。

第十四章　张爱玲：苍凉的莞尔一笑

如果说，沦陷区的生存现实所给予苏青的，是一种关于女性境况的启示与隐喻；那么，它给予张爱玲的却是一个关于废墟，"荒凉"的废墟的意象。这如同一个远远徘徊的、不祥的凶兆，是张爱玲思想背景里惘惘的威胁。那是一处战火焚过之后的"断瓦残垣"。那不仅是一片女人的荒原，而且是一片人的荒原，是命如游丝的中华古文明的荒原。

于是，张爱玲的文本序列便展示了一个正在逝去的国度，一个注定死灭的"种族"。这"种族"不是人种学或地域意义上的中华民族，而是一个阶级——老旧中国的贵族世系，一个优雅的、充满了女性神话——洛神韵味的脆弱而飘逸的"种族"。张爱玲的世界如同一轴精美、绮靡的工笔长卷画，年深日久，已泛出岁月幽暗的淡金色。一种深重的怅惘、留恋和在绝望中已然消散的仇恨，使张爱玲的叙事语调如同透过岁月的暮霭而投向旧日的悠然的凝视。这世界充满了文明的末日感与颓败感。"人是生活在一个时代里的，可是这时代却在影子似的沉没下去，人觉得自己是被抛弃了。为了要证实自己的存在，抓住一点真实的、最基本的东西，不能不求助于古老的记忆，人类在一切时代之中生活过的记忆，这比瞭望将来要更明晰、亲切。于是她对周围的现实发生了一种奇异的感觉，疑心这是个荒唐的、古代的世界，阴暗而明亮的。回忆与现实之间时时发现尴尬的不和谐，因而产生了郑重而轻微的骚动，认真而未有名的斗争。"（《流言·自己的文章》)"个人即使等得及,时代是仓促的,已在破坏中,还有更大的破坏要来。有一天我们的文明,不论是升华还是浮华,都要成为过去。"(《传奇再版序》)于是,张爱玲的作品序列便成了一首凄寂的挽歌,一抹在中华古文明的死亡环舞面前无奈而倦怠的微笑。她仿佛深知这种文明,这个"种族"已经历了"她生命里顶完美的一段,与其让别人给它加上一个不堪的尾巴,不如她自己早早结束了它。一个美丽而苍凉的手势……"张爱玲便这样,以她悠悠的叙事语调构成了一座文明流沙之上的象征之林;在一块已然坍塌并注定要湮没的墓碑上刻下了最后几行铭文。

一个正在逝去的"国度"

尽管作为一个贬义上的"通俗小说家",张爱玲比许多"严肃作家"更清楚:艺术并不是对真实与真理的追求,而只是一幅心灵镜像的呈现;对逝水年华的追忆,并不是对旧世界的复活,而只是对旧世界文化表象的拼贴与整合,艺术的时刻,只是混沌的现实中绝少的"心酸眼亮"的一瞬。张爱玲的小说的叙事体正作为这样的一次"追忆",作为一个在追忆中把过去托付给未来的行为,悠然地沉浮在《红楼梦》《金瓶梅》与赛珍珠的"中国"小说的叙事话语之间,沉浮在封建文明碎裂之际的叙事语流与半封建半殖民地中国时尚的、"不甚健康"、却有着一种"奇异智慧"的边缘叙事之间。她知道,在文化中只有女人的表象,而没有女人血肉的真身。但她并不呐喊,并不抗议。因为不仅女人,一切之于她,都只是一个镜中的世界——飘浮着,闪烁着,栩栩如生,却随时可能因最后一线阳光的收束,或逆光中一个巨大的黑影的遮蔽,而永远地暗下去,消失在一个悠悠的黑洞之中。

张爱玲的世界是一个正在死亡的国度,充满了死亡的气息。但这并不是一种新鲜的腐尸味道,而是一具干尸的粉化,是一种若有若无、轻烟袅袅的沉香屑的飘忽。这死亡的国度并非充斥着死样的苍白，而是充满了斑斓的色彩。沉滞而浓重的色彩将小说的叙事空间悬浮在一片流光溢彩之中。因为"中国的悲剧是热闹、喧嚣、排场大的"；因为"京剧里的悲哀有着明朗、火炽的色彩"（《流言·洋人看京戏及其他》）。张爱玲具有一种极为纯正、细腻的色彩感。或许那是出自一位女性悲哀而异样明敏的眼睛；或许那是面对旧世界——她的故国，她的故土，在撕肝裂胆与绝望的屈服之后，最后一次目光的爱抚与心灵的涂色。

如果说，苏青的女性世界是一座空旷、艰辛、冰冷的囚牢，那么张爱玲的世界则是一个为色彩所窒息的、充满幽闭恐惧的世界。那是一片片流动着，又似乎早已干竭了的色彩，一片片凄艳，而又黯淡的正在死去的色彩。那是一片"朱红点金的辉煌背景"，"一点点淡金便是从前的人怯怯的眼睛"；那是"锈红色的铁门"，是"蓝椅套配着旧的、玫瑰红的地毯"，那是"朦胧中可以看见堂屋里顺着墙高高下下堆着一排书箱，紫檀匣子，刻着绿泥款识。正中天然几上，搁着珐蓝自鸣，机括早已坏了，停了多年，两旁垂着朱红对联，闪着金色的寿字团花，一朵花托住一个墨汁淋漓的大字"。那是"自底子上，阴戚的紫色大花"；那是"一种橄榄绿的暗色，上面掠过大的黑影，满蓄着风雷"。

这是一个在"楼台高锁、帘幕低垂"之后痛楚地死亡、逝去的国度。色彩的富丽，暗示着一处"秦淮旧梦""昔日繁华"。然而一切已被玷污，一切已然破损。岁月已在其中浸入一层洗不去的灰色与污秽。没有纯白、没有洁净，没有阳光、没有空气的鲜活。沉滞地、凝重地，在时间的死亡与循环中完成着空间的颓败与坍塌。如同张爱玲记忆中生父毒打并囚禁她的空屋，"月光底下的、黑暗中出现的青白的粉墙，片面的、癫狂的"；"楼板上蓝色的月光"，卧着"静静的杀机"。囚窗后"高大的白玉兰树，开着极大的白花，像污秽的白手帕，又像废纸，抛在那里，被遗忘了"（《流言·私语》）。

或许作为香港—上海——这些畸形城市的居客，张爱玲置身于中华古文化与西方文明撞击、碎裂的锋面上；或许作为最后一代颓废/淫逸之家的弃女，作为在沦陷区备受颠沛流离的现代女性；张爱玲比苏青更深地体味着女人——永远的异乡人的身份。永远的放逐，永远的罪孽，永远的"不够健康、又不够病态"的生存。和苏青不同，张爱玲有着一位旧式大家庭的浪荡子的父亲，和一位来而复去、旅居欧美的母亲。而且在她的一生中，她不曾拥有（或拒绝拥有）一个诸如"女儿""闺秀""妻子""媳妇"的"身份"与"名分"。她始终是一个飘零客、一个异乡人，一个并不空洞、却没有明确的社会性所指的能指。然而，她却没有那种放逐者的自怜自伤。相反，如同隔着一道玻璃墙，张爱玲以自己这种"可疑的身份"将她的心灵隔绝、游移在太真实、太沉重的现实之外。她永远用异乡人新鲜而隔膜的眼睛看世界（《到底是上海人》《洋人看京戏及其他》《道路以目》）。含着一抹淡淡的疏离，一种深深的依恋，一缕温婉的宽容与嘲弄，一汪化不开的悲哀与忧伤。

不同于苏青作品中单纯的执着、赤裸的呈现；不同于她喷发的悲愤与指控；张爱玲的世界要繁复细腻得多。而且她的人物永远在一片淡薄的雾障之中，层层包裹在"随身携带的微型戏剧"——服装的遮蔽之下。不是控诉，不是呻吟。只是风雨声中若断若续的胡琴声。琴弦上诉说的是一些"不相干"，"不问也罢"的故事。但那并不是淡漠，而只是一种"婉转的绝望，在影子里徐徐下陷"。那只是"无量的苍绿"，"中有安详的创楚"（《流言·诗与胡说》）。那只是目睹着中国式的残忍，承受着痛楚与重创之后，却发现受害人原是"惯了的"，于是只感到一阵"寒冷的悲哀"。张爱玲将这"安详的创楚"与"寒冷的悲哀"移置在她的叙事空间之中，移置在她关于色彩的话语之中。

张爱玲所呈现的这座颓坏的囚牢是一个时间已然死亡的国度。"秋冬的淡青的天，对面的门楼挑起灰石的鹿角，底下紧紧两排小石菩萨——也不知道现在是哪一朝,哪一代——朦胧地生在这屋子里,也朦胧地死在这里么?死了就在园子里埋了。"(《流言·私语》)"白公馆有这么一点像神仙洞府:这里悠悠忽忽地过了一天,世上已经过了一千年。可是这里过了一千年,也同一天差不多,因为每天都是一样的单调与无聊。""你年轻么?不要紧,过两年就老了,这里,青春是不稀罕的。他们有的是青春——孩子一个个的被生出来,新的明亮的眼睛,新的红嫩的嘴,新的智慧。一年又一年的磨下来,眼睛钝了,人钝了,下一代又生出来了。"(《传奇·倾城之恋》)

在这个世界上,是死者目光灼灼地从颓坏、仍豪华的古屋里注视着苍白、优雅、幽灵样飘荡的生者;生者款款的悄声细语,如同怕惊扰了空气中拥挤的,充满威慑力的阴魂。

张爱玲的小说作为一个文本序列,是中国画的飘逸、简约与西洋画的丰满、细腻及色彩铺陈的缝合;是《红楼梦》的话语与英国贵族文化的缝合;是古中国贵族世系的墓志铭与现代文明必毁的女祭司预言的缝合。事实上,前者是半封建的中国的投影,那是一具历时三千年的巨大的干尸缓慢的碎裂,以及这干尸的遗腹子的幽灵样的生存,而后者则是半殖民地的中国,一个命定不能长大的畸胎,充满了狡黠的残忍与邪恶。而那种卡珊德拉式的神秘而绝望的文明自毁感,则是对异族统治与现代战争的隐喻。那是一部关于异族统治下的半封建、半殖民地中国的叙事,是核心话语的边缘化呈现。

绣在屏风上的鸟

张爱玲的世界作为一幅脆弱、美丽、彩镶玻璃式的镜像,除了粉裂与消逝之外,别无获救的希望。因为那些优雅而孱弱的人种是张爱玲的同类,是张爱玲"死亡国度"中唯一的种族。而作为时代的放逐者,他们已不再入主真实的世界。而这个真实世界是由他人与异类所充满的。只有这些异类能以"那种满脸油汗的幽默"去直面人生,只有他们能生存下去,尽管他们将生存在一个重新到来的"蛮荒时代"之中。"将来的荒原上,断瓦颓垣之中,只有蹦蹦花旦这样的女人,她能够夷然地活下去,在任何时代、任何社会里,到处是她的家。"(《传奇再版序》)于是,怅惘而无奈,疲乏而放任,张爱玲便以一种原旨弗洛伊德的宿命与悲观的话语构成了悲悼她的同类、她的阶级的铭文。

张爱玲的"种族"只有两种人存在:那便是美丽、脆弱、苍白而绝望的女人;没有年龄、因而永远"年轻"的男人。那些男人"是酒精缸里泡着的孩尸"。他,"出奇地相貌好","长得像广告画上喝乐口福、抽香烟的标准青年绅士","穿上短裤就变成了吃婴儿药片的小男孩,加上两撇八字须就代表了即时进补的老太爷,胡子一白就可以权充圣诞老人"(《传奇·花凋》);他,更多地"是那种瘦小白皙的年轻人,背有点驼,戴着金丝眼镜,有着工细的五官,时常茫然地微笑着,张着嘴"(《传奇·金锁记》)。除了在一个规定情境中,他,没有生命,没有情感,没有力量。那规定情境永远是母亲、鸦片、女人、被虐与施虐,永远是"一出连演的闹剧"。而规定场景则永远是流光溢彩的死亡国度:"房屋里有太多的回忆,像重重叠叠复印的照片,整个的空气有点模糊。有太阳的地方使人瞌睡,阴暗的地方有古墓的清凉。房屋青黑的心子里是清醒的,有他自己的一个怪异的世界。"(《私语》)

于是,在张爱玲的世界里便只有一个故事,一个逃遁的故事,或者说是渴望逃遁的故事。这故事里有男性——父亲/儿子;有女性——母亲/媳妇/女儿。尽管逃遁是除死亡之外这个"种族"唯一的故事,但它却不属于男人。在张爱玲的消逝之国中,男人是一个无梦的"人种"。除了"闹剧"、鸦片、妇人之外,他们没有青春、也没有衰老。他们是母亲的儿子,儿子的父亲,但他们始终不是丈夫、不是男人。如同《金锁记》中那个除了作为一个称谓、一张遗照，始终不曾在文本中显身的二爷，只是一具残废的躯壳，一具"软的、重的、麻木的"肉体。他注定是一个驯顺的儿子（如果他不够驯顺，鸦片将助母亲一臂之力），他也会是一位父亲，一位将在文本中死灭的父亲；如若生存下去，则会成为一个多余人，成为他儿子的母亲（却不是他真正意义上的妻子）的磨难或帮凶。男人，在张爱玲那里，只是颓败王国中的物质性存在。他们或则以"连演的闹剧"去加速"镜城"的消逝，或则听任他人（母亲）将自己毁灭殆尽。

张爱玲的世界毕竟是一个女人的、关于女人的世界。然而，不是冯沅君的作为五四时代话语的母女纽带，也不是冰心的如此幸福的"母女同体"的一瞬。张爱玲也讲述了母亲们和女儿们，但她们却互相怀着不可名状的隔膜与仇恨。她们各自分立在死亡古宅的一隅，试图用冰冷的凝视冻结对方。在张爱玲的"国度"里，权威的统治者，是睡在内房床榻上的母亲。这是一个无父的世界。或许由于张爱玲的国度存在于五四——一个历史性的弑父行为之后；或许在无意识中她要以无父的世界隐喻秩序的倾覆与毁灭将临的现实。然而，在张爱玲那里，母亲的统治亦不是一种女权的统治，或温和仁慈的统治；而是一种近于女巫与恶魔般的威慑。她将以父权社会最为暴虐的形式，玩味着支配他人（儿子）的权力，对他"施行种种绝密的精神上的虐待"。因为那是她报复父权社会的唯一方式与途径。

和苏青一样，张爱玲也借助了父权社会"权威母亲的话语"，所不同的是，苏青所借用的是19世纪关于慈母、母爱的话语，张爱玲所借用的却是20世纪、精神分析泛文本中的恶魔母亲的话语。

在张爱玲的叙境中，理想母亲只存在于想象之中，那只是女儿们的梦。她会在"魔住了"的时刻，"自以为枕住了母亲的膝盖"，"呜呜咽咽"地叫道："妈，妈，你老人家给我做主！"然而，几乎立刻她便会明白："她所祈求的母亲与真正的母亲根本是两个人。"（《倾城之恋》)那只是梦中"守在窗前"的一个幻影,是退色的相册上一张旧的婚前的照片。这是爱,一份虚幻的爱,是弗洛伊德意义上的对"前俄狄浦斯的母亲"的追寻。而在照片上,那女人与其说是一位母亲,不如说是一个女儿。如果说,张爱玲的唯一故事是逃遁,那么这逃遁与逃遁的梦想是女儿的特权。作为父权社会的结构与规则,似乎只有女儿可以通过与一个异类的男子的通婚逃离死亡之国。于是她可以希冀,可以挣扎,可以在人生的赌博中押上她们自己。然而,以这种方式得以逃遁的只有《倾城之恋》一例。因为在列维-施特劳斯的范畴中,交换——女人的交换永远是由同类的男人来进行。她必须嫁给她的"同胞",因为她是用来换取另一个女人的。于是那个渴望着逃遁的女儿会"永远在那里等候着一个人,一个消息"。"她明知消息是不会来的。她心里的天迟迟地黑了下去。"(《传奇·茉莉香片》)她的故事永远是封锁线上的一个美丽的谎言;一次动人的、热切的遭遇,却只是一个"不近情理的梦"。于是,"生命像圣经",永远是几经翻译的隔膜的译文。

于是,那带着一颗天空漆黑的心灵的女儿成了一个媳妇。媳妇——那是一具女儿的尸身。那是一只钉死的蝴蝶,"鲜艳而凄怆"。那是一种死亡的、伴着死亡的生存。她只能在孤寂的暗夜里,独自注视着自己"月光死寂的黑影子里的双脚",那"青、绿、紫,冷去的尸身的颜色"(《金锁记》)。"她是绣在屏风上的鸟——悒郁的紫色缎子屏风上,织金云朵里的一只白鸟。年深日久了,羽毛暗了,霉了,给虫蛀了,死也还死在屏风上。"(《茉莉香片》)

"绣在屏风上的鸟",是张爱玲叙境中的核心隐喻。那是永远桎梏中的双翅,是永远于想象中的飞翔。这与其说是一个关于飞翔与逃遁的意象,不如说是一个关于死亡与囚禁的意象。张爱玲的国度,甚至不是一座冰冷的铁笼与死牢;她的女性/媳妇,甚至不是笼中囚鸟。笼门打开之时,囚鸟或许还可以振动残缺的翅膀,去完成她梦中的飞翔。而张爱玲叙境中的女性,却只是历史的地表之下,一片扁平的、鲜艳而了无生机的图样。她们不仅没有真实的岁月,甚至被剥夺了一具血肉之躯。生命之于她们,只是时间对空间永恒的剥蚀与破损。尽管"中国人从《娜拉》一剧中学会了'出走'。无疑地,这潇洒苍凉的手势给一般中国青年极深的印象"。但"出走"逃遁,如果不是一个绝大的悲剧,便只是一出"'走!走到楼上去!'——开饭的时候,一声呼唤,他们就会下来的"(《流言·走!走到楼上去》)悲凉的荒诞喜剧。"绣在屏风上的鸟",那"悒郁的紫缎","织金的云朵",如同对于逃遁梦想的滑稽模仿与恶意嘲弄。

如果说,五四新女性的境况便如同"占领区的平民"与"解放了的黑奴",那么张爱玲的女人/媳妇们就如同被遗忘在解放了的巴士底狱的地牢中的死囚。甚至没有拯救的希望,没有戈多要来的许诺。那面紫缎屏风不是一座灵肉搏斗的生死场,而只是灵的死所与肉的葬处。她们没有丈夫,有的只是可以让她们受孕,却已然被阉割了的男人。鸦片烟枪取代了菲勒斯的存在。于是,张爱玲的女人们如果不是在沉寂中凋零、死去,便会在"无名的磨人的忧郁",欲望的隐秘的饥渴、精神上的被虐与施虐中成了一位死亡天使,一个恶魔母亲;成了古宅之中一个无所不在、令人窒息的狱卒。

张爱玲在她的叙事语流中,揭示了死者/旧女性之生的隐秘,揭示了一个女性施虐狂的诞生,这原本是父权社会隐秘而持久的虐待与压抑行为的产物。而女性/母亲的疯狂与变态,原是对父权社会的报复行为。这样,张爱玲便以女性的叙事话语颠覆了弗洛伊德的恶魔/母亲的铭文。她将西方父权社会中权威/母亲作为男人/儿子的内在的、心理的自我的话语,展露为一个真实的、社会化的性别存在。

张爱玲的穷凶极恶的母亲与孱弱、卑怯的儿子的母/子关系式,是在中国式的家庭结构中呈现出来的。在张爱玲的母子关系中,母亲不是作为一个欲望/禁止的缺席符号,而是作为一个永远在场的权威。她似乎不是要成为儿子欲望的对象，或压抑儿子对他人的欲望；而是相反，她总是"慷慨地"为儿子提供女人（为儿子娶妻纳妾，是一个中国母亲的职责；在张爱玲那里，这也是她"占有儿子"的唯一手段），而后再横亘于儿子／媳妇之间。她隐秘的施虐不是直接指向儿子，而是媳妇。对媳妇说来，这是个"疯狂的世界。丈夫不像个丈夫，婆婆不像个婆婆。不是他们疯了，就是她疯了"（《金锁记》）。母亲将通过把媳妇（或儿子的任何女人）变为肮脏的客体，来完成她对儿子的阉割。如果这还不足够有效，那她将借助鸦片，直到他完全胎化，成为一具死样的孩尸。她是这死亡国度的天空中一轮"使人汗毛凛凛的反常的明月——漆黑的天上一个灼灼的小而白的太阳"（《金锁记》）。这是一场恶毒、残忍，令人毛骨悚然的谋杀。一场发生在月光的黑影子里的谋杀。杀手便是那永远被囚禁的女人，一个"阁楼里的疯女人"，她会以"疯子的审慎与机智"去杀人。这谋杀是一阕回声，一场复仇，它针对着已然久远的过去、父权社会对一个纯真的、充满逃遁希望的少女无血、无声的虐杀。

如同一个偶句，呈现在张爱玲世界中的是她的母亲与女儿的故事。这一关系式是张爱玲对"权威母亲的话语"的颠覆性铭文。在张爱玲的叙境中，母亲亦没有"将自己的欲望置于女儿的要求与健康之中"。母亲与女儿的关系，永远是女人与女人的关系。但这两个女儿亦不是在弗洛伊德的意义上争夺着一个男人（丈夫／父亲）的爱，因为她们的生活中根本没有"男人"（作为一个例外，张爱玲写了一则幼稚的"厄勒克特拉"故事的摹本《心经》），那只是死亡国度中的一个死囚与一个可能遇赦的囚徒之间的嫉妒与仇恨；那只是逃遁的否决与逃遁的可能之间的挣扎与角斗。如果女儿将重复母亲的死亡之路便也罢了；母亲不能忍受女儿／另一个女人可能逃遁，可能豁免，可能拥有"空旷绿草地上"寂寂的绮丽的回廊——走不完的寂寂的回廊"。不能忍受她可能拥有"半透明的黑绸伞"里"星光下的乱梦"。那时候，母亲将出现，将从"没有光的所在"悄然出现，永远地遮蔽了女儿／另一个女人的全部光明。在张爱玲的国度中，女儿所在的世界不仅是无父的世界，也是无母的世界。那里只有死亡的绝对权威。只有那轮"凛凛的反常的明月"，漆黑中"小而白的太阳"。那是一具被父权的阴魂谋杀之后，又借尸还魂的母亲／女人的躯壳。当绣在紫缎屏风上的白鸟，终于霉烂在屏风上的时候，留下的不是鸟魂，而是屏风的冷笑。

文明·历史·女人

《倾城之恋》是张爱玲的文本序列中唯一个逃遁并且成功的故事。然而这亦不是绣屏上的白鸟展翅飞出了织金云朵的传奇，而只是一次历史的偶然，战火焚毁了那架无限精巧，又无限的沉重的屏风。于是一个死女人得以"复活"。但在这部文本中，张爱玲的叙事重心已转移到对"历史中的女人"——倾国倾城的男权神话的重写中去了。那是对特洛伊——海伦式的女性原型的解构。

《倾城之恋》是张爱玲小说中最优美、精巧的一部。它是"一个自私的男人"和"一个自私的女人"的故事。"他们不是英雄，他们可是这时代广大的负荷者。因为他们虽然不彻底，但究竟是认真的。他们没有悲壮，只有苍凉。悲壮是一种完成，而苍凉则是一种启示。"（《自己的文章》）张爱玲以这部优美、古老、绮靡而怅惘的故事构成了一部苍凉的启示录，一个关于历史、文明与女人的故事。文本中一个重要的象征是浅水湾旁的一堵灰墙："一眼看去，那堵墙极高极高，望不见边，墙冷而粗糙，死的颜色。流苏的脸托在墙上，反衬着，也变了样——红嘴唇，水眼睛，有血、有肉、有思想的一张脸。"那是中国历史的象征，是"千年如一日"的死寂的白公馆的空间延伸；那也是文明的废墟，如同一个古远的辉煌文明湮灭之后，留下的谜一般的残垣。而这堵灰墙"托"着流苏的面孔，形成了历史、文明与女人的并置；而这一象征也构成了张爱玲叙事体中一道几乎难于辨别的纹饰般的裂隙。灰墙之下那张"红嘴唇""水眼睛"的面孔，是废墟上的生。是时间、历史、文明坍塌之后的幸存与逃脱。废墟上的女人，那意味着一次诺亚方舟式的获救，意味着生命与生命的延续。张爱玲借范柳原之口说道："这堵墙不知为什么使我想起地老天荒那一类话。……有一天，我们的文明整个的毁掉了，什么都完了——烧完了，炸完了，坍完了，也许还剩下这墙。流苏，如果我们那时候在这墙根底下遇见了……流苏，也许你会对我有一点真心，我会对你有一点真心。"这是张爱玲心爱的主题。她尽管为她的死都、镜城蒙上了一层正在逝去的、"古代的"、阴暗而又明亮的光照；但她仍以一种创楚、悲哀而诚挚的美的话语执着人类的重生。如果说，当她在"锣鼓喧天"之时，咀嚼着"凄寂的况味"，认为只有蹦蹦花旦这样的女人将夷然生存在未来的荒原上，还只是在悲悼她的阶级、文明与时代；那么当她瞩目于米开朗基罗的《黎明》时，她依然有一种绝望的欣悦，祈愿着人类之生。如果说曹七巧的故事便是古墓中的活埋与彻底的死灭；那么白流苏的故事则是一个浸着泪迹的复活——那不是白鸟的飞脱，也不是女性的复活，而是人／人类的逃脱与复活。人／人类将女人之躯逃脱亦复活。这是女人／地母原型的一种变异与重述。张爱玲曾说："女人纵有千般不是，女人的精神里面却有一点地母的根芽。"（《谈女人》）然而，这却是一种典型的父权／男性的话语，对他们说来，女人，重要的不是精神，而是躯体，是尤金·奥尼尔《大神布朗》式的地母／妓女的同体，是女人／拯救的同体。张爱玲的"废墟上的女人"的象征，便是父权社会关于女人的权威话语的呈现。

然而，这是一次重复，又是一次篡改。当流苏／女人那"有血、有肉、有思想"的面孔托在灰墙之上的时候，这生／死的寓意已在发生着置换。那女人的"红嘴唇、水眼睛"，似乎成了砌死在灰墙上的一种历史的凿刻；而死寂的灰墙却获取了一份阴森森、湿漉漉的生命。

那已不再是一个活女人——生命的根芽，而是一个死女子——历史的话语的永远的判决和囚禁。在塞尔维亚民间的行吟长诗中，有着一个在城池的地基里砌入一个美丽的女人，才得以建成城市的传说；而在世界各民族的神话、传说与史籍中都记载着因一个妖女/美丽而起战祸，以致亡国灭种的故事。在每一个文明的起始与终点都镌刻着一个女人的面孔，一个注定缺席，又注定被囚禁的"女人"——历史的话语。如果说海伦在《伊利亚特》洋洋巨制的叙述中始终呈现为现实中的缺席，那么她作为这场战争的缘起与锦标，却是一个无所不在的话语事实。她一直要到特洛伊城池被夷为平地，才会作为战利品而出现。面对这种关于历史/文明/女人的男性权威话语，张爱玲以"女人的在场"——战祸中的一个男人和女人的故事完成一次巧妙而委婉的解构。张爱玲亦不会像苏青那样决绝与激愤，她只是在隐隐的创楚与怅惘之中"笑吟吟"地重写了一个古老的故事。"香港的陷落成全了她。但是这不可理喻的世界里，谁知道什么是因，什么是果？谁知道，也许就因为要成全她，一个大都市倾覆了。……流苏亦不觉得她在历史上有什么微妙之点。传奇里倾国倾城的人大抵如此。"

这是一部传奇。因为它讲述了一个倾城之恋。因为"到处都是传奇，可不见得有这么完满的收场。除了这个完满的收场之外，《倾城之恋》讲叙的仍是那死亡国度中的一个女人的故事。一个被活埋在古宅之中的女人，被钉死在历史的"朱红对联"之上，钉死在金色寿字团花上的淋漓墨迹之中。她有反抗，她曾从夫家逃出，却只是从一个囚牢逃回另一个囚牢。她再次出逃，这一次也最多只是逃到"楼上"去。一如《金锁记》中的七巧，为了捍卫她带了一辈子的黄金枷锁，疯狂地驱散了她"沐浴在光辉里"的时刻，驱散了那"细细的音乐""细细的喜悦"，而宁肯承受那"迟迟的夜漏——一滴、一滴、一更、二更……一年，一百年"，而只能绝望而饥渴地注视着她欲念的对象"望外走"，"晴天的风像一群白鸽子钻进他的纺绸裤褂里去，哪儿都钻到了，飘飘地拍着翅子"。白流苏的再度挣扎也只是出自一个残酷的现实：求得"经济上的安全"。曹七巧为了"经济上的安全"，驱逐她"无限痛苦"地爱着的男人，白流苏则为了最狭义的"生存"投向了一个她不爱的、至少是无暇去爱的男人。如果说，薇龙宁肯出卖自己换钱，以便买到她所爱的男人的爱；那么流苏甚至不及于此，她卖自己只为"谋生"。事实上，"她"自己、"她"的身体，是男权社会所认可的、可以流通的女人的唯一资本。"以美好的身体取悦于人，是世界上最古老的职业，也是极普通的妇女职业，为谋生而结婚的女人全可以归在这一项下。"（《谈女人》）对张爱玲说来，这与其说是一个残酷的事实，不如说是一个辛酸而无奈的事实。流苏想要活下去，只能卖自己。只是价格／价值比不同罢了。她十分"幸运"地免做"五个孩子的继母"，因为她得到了一个肯出大价钱的男人的青睐。他爱她。因为范柳原把流苏当做一个美丽的表象——一个"中国女人"的表象。然而这爱也不过是男人将这个女人供养起来，如同占有一幅画，如同珍视一件宠物。或许可以说，《倾城之恋》之所以魅力长存，张爱玲之所以不同于"制造"爱情故事的女作家们，正在于《倾城之恋》这部爱情传奇是一次没有爱情的爱情。它是无数古老的谎言、虚构与话语之下的女人的辛酸的命运。这是一次成功的出售。历史的灾难成全了这段故事。在这部文本中，女人并没有拯救人类于浩劫，倒是战祸救一个女人与疯狂与毁灭之中。

这本该是男性作家笔下的一个传统的喜剧题材：一个男人和一个女人，"都是精刮的人，算盘打得太仔细了"，彼此设下圈套、察言观色、旁敲侧击。最后双双落入情网。但在张爱玲的叙境中，这场游戏却只是女人单方面的、绝望的、铤而走险。因为，"本来一个女人上了男人的当，就该死；女人给当给男人上，那更是淫妇；如果女人想给当给男人上而失败了，反而上了男人的当，那是双料的淫恶，杀了她还污了刀"。而男人只需利用金钱、社会，制造一种话语便足够了。所以流苏终于败下阵来，做了范柳原的情妇。如果说这也是一种逃脱的话，那么这也是一座囚牢。"她怎么消磨这以后的岁月？找徐太太打牌去，看戏？然后渐渐地姘戏子，抽鸦片，往姨太太们的路上走？……那倒不至于！她不是那种下流的人。她管得住她自己。但是……她管得住自己不发疯么？楼上品字式的三间屋，全是堂堂地点着灯，新打了蜡的地板，照得雪亮，没有人影儿。一间又一间，呼喊着空虚。"这便是流苏的"逃脱"。然而，战祸降临了。在"什么都完了"的当儿，在死亡与最低限度的生存面前，男人和女人似乎真的平等了。于是"总有地方容得下一对平凡的夫妻"。流苏获救了，但无人知晓以后的故事。无人知晓这次逃脱是否是又一次落网。

张爱玲便这样从女人的视点重述了一个"倾国倾城"的故事，一个美丽而忧伤的故事。带着几分诙谐，带着几缕辛酸。

张爱玲的世界沉浮在黄昏与黎明的交汇处，充满了色彩的幽暗与丰饶，如同在黎明的第一线晨光中挣不脱的昨夜的梦魇。张爱玲的魅力，与其说存在于一种真实感，不如说正是在真实感欲聚欲散的状态之中。她的世界似乎是一个巨大的黑暗的团块，但边缘已在弥散、汽化。那是一种"花非花、雾非雾"的韵味，一种女性的话语。我们似乎是透过一面布满水汽的玻璃，注视着她苍凉、凄艳的，正在老去的世界。那是一轮"三十年前的月亮"，"铜钱大的一个红黄的湿晕，像朵云轩信笺上落了一滴泪珠，陈旧而迷糊"。那是一种悲哀的美，一次苍凉的回首；"它像葱绿配桃红"，是一种参差的对照。

或许正像是毁城的战祸悲喜剧式地成就了流苏的幸福；沦陷与沦陷区的生存造成了张爱玲的魅力——一种奇异的叙事距离与叙事语调，一种爱/恨相间的文化铭文。作为一个腐败的贵族之家的末代女，张爱玲对老中国、老中国的文明与生存有着一种撕肝裂胆的仇恨；这在她的文本之中呈现为梦魇般的诅咒与绝望。然而，作为一个亡国时代的富于才情的女性，她似乎在战火、死亡与窒息之间更深地品味了人生，而对故国、故土、作为同胞的普通人多了一种深切的挚爱与理解。这是一种无限制地"生长到自身之外去的宽容"，只化作一缕"安详的创楚"："可爱又可哀的岁月呵！"只化作一堵穿不透的玻璃墙之后的深情的凝视；只化作一份痛楚的欣悦："生活在中国就有这样的可爱：脏与乱与忧伤之中，到处会发现珍贵的东西，使人高兴一上午，一天，一生一世"；只化作了苍凉的莞尔一笑。

结 语 性别与精神性别
——关于中国妇女解放

"五四"运动整整三十年后，新中国的成立成为中国妇女生活史上又一不可磨灭的事件。新社会制度对男女两性在法律、政治、经济地位上的平等相待，终于正面否定了两千年来对女性理所当然的奴役与欺侮。同工同酬、婚姻自主等政策法律的颁布，使女性社会成员第一次在人身和人格上有了基本的生存保证。无怪新中国的成立一直被视作劳苦大众的解放，以及妇女解放的同义语。

于是，五四新文化和新中国诞生便如同两条轴线，一条标志着妇女们浮出历史地表，走向群体意识觉醒的精神性别自我之成长道路，一条则标志着妇女从奴隶到公民、从非人附属品到自食其力者的社会地位变迁。两轴互相参照，无乃衡量中国妇女解放的横纵坐标图，它包含着由这两个过程本身产生的两大衡量标准：精神性别的解放和肉体奴役的消除。

现代史与当代史的交迭更替之际，这幅坐标已为我们显示了两个令人欣喜的读数。一方面，妇女们在社会生活中翻身做主的程度已于世界上领先一步；另一方面，在文化上，从女性们难以计数的文字中已隐然可见一个成熟起来的性别自我形象，一批堪称"女性文学"的创作已悄然临世，至少，女性的视点、女性的立场、女性对人生和两性关系的透视，连同女性的审美观物方式等因素，正从男性或中性文化的污染中剥离而出，并将烛照这男性文化的隐秘结构。然而，正是在这同一伟大瞬间，随着社会生活的改观，妇女解放的命题连同这一坐标本身实际上已经被悄悄掷向时间的忘怀洞。这乃是几十年后的今天，我们即将结束这段对女性精神生活与文学创作的回溯时，不得不特别提到的一件事情，因为它直接关系到今天中国妇女们的处境，而历史和死者又都缄默不言。

新中国成立之后，女性群体精神性别的成长与社会性奴役的消除这两方面的成就所获得的话语处境完全不同。在文学中，对妇女翻身做主人的歌咏以及对翻身做主的女性的歌咏，在很长一段时间是百写不尽的主题，而现代女作家们在从女儿到女性的自我成熟中寻找到的性别立场非但不复成为一种传统，甚至几乎无人敢于问津，更谈不到发展和深化。而且不知何时起，"性别"在文学中成了多余字眼，除非有革命真理与谬误之争，否则两性之间是河井不犯。翻身做主的《白毛女》和《红色娘子军》流行文坛几十年，是不止几代人所受的共同的艺术熏陶，而与喜儿同时问世的沦陷区女作家的作品文本，不仅多数人闻所未闻，即便在藏书丰富的图书馆中，也是稀有之物。

如果想到，歌咏翻身女性与表现精神性别自我之间有"女性被讲述"与"女性自述"的区别，属于两种不同的话语传统；如果进一步想到，在现代文学史上，主导文化阵营的话语传统与女性自我的话语传统曾有过间接和直接的冲突，那么，也许便值得注意，这两种传统的不同处境说明了某些事情。

请再取《白毛女》一析：喜儿的形象在描写翻身女性的作品中是一个最初始也最恒久的原型。

最能体现"女性被讲述"传统的不在于喜儿被置于一个描述和观看的客体位置上，而在于讲述的方式是传统男性中心文学惯例的沿用。从故事结构上看，喜儿早先和睦的父女之家被拆散、爱情遭到粗暴的截断,从此沦落地狱般的黄家备受折磨,最终被救还的过程,俨然是无数善恶王国争夺价值客体的故事中的一个,喜儿的遭遇落入了模式化的功能的限定:她注定被抢走、注定不会死掉、注定会被拯救,她的功能就是为了引发一个救生并寻回的行动。从女性原型上看,喜儿与睡美人、灰姑娘那些由男性赋予价值和生命的原型相类,她与她们都在一个深藏、隐秘、洞穴式的神秘空间中等待,直到某一天某王子来到,将她发现、唤醒,由鬼变成人,由贱者变为尊者。喜儿的翻身解放就这样在对童话模式的沿用中,带着全副男性中心的文化传统信息,成为当代妇女解放神话的一部分。像童话故事一样,这神话并不是为女人而存在的。

不过值得注意,《白毛女》中的性别统治信息并不像童话故事那样单纯。不要忘记,"白毛仙姑"被救出山洞还归喜儿的故事情节,是《白毛女》剧组集体添加的。这段情节改观了整则叙事的象征内涵,在其童话叙事式的拯救者/被拯救者、主体/价值客体等单纯性别角色模式上,投进了政治象征意味。

具体而言,喜儿的获救与一般童话叙事的结尾不同,对于她,获救无异于再生。获救意味着从深山洞穴来到人间,由夜间出没于宇宙周围的游魂变成有血有肉有名有姓的活人,由白毛仙姑变回一头黑发,一句话,意味着喜儿从荒野、从黑夜、从鬼蜮再度降生人世,所谓"新社会把鬼变成人"。这一具有特殊的再生意义的获救情节与其说是强调喜儿的翻身做主,不如说是为了引进一个具有赋生能力的隐在的拯救者。显然,这拯救者不是大春,大春只是拯救者伟大意志的执行者,而且这执行者的资格也是在他加入革命队伍之后才具备的,作为执行者,大春本人无力完成一个再次赋生的使命。这里,使喜儿再生而获得拯救的拯救者,已不是一般童话模式中的男性角色,而是一个特定身份的男性角色——一个象征意义上的"父"的化身——共产党八路军。这一结局与《白毛女》故事的开头形成了微妙对应;在故事起端，杨白劳作为喜儿的生父未能保护女儿，神圣的父女纽带被粗暴切断，而在故事终端，一个更为神圣的父女纽带重新在象喻层面上出现，尽管这一"再生之父"并不总是肉身。"父"借助喜儿新生还而生还，喜儿和大春的婚姻重新得到"父"的允诺，叙事达到了自身的完满。

随着这个象征越来越明确，喜儿的形象在不断修改中也越来越趋于重返其"女儿阶段"。最初剧本中她对黄世仁的幻想，她的怀孕，连同她在深山老林生下的孩子，一次次、一点点地被删去，到了最后我们看到的舞剧中，喜儿已从一个受尽凌辱的母亲还归为处女。她注定要保持处女之身以便从生父手中移交给再生的象征的父亲，以便保持父女关系的超越一切的神圣性：在父做出允诺之前，她只属于父亲。由此，喜儿被确立了一种"从父"的女儿的精神性别身份。

不仅喜儿，这一"女儿"的精神性别身份是新中国早期文学和现实中女性的共有身份。在与《白毛女》齐名的《红色娘子军》中，这一点更为明确。《红色娘子军》包含了两次拯救，一是对吴琼华肉体的拯救；洪常青把她从南霸天的水牢中赎买出来，指一条生路；二是对她精神的拯救或赋生：娘子军连帮助她学会臣服于党的意志，最后终于使她成长为党的精神女儿。注意，是"党的女儿"而不是"党的女友"，在吴琼华与党代表之间只能存在一种崇拜被崇拜的关系，而且洪常青这个拯救者必须把作为个体、作为男性的那一份完全消灭，以便使琼华原来那份极易转为爱慕的对他个人的崇拜感激之情全部转化为对党的崇拜，这样她也就不会成为个别党员的女友而首先成为党的女儿。"党的女儿"——这一活跃近三十年之久的正面女性文学形象，规定了新中国女性不可超越的精神性别身份。

唯其如此，《白毛女》才会几十年流行不衰。这个翻身女性的最初始也最恒久的原型，所代表的正是新的象征秩序为女性群体所设置的身份与地位。从这一精神性别身份自身的限定性以及它与象征之父的关系中，可以看到主导意识形态话语与女性的话语在哪里发生了冲突。"五四"以来的中国女性是从叛离家庭、叛离父亲始，才作为一个精神性别出现在历史地表的。"叛逆之女"的身份打破了几千年神圣不可侵犯的父子同盟，从而成为女性性别意识的成长起点。但《白毛女》《红色娘子军》中的"女儿"却不带有这样的历史性性别内涵。这份在女性性别自我成型并形成自己传统之后出现，并淹没了女性话语的话语，对女性精神解放的潮流实行了一场全线倒灌，一直倒灌至性别概念萌生之前：它高扬起一个不知性别为何物的女儿。根据这两部作品的模式，似乎不论女性在生理、心理、体能及智能上如何差异，她的精神性别身份永远只能是一个阴性或亚阴性所属格——父女关系中的女儿，而且是忠实女儿。如果说，按照情节的规定，女儿的复现为的是父的复现，那么同理，女儿的恒久意味着父的恒久，这样，这恒而久之的父女关系式便可以杜绝任何性别觉醒及性别分野的可能性。完全可以认为，将父女关系式设计得如此神圣不可侵犯，其文本性的目的之一正是要使父女关系凌驾于两性分野之上，并尽可能取消这后一分野。而父女关系之所以必须凌驾于性别关系之上，道理又很简单。在"父女"关系式中，"男女"之别并无多大意义，父的权威不容置疑。反之，在男女两性的关系中，性别是首要密码，"父"并无多少意义。因此，父要保留自己的身份，必须时时防止"女儿"的"女"变成"女性"的"女"，一旦"女儿"进入男女两性的性别对立，"父"便丧失了其权威和意义。女儿身份之不可超越的意识形态原因，也正在这里。

在某种意义上，女性话语被抹煞，只谈男女平等而不谈男女差异，女性自身神秘性的难于解破，女性自我认识上的种种禁区等一切中国妇女解放中的薄弱与匮乏，都与这样一个统驭多年的"父女"关系式不无干系。"女儿"这样一种前性别意识的精神性别身份以及男女平等、妇女半边天的社会地位，标明了中国妇女的十分独特的处境，她在一个解放、翻身的神话中,既完全丧失了自己,又完全丧失了寻找自己的理由和权力,她在一个男女平等的社会里,似乎已不应该也不必要再寻找那被剥夺的自己和自己的群体。置身于这一处境,中国妇女的前路也十分崎岖,她的解放与西方妇女解放的道路不尽相同,因为她有着另一种现实与过去。对于她,"男女平等"曾是一个神话陷阱,"同工同酬"曾不无强制性,性别差异远不是一个应当抛弃的概念,而倒是寻找自己的必由之径。中国的妇女解放面临的尚然是无数历史和现实的挑战而不是理论的设想。迄今为止,她所需要说明也能够说明的东西,也许并非"什么是女人",而是男人以及男性一贯主宰的历史,她应该说出来并正在说出来和说下去。而我们相信,这将会成为那幅妇女解放坐标系上新的读数。

2003年再版后记

这一次,《浮出历史地表》的确要再版了。欣欣然地,像了结一笔拖欠读者的旧账——为自己,更多的是为老友孟悦。

1989年年底,我们生命中的第一本书面世,不能说占到了天时。那一年,我俩刚及而立,尽管谈不上"粪土当年万户侯",但也颇有"恰同学少年,书生意气"之感。但对这一起步之作,的确未曾有太多的自许。未曾想到此后会被人添加了若干"第一"作为前缀。

当年,我也曾用微乎其微的稿费购得部分样书,欢天喜地地奉送亲朋好友,电影学院的列位同仁,尽管隔行如隔山,也是每人强送一卷,很快便送了一空。不几年后,海内外索书、询问何处购书、抱怨向出版社邮购泥牛入海、图书馆希望赠书的信件、电话,让我无以应对。孟悦——名副其实的第一作者去国之后,我当然"继承了资格",成为"全权发言人"。可除了出借自己的书供人复印,或诚挚道歉之外,无言可发。而书一旦借出,据说便会"流传",终于不归。幸而有学生深入出版社书库搜索,才在自己架上保有着惟一一卷。颇为有趣的是,此书长时间地在王府井新华书店的橱窗中占着一个不可谓不醒目的位置,成了一个效果非凡的广告;但(包括我本人)入内询问此书消息的答案,令人大感疑惑:这赫然陈列在橱窗中的书籍从未在此上架销售。这大约是前图书市场化年代的趣事之一吧。

于是，每每有人议起重印事宜。但一则郑重想到增订而望而却步，更多的是我素有"悔旧作情结"，加之生性疏懒；孟悦又远在大洋彼岸，她对自己旧作的命运，一向淡泊、豁达，无可无不可；于是我便一拖、再拖，重印之说，屡屡不了了之。但常常感到对不起那些千里迢迢专程到北大馆藏室来阅读、摘录此书的海内外朋友。

如今似乎可以有个交代了。

此书的问世，多少是一种偶然。大学时代，一度偏爱女作家的作品。会有种内心的契合和启示，下意识地寻找着同一性别的认同和表达，寻找着对自己成长年代的诸多伤痛和困惑的答案。其中当然有种种少女时代期期艾艾的自恋、自怜的投射，也有对性别秩序深切的疑惑。大约也就是在那个年代吧，读到了一本被人翻到残破的、台湾版的《第二性》中的文学卷，得知了当时大行其道的存在主义的核心人物：西蒙娜·波伏瓦的另外一面的工作，得知了一个新的主义：女性主义，但也并未因此而顿感石破天惊。

对女性主义的深入和亲和，是在电影学院任教之后。一个重要而有趣的事实是，电影尽管是十九、二十世纪之交诞生的新艺术，却成功地将父权、男权秩序内在建构于其中。无论是经典电影语言结构，还是主流电影制片制度，或是其叙事结构所建构、询唤出的观影机制，父权、男权表述无不深刻内在。因此，教战后的欧美电影理论，不可能回避了女性主义理论及其历史。毋庸讳言，由左道旁门而深入了欧美女性主义的主路之时，曾获得拨云见日的体验。据我所知，孟悦则是经由波伏瓦、伍尔夫、西苏、斯皮瓦克诸人的"正门"长驱而入。

80年代后期，孟悦加入了一种曰"讲师团"的类似文化扶贫、又类似下放改造的活动，下到了河南腹地，结识了李小江女士，适逢她组织1949年以来第一套女性研究的丛书。孟悦记起我对女作家的"个人爱好",便为我揽下一担活计。没承想我一是不上台面的,认定写书还是未来事业,好友之间,称我为"读书享乐主义者";二则我正在电影理论中泥足深陷,几乎忘了自己文学研究的"出身"。于是,我俩便开始"互相推诿"、"讨价还价"。最终达成协议曰:孟悦负责总纲,各年代总论,我负责作家作品论。两人一如以往,联席夜谈,拟定了章节纲目,探讨了诸种观点,似有摩拳擦掌之势。但以我等在80年代的年轻和热闹,兼之我等自恃快手,枪不顶在腰眼儿上不干活的"陋习",自然是勤奋读书、敏于研讨,却迟迟不动笔。拖来拖去,竟拖到我一场遭遇大病,"银铛"入院,在鬼门关上徘徊了年余,交稿日期已迫近。只剩得孟悦一人独当,力挽狂澜。待我尚未痊愈、"自动出院",便称经此番经历生死,窥破功名,愈发不负责任,任凭孟悦夜以继日,代为还债。事实是,因为孟悦坚持,并将我带入她父亲的医院去查病,我才极其侥幸地免于在27岁上一命呜呼。因此我能囵囵个儿地活着,大家便念佛。孟悦及众友人,惟有怜惜之情,绝无催稿之意。于是我便乐得顺坡下驴,消消停停,只捡得几个熟悉心爱的作家,慢慢写来。最终因我一再拖延,致使补交的庐隐一章的最后专论《象牙戒指》的一节漏排。因是手写稿时代,原稿也无从复得,依稀记得用的是用表演(performance)理论和舞台人生的说法谈女性的扮演。今日的庐隐一章,事实上是未完稿。因为是孟悦一人担纲,此书获得了相对清晰的文学史的脉络和理论的缜密与深度。致使当年好友,一再质疑我的署名权,孟悦则笑骂我拈轻怕重。

此书的一则花絮,有必要说明如下。大约在80年代前期,我在平素冷清的电影学院图书馆的书库中翻捡,偶然在一堆尚未整理编目、不知何人的——当是一位前辈——赠书中发现了一册谭正璧于40年代编辑的女作家作品选本,开篇选的是张爱玲的《倾城之恋》和苏青的《蛾》。一时间读得异香满口,如醉如痴,相逢恨晚。遍翻书前书后,未觅到关于作者的只言片语。自以为毕业于北大中文系,熟读各路文学史，加上自小迷恋庐隐、冰心、萧红诸人，竟从不知张爱玲、苏青何许人也。于是惊呼历史书写的暴力。一次会议上快速浏览一位与会的朋友手中的司马长风（注意：并非更正宗的夏志清）的现代文学史，大喜若狂地得知此二人在沦陷区文学中的"崇高"地位，后求借阅未果。再后来在《十月》的旧文重刊栏目中读到了《金锁记》。到和孟悦铺陈《浮出历史地表》的纲目章节之时，便"毅然决然"地要将此二人列为专章，大有填补历史空白、重写文学史的雄心，自诩发现了或者说钩沉出张爱玲、苏青。那时，孟悦上天入地地遍查图书馆藏书，大部分是刚刚开放给读者的藏书，找到了旧版的《传奇》和《结婚十年》（不久，此二书的影印本发行）。我则查找到谭正璧的另一关于沦陷区文学的专著：禀"春秋大义"，怒斥"汉奸文学"，但其中有关于张爱玲、苏青的极端简略的生平记述。又在海外留学生的闲书堆里找到了台湾版的《流言》《张看》若干本。病后，我便借这有限的资料和作品，颇为得意地"重写文学史"。需要说明的是，彼时我从未读过夏志清先生的文学史，不知道他对于张爱玲的命名意义（彼时彼地，获取台港出版物是一种可望不可即的特权），对张爱玲在台港、海外的地位知之甚少；而《秧歌》《赤地之恋》等作品在当时及此后相当一段时间无从读到，甚至不知其存在，更不要说胡兰成的《今世今生》中"民国女子""民国时代的临水照花人"等说法。对张爱玲的生平基本上得自二、三手材料，且多为只言片语，而对她1949年之后，尤其是海外经历是绝对空白。不知她曾与胡兰成缔有婚约，更不知她与赖雅的婚姻生活，因此，书中有张爱玲终其一生无父、无夫、无家、无国的"结论"。撰写此两章时，可靠的立论依据，是二人的并非完全的作品文本。这是此书诸多"历史局限"中最刺眼的数处之一。

当我仍"沉浸"在发现"张爱玲"的自得之中的时候，1989年，尤其是1990年，张爱玲热突然从天而降，种种印刷粗糙的版本似乎在一夜之间覆盖了当时遍布北京街头巷尾的书摊；苏青随之风行。种种资料，研究渐次在大陆文化版图上浮出水面，直到张爱玲大有直追鲁迅之文学史地位的势头。我自是望洋兴叹，且生出种种不以为然的感念。从某种意义上说，80年代"重写文学史"的运动或曰思潮，不期然间为八九十年代之交的第一个流行图书浪潮提供了资源和地图。于是，一个颇为独特的奇观是，旧书重刊并风靡所呈现的并非怀旧之情，而是全新时尚。20世纪最后的短短20年，老主流的倾覆，新主流的快速登场可见一斑。《浮出历史地表》中的张爱玲、苏青研究，尤其从女性主义视点所做的研究，是1949年后，大陆相关研究中的第一个；但与张爱玲热的出现无功可居，亦无责可负，最多是又一次于历史的发生之中做了俗人。

或许最需要的说明的是，此书洋洋洒洒，竟无一个脚注、尾注，更不必说参考书目等。实在于神圣学术规范有大亏损。这的确不是一句"写者年轻"便可换得原谅。此书于台湾出版繁体字版时，责任编辑郑至慧曾一一辛苦查找，补足必需的注释，但竟也是阴差阳错，在出版时未被采用；我却因此多了一位好友。平心而论，此书注释全无，的确大失规范，但我今天仍认为它并不因此而失去了意义。于我看来，学术规范始终是双刃剑。其正面意义不在规范或学院游戏自身，而在于它在一定程度上保证了知识的传承，思想的累积；其反面意义今日亦昭然若揭：当规范成了前提和必需，思想的工作和意义反而退居其后，甚至成了扼杀思想的桎梏；更多的时候，规范的外表，成了掩盖思想的匮乏与苍白的遮羞布。在《浮出历史地表》写作16年之后，回头望去，其中的种种缺憾，触目可见，比比皆是，注释的有无倒成了"其次"。但我想并不自惭地说，这本年轻人的书，其幼稚谬误之处和它的年轻锐敏之处，尚成比例。更重要的是，这以后，关于中国现当代女性文学的研究著作、专论频频问世，1995年世界妇女大会之后，中国女性学全面勃兴，研究成果蔚为壮观，自是早已补足超越了《浮出历史地表》。那以后的16年间，我自己和孟悦自也自是走得很远了。甚至可以说，此书中的许多论述，已不再是我们的角度和观点。将原书交付再版，固然首先是因为怠惰，其次（也许是说辞和遮羞布），既是旧书重刊，便让它保持原貌吧。的确，当一本书印刷出版，它便剪断了作者间的脐带，成了一个独立的生命。愿读者分享我们曾有的年轻，也原谅我们的年轻。

戴锦华
2003 年 8 月于北京

赘言其后

《浮出历史地表》的第五个版本即将面世。

这一次,面对着敏劼悉心重校过的版本,我似乎在耳鼓深处听到了岁月和生命在自己的躯体里汩汩淌去的回声。自这本年轻、张扬、漏洞百出却自视"敢为天下先"的"专著"付诸出版之后,半个甲子的日日夜夜流逝。三十年,间隔了不同代际的时间区块。况且,在中国的岁月里,三十年,何止一个"代际"。此间,社会激变、反转、去而复归、往复回环,悲剧性的碰撞、喜剧式的遭际、执教为生、浪迹天涯与柴米油盐的日子,揉皱了皮相,刻蚀了心灵,急促而漠然地将我推向生命的归程。

三十年后,面对新的版式和校样,第一次,我隐隐地生出奢望:这部稚嫩但中气丰沛的小书的生命,也许能略长于我作为一具肉身的生存吧。尽管已然深知,湮灭,是万事万物的必然归宿。湮灭和遗忘,原本是一种善终。这份奢望或许正出自一份微末而隐秘的恐惧:对于一己,生命之符号学意义上的死亡先于生物学意义上的死亡发生。

我从不是一个早慧、早成或拥有先见之人。《浮出历史地表》作为我和孟悦合作的第一本专著问世之时,我已年及而立。今日,拜培文的老友新朋所赐,此书借一个美丽的版本再度羽化重生之时,我的生命即将走完一甲子。但一如我个人的生命踏过半个世纪之时,我曾体验到心灵视野的豁然洞开之感——那时节，曾有的痛感、背负、情伤、怨憎自我身体抖落；一份欣悦，如绵长的细雨，洗净了生命的天空。此书的又一次再版，于我，是一份可称幸的礼物，让我有机会再次朝向自己私语：我曾爱过、恨过、思考过、书写过、行走过、行动过。人生若此，我已无憾。

今天，回视《浮出历史地表》，首先仍需赘言的，当然关乎女性（妇女？），关乎女性主义，关乎性别、性别研究。我有充分的自知：此书一版再版、一刷再刷，不断为年轻朋友们引证、诘难、借此起跳并超越，并非因为其自身有多少过人之处，而是在这本确乎源自我个人的生命，甚至身体的迷惘困惑的追问书写之后，是女性学、性别研究于中国的全面勃兴。此书、孟悦和我，只是在天时上得了一份幸运。该说是"凭借好风力"吧。然而，令此书已老迈犹常新的另一些鼓荡外力，却并非如此简单或令人欣慰。的确，始自20世纪后半叶，性别议题开始成为考察、度量社会进步的基本尺度和主要参数之一。但也正是这一凸显的参数，显影了所谓社会整体的线性进步、发展上升的话语性或曰神话性。环视我们置身的当下，似乎格外恰切并真实。一边，是欧美世界的核心和深处的引爆：同性恋/性少数议题的豁然突破与砰然凸显；与欧美主要国家法律、法权层面的改写同时，曾专属于女性社群的隐秘的"腐"文化成了全球娱乐、流行工业的全新的经济增长点。而在另一边，则是Me too运动展示了相较于全球激荡的20世纪60年代，全球女性的生存状态与社会生态的下滑与徘徊。与好莱坞电影工业邯郸学步式绝望追逐全球"卖腐"新时尚的同时，是女性思想家朱迪斯·巴特勒仍必须面对或曰再度遭遇身为酷儿理论家、同性恋者的身份攻击与追剿。且不论，征讨者的暴力旗帜是如此老旧、熟悉：女巫！烧死女巫！且不论，围剿者的社群特征：（巴西）边缘、底层、承受着全球化进程挤压、重创、放逐的人群。一边是网络时代，"在网络上没有人知道你是一条狗"，由是，"在网络上没有人在意、确知你是男是女",甚至,男人女人的网络身份不仅只是一个语词性的能指,而且是一个随时滑动、漂移开去的多重、多元、多义、判然有别却无需自我区隔的自我定义(/想象)。而在另一边,当新技术革命,以又一轮对社会、对世界的碎裂、"烟消云散"化,再一次试图在躯体崩毁、腐坏时分攫取溢出的灵魂,用以填充、续燃现代世界的动力源;一如每度技术革命发生,都同时会以安置人的名义制造非人——将"人"驱逐出"人的世界"的过程;而类似过程一旦发生,其依据的,便无疑仍是至为"古老"的阶级、性别、种族的逻辑,于今,需补充的维度,或许是年龄。因此,毋庸置疑的是,当人工智能、新生物技术的应用开始改写全球劳动力结构,并因此造就新一轮放逐——制造弃民——的时候,低阶级的、中老年妇女,将首当其冲。

重复某些常识:人,作为一个现代发明,作为一项权利/特权,其文化与社会的诞生,同时是无言宣告了非人、准人、魍魉鬼魅的存在。因此,著名的现代主义基石之一《人权宣言》无疑是在女性的脊背上签署的。直到1995年北京世界妇女大会方才最终促使联合国有关机构接受,将女权视为、写作为人权的必要组成部分。换言之,历经数百年女性思想者与女权运动的抗争,女性——人类的一半,方才在文化规约和法权观念的层面上,争取到了"做人"的名分。由此开启的,不仅是将这名分落实到现实的方方面面的过程,同时却也是女性之为社会群体的内部分化的加剧。渐次清晰的是,唯有在发达国家和地区,唯有受过足够高程度的教育,且足够(越来越)年轻的女性方能享有社会进步与技术进步的空间与成果,而其他女性,则在愈加急剧的社会分化、阶层固化间沉沦,成为文化乃至社会的不可见的所在。与"地表"上的五色斑斓同时存在的,是地下无尽的暗晦。对于女性,对于性别议题,进步或倒退,激进或保守,已不再是有效的坐标和度量维度。在中国妇女也是世界妇女"浮出历史地表"百年之后,在《浮出历史地表》首版三十年后，今天，我们如何言说女性，如何言说女性的言说，却已然是（或依然是）新的命题。

奢望《浮出历史地表》能比我的肉身存在更长久，是为了祈望类似讨论的社会必要性的最终湮没。强烈地自觉到自己置身于历史之中，深刻地体认着历史自身的壮观与荒谬，在《浮出历史地表》的第五个版本问世之际，我想问：平等并尊重差异，令地球上的生命有尊严地生并拥有未来，难道只是美丽而幼稚的执念？

当岁月风霜一重重地将我覆盖，当身边的人们熙熙攘攘、去而复来，我并未修成世事洞察、人情练达。我仍怀抱对人的爱与对合理的世界及明天的梦想。再一次，一本书籍面世，便是作者脱手了一只漂流瓶。让它远行，让它去遭遇、碰触、亲吻拾起它的那只手。再一次，未经委托地代表孟悦，请打开它的人分享并原谅我们的年轻和年轻时纷扬的思绪。无名地，充满谦卑的感激。

戴锦华

2018年4月15日午夜　在路上